KB111930

그녀만 없으면 완벽한 남자 1

그녀만 없으면 완벽한 남자 1

초판 1쇄 인쇄일 2017년 04월 21일
초판 1쇄 발행일 2017년 04월 27일

지은이 | 고지영
펴낸이 | 김기선

편집장 | 김은지
편집부 | 임종성, 박지은, 김지현, 정미정

펴낸곳 | 와이엠북스(YMBOOKS)
출판등록 | 2012년 7월 17일 (제382-2012-000021호)
주소 | 서울시 도봉구 노해로 379, 802호(창동, 대성빌딩)
전화 | 02)906-7768 / **팩스** | 02)906-7769
E-mail | ymbooks@nate.com

ISBN 979-11-322-4140-9 04810
ISBN 979-11-322-4139-3 (set)

값 9,000원

YMBOOKS
ROMANCE STORY

그녀만 있으면 완벽한 남자

고지영 장편소설

1

차 례

프롤로그. 완벽한 그에게 딱 한가지 없는 것 …7

01. 완벽한 후임자를 추천합니다 …18

02. 완벽한 재회 …34

03. 완벽한 악연의 시작 …55

04. 한 가지 완벽한 팩트 …80

05. 완벽하게 미묘한 감정 …106

06. 완벽한 오해 …120

07. 넌 완벽한 필요악 같아 …136

08. 완벽하게 휘말려들다 …149

09. 완벽하게 기분 나쁜 놈 …173

10. 완벽히 운수 좋은 날 …188

11. [약간 기분이 상했어] …207

12. [This, too, shall pass away] …225

13. 이건 완벽하게 데이트? …243

14. 완벽한 감기약 두 봉지 …262

15. 완벽한 결혼의 시작 …281

16. 완벽한 입덕부정기 …299

17. 완벽하게 인정하다 …324

18. 취중진담은 언제나 완벽하다 …345

19. Perfect soulmate …365

20. 완벽한 시한폭탄 …387

21. Perfect BF …400

프롤로그. 완벽한 그에게 딱 한 가지 없는 것

도미호텔의 국제회의실 안에서 큰 박수가 터져 나왔다. 회의 스크린 화면에는 진지하게 궁서체로 쓴 글자가 크게 반짝거렸다.

[한국 도미호텔 부산지점 개관]

미국 LA에 본사를 두고 있는 도미호텔은 전 세계 21개국 205개의 지점을 둔, 세계적으로 유명한 마크 가문이 운영하고 있는 초일류 특급호텔이었다. 호텔경영이나 호텔리어를 꿈꾸고 있는 사람이라면 누구나 들어오고 싶어 하는 초일류 글로벌 호텔.

하지만 도미호텔도 도미호텔 나름이었다. 한국 도미호텔은 20년 전 서울 한복판에 체인 호텔로 세워진 이래로 이렇다 할 큰 이윤을 내지 못했고 임팩트 있는 국내외 활동도 전혀 없었다. 그렇기 때문에 자연스레 본사의 관심에서 점점 멀어져갔다.

그런데 본사의 지원은커녕 냉대와 무관심을 번갈아 받아오던 한국 도미호텔이 자그마치 20년 만에 미국 본사로부터 부산지점 개관을 승인받은 것이다.

"축하드립니다, 신하렴 사장님."

이는 신하렴 사장이 취임 6개월 만에 이뤄낸 쾌거였다. 임직원들이 너도나도 앞다투어 젊은 사장에게 축하 인사를 전했다. 인사를 받은 남자는 그들에게 감사의 뜻으로 고개를 숙여 보였다.

모델 뺨을 철썩 때릴 정도로 작은 그의 얼굴과 긴 다리, 긴 팔은 사람들로 하여금 시선을 떼지 못하게 만들었고, 작은 얼굴 안에 뚜렷하게 자리 잡은 이목구비는 그가 사장인지 이 호텔의 광고모델인지 헷갈리게 만들었다.

처음엔 모든 임직원들이 미국 본사에서 얼굴만 번지르르한 낙하산을 보낸 거라 생각했다. 그도 그럴 것이 신하렴은 도미호텔의 마크 회장이 양아들로 삼고 싶다고 말하고 다닐 정도로 마크 가문과 긴밀하게 연결된 사람이란 소문이 무성했던 것이다.

잘생긴 낙하산의 등장은 조용했던 한국 도미호텔을 하루 종일 들썩이게 하기에 충분했다. 여직원들은 현대판 신데렐라를 꿈꿨고, 남직원들은 자신들의 밥그릇 챙기기에 혈안이 되었었다.

그러나 하렴은 얼굴보다 더 잘난 게 있다는 걸 보여주기라도 하겠다는 듯 취임하자마자 빌보드차트 요정이라 불리는 크리스틴의 내한 시기에 맞춰 그녀를 직접 설득해서 한국 도미호텔에 숙박하게 만들었다. 이는 자연스럽게 국제적 홍보가 되어 호텔의 이윤과 인지도를 한꺼번에 높여놓았다.

그 후 한국 도미호텔은 괄목적인 성장을 보이며 엄청난 이윤을 냈고, 오늘은 드디어 새 지점 오픈을 발표하게 된 것이다.

하렴은 혼자서 본사로부터 지원 약속을 받아내고 경쟁력 있는 협력업체들까지 다 끌어 모았다. 그런 그를 보는 직원들의 눈빛이 바뀐 건 어찌 보면 아주 당연한 일이었다.

"축하드려요, 사장님."

회의실을 나오는 하렴에게 여직원들이 달려들었다. 그녀들의 앞을 하렴의 비서인 구 비서가 재빨리 막아섰다.

"뒤로 물러서주십시오. 다치십니다."

구 비서가 두 팔을 넓게 벌려 그녀들의 접근을 막았다. 그의 뒤에서 하렴은 여직원들에게 손을 들어 인사를 건넸다.

"고마워요."

영화배우와도 같은 그의 모습에 여직원들의 눈빛이 달콤하게 젖어들었다. 다음 순간 하렴은 엘리베이터 쪽으로 걸음을 옮겼다. 여직원들이 우르르 그의 뒤를 따라갔다.

"같이 가요, 사장님."

엘리베이터 앞에 멈춰 선 그를 여직원들이 빙 둘러섰다. 그녀들이 하렴의 옆얼굴을 구경하고 있을 때 그의 전화벨이 울렸다.

Rrrrrr.

주머니에서 휴대폰을 꺼낸 하렴이 통화버튼을 눌렀고, 곧 그의 입에서 유창한 영어가 흘러나왔다. 여직원들의 눈빛이 더욱 달달해진 건 굳이 묘사할 필요도 없는 지극히 당연한 일이었다.

그때 엘리베이터가 도착했다. 하렴이 전화기를 귀에 댄 채 안으로 올라타자 여직원들이 너도나도 그곳에 올라타려고 달려들었다. 물론 그녀들의 움직임은 구 비서에 의해 제지당했다.

"죄송하지만, 다른 엘리베이터를 이용해주십시오."

여직원들 중 제일 기가 세 보이는 경리부 현경이 구 비서에게 따지듯이 물었다.

"왜요?"

"사장님이 불편해하실 겁니다."

구 비서의 정중한 대답에 현경의 시선이 엘리베이터 안쪽에 타 있는 하렴에게로 향했다. 그는 이미 전화를 끊은 상태였다.

"어머, 사장님, 저희 불편하세요?"

현경의 교태 섞인 목소리에 무심히 휴대폰을 주머니에 넣던 하렴이 고개를 들어 그녀를 보았다. 그의 시선이 그녀 근처에 서 있는 여직원들의 얼굴을 슥 훑었다.

"아뇨. 그럴 리가요."

하렴이 낮은 목소리로 짧게 대답하자 현경을 포함한 여직원들의 표정이 화사하게 밝아졌다. 그와 동시에 열 명에 가까운 여직원들이 엘리베이터에 올라타기 시작했다.

잠시 후, 수용인원을 아슬아슬하게 다 태운 엘리베이터가 천천히 아래층으로 움직였다. 엘리베이터 안의 여직원들은 높은 목소리 톤으로 하렴에게 말을 걸었고 그는 진지한 얼굴로 그녀들의 말을 들으며 이따금 고개를 끄덕여주었다.

얼마 지나지 않아 백오피스가 있는 층에 엘리베이터가 멈췄다. 그녀들은 아쉬워하며 엘리베이터에서 내렸다.

"미스터 구."

여직원들이 다 내리자마자 하렴은 자신의 비서를 불렀다. 순간적으로 버릇처럼 긴장을 한 구 비서가 그를 향해 허리를 90도로 꾸벅 숙였다.

"죄송합니다. 제가 좀 더 적극적으로 막았어야 했는데……."

"그건 됐고. 내가 보낸 마사지 못 봤냐?"

갑작스런 질문에 구 비서는 두 눈을 크게 떴다.

"네?"

무슨 말인지 이해가 되지 않았던 것이다. 하지만 이는 구 비서에게는 꽤 익숙한 상황이었다.

'또 시작이다, 이 남자. 아침부터 대체 무슨 마사지?'

구 비서는 마른침을 꿀꺽 삼키면서 최대한 태연한 표정을 유지하려고 애썼다. 그런 상태로 정중하게 되물었다.

"마사지? 저한테 마사지기 보내셨습니까?"

구 비서의 말이 떨어지기가 무섭게 하렴이 그를 서늘하게 쳐다보았다.

"내가 오늘 시벽에 보냈잖아."

'시벽에 마사지? 도대체 무슨 소리지?'

못 알아들은 거 알면 또 성질을 부릴 텐데. 어떻게 아는 척을 해야 할지 몰라서 구 비서는 대답 대신 빙그레 미소를 지었다.

"왜 웃냐? 또 내 말 이해 못했냐?"

하렴의 정갈하게 정리된 눈썹이 꿈틀하는 것을 본 구 비서는 불호령을 예감하고 두 눈을 질끈 감았다. 그때였다.

"아무래도 새벽에 보낸 메시지를 말씀하시는 것 같습니다."

엘리베이터 구석에서 들려온 작은 목소리에 구 비서는 두 눈을 뜨며 고개를 돌렸다.

'아직 안 내린 여직원이 있었단 말인가?'

그곳엔 몸집이 작은 단발머리의 여자가 서 있었다. 그녀의 동그랗고 까만 눈동자를 마주한 구 비서가 얼른 그녀를 향해 감사 인사를 전했다.

"그거군요! 감사합니다."

머리가 좋고 센스도 상당히 좋은 여자임이 분명했다. 게다가 보통 엿듣다가 저렇게 말해주기가 쉽진 않은데, 성격도 착한 것 같았다. 다시 자신의 사장에게로 고개를 돌린 구 비서가 큰 목소리로 당당하게 대답했다.

"네, 메시지 확인했습니다. 오늘 중으로 처리하겠습니다."

구 비서에게서 시선을 거둔 하렴은 방금 자신의 말을 전달해준 여자를 슬쩍 쳐다보았다. 이십 대 중반 정도로 보이는 여자는, 빼어나게 예쁜 편은 아니었으나 오목조목한 이목구비가 꽤 귀여웠다. 그때 그녀가 고개를 들었고 공중에서 그들의 눈이 마주쳤다.

곧바로 그녀의 새까만 눈동자에서 무심히 시선을 뗀 하렴이 손을 올려 자신의 어깨를 툭툭 쳤다. 잠을 잘못 잤는지 어깨가 뭉친 듯한 느낌이 들었던 것이다. 이를 본 구 비서가 재빨리 하렴의 어깨에 손을 올렸다.

"어깨 아프십니까?"

"어. 거길 구타해봐."

구타? 순간 당황한 구 비서가 움직임을 멈추자 하렴의 서늘한 눈빛이 그에게로 향했다. 눈빛만큼이나 날카로운 콧대가 자신을 찌를 것처럼 느껴졌다. 다시 여자의 목소리가 들려왔다.

"거길 세게 주물러보래요."

"아, 예!"

구 비서는 신이 나서 하렴의 어깨를 주물렀고 하렴은 놀란 눈으로 여자의 작은 얼굴을 쳐다보았다.

'저 여자 뭐지? 아까부터 내 말을 전부 다 이해하고 있는데?'

저런 한국인은 처음이었다. 자신의 말을 되묻지도 않고 온전히 이해하며 다른 이에게 설명까지 해주는 머리 좋은 한국인이.

순간적으로 하렴의 입술이 열렸다.

"너 뭐냐?"

하렴의 갑작스런 질문에 여자는 이맛살을 팍 구겼다. 당황한 구 비서가 하렴을 향해 재빨리 물었다.

"왜 그러십니까?"

그러나 지금 하렴에겐 여자의 하얗고 동그란 얼굴밖에 보이지 않았다. 그가 그녀에게 다시 물었다.

"너 이 호텔 다니냐?"

결국 여자가 떨떠름한 얼굴로 대답했다.

"안내데스크에서 단기알바 하고 있어요."

"아, 그러냐?"

여자의 눈썹이 불쾌하다는 듯 그 움직임을 달리했다.

뭐지, 이 남자. 왜 말끝마다 '냐'를 붙여서 사람을 가볍게 무시하는 듯한 뉘앙스를 풍기는 거지? 안내데스크 알바생이라고 무시하는 건가? 아니, 그건 아닌 것 같다. 이 남자는 자신이 알바생이란 걸 알기 전에도 저런 어투였으니까.

그때 그녀와 하렴의 눈치를 보고 있던 구 비서가 서둘러 입을 열었다.

"이해해주십시오. 보시다시피 한국어가 조금 서투십니다. 그래서 언행이 다소 거칠 수가 있는……."

"내가 한국어가 서툴긴 누가 서툴다는 거냐?"

옆에서 발끈하며 목소리를 높이는 하렴에게로 구 비서와 여자의 얼굴이 동시에 돌아갔다. 잠시 후 구 비서가 어색하게 웃으며 여자를 향해 말했다.

"보셨죠?"

"아, 네. 그러네요."

많이 이상했던 하렴의 어투를 상기하며 여자는 피식하고 웃음을 터뜨렸다. 여자의 얼굴에 퍼지는 미소를 본 하렴은 기분이 확 상했다.

"웃냐?"

여자가 웃는 얼굴로 그를 쳐다보았다.

"그쪽이 웃겼잖아요."

"내가 언제?"

"방금요."

"방금 언제?"

"'방금'이란 말 몰라요? 방금요, 방금."

"그러니까 방금 언제?"

그들이 이렇게 실랑이를 벌이고 있는 사이 1층에 도착한 엘리베이터의 문이 열렸다가 닫혔다.

"엇? 저 내렸어야 하는데!"

하렴과 싸우다 내릴 타이밍을 놓친 여자는 순간 당황해서 엘리베이터 문을 손으로 잡고 열려고 했다. 그 움직임을 뒤에서 지켜본 하렴의 얼굴에 쓴웃음이 걸렸다.

'잰 뭐지. 뇌가 서툰 건가? 머리 좋다는 말 취소.'

하렴은 팔짱을 낀 채 지하층으로 내려가는 엘리베이터 문 앞에 체념한 듯 서 있는 여자를 내려다보았다. 그녀의 작고 하얀 얼굴은 금방이라도 울음을 터뜨릴 듯 울상을 짓고 있었다. 그걸 본 하렴이 냉소적인 미소를 지으며 말했다.

"왜? 아주 나 못 내렸다고 비상벨을 누르지 그러냐?"

"눌러도 되는 거예요?"

순진하게 되묻는 여자의 말간 얼굴을 보며 하렴은 코로 웃었다.

"되겠냐?"

"지금 저 놀리시는 거예요? 한국어도 서툰 분이?"

"그러는 넌 뇌가 서툴러 보인다?"

두 사람이 서로를 노려보며 팽팽히 맞서던 그때, 엘리베이터의 불이 꺼지면서 몸체가 크게 흔들렸다.

"꺄앗!"

그 바람에 마주 보고 서 있던 하렴과 여자의 몸이 구석으로 쏠리고 말았다. 어두워진 엘리베이터 안에서 구 비서가 빠르게 상황 판단을 한 후 말했다.

"엘리베이터가 멈춘 것 같습니다."

"뭐? 빨랑 해결해봐."

하렴이 어두컴컴한 허공에다 대고 말하자, 근처에서 여자도 목소리를 보냈다.

"이번에야말로 진짜 비상벨을 눌러야 하는 거 아니에요?"

그런데 말하는 여자의 숨결이 하렴에게 너무 가깝게 느껴졌다. 마치 바로 코앞에서 말하는 느낌이랄까. 당황한 하렴이 그녀를 밀어내려고 그녀의 몸 어딘가에 손을 올렸다.

“야, 너 뒤로 좀 가봐.”

“깜깜해서 무서워 죽겠는데 어딜 가래요?”

하지만 여자는 무섭다며 더욱 가까이 다가왔다.

팟- 그런데 그 순간 불이 켜지고 엘리베이터가 다시 움직이기 시작했다. 이번에도 빠르게 상황 파악을 마친 구 비서가 비상벨에서 시선을 떼며 하렴을 돌아보았다.

“잠시 정전이 있었던 것 같……. 두 분, 뭐 하십니까?”

엘리베이터 구석에 꼭 붙어 있는 하렴과 여자의 모습을 본 구 비서는 조금 당황스러웠다. 그때 여자가 코앞에서 자신의 어깨를 붙잡고 있는 하렴을 밀어내면서 말했다.

“아 진짜, 설마 무서워서 절 끌어안은 건 아니죠?”

하렴이 어이없다는 표정을 지었다.

“너야말로 어두워지니까 막 앵기더라?”

“앵기다뇨? 제 어깨를 먼저 잡은 건 그쪽이잖아요?”

“내가 설마 네 어깬 줄 알고 잡았겠냐? 겁나 튼튼하길래 당연히 구 비서 어깬 줄 알았다.”

“뭐라구욧?”

또다시 싸움을 시작하려는 두 사람. 구 비서가 재빠르게 그들 사이로 몸을 집어넣으며 곤란한 얼굴을 했다.

“제발 두 분 다 그만하세요.”

“잠깐 비켜봐. 열 받아서 안 되겠어. 너 이름이 뭐냐?”

구 비서 너머로 하렴이 던진 질문에 여자는 콧방귀를 뀌었다.

“알아서 뭐 하시게요?”

“잘라버리게.”

여자는 또 콧방귀를 뀌었다. 그런데 그 순간 구 비서가 깜짝 놀랄 만한 단어를 던졌다.

"사장님, 이제 내리셔야 합니다."

"……!"

그제야 여자는 자신이 지금까지 맞선 남자가 이 호텔 사장이란 걸 깨닫고 굳어졌다. 아까 여직원들이 우르르 엘리베이터에 타기에 잽싸게 끼어 탔는데, 그 안에 사장도 껴 있었을 줄이야.

새삼스레 여자의 눈에 지나치게 말끔한 남자의 얼굴이 들어왔다. 어느 누가 저 배우같이 번지르르한 얼굴을 보고 이 큰 호텔의 사장일 거라 생각한단 말인가.

남자의 하늘 높은 줄 모르고 쭉 뻗은 콧대와 날렵한 턱선, 깨끗한 피부를 훑은 여자는 이내 난감한 표정으로 이마를 긁적였다. 그 사이 남자는 비서와 함께 엘리베이터에서 내렸다. 닫히는 엘리베이터 문을 보면서 여자는 찜찜한 기분을 털어내려 애썼다.

'그래. 어차피 한 달 알바인데, 뭐. 설마 무슨 일이야 있겠어?'

다음 순간 여자는 바지주머니에서 명찰을 꺼내 그것을 살펴보았다. 마침 고정핀이 고장 나서 빼뒀으니 망정이지, 하마터면 이름까지 고스란히 알려주고 바로 잘릴 뻔했다.

여자는 도미호텔 로고 밑에 '이차빈'이라고 박힌 자신의 명찰을 소중하게 움켜쥐었다.

01. 완벽한 후임자를 추천합니다

서울 도심 한가운데에 위치한 특1급 리조트 호텔의 대표자 방에서는 아침부터 큰 소리가 나고 있었다.

「이건 진짜 큰 문제야, 진!」

한국 도미호텔 대표인 신하렴은 6개 국어가 능통한 인재였다. 영어, 스페인어, 프랑스어, 일본어, 중국어 그리고 모국어인 한국어까지 할 줄 아는 그였지만, 흥분했을 때는 제일 편한 영어가 튀어나오곤 했다.

「뭐가?」

총지배인이자 하렴의 외종사촌 형인 진이 소파에 앉은 채 영어로 되묻자 하렴이 한쪽 눈썹을 찡그리면서 대답했다.

「내 비서가 내 말을 전혀 이해 못해!」

전에도 몇 번이나 얘기한 적이 있는 문제였다. 진은 그가 들을 수 없도록 아주 낮게 한숨을 내쉰 후 차근차근 설명을 시작했다.

「그 비서, 꽤 엘리트야. 전에 있던 비서보다 학벌도 좋고 영어도 원어민 수준으로 잘해. 네가 자꾸 한국어로 말하려고 하니까 이해 못하는 거 아니야? 차라리 영어로 말해봐.」

「싫어. 여긴 한국이야. 그리고 난 한국인이고 그 비서도 한국인이지. 근데 왜 한국인끼리 영어로 대화해야 하지? 그리고 무엇보다 난, 한국어가 좋아.」

"그럼 네가 제대로 된 한국어를 하든가."

순간적으로 울컥한 마음에 진의 입에선 제일 편한 한국어가 튀어나왔다. 말을 내뱉은 직후 진은 자신의 까만 눈동자를 굴려 사촌 동생의 눈치를 보았다.

'알아들었으면 어쩌지?'

하렴의 성격은 보통 까칠한 것이 아니었다. 게다가 대체 미국에서 누구한테 한국어를 배운 건지, 한국어를 할 땐 입이 좀 거친 편이었다.

"뭐라고? 발음이 구려서 못 알아들었어."

'누구더러 발음이 구리다는 거야? 난 너랑 달리 한국에서 35년을 산 사람이라고.'

진은 미국 명문대 출신에 6개 국어를 구사하고 반듯한 외모를 가진 데다 키까지 큰 자신의 사촌 동생을 바라보면서 억지웃음을 지어 보였다.

「아무것도 아니야.」

진이 짧게 대답하는 순간 사장실 문이 열렸다. 아침부터 하렴의 말을 이해 못해서 그를 화나게 만든 구 비서였다. 구 비서의 통통

하고 동그란 얼굴을 본 하렴은 또다시 화가 치민다는 듯 눈썹을 구겼다.

"암튼 그래서 내가 구 비서 때문에 뿔이 났어."

"풋-"

순간적으로 웃음이 터져버린 구 비서가 황급히 자신의 입을 가렸지만, 눈치 빠른 하렴이 그걸 못 봤을 리 없다. 성난 얼굴을 한 하렴이 그를 향해 성큼성큼 걸어가면서 소리쳤다.

"왜 웃냐? 내가 뿔이 났다는 게 웃기냐?"

"죄송합니다."

구 비서가 재빨리 고개를 숙여 사과를 하는데도 하렴은 팔짱까지 척 끼며 위협적으로 노려보았다. 보다 못한 진이 하렴을 말리고 나섰다.

"네가 웃기게 말해놓고 왜 죄 없는 구 비서를 잡아?"

잽싸게 그들에게 다가간 진이 하렴을 자신에게로 끌고 오면서 진지한 얼굴로 말했다.

"여기선 얼마든지 너 말하고 싶은 대로 말해도 좋은데, 밖에선 입조심 좀 해야겠다."

하렴이 도미호텔의 한국 대표를 맡게 된 지 이제 반년. 아직까지 하렴의 언행으로 인한 큰 사고는 일어나지 않았다. 그동안은 진이 나서서 하렴이 말을 많이 하는 일 자체를 막았던 것이다.

하지만 이제부턴 또 어떤 일들이 발생할지 아무도 모른다. 진 혼자 그의 입을 막는 것도 분명 한계가 있다.

"내가 왜?"

게다가 하렴은 자신의 상태를 전혀 인지하지 못하고 있었다. 뻔뻔한 그에게로 진의 서늘한 눈빛이 향했다.

"너 솔직히, 입만 열면 깨잖아."

"내가 유리냐? 깨긴 뭐가 깨냐?"

저 어투 보소. 한국어를 대체 어떤 한국의 멍청한 양아치한테서 배운 건진 모르겠지만, 하렴의 한국어는 거칠게 느껴질 때가 많았다. 다른 언어를 할 땐 전혀 안 그러면서 말이다.

"너 한국어 공부 다시 안 할래?"

진이 자신의 까맣고 숱 많은 눈썹을 가운데로 모으며 진지하게 제안했다. 그러나 하렴은 그의 말을 이해할 수 없다는 듯 콧방귀를 뀌었다.

"나한테 한국어는 모국어야. 공부할 필요가 없이 몸에 배겨 있는 거라고."

"배어 있는 거겠지. 그 몸에 배어 있는 한국어에 잘못된 부분이 많아."

하렴은 분명 특급호텔의 대표다운 어투를 사용하고 있지 못했지만, 정작 본인은 그걸 전혀 개의치 않는 모습이었다.

"그냥 놔둬. 그래도 이 한국 땅에 내 말을 온전하게 이해하는 사람이 한 명 정도는 있겠지."

여덟 살 때 미국으로 건너가 서른이 되어서야 한국으로 돌아왔다. 이십 년이 넘는 기간 동안 미국에서 살았는데도 이 정도 한국어를 구사하는 자신이 하렴은 천재처럼 느껴졌다. 그러니 그에게 한국어를 다시 공부할 이유는 전혀 없었다.

차빈은 오늘 꿈에서 외계인 이티를 만났다.

이티는 생각보다 눈이 참 예뻤고 그 예쁜 눈동자는 브라운 빛깔을 띠고 있었다. 그런데 그는 특이하게도 자신에게 가운데 손가락을 뻗으며 영화처럼 교신을 하자고 했다. 차빈은 순간적으로 당황했지만 이내 즐거운 마음으로 그와 가운데 손가락을 맞추었다. 손가락을 맞추면서 그들은 자연스럽게 서로를 응시했다.

그런데 그의 갈색 눈동자를 마주한 순간 갑자기 서글픈 마음이 들었다. 이유는 알 수 없었지만 그 외계인 역시 조금 슬퍼하는 듯한 느낌이 전해졌다.

"차빈아……!"

누군가 자신을 부르는 소리에 차빈은 눈을 뜨고 천장을 올려다보았다. 아직도 가슴엔 꿈에서 느낀 슬픔이 남아 있었다.

"악몽 꿨어?"

또다시 들려오는 아빠 인후의 목소리에 차빈은 몸을 반쯤 일으켰다. 그녀의 시야로 인후의 흩날리는 파마머리가 들어왔다.

"아…… 응."

십오 년 전 유일한 피붙이였던 엄마가 암으로 세상을 떠났다. 그땐 정말 세상이 무너진 것만 같았고 그 무너진 세상에 자신 혼자만 남았다고 생각했다. 열한 살이었던 그녀에게 세상은 너무나도 잔혹하게 느껴졌었다.

그런데 그때 그녀의 앞에 거짓말처럼 '아빠'가 나타났다. 성도 다르고 얼굴도 전혀 안 닮은 아빠가 말이다. 그는 그녀에게 자신이 아빠라고 말했고, 그녀는 그 말을 믿었다.

"요즘 취업 때문에 스트레스 받아서 그런가?"

진지한 인후에게 차빈은 손까지 저으며 강력하게 부인했다.

"그런 거 아니야."

사실 취업 문제는 비단 '요즘'의 문제만은 아니었기 때문이다. 대학을 졸업한 지 2년이 넘었지만 차빈은 아직 취직을 못하고 있었던 것이다.

영어시험을 봐서 높은 점수를 따고 자격증을 몇 개나 취득해도 요즘의 취업은 바늘구멍에 낙타 들어가는 것만큼이나 험난하다.

차빈은 늘어지게 하품을 하면서 인후의 지저분하게 흐트러진 머리카락을 손가락으로 슥슥 쓸어 넘겨주었다. 그러면서 방금 꾼 꿈 이야기를 했다.

"사실은 꿈에 이티랑 영화에서처럼 손가락을 맞췄는데, 그게 서로의 가운데 손가락이었어."

"서로가 재수 없었나 보다."

인후의 말에 차빈은 풋- 하고 웃음을 터뜨렸다. 항상 느끼는 거지만 아빠는 좀 재미있는 사람이다. 차빈이 인후를 향해 애교스럽게 물었다.

"아빠, 나 취업 못해서 밉지 않아?"

"그럼 넌 아빠 취업 못하고 빌빌댈 때 미웠냐?"

열한 살 때 처음 만난 인후는 직업은 없었지만 돈은 많았다. 그 덕분에 차빈은 부족함 없이 자랄 수 있었다. 하지만 그 돈도 몇 년 지나지 않아 바닥이 났고 인후는 일을 해야겠다며 여기저기 회사 면접을 다녔었다.

그러다 결국 지금은 은행 빚으로 조그마한 카페를 하나 차렸다. 그 카페는 지금 180센티미터가 넘는 큰 키에 준수한 외모, 어깨까지 내려오는 파마머리와 턱수염으로 멋을 낸 인후 혼자 운영을 하고 있어서 동네에서는 꽃중년 카페로 유명하다.

"아니. 절대."

얼굴 가득 환한 미소를 지은 차빈이 단호하게 고개를 저었다.

"나도. 절대."

차빈은 자신을 따라 고개를 젓는 인후를 미소 띤 얼굴로 바라보았다. 그녀가 잠시 후 다부지게 말했다.

"내가 취업해서 돈 많이 벌면 아빠 호강시켜줄게."

"아빤 지금도 충분히 혼자 잘 먹고 잘 싼다. 네 도움 따위 필요 없어."

아빤 늘 이런 식이다. 입은 다소 거칠지만 그 안에 애정이 있고 사랑이 있다.

"나 이제 움직여야겠다."

차빈은 어제부터 시작한 호텔 안내데스크 아르바이트를 가기 위해 침대에서 몸을 일으켰다. 방에서 나와 화장실로 가는 그녀의 뒤를 인후가 졸졸 따라가며 물었다.

"여인숙 또 가?"

그 순간 차빈은 두 눈에 힘을 주고 인후를 홱 돌아보았다. 그런 다음 허리에 두 손을 척 올리며 강하게 말했다.

"여인숙 아니라고 했잖아. 유명한 호텔이라고, 거기."

그녀의 단호한 설명에도 인후는 못마땅한 표정을 거두지 않았다.

"호텔이나 여인숙이나 똑같지, 뭐."

"안 똑같아. 전 세계에 있는 엄청 큰 체인 호텔이라니까?"

"체인호텔인지 체인지호텔인지 난 모르겠고, 단기알반데 그거 꼭 해야 돼?"

그녀의 말을 귓등으로도 안 듣는 듯 인후는 요지부동이었다. 하지만 그녀 역시 고집에서는 밀리지 않는다.

"응. 또 혹시 알아? 정직원이 될 수 있는 기회가 생길지?"

그런데 그 순간 어제 있었던 엘리베이터 사건이 떠올랐다. 도미호텔 사장과의 첫 만남. 분명 유쾌한 만남은 절대 아니었다.

'지금 저 놀리시는 거예요? 한국어도 서툰 분이?'

'그러는 넌 뇌가 서툴러 보인다?'

난감하다, 정말.

하렴과의 말다툼이 떠오른 차빈의 얼굴이 서서히 굳어졌다. 항상 이 욱하는 성질이 문제다. 누군가 건드리면 파르르 떨면서 꼭 받아쳐야만 직성이 풀리니 말이다.

갑작스럽게 굳은 차빈의 얼굴이 이상했던지 인후가 눈을 가늘게 뜨며 물었다.

"왜 그래, 갑자기?"

"……나 곧 잘릴지도 몰라."

"왜?"

"어제 사장님한테 좀 대들었거든."

"잘했네."

인후의 입에서 나온 의외의 대답에 차빈은 헛웃음이 터졌다.

"잘한 거야?"

"어. 계속 그렇게 대들어서 여인숙에서 잘려버려."

이에 차빈은 질렸다는 듯이 고개를 설레설레 흔들었다.

잠시 후 서둘러 출근준비를 마친 차빈은 가벼운 발걸음으로 집을 나섰다. 아직은 출근길이 조금 낯설었지만 그보다 유명 호텔에서 일하게 된 기쁨과 설렘이 더 컸다.

도미호텔은 번화가에 위치하고 있어서 버스와 지하철 둘 다 이용이 가능하기 때문에 출퇴근이 꽤 편했다. 그래서 차빈은 지각할 것 같은 날엔 지하철을 이용하고 오늘같이 시간적 여유가 있는 날엔 버스를 이용하기로 정했다.

버스에서 내려 호텔을 향해 발랄하게 걸어가던 차빈이 한 남자의 뒷모습을 보고 걸음을 멈췄다. 제법 덩치가 있는 저 남자는 분명 어제 이 호텔 사장이라는 남자와 같이 있었던 사람이다. 차빈은 인사를 건넬 요량으로 그에게 천천히 다가갔다.

그때, 남자가 자신의 정장 재킷 안주머니에 손을 넣더니 흰 봉투를 꺼내 만지작거렸다. 바로 사직서였다. 하지만 그는 결국 그것을 다시 깊숙이 집어넣었다. 다음 순간 그가 고개를 돌리다 가까이 다가오고 있는 차빈을 발견했다.

"어? 안녕하세요."

"아, 안녕하세요."

차빈이 그를 향해 어색하게 인사하자 구 비서는 방금 자신이 한 행동을 상기하면서 그녀에게 물었다.

"혹시, 봤어요?"

그의 질문에 차빈은 어설프게 웃으며 대답했다.

"아아, 그냥 얼핏?"

"부끄럽네요."

구 비서가 씁쓸한 미소를 짓자 차빈이 서둘러 입을 열었다.

"에이, 뭐, 부끄러울 것까지 있나요? 직장인이라면 누구나 다 가슴에 품고 다니는 부적 같은 거잖아요, 그거."

구 비서는 또다시 씁쓸하게 웃었다.

삼 개월 전, 부푼 꿈을 안고 한국 도미호텔 대표의 비서로 첫 출근했었을 때 구 비서는 남자임에도 신 대표의 잘생긴 외모에 심장이 한 번 두근거렸고 그의 성격에 또 한 번 심장이 두근거렸었다. 아니, 두 번째는 '두근'이 아니라 '쿵쾅!'이었을 것이다.

까칠한 성격에 깔끔까지 떠는 건 얼마든지 이해할 수 있는데, 그는 가끔 알 수 없는 말을 한다. 6개 국어를 할 줄 아는 천재이긴 한데 모국어인 한국어 상태는 아주 형편없다. 그런데 더 큰 문제는 그 자신이 그걸 전혀 신경 안 쓴다는 점이다.

"휴."

짧게 한숨을 내쉰 구 비서가 갑자기 생각났다는 듯 자신의 휴대폰을 꺼내 들었다.

"마침 잘 만났네요."

이렇게 말한 그가 휴대폰을 만지면서 차빈을 향해 물었다.

"혹시 '네모나드'라고 아세요?"

"네?"

처음 들어본 단어에 차빈의 두 눈이 동그래졌다. 다음 순간 구 비서가 자신의 휴대폰 속 문자를 그녀에게 보여주었다.

[네모나드]

"제가 사장님한테 혹시 커피 말고 드시고 싶은 게 있으면 사가겠다고 했더니 이런 답장이 왔거든요."

구 비서의 설명을 듣자마자 차빈은 간단하게 정답을 던졌다.

"레모네이드?"

순간 구 비서의 표정이 확 밝아졌다.

"아하! 센스가 좋으시네요. 사장님이 영어 표현도 꼭 한국어로 쓰시거든요. 저는 그걸 못 알아들어서 자주 혼나고요."

말을 마친 구 비서가 참 호탕하게도 웃었다. 그 웃음이 묘하게 슬퍼 보였다. 차빈이 안쓰럽다는 듯이 중얼거렸다.

"수고가 많으시네요."

어제 보니 사장의 한국어 상태가 엉망이던데, 그런 한국어 바보 밑에서 고생이 많겠단 생각이 들었다. 원래 바보면 착하기라도 해야 하는데, 그는 성격도 상당히 안 좋아 보였다.

황급히 레모네이드를 사러 가는 구 비서의 뒷모습을 보면서 차빈은 무언의 응원을 보냈다.

"싸게싸게 진행해주시죠."

회의가 다소 늘어지는 느낌이 들자 하렴은 카리스마 있게 이를 지적했다. 그러나 그의 말에 회의실 안 직원들은 순간 당황한 표정을 지으며 서로를 쳐다보았고 하렴의 옆자리에 앉아 있던 진의 얼굴은 딱딱하게 굳어졌다.

"후……."

입에서 터져 나오려는 한숨을 가까스로 막은 진이 손을 들어 하렴의 비서를 가까이 오게 했다. 구석에 서 있다가 재빨리 그에게로 다가온 구 비서가 허리를 숙이자 진이 나직하게 말했다.

"가서 저놈 입 좀 막아봐."

"네? 제가 어떻게……?"

구 비서는 몹시 당황스러웠다.

"입에 재갈을 물려서라도 막아."

"재, 재갈이요?"

"없으면 휴지라도 물려."

잠시 고민하던 구 비서가 휴지를 석 장 뽑아서 하렴에게로 다가섰지만 하렴은 그를 쳐다보지도 않고 회의실에 모인 직원들을 향해 말했다.

"왜들 그래요? 후딱 발표하세요."

이미 늦었다. 직원들의 표정이 더 이상해졌다. 구 비서는 어색해진 회의실 안을 둘러보면서 하렴에게 휴지를 들이밀었다. 그걸 본 하렴이 재빨리 그를 밀쳐버려서 입을 막지는 못했지만 말이다.

회의가 끝나자마자 진은 하렴을 데리고 곧장 자신의 방으로 향했다. 방 안에서 진은 참고 있던 분노를 터뜨렸다.

"야, 너 말이야, 그 입 좀……!"

그런데 하렴은 잔소리를 퍼부으려는 진을 쳐다보지도 않은 채 어딘가로 전화를 걸고 있었다.

"너 어디다 전화하는 거야?"

"구 비서."

"구 비서는 왜?"

"아까 그 자식이 나한테 휴지 먹이려고 했어!"

내가 시킨 거야, 라고 진은 차마 말하지 못했다.

구 비서가 전화를 안 받는지 하렴은 이내 휴대폰 화면을 꺼버렸다. 신경질적으로 휴대폰을 다시 주머니에 넣은 하렴이 뭔가 생각난 얼굴로 진을 쳐다보았다.

"형."

하렴과 달리 선이 굵은 얼굴을 가진 진이 순간 뜨끔한 표정을 지었다.

"왜, 왜? 뭐, 뭐? 나 아니야."

그가 괜히 제 발 저려서 고개를 저었다. 진을 향해 하렴이 퉁명스럽게 말했다.

"누가 뭐래? 나 내일부터 호텔 로비 안내데스크 쪽 들렀다가 출근할 거야."

갑작스런 하렴의 선언에 진의 남자다운 두꺼운 눈썹이 하늘로 치켜 올라갔다.

"뭐? 갑자기 왜? 너 직원들이 가식적으로 밝게 인사하는 거 싫다고 로비는 잘 안 들르잖아."

"직원들이 내 얼굴을 잘 모르는 것 같아서."

"그럴 리가. 거의 다 알 텐데?"

하렴이 서늘한 쓴웃음을 지으며 대꾸했다.

"아니. 모르는 애도 있어. 있더라."

진은 솔직히 지금 무엇보다 심각한 언어 상태를 먼저 해결해야지, 직원들에게 얼굴을 알리는 게 뭐 그리 중요한 일인가 싶었다. 천하태평하기만 한 하렴의 태도에 진은 머리가 지끈거렸다.

아까 회의 때도 얼마나 위기가 많았던가.

요즘은 하렴이 기획하고 추진하고 있는 도미호텔 부산 지점의 개관 때문에 회의가 잦은 편이었다. 그런데 회의가 많아질수록 진은 하렴의 언행 때문에 고민이 많아졌다.

화를 삭이기 위해 진은 조용히 소파에 앉았다. 그를 따라 하렴도 그의 반대편으로 털썩 앉았다. 잠시 후 하렴이 갑자기 생각났다는 듯 고개를 갸웃하며 물었다.

"근데 아까 회의 분위기 좀 이상하지 않았어?"

하렴이 남자답게 선이 굵은 진의 얼굴을 물끄러미 쳐다보자 진은 두 손에 깍지를 껴서 무릎 위로 올리며 서늘하게 웃었다.

"그게 너 때문일 거란 생각은 안 해봤어?"

"나? 나 왜?"

"후우……."

진의 입에서 결국 큰 한숨이 터져 나왔다. 화를 참아보려고 깍지 낀 두 손을 꽉 잡은 진이 나지막하게 말을 뱉어냈다.

"내가 너 회의할 때 말하지 말라고 했어, 안 했어?"

"후딱 하라는 말밖에 안 했는데?"

"그게 문제야, 그게!"

소리를 버럭 지르며 진은 자리에서 벌떡 일어섰다. 그가 자신의 사촌 동생을 향해 삿대질을 하면서 차갑게 말했다.

"넌 말에 기품이 없어."

"그런 말 처음 들어."

"네가 그런 한국어를 계속 쓴다면 앞으로도 계속 듣게 될 말이야."

이해할 수 없다는 듯 하렴은 인상을 찌푸렸다. 그에게 진은 진지한 표정과 음성으로 말했다.

"이러다가 너 임직원들한테 무시당하는 건 시간문제라고, 인마."

안 그래도 다들 미국 본사에서 낙하산 보낸 거 아니냐고 여전히 의심하는 눈초리던데.

아직까진 하렴이 이뤄낸 성과들 때문에 바짝 엎드리고 있지만,

분명 그가 실수라도 하는 날엔 즉시 물어뜯으려고 달려들 거다.

"그런 걸로 신경 낭비하고 싶지 않아. 근데 이 구 비서 녀석은 어딜 간 거야? 커피 마시고 싶은데."

자신의 말을 제대로 듣지도 않고 구 비서를 찾는 하렴을 보면서 진은 다시 한 번 한숨을 내쉬었다.

"이 녀석은 꼭 필요할 땐 없더라. 설마 벌써 퇴근한 거 아니야? 저번에도 말없이 퇴근하더니."

화난 얼굴로 총지배인실을 나가는 하렴의 뒤에서 진은 자신의 뒷머리를 긁적거렸다. 또 얼마나 구 비서를 몰아세울지 걱정이 되긴 했지만, 그보다 오늘 회의 사건으로 인해 직원들에게 사장의 위신이 떨어진 건 아닌지 그쪽이 더 신경 쓰였다.

호텔을 이리저리 둘러보면서 혹시 사장에 대한 이상한 소문이 퍼지고 있는 건 아닌지 체크한 다음, 진은 다시 자신의 방으로 돌아왔다. 아직까지 하렴에 대한 나쁜 소문은 퍼지지 않은 듯했다. 그가 자리에 앉아 안도의 한숨을 내쉬고 있는 사이 그의 방에 노크 소리가 들렸다.

시선을 슥 들어 올리자 진의 시야로 구 비서의 굳은 얼굴이 들어왔다. 그의 얼굴과 손에 들린 흰 봉투를 확인한 진의 표정이 딱딱하게 굳어졌다.

"저 그만두겠습니다."

이로써 세 명째다. 대표가 된 지 반년밖에 안 됐는데 비서가 세 명이나 사표를 냈다. 이건 보통 심각한 문제가 아니다.

"우리 하렴이가 또 무슨 실수를 했나?"

무슨 일인지 충분히 짐작이 갔지만 진은 짐짓 모른 척 질문을 던졌다. 구 비서가 동그란 얼굴을 일그러뜨리면서 말을 시작했다.

"일단 커뮤니케이션이 너무 힘듭니다. 도통 이해를 못하겠는데도 고집이 워낙 세서 계속 한국어를 사용하시니 저는 계속 혼나기만 하고요. 그리고 말투 또한 거칠어서 상처가 되는 부분도 적지 않습니다."

순간 진은 머리가 지끈거려서 손으로 이마를 짚었다.

"제 사표 받아주십시오."

진의 앞으로 구 비서가 사직서를 내밀었다. 솔직히 구 비서는 다른 회사에 가면 억대 연봉을 받고 그에 합당한 복지와 지위를 누리면서 일할 수 있는 초엘리트다. 어쩔 수 없이 진은 그의 사직서를 받아 들었다.

"그런데 제가 감히 제 후임자를 추천하고 가도 될까요?"

뜻밖의 말에 진은 두 눈을 크게 떴다.

"후임자?"

"네. 정말 신 사장님 비서로는 적임자일 것 같아서요."

전혀 예상치도 못한 구 비서의 말이 흥미롭다는 듯 진은 입술 끝을 올리며 웃었다. 웃으니까 남자다운 얼굴이 조금 귀여워졌다. 그때 구 비서가 다시 입을 열었다.

"사실은 어제 사장님 언어를 정확하게 알려준 여자분이 한 분 계시거든요. 사장님이 '네모나드'라고 쓰신 걸 단번에 '레모네이드'라고 알아차리기도 하고요."

"정말? 누군데? 이름이 뭔데?"

진의 눈빛이 깊은 생각에 잠긴 듯 짙고 어두워졌다.

02. 완벽한 재회

호텔 유니폼으로 갈아입은 차빈이 가슴 포켓 위에 새 명찰을 달았다. 거울을 보고 한번 웃어 보인 후 차빈은 탈의실을 나섰다.

"차빈 씨, 안녕?"

서둘러 안내데스크로 걸어가는 차빈에게 똑같은 유니폼을 입은 여자가 인사를 건넸다.

"안녕하세요, 선영 언니."

차빈이 환하게 웃으며 인사를 하자 여자의 곱게 화장한 미간이 살짝 찡그려졌다.

"나 희진이거든?"

"아, 죄송해요. 제가 오늘로 삼 일째라 언니들 이름을 헷갈렸네요."

차빈은 말실수를 한 자신의 입을 가리며 미안해했다. 하지만 그녀도 나름의 이유는 있었다. 희진과 선영을 이틀 전에 처음 본 데다 그녀들의 외모가 상당히 비슷했던 것이다.

"괜찮아. 고객들도 가끔 우릴 헷갈려하니까."

희진이 쿨하게 대답하자 그녀의 뒤로 선영이 나타났다. 커다란 눈과 높고 날카로운 콧날, 도톰한 입술을 가진 선영의 얼굴은 앞에 서 있는 희진과 많이 닮아 있었다. 선영이 자신의 유니폼에 달린 명찰을 손으로 잡으며 말했다.

"그래서 우리에게 명찰은 빼놓을 수 없는 필수품이지."

그런 선영을 향해 몸을 돌린 희진이 입술을 삐죽거리며 그녀를 새치름하게 노려보았다.

"그러게 왜 내가 다녔던 성형외과에서 수술을 해?"

"너 수술 잘된 것 같아서 그랬지. 누가 이렇게 비슷하게 될 줄 알았니?"

선영 역시 희진을 밉지 않게 노려보았다. 희진이 어이없다는 듯 헛웃음을 터뜨렸다.

"참 나. 너 때문에 우리 도플갱어설 도는 거 알고는 있니?"

희진의 말에 차빈은 작게 웃음을 터뜨렸다. 둘 다 예쁘장하게 생겨서는 꽤 쿨하고 재미있는 언니들 같았다.

"어머!"

그때 선영이 호텔 입구를 보면서 놀란 목소리를 냈다. 그녀의 목소리에 희진과 차빈 역시 그쪽으로 고개를 돌렸다.

"어머머! 신왕자다!"

신왕자?

차빈은 선영이 말한 사람이 누군지 몰라 출입구 유리문이 열릴 때마다 들어오는 사람들을 쳐다보았다. 그런데 들어오는 사람들은 모두 여자이거나 안경을 낀 배 나온 중년남자들뿐이었다. 왕자 같은 사람은 어디에도 없었다.

"와, 어쩜 저렇게 잘생겼지?"

희진 역시 감탄을 터뜨리며 흥분한 상태였다. 결국 차빈은 궁금증을 참지 못하고 그녀들에게 물었다.

"신왕자? 신왕자가 누구예요? 그렇게 잘생겼어요?"

희진의 손이 두리번거리는 차빈의 얼굴을 잡아 유리문 너머를 보게 했다.

"지금 차에서 내렸어. 저 기럭지 봐봐. 머리부터 발끝까지 훑는 데만 족히 5분은 걸리겠어."

차에서 내렸다? 아직 호텔 안으로 들어온 것도 아니고 겨우 차에서 내렸을 뿐인데 이 호들갑이란 말인가?

'대체 어떤 대단한 남자이기에?'

차빈이 바라본 유리문 너머엔 슈트를 입은 남자가 두 명 서 있었는데 둘 다 제법 키가 컸다. 그런데 그들 중 한 남자의 정갈한 눈썹과 높은 콧대, 붉은 입술, 그리고 도자기 같은 피부는 분명 차빈이 그제 본 것들이었다.

'사장님?'

차빈이 알기로 저 남자는 이틀 전 자신과 작은 마찰이 있었던 이 호텔 사장이었다. 그를 본 차빈의 얼굴이 미묘하게 굳어졌다.

'설마 저 사장님이 신왕자인가? 아니겠지? 아닐 거야.'

애써 부정하며 황급히 시선을 옆으로 옮기자 까무잡잡하고 선이 굵은 얼굴을 가진 남자가 보였다. 쌍꺼풀 없이 매끈한 눈과 도톰한 입술이 매력적인 남자는 한눈에 차빈의 시선을 사로잡았다.

그에게선 삼십 대 중반의 남자에게서나 풍길 법한 어른 남자의 멋이 느껴졌다.

'우와, 멋있다.'

유리문을 통해 호텔 안으로 들어서는 두 남자를 계속 쳐다보면서 차빈이 속삭이는 목소리로 물었다.

"저기 저 사장님 옆에 계신 잘생긴 분이 신왕자예요?"

그 순간 선영과 희진이 동시에 웃음을 터뜨렸다. 그녀들의 웃음에 차빈은 어리둥절했다. 잠시 후 웃음을 멈춘 선영이 차빈에게 말했다.

"사장님이 신왕자인데? 사장님 이름이 신하렴이거든. 그래서 신왕자. 그나저나 차빈 씨가 어떻게 사장님 얼굴을 벌써 알아? 사장님 이쪽으론 잘 안 다니시는데."

되묻는 선영의 얼굴에 의아함이 서렸다.

"아…… 그저께 우연히 만났어요, 엘리베이터 안에서."

"그래? 암튼, 신왕자는 사장님이야. 저렇게 잘생긴 데다 키도 크지, 미국 명문대학 출신에 서른밖에 안 됐는데 이 호텔 대표야. 이보다 어떻게 더 왕자일 수가 있겠어?"

"아, 예."

차빈이 적당히 맞장구를 치자 선영이 더욱 신나 하며 말을 이었다.

"럭셔리한 외모와 분위기, 그리고 중저음 목소리까지 완벽해. 근데 또 그 우수에 찬 눈빛 때문인지 뭔가 신비로우면서도 모성애를 자극하는 느낌이 있어. 그래서 그 '신왕자'가 성을 딴 것도 있지만, 새로운 장르의 왕자라는 뜻으로 신(新)왕자이기도 하지."

남들이 보는 객관적인 사장님은 저런 모습인가 보다. 하지만 차빈은 성질만 부리고 매너라곤 눈곱만치도 없는 그날의 모습을 봐서 그런지 별로 왕자같이 느껴지지는 않았다.

"근데 차빈 씨 방금 사장님 옆에 있는 총지배인님을 보고 잘생겼다고 말한 거야?"

옆에서 희진이 불쑥 던진 질문에 차빈의 두 눈이 커졌다. 저 매력적인 남자가 이 호텔의 총지배인이었구나.

"아! 저분이 총지배인님이시군요. 네, 맞아요. 잘생겼다 생각했어요."

차빈이 너무도 당당하게 고개를 끄덕이자 희진과 선영은 조금 당황하는 눈치였다. 왜 그러냐는 듯 차빈이 고개를 갸웃하자 희진이 어색하게 웃으면서 말했다.

"에이, 솔직히 총지배인님은 생긴 게 좀 범죄자, 아니 야쿠자, 아니 소도둑같이 생겼는데……."

아니, 어떻게 '아니'라고 단어를 수정할 때마다 더 나쁜 말이 튀어나온단 말인가!

차빈은 순간 기가 막혀서 희진의 얼굴을 빤히 쳐다보았다. 그때 희진이 그녀의 어깨 너머로 꾸벅 인사를 했다.

"안녕하세요."

희진의 행동에 차빈은 재빨리 뒤로 몸을 틀었다. 그녀의 시야로 안내데스크로 다가오고 있는 총지배인의 남자다운 얼굴이 들어왔다. 까무잡잡한 구릿빛 피부와 쌍꺼풀 없이 옆으로 긴 눈, 도톰한 입술 모두 차빈의 눈에는 절세미남처럼 보였다.

"좋은 아침입니다."

한국 도미호텔의 총지배인 진은 안내데스크의 그녀들과 차례로 눈을 맞추며 부드럽게 인사를 건넸다. 차빈도 서둘러 허리를 숙였다.

차빈이 숙였던 허리를 드는 순간 진의 옆에 서 있는 하렴이 눈에 들어왔다. 하렴은 입을 꾹 다문 채 그녀들을 향해 고개를 까닥 움직였다. 그걸 본 차빈의 입이 살짝 벌어졌다.

'저게 인사란 말인가? 총지배인님이랑 너무 비교된다. 똑같이 말쑥한 슈트를 입었는데도 어쩌면 저렇게 분위기가 다를까.'

진과 달리 하렴은 하얗고 깨끗한 피부에 속쌍꺼풀 진 큰 눈, 높은 콧대와 붉은빛의 입술을 가지고 있었다. 확실히 남자다운 얼굴을 좋아하는 차빈의 스타일과는 거리가 멀었다.

그런데 그때 건성으로 인사를 건넨 하렴이 자신의 앞에 서 있는 차빈을 살벌하게 노려보기 시작했다.

"……!"

그의 갈색빛 눈동자를 마주한 순간 차빈은 긴장감에 마른침을 꿀꺽 삼켰다.

'왜 노려보지? 역시 그날 일 때문인가? 그럼 이제 나한테 당장 그만두라고 하겠지?'

겁이 덜컥 난 차빈은 하렴의 눈을 피해 시선을 아래로 내려버렸다. 그사이 진이 선영과 희진에게 말을 걸었다. 그걸 기다렸다는 듯이 하렴이 차빈에게로 바짝 다가서며 나직하게 물었다.

"너 나 알지?"

자신을 향한 낮은 목소리에 차빈은 다시 시선을 올릴 수밖에 없었다.

"글쎄요. 잘 모르겠는데요……."

"모른다고? 너 이미 나랑 안면 인식한 사이잖아?"

저번부터 느낀 거지만 이 남잔 참 독특한 한국어를 구사한다. 결국 차빈이 떨떠름한 표정으로 인정했다.

"아, 네. 그러네요. 그저께 한 번 만났었네요."

"이차빈."

하렴이 갑자기 한층 더 낮아진 목소리로 자신의 풀네임을 부르자 차빈은 심장이 쿵 내려앉는 것만 같았다.

"제, 제 이름을 어떻게 아셨죠? 혹시, 제 뒷조사를 하신 건가요?"

차빈이 두 눈을 크게 뜨고 묻자 하렴이 그녀의 가슴 쪽으로 검지를 뻗었다.

"명찰."

아아. 차빈이 고정핀을 고쳐서 새로 단 자신의 명찰을 내려다보는 순간 하렴이 그녀의 정수리에 대고 말했다.

"내가 바보 뒤를 캘 만큼 한가한 사람인 줄 아냐?"

노골적으로 사람을 무시하는 어투에 울컥한 차빈이 그를 향해 도전적인 눈빛을 보냈다.

"이제 이름을 아셨으니 저를 해고하실 건가요?"

"……."

하렴이 아무 말 않고 그녀를 빤히 쳐다보기만 하자 차빈이 의구심 가득한 눈빛으로 물었다.

"설마 지금 '해고'를 못 알아들으신 건 아니죠?"

"이 바보가 진짜 누굴 자기랑 같은 바보로 아나?"

하렴의 목소리가 조금 높아지려던 그때, 선영과 희진에게 이런저런 질문을 던지며 이야기를 나누던 진이 고개를 돌려 차빈을 쳐다보았다.

"처음 보는 얼굴이네요. 반가워요. 이름이 뭐예요?"

진이 차빈에게로 관심을 돌리자 하렴은 입을 꾹 다물어버렸다. 차빈이 재빨리 대답했다.

"이차빈입니다."

"전 이 호텔 총지배인 김진입니다. 그럼 오늘 하루도 수고해줘요, 차빈 씨."

진의 도톰한 입술이 곡선을 그리며 미소를 짓자 차빈은 순간적으로 설레었다. 말을 마친 그는 하렴과 함께 사무실 건물 쪽으로 걸어갔다. 멀어지는 진의 뒷모습을 차빈은 멍하니 바라보았다.

"신왕자 너무 멋있당."

"완전 멋있어, 신왕자!"

그가 떠나기까지, 어디에도 멋있는 요소는 없었던 것 같은데 선영과 희진은 하렴이 멋있다며 소란을 피웠다. 차빈이 정말 궁금하다는 표정으로 물었다.

"대체 뭐가 멋있어요? 방금도 고개만 까닥거리며 인사하던데."

"그 모습이 시크해서 멋있잖아. 전 대표님은 고개는커녕 우리랑 눈도 안 마주쳤어. 그리고 신왕자는 평소에도 말이 별로 없대. 필요한 말만 딱딱 한다고 하더라고."

'말이 없다고? 필요한 말만 딱딱 한다고?'

순간 차빈의 입가에 조소가 걸렸다.

'아주 이미지 메이킹을 제대로 하셨구만. 그날의 그 엘리베이터 안에서의 신왕자 모습을 다시 보여주고 싶을 정도다, 정말.'

"This project is very big and is based on how many staff

members attend with zeal."

기획서를 검토하느라 정신이 없으니 미국 본사에서 온 메일을 대신 읽어달라는 하렴의 부탁에 진은 제법 쉬운 영어로 쓰인 메일을 술술 읽어 내려갔다. 그런데 두 번째 줄을 읽고 있던 그때, 하렴이 손을 들어 그의 행동을 저지시켰다.

"형 영어 발음 말이야, b랑 v랑 똑같은 거 알아? 그리고 j랑 z 발음도 똑같아."

사촌 동생의 날카로운 지적에 진은 얼굴이 붉어지는 것만 같았지만 애써 태연하게 대답했다.

"한국에서만 공부한 발음이라서 그래."

"그래. 그런 건 이해하는데 형 발음은 특히 좀 심해. 후졌다고 해야 되나? 암튼 듣기 좀 거북이스러워."

"어…… 그래. 우리 하렴이가 듣기 좀 거북스러웠구나. 형이 미안해."

진은 일단 한번 참아보았다. 오늘 하루 그의 비서가 돼보겠다고 제안한 건 자신이었으니까.

"듣기 힘들어도 참아볼게. 계속해."

하렴이 덧붙인 말에 진은 울컥 화가 치밀었지만 두 주먹을 꽉 움켜쥐며 참았다. 사촌 형인 자신한테도 이 정도인데 평소 비서들한텐 얼마나 매정하게 굴었겠는가. 그들이 그만둔 이유가 절절히 공감되는 순간이었다.

진이 이번엔 영어 발음에 굉장히 신경을 쓰면서 메일을 읽기 시작했다. 그런데 딱 세 단어 읽었을 때.

"형, 나 커피 좀."

하렴이 자신의 머그컵을 들어 올리면서 말했다. 그걸 본 진이 황당하단 표정을 지었다.

"30분 전에 사다 줬잖아."

"다 식었어."

말하면서 하렴은 손에 든 머그컵을 좌우로 달랑달랑 흔들었다.

30분 전, 커피가 마시고 싶다는 하렴의 말에 진은 기분 좋게 커피를 사왔다. 그 정도는 힘들게 일하는 동생을 위해 충분히 할 수 있는 일이었다. 특정 브랜드의 에스프레소를 즐겨 마시는 동생을 위해서 자동차까지 몰고 다녀왔지만, 그때까진 정말 괜찮았다.

'그런데 뭐? 30분 만에 또 갔다 오라고? 다 마시지도 않았으면서, 겨우 식었으니 다시 사오라고?'

진은 결국 이성의 끈이 뚝 끊어져버렸다.

"너 이 자식, 내가 네 비서인 줄 알아?"

그가 격앙된 목소리로 소리치자 하렴이 덤덤한 얼굴로 대꾸했다.

"당연히 아닌 거 알지. 그래서 그나마 형이라서 내가 이렇게 정중하고 어른스럽게 대하는 거잖아. 내 비서였으면 어른없어."

"'어른없어' 아니고 '어림없어'."

"알아. 헷갈린 거야."

상대방의 실수는 창피할 정도로 면박을 주면서 자신의 실수는 굉장히 쿨하게 넘기는 하렴의 태도에 진은 화가 났다.

"남의 영어 발음이 조금 어색한 걸 지적하기 전에 네 녀석 한국어 실력부터 돌아봐라, 인마. 뭐? 거북이스러워? 어른없어? 미취학아동도 너보단 한국어 잘하겠다!"

목소리를 높이는 진을 보며 하렴은 이해할 수 없다는 듯이 두 눈을 깜박거렸다. 그 표정을 본 진이 득의양양하게 소리쳤다.

"너 지금도 '미취학아동' 못 알아들었지?"

그 순간 하렴도 화가 난 듯 자리를 박차고 일어섰다.

'요즘 왜 이렇게 날 무시하는 사람이 많지? 그 알바생 여자애도 그렇고 형도 그렇고.'

"내 비서 노릇 한번 해보겠다고 나선 건 형이야. 이렇게 하루도 안 돼서 화낼 거면 뭐하러 한다고 한 거냐?"

"한번 해보려고 했다, 왜! 그래도 난 네 가족이니까 널 좀 더 이해할 수 있겠지 싶어서. 근데 넌 인마, 인성이 글러먹었어."

"내가 먹긴 또 뭘 먹어? 형, 내 비서 하지 마. 당장 나가."

"그래. 나도 더 이상은 안 한다, 인마!"

버럭 소리치고 사장실 문을 향해 성큼성큼 걸어가던 진이 다시 몸을 돌려 하렴을 쳐다보았다. 그의 입술 사이로 가는 한숨이 새어 나왔다.

그래도 어쩌겠는가. 자신이 저 모난 동생을 거둬야지.

"……잠시 휴전하고 커피나 마시고 오자."

하렴도 휴전에 동의한다는 듯 얌전히 그를 따라왔다. 엘리베이터에 탄 진이 길게 한숨을 내쉬자 하렴이 그를 돌아보았다.

"그러니까 똑똑하고 성격 좋고 센스 있고 말 잘 듣는 비서, 빨랑 찾아봐."

"그 조건 다 갖춘 비서가 세상에 어디 있어?"

"어딘간 있겠지."

천하태평한 소리 하는 하렴을 바라보면서 진은 방금 전보다 더 깊은 한숨을 내쉬었다.

1층에 도착한 엘리베이터의 문이 열렸다. 엘리베이터에서 내린 두 사람은 자연스럽게 유리문을 향해 걸어갔다. 그때 걷고 있는 하렴의 시야로 단발머리 여자가 들어왔다. 유리문을 열고 나가는 단발머리 여자를 계속 주시하면서 하렴이 진에게 말했다.

"형, 커피 사오는 건 직원 시키자."

"직원? 누구? 거의 다 퇴근했을 텐데."

진의 말을 듣지도 않고 하렴은 급히 유리문을 열고 밖으로 나갔다. 그러곤 단발머리 여자의 뒤쪽에서 그녀를 불렀다.

"야, 너."

뒤에서 들려오는 매너 없는 부름에 차빈은 놀란 얼굴로 어깨를 홱 틀었다. 그 바람에 그녀의 단발머리가 공중에 흩날렸다.

"사장님?"

시야에 들어온 하렴의 반듯한 얼굴을 본 차빈은 갑자기 불안감에 휩싸였다. 또 무슨 말을 해서 사람 속을 뒤집어놓으려고…….

"커피 사와."

지극히 거만한 명령조에 차빈은 기가 막혀서 헛웃음이 터졌다. 오기가 생긴 그녀가 퉁명스럽게 말했다.

"저 방금 퇴근했는데요."

"그래서? 지금 사장 말을 안 듣겠다는 거야?"

"시키실 거면 퇴근 전에 시키시지, 왜 지금……."

차빈이 괜한 오기를 부리고 있던 그때 진이 그들에게로 다가왔다.

"차빈 씨."

그의 등장에 차빈의 표정이 화사하게 밝아졌다.

"아, 총지배인님, 지금 퇴근하시는 거예요?"

"아뇨. 우린 아직 못 해요. 일이 남았거든요."

진의 나긋나긋한 말투에 차빈은 빙그레 미소를 지었다. 그녀를 향해 진이 부드럽게 말을 이었다.

"정말 미안한데, 우리 커피 좀 사다줄래요?"

"네, 그럼요! 냉큼 다녀오겠습니다."

당장이라도 커피전문점으로 뛰어갈 태세인 차빈의 행동에 하렴은 어이가 없다는 표정을 지었다. 그의 옆에서 진이 그녀에게 신용카드를 내밀었다.

"여기 카드요. 아메리카노랑 에스프레소 한 잔씩. 그리고 차빈 씨도 마시고 싶은 거 한 잔 마셔요."

"네, 감사합니다."

차빈이 카드를 들고 달려가버리자 하렴은 헛웃음을 터뜨렸다. 고개를 돌려 하렴의 불편해 보이는 표정을 본 진이 그에게 말했다.

"오늘은 그냥 대충 마셔. 꼭 그 브랜드 아니어도 마실 순……."

"쟤는 형이 사장인 줄 아나 봐."

자신의 말을 자르며 하렴이 던진 말에 진이 고개를 갸웃했다.

"뭐?"

"내가 시켰을 때는 무시하더니 형이 시키니까 하잖아. 쟨 진짜 바보가 틀림없어. 인재를 잘못 뽑았네. 알바생이라 막 뽑은 건가?"

진은 열을 올리는 하렴을 물끄러미 바라보았다. 그러다 차빈이 들어간 커피전문점으로 천천히 시선을 옮겼다.

이차빈. 그녀는 그가 알기로 얼마 전 엘리베이터 안에서 하렴의 말을 제대로 이해하고 구 비서에게 알려줬다는 여자다. 그래서 일단 이력서를 한번 봤는데, 하렴의 비서를 하기엔 스펙이 턱없이 부족했다. 외국 유학 경험도 없었고 명문대학 출신도 아니었다. 하지만 실제로 만나본 그녀는 상당히 씩씩하고 매력적인 여성이었다. 무엇보다 하렴을 대하는 태도가 마음에 들었다.

"커피 여기 있습니다."

잠시 후 차빈이 커피를 두 잔 들고 나타났다.

"고마워요."

차빈이 사온 커피를 손에 들며 진이 감사 인사를 전하자 차빈이 수줍은 미소를 지었다. 그사이 말없이 커피를 들고 마시던 하렴이 갑자기 버럭 소리를 질렀다.

"앗, 뜨거워. 야, 뜨거우면 뜨겁다고 말을 해줘야지."

그를 돌아본 차빈이 어리둥절한 표정으로 말했다.

"네? 기본상식은 말 안 해도 되는 거 아닌가요?"

"뭐라고?"

하렴의 눈썹이 일그러졌다. 금방이라도 불꽃이 튈 듯 날카롭게 대립하는 두 사람을 보면서 진은 흥미롭다는 표정을 지었다.

"방금 사장님도 퇴근 시간 이후에 커피 심부름을 한 직원에게 고맙다는 말 한마디 없으셨잖아요. 그건 기본상식이니까 생략하시는 건가 했죠. 그래서 저도 방금 커피전문점에서 가져온 커피가 뜨겁다는 기본상식을 생략하고 말씀 안 드린 것뿐입니다."

차빈의 달변에 하렴과 진은 입만 동그랗게 벌릴 뿐 아무 말도 하지 못했다. 잠시 후 피식 웃음을 터뜨린 진이 하렴을 잡아끌면서 말했다.

"가자, 하렴아."

"형, 얘가 지금 나한테……."

"그래, 그래. 알았어."

두 사람의 친근한 모습에 놀란 듯 차빈이 두 눈을 휘둥그레 떴다. 진이 친절하게 설명했다.

"우리 사촌지간이거든요. 우리 사이 아는 직원들도 많아요."

"아아, 그렇구나. 사촌지간인데 전혀 아주 전혀 다르네요."

그 순간 하렴이 어이없다는 표정으로 진의 남자다운 얼굴과 차빈을 번갈아 쳐다보았다.

"너 지금 형 얼굴 디스하는 거냐?"

차빈이 냉소적인 미소를 지으며 대꾸했다.

"성격 디스하는 거거든요?"

그녀의 말에 하렴은 충분히 납득한다는 듯이 고개를 끄덕였다.

"하긴. 형 성격이 좀 꽉 막힌 데다 다세포? 암튼 그거고……."

"다혈질이겠죠."

"응, 그거."

묘하게 잘 통하는 것처럼 보이는 그들의 모습에 진은 차빈이 하렴의 비서로서 욕심이 나기 시작했다. 하지만 차빈은 그와 생각이 다른 듯 보였다.

"대화가 잘 안 되는 것 같으니 전 이만 가보겠습니다."

서둘러 자리를 뜨고 싶어진 차빈이 말했다. 진이 온화하게 웃으면서 입을 열었다.

"그래요. 커피 고마웠어요. 조심히 가요."

차빈은 두 사람에게 꾸벅 목인사를 한 뒤 돌아섰다. 멀어지는 그녀의 모습을 바라보던 진이 갑자기 그녀를 향해 뛰어갔다.

"잠깐만요, 차빈 씨!"

차빈이 놀라서 몸을 돌리자 그녀의 앞에 멈춰 선 진이 빠르게 말했다.

"혹시 내일 아침 일찍 총지배인실로 와줄 수 있어요?"

"네? 아, 네. 알겠습니다."

갑작스런 진의 제안에 차빈은 심장이 두근거렸다. 다음 순간 진은 차빈에게 부드럽게 웃어 보인 후 하렴이 있는 곳으로 돌아갔다.

다음 날 아침, 일찍 출근을 해서 유니폼으로 갈아입은 차빈은 두근거리는 마음으로 총지배인실로 향했다.

똑똑-

총지배인실의 문을 두드린 후 차빈은 긴장되는 마음에 심호흡을 했다. 안에서 들어오라는 낮은 목소리가 들리자 차빈은 긴장한 채로 총지배인실의 문을 열었다.

"어서 와요, 차빈 씨."

진은 환하게 웃으며 그녀를 반겼다. 그 얼굴을 본 차빈의 입가에도 미소가 퍼졌다. 그녀의 가슴이 조금 설레었다.

"알바생? 뭐냐, 너? 왜 왔냐?"

그런데 그때 차빈의 감정을 확 깨지게 하는 목소리가 들렸다. 미간을 살짝 찡그린 차빈이 고개를 돌리자 소파에 거만하게도 다리를 꼬고 앉아 팔짱을 척 끼고 있는 하렴이 보였다. 차빈의 곱지 않은 시선을 본 진이 재빨리 그들 사이로 서며 말했다.

"우리 하렴이가 한국어가 서툴러서 표현이 거칠어요. 대충 알죠?"

"네, 압니다."

아니까 저런 남자랑은 한시도 같이 있고 싶지 않다. 차빈이 진을 향해 빠르게 물었다.

"그래서, 절 부르신 이유가 뭡니까?"

진이 차빈을 지그시 바라보면서 소파에 앉아 있는 하렴을 향해 손을 뻗었다. 자연스럽게 차빈의 시선이 다시 하렴에게로 향하자 그가 말했다.

"우리 하렴이 비서 좀 해줄래요?"

생뚱맞은 제안이었다.

"네?"

차빈은 두 눈을 휘둥그레 뜨고 진과 하렴을 번갈아 쳐다보았다. 그사이 진이 말을 이었다.

"우리 하렴이가 6개 국어를 할 수 있는 천잰데 말이죠, 한국어만 아주 조금 서툴러요. 여덟 살 때 미국으로 가서 22년을 살았으니까요. 그래서 한국어 표현이 좀 거칠다고 해야 되나, 예쁘지 못하다고 해야 되나. 암튼 가끔 호텔 대표답지 못한 한국어를 구사할 때가 있어요. 그럴 땐 나나 개인비서가 고쳐주고는 하는데, 솔직히 우리도 가끔 그 말을 이해 못할 때가 있거든요."

진은 말을 하면서 차빈을 부드러운 눈빛으로 지그시 쳐다보았다. 그는 차빈이 꼭 하렴의 비서가 되어줬으면 했다.

"그런데 듣자 하니 차빈 씨는 하렴이의 말을 거의 다 이해하는 것 같다고 하더라고요. 실제로 저도 그렇게 느꼈고요. 그래서 차빈 씨에게 정식으로 하렴이의 비서직을 부탁하고 싶어서 불렀어요."

진지한 진의 표정과 목소리에 차빈은 고민이 되었다. 솔직히 백수인 처지에 더운밥 찬밥 가릴 때는 아니었지만, 비서는 해본 적도 없거니와 무엇보다 상대가 저 신왕자라니 부담이 확 되었다.

"얘가 내 비서라니? 말도 안 돼."

그때 하렴이 비아냥거리는 목소리로 말했다.

"내 비서는 초엘리트가 아니면 될 수가 없어. 근데 얜 딱 봐도 바보끼가 철철 흐르잖아."

안 그래도 머릿속이 복잡한데 하렴의 신랄한 비판까지 날아들자 차빈의 하얀 얼굴이 파리하게 굳어졌다.

"제가 아무리 바보끼가 철철 흘러도 그쪽의 바보끼만 하겠습니까?"

발끈한 차빈이 날카로워진 두 눈으로 하렴을 노려보았다. 하렴이 자리에서 벌떡 일어서며 맞받아쳤다.

"너 지금 그게 사장님한테 할 말이냐? 그리고 뭐? 그쪽? 사장님한테 그쪽?"

"아. 제가 단기 알바생이라서 호칭 개념이 없었네요. 죄송함다."

어차피 이렇게 된 이상 이판사판이다. 차빈은 이렇게 무시당하면서까지 그의 비서를 할 이유가 전혀 없었다.

"야, 너 지금 '죄송합'과 '다' 사이에 '니' 빠뜨린 것 같은데? 내가 한국어 되게 잘하는데 그걸 못 들었을까 봐?"

"그냥 요즘 젊은 애들이 쓰는 표현일 뿐이에요. 축약이라고도 하죠. 맞춤법 파괴니까 쓰지 않는 게 좋긴 하지만요."

"너, 지금 굉장히 어려운 말을 쓰면서 날 황당시키려는 모양인데, 난 전혀 개심치 않거든?"

"당황시키려는 거 아니고요. 그러니까 전혀 개의치 않으셔도 되고요. 그리고 무엇보다 전 어려운 말을 쓴 적이 없어요."

"뺑치지 마, 너."

진을 사이에 두고 차빈과 하렴은 서로를 노려보며 으르렁거렸다. 그 사이에서 진만 난감해져갔다. 그들의 말다툼이 계속되었다.
"뻥이요? 거짓말하지 말라고 하셔야죠. 단어가 너무 저급하잖아요."
"잘난 척 좀 하지 마. 짱 나니까."
"짱 나요? 양아치한테 한국어 배우셨어요?"
"양치기한테 한국어 안 배웠거든?"
"아, 진짜 저 한국어 바보가……!"
"저 그냥 바보가……!"
결국 진이 싸우고 있는 둘을 향해 양팔을 뻗으며 말리고 나섰다.
"둘 다 그만해. 둘이 무슨 소울메이트야? 왜 이렇게 잘 통해?"
두 사람은 동시에 발끈하며 진을 돌아보았다.
"통하다니, 뭐가!"
"통하다니요!"
깜짝 놀란 진이 입을 멈추자 차빈은 다시 하렴을 노려보았다. 한참을 씩씩거리던 그녀가 잠시 후 진에게로 고개를 돌리며 물었다.
"보셨죠? 제가 이런 분의 비서가 될 수 있을 거라 생각하세요?"
하지만 진은 오히려 이 두 사람이 서로에게 시너지 효과를 내줄 거란 확신이 들었다. 그래서 포기할 수가 없었다.
"그럼 단기는 어때요? 한 달 정도. 차빈 씨 원래 단기 알바생이잖아요?"
"아뇨. 안 할래요."
그러나 차빈은 생각보다 단호했다. 결국 진이 예리하게 차빈의 약점을 찔렀다.

"대학 졸업한 지도 2년이 넘으셨다고 들었는데……."
순간 멈칫한 차빈이 미간을 좁히며 고민에 빠진 얼굴을 했다. 하지만 그녀의 고민은 길지 않았다.
"그래도 안 할래요. 비서과도 안 나왔고요, 비서 같은 일 해본 적도 없어요. 그리고 이 남자를 통제할 자신도 없고요."
그녀가 대답하면서 하렴을 힐끔 쳐다보자 팔짱을 끼고 서 있던 하렴이 피식 서늘한 웃음을 터뜨렸다.
"누가 날 통제하래? 너 좀 건방지다? 그러니까 여태 취직도 못 했지."
"뭐라고요?"
"현실을 인식하고 겸손해지란 말이야. 넌 지금 2년 넘게 백수인 거잖아? 난 태어나서 단 한순간도 백수였던 적이 없는데 말이지."
하렴의 말이 끝나자마자 차빈의 하얀 얼굴이 딱딱하게 굳어졌다. 화가 많이 난 듯 차빈은 윗니로 아랫입술을 짓이겼다. 그것을 본 진이 하렴의 어깨를 잡으며 그를 말렸다.
"하렴아, 시비 걸지 마. 네 소울메이트한테 왜 그래?"
"소울메이트는 무슨……!"
하렴이 발끈하며 자신의 어깨에서 진의 손을 쳐냈다. 그때 두 남자의 귀로 차빈의 낮아진 음성이 들렸다.
"안 합니다. 안 해요, 절대."
두 눈에 힘을 주고 자신을 노려보는 차빈에게 하렴이 냉소적인 미소를 지으며 말했다.
"그래. 하지 마, 절대."
차빈의 입가에도 서늘한 미소가 걸렸다.

'이 남자가 신왕자? 흥. 신왕자는 무슨. 쉰왕자다, 쉰왕자.'

불타는 듯한 차빈과 하렴의 시선이 공중에서 첨예하게 맞부딪쳤다.

03. 완벽한 악연의 시작

호텔에서 퇴근한 차빈이 제일 먼저 찾은 곳은 인후의 카페 'HABIN'이었다. 문을 열고 들어서자 늦은 시간임에도 제법 많은 손님들이 보였다.

"아빠, 나 왔어."

차빈은 카운터에 서 있는 인후에게 손을 흔들어 보이고는 제일 안쪽 테이블로 가서 앉았다. 얼마 지나지 않아 그녀의 앞으로 까만 아이스아메리카노가 놓였다.

"마셔요, 누나."

예상치 못한 서비스에 놀란 차빈이 고개를 들자 동네에서 꽃미남으로 유명한 시윤의 얼굴이 보였다.

"민시윤, 너 여기서 뭐 해?"

차빈의 질문에 시윤은 검정색 앞치마를 두른 자신의 몸을 가리켰다.

"알바요."

앉아서 보기에 목이 살짝 아픈 그의 큰 키를 위에서 아래로 훑던 차빈이 뭔가 생각났다는 듯 말했다.

"너 데뷔한다고 하지 않았나?"

차빈이 사는 동네는 작고 조용한 동네였기에 키 크고 예쁘장하게 생긴 시윤의 존재는 가만히 있어도 자연스럽게 귀에 들어왔다. 덕분에 차빈은 자신보다 네 살이나 어린 시윤이 어느 학교에 다니고 지금은 무얼 하고 있는지 다 전해들을 수 있었다. 얼마 전에 전해들은 바로는 대형기획사에서 아이돌 데뷔를 준비하고 있다고 했었다.

"아직 멀었어요. 연습생이라 알바할 시간도 충분하고요."

시윤이 립밤을 바른 듯 반짝반짝 윤이 나는 붉은 입술을 늘어뜨리며 씨익 웃었다. 그 반반한 얼굴을 보는 순간 차빈은 문득 오늘도 대판 싸운 호텔 사장의 얼굴이 떠올랐다.

'현실을 인식하고 겸손해지란 말이야. 넌 지금 2년 넘게 백수인 거잖아? 난 태어나서 단 한순간도 백수였던 적이 없는데 말이지.'

흥. 그런 못된 남자의 비서는 절대로 안 할 테다. 기분 나쁜 남자의 잔상을 훽훽 털어버린 후 차빈이 시윤을 향해 물었다.

"근데 왜 여기서 알바해? 우리 아빠가 시급을 제대로 챙겨줄 사람이 아닌데?"

원래 이 카페는 아르바이트생도 두지 않고 인후 혼자서 운영하던 카페였다. 조금 바빠질 때도 있었지만 아르바이트생 줄 돈 없다며 인후는 1년을 넘게 혼자 일했었다.

"요즘 수입이 괜찮다던데요?"

차빈 보란 듯이 시윤은 많은 의자를 차지하고 앉아 있는 손님들을 휘익 둘러보았다. 자연스럽게 차빈도 작은 카페 안을 가득 채우고 있는 손님들을 보았다. 그때 시윤이 허리를 'ㄱ' 자로 숙이며 차빈의 귀에 속삭이듯이 말했다.

"그리고 제가 와서 수입이 더 좋아졌대요."

시윤의 곱상한 얼굴을 가까이에서 마주하게 된 차빈은 말없이 두 눈을 두어 번 깜박거렸다. 그 순간 시윤이 그녀를 유혹하듯 씨익 웃었고 차빈은 그걸 멍하니 보다가 입을 열었다.

"나도 여기서 알바할까?"

"네?"

생뚱맞은 그녀의 질문에 시윤은 헛기침을 하며 허리를 폈다. 그때 그의 뒤로 인후가 파마머리를 흩날리며 나타났다.

"난 남자밖에 안 받는다."

차빈의 말을 엿들은 듯 인후는 냉정한 목소리로 말하며 그녀의 옆자리에 앉았다. 인후에게로 고개를 돌린 차빈이 그의 팔을 잡으며 애교를 부렸다.

"에이, 그러지 말고 나 좀 받아줘. 그렇게 남자만 받다가 여기 게이카페라고 소문나면 어떻게 해?"

인후가 무표정한 얼굴로 맞받아쳤다.

"그게 목적인데?"

"아, 그래?"

그럼 할 말이 없네.

"예전에 드라마 커피프린스, 꽃보다 남자 F4 등등 그런 게 왜 인기가 있었겠냐? 다 꽃미남이었기 때문이야."

"그럼 나 남장할까?"

차빈이 순간적으로 두 눈을 빛내며 묻는 말에 인후는 자신의 이마를 짚으며 한숨을 내쉬었다. 그사이 그들을 지켜보고 있던 시윤이 싱긋 웃으며 입을 열었다.

"누난 너무 예뻐서 안 돼요. 딱 봐도 너무 여자 같잖아."

"하긴. 내가 좀 예쁘긴 해."

차빈은 쑥스러워하는 기색도 없이 손가락으로 자신의 단발머리를 배배 꼬며 웃었다. 그러다 주변 사람들의 시선을 느끼고는 머쓱한 표정으로 입을 가렸다. 초승달 모양이 된 그녀의 귀여운 눈을 보면서 시윤이 다시 입을 열었다.

"그래도 정 하고 싶으면 일단 머리는 짧게 자르고 가슴은 압박붕대로 감으면 될 것 같아요. 드라마에서 보면 그렇게 하잖아요."

시윤의 시선이 차빈의 봉긋한 가슴에 멈추자 차빈은 자신의 가슴을 두 손으로 가리며 그를 장난스럽게 흘겨보았다.

"어딜 봐?"

그 순간 시윤의 귀가 붉어졌다. 쑥스럽다는 듯이 작게 웃는 시윤에게 인후의 날 선 눈빛이 향했다.

"너 지금 어디 봤어, 인마! 눈 깔아. 나한테 혼나고 싶어? 그리고 너 말은 바로 하자. 네가 우리 딸보다 더 예쁘게 생겼거든? 너야말로 남장한 거 아니냐?"

"아빠!"

인후를 향해 차빈이 소리를 빽 지르자 두 남자는 동시에 웃음을 터뜨렸다. 그때 카운터에서 여자 손님이 부르는 목소리가 들렸다. 그곳을 돌아본 시윤이 걸음을 떼려다 말고 차빈에게 인사했다.

"그럼 나중에 봐요, 누나."

시윤이 가고 난 후 인후는 두 눈을 가늘게 뜨면서 팔짱을 척 꼈다. 한참 동안 말없이 시윤 쪽을 쳐다보던 그가 차빈의 팔을 팔꿈치로 쿡쿡 찌르며 말했다.

"시윤이 저놈, 너 노리는 것 같은데?"

"날 왜 노려?"

순간 차빈의 두 눈이 동그래졌다.

"널 좋아하나 보지. 쟤 유명한 누나킬러잖아. 동네에서 쟤랑 안 사귀어본 누나가 없대. 잘해봐."

"잘해보라는 거야, 말라는 거야."

누나킬러라고 흉을 보면서 잘해보라는 인후의 모순 가득한 말에 차빈은 피식 웃으며 말했다.

"난 저런 곱상한 얼굴 싫어. 남자다운 얼굴이 좋아."

인후가 갑자기 실망한 듯한 표정을 지었다.

"너 그럼 아빠 싫어해? 나 젊었을 때 예쁘장하단 소리 무지 들었는데?"

말을 하면서 인후는 엄지와 검지를 세워 자신의 수염 난 턱에 가져갔다. 그러곤 입을 꾹 다물고 모델 같은 진지한 표정을 지었다.

"……그 파마머리에 수염 더덕더덕 난 얼굴로 말해봐야 설득력 없거든?"

"네가 아빠를 닮아서 그렇게 예쁘장하게 생긴 거거든?"

"……하하."

딱히 대답할 말을 못 찾은 차빈은 그저 어색하게 웃으며 자리에서 일어섰다.

"나 이제 가서 잘게. 조심히 들어와, 아빠."

황급히 자리를 뜨는 딸에게 인후는 인자한 미소를 지으며 손을 흔들었다.

"조심히 가, 우리 딸."

오늘 차빈은 아침부터 되는 일이 없었다.

안 자던 늦잠을 자버렸고 그 덕분에 꼬박꼬박 챙겨 먹던 아침밥도 못 먹었다. 집에서 나와야 하는 시간 3초 전에 얼마 전 마트에서 사둔 수입 캐러멜 두 개를 발견했고 그것이 자신의 허기를 달래줄 거라 위로하며 급하게 주머니에 넣고 달리다가 현관에서 넘어졌다.

그뿐만 아니라 눈앞에서 지하철을 놓쳐 5분여를 발만 동동 굴러야 했고 지하철에 타서도 문 사이에 옷자락이 껴버려 그 상태로 한 정거장을 달려야 했다. 꼼짝도 못한다는 게 이럴 때 쓰는 말이구나 싶었다.

게다가 지금은 지하철로 연결된 호텔 지하 주차장 쪽 엘리베이터를 타려고 달리는데 바로 눈앞에서 문이 닫히려고 하고 있었다. 저걸 놓치면 백프로 지각이다!

"잠시만요!"

문이 닫히려는 엘리베이터를 잡으려고 차빈은 큰 목소리를 냈다. 그 안에 있던 친절한 사람들 덕분에 엘리베이터 문이 다시 열린 건 오늘 처음으로 기분 좋은 일이었다. 그런데.

"어엇……!"

너무 급하게 달려오는 바람에 몸의 브레이크가 말을 듣지 않아 차빈은 앞으로 넘어질 뻔했다.

파앗-

넘어지려는 그녀를 온몸으로 잡아준 건 키가 큰 남자였다. 덕분에 넘어지지는 않았지만 남자의 얼굴을 확인한 차빈은 깜짝 놀라 딸꾹질이 나올 뻔했다.

"……!"

졸지에 남자의 품에 안기게 된 것도 놀랄 일인데, 그 상대가 하필이면 신왕자였던 것이다.

'아아, 왜 하필…….'

차빈은 자신의 어깨와 허리를 손으로 붙들어 넘어질 뻔한 걸 잡아준 남자가 하렴이란 걸 알고 난감한 기분에 사로잡혔다. 그녀의 심장이 의지와는 상관없이 쿵쾅쿵쾅 뛰기 시작했다.

게다가 넘어지려는 찰나 그녀는 무의식중에 하렴의 팔을 붙들고 말았는데, 정신을 차린 지금 그녀의 손에는 그의 근육이 느껴지고 있었다. 생각보다 단단한 그의 팔 근육에 차빈은 내심 놀랐다.

'그리고 무엇보다…….'

그녀의 시야로는 하렴의 지나치게 말끔하고 반듯한 이목구비가 들어왔다. 그 조각 같은 얼굴에 차빈은 넋이 나갔다.

'우와…… 진짜 멋있긴 하네. 입만 다물면 멋있긴 하구나, 이 남자.'

"괜찮냐, 너?"

하지만 역시 문제는 꼭 입을 연다는 거. 자신을 가만히 쳐다보는 차빈에게 하렴이 다시 물었다.

"날 왜 그렇게 보……."

"괜찮습니다!"

또다시 그의 입에서 '냐' 소리가 나올까 봐 차빈은 일부러 목소리 높여 대답하고는 몸을 똑바로 세웠다. 그 순간 그들을 지켜보고 있던 여직원들을 발견하게 되었다. 하렴을 보는 그녀들의 눈은 그야말로 하트가 되어 있었다. 차빈이 난감한 표정으로 시선을 돌리다가 아는 얼굴을 발견했다.

"어? 선영 언니!"

여직원들 사이에서 안내데스크에서 같이 일하고 있는 선영을 발견한 차빈이 꾸벅 인사를 했다.

"안녕하세요."

그런 다음 차빈은 하렴의 뒤쪽이자 선영의 앞쪽에 서며 주머니를 뒤적거렸다. 배고플까 봐 집에서 급하게 집어 온 캐러멜이 생각난 것이다. 주머니에서 긴 캐러멜 과자 두 개를 꺼낸 차빈이 선영을 향해 돌아서며 말했다.

"이 캐러멜 좀 드실래요?"

차빈이 영어로 이름이 박힌 수입 캐러멜 두 개 중 하나를 선영에게 건네자 선영이 반색했다.

"어머, 이거 비싼 건데 두 개나 샀네?"

"아, 아뇨. 왜, 그, 마트에서 하나 사면 하나 공짜로 주는, 그런 거 있잖아요? 지금 그 이름이 생각이 안 나는데, 암튼, 그거 하길래 사 뒀……."

그녀의 말이 채 끝나기도 전에 등 뒤에서 목소리가 들려왔다.

"원 뿌라스 원?"

차빈에게 일러주듯 하렴이 작게 내뱉은 말에 엘리베이터 안이 조용해졌다. 그의 저렴한 발음을 들은 차빈은 죄지은 것도 없는데 괜히 자책감이 들었다. 차빈이 일부러 큰 목소리로 말했다.

"아! 생각났다! 원 플러스 원이요!"

그러면서 그녀는 억지로 크게 웃음을 터뜨렸다. 방금 하렴이 뱉은 말을 희석시키기 위해서였다.

엘리베이터가 1층에 도착하자 엘리베이터 안에 있던 대부분의 사람들이 내렸다. 차빈도 내리려고 했지만 하렴에게 한마디 하고 싶어서 제일 마지막에 내리기로 결심했다. 그녀가 구석으로 자리를 옮긴 순간 제일 뒤쪽에서 양 관자놀이를 세게 누르고 있는 진을 발견했다. 그도 방금 터진 '원 뿌라스 원' 사건으로 충격을 많이 받은 모양이었다.

사람들이 다 내리고 엘리베이터 안에 하렴과 진만 남게 되자 차빈은 엘리베이터의 '열림' 버튼을 눌렀다. 얘기가 끝나면 바로 나가기 위함이었다. 그녀가 하렴을 노려보며 말했다.

"아니, 영어도 잘하신다는 분이 뿌라스가 뭡니까, 뿌라스가?"

진짜 조마조마해서 못 살겠네.

"왜? 뭐가? 넌 왜 알려줘도 난리냐?"

화를 내는 차빈을 이해할 수 없다는 듯 하렴은 짙은 눈썹을 구겼다.

"그런 건 알려줄 필요도 없거든요? 아까까지 여직원들이 당신을 얼마나 하트 눈빛으로 보고 있었는데, 그런 여직원들 앞에서 뿌라스라뇨? 대체 왜 그래요?"

솔직히 하렴은 겉모습만 보면 완벽에 가까운 왕자님이었다. 하지만 그 못된 성질과 입만 열면 나오는 저렴하고도 특이한 어휘들이 그를 타락왕자처럼 보이게 만들었다.

"내가 뭘?"

하렴은 자기가 대체 뭘 어쨌냐고 도리어 화를 냈다. 한숨을 내쉬며 고개를 돌리는 차빈의 시야로 진의 해쓱해진 얼굴이 들어왔다. 그와 눈이 마주친 순간 그의 눈빛은 마치 이렇게 말하는 것 같았다.

'이제 제 마음을 알겠죠, 차빈 씨?'

그의 마음은 충분히 이해한다. 하지만 그렇다고 자신이 해줄 수 있는 일은 없었다.

"아, 그럼, 전 이만……."

버튼에서 손을 떼고 재빨리 엘리베이터를 나가려는 차빈의 팔목을 진이 덥석 잡아챘다.

"잠깐 같이 좀 가요."

"네?"

다음 순간 진은 엘리베이터의 버튼을 눌러 문을 닫아버렸다. 그렇게 그는 막무가내로 차빈과 하렴을 데리고 사장실로 향했다.

"입조심하라고 했잖아, 내가?"

사장실로 들어서자마자 진이 하렴을 향해 버럭 소리를 질렀다. 이에 하렴도 억울하다는 듯 목소리를 높였다.

"내가 뭐 틀린 말 했냐?"

"아니. 하지만 호텔 대표가 구사할 만한 고급스러운 표현은 절대로 아니었어. 아까 네가 '뿌라스'라고 말했을 때 여직원들 얼굴 봤어? 마치 '내가 잘못 들었나?' 이런 표정들이었다고!"

진은 답답하다는 듯이 연신 한숨을 푹푹 내쉬었다.

"평소엔 여직원들 앞에서 말도 잘 않던 애가 왜 그때 나서서는……!"

“얘가 그 쉬운 ‘원 뿌라스 원’도 기억을 못해내잖아. 하도 답답해서 무심코 튀어나온 거야.”

하렴의 날카로운 시선이 차빈에게로 향했다. 두 남자 사이에 어정쩡하게 서 있던 그녀는 다시 한 번 괜한 자책감에 시달려야 했다. 그때 두 남자의 말다툼이 또다시 시작되었다.

“우리 호텔이 얼마나 고급스런 이미지인지, 너도 알지? 우리가 이 이미지 고수하려고 얼마나 노력해왔는지 넌 잘 알잖아?”

“알아. 그래서 나도 본사 호텔에선 고급스런 표현만 썼었어.”

“근데 한국에선 왜 이래? ‘뿌라스’가 뭐냐고, 대체!”

“무심코 한 말이라고. 실수야, 실수.”

“실수도 쌓이면 실력이랬다, 인마. 무슨 호텔 대표가 이렇게 허접해? 너 정말 나 망하는 꼴 보고 싶어서 이러는 거야?”

물론 600개가 넘는 객실과 천 명이 넘는 직원을 가지고 있는 한국 도미호텔이 그렇게 쉽게 망할 리는 없다. 하지만 진은 그 정도로 사태가 심각하단 걸 알려주고 싶었다.

“형 망하면 나도 망하는 건데 내가 그 꼴이 보고 싶겠냐?”

“너 때문에 하루하루가 불안해 죽겠어. 계속 이럴 거면 그냥 미국으로 돌아가, 인마!”

“미국으론 다신 돌아가지 않겠다고 말했잖아!”

두 남자의 싸움이 계속될수록 차빈의 죄책감은 깊어졌다. 이 싸움의 원인은 모두 차빈 자신이 ‘원 플러스 원’ 단어를 떠올리지 못한 탓이다. 자책을 하면서 두 남자를 힐끔 올려다보는데, 그 순간 하렴이 몸을 돌리며 나직하게 영어로 욕을 내뱉었다. 그걸 본 진의 인상이 험악하게 구겨졌다.

"이 녀석, 너 지금 형한테 영어로 욕한 거야?"

"나도 답답해서 그래, 답답해서!"

"네가 형보다 답답하겠냐?"

그들의 싸움은 점점 더 격앙되어갔다. 아랫입술을 잘근잘근 깨물면서 그들을 지켜보다, 그 싸움이 피크에 이르렀을 때 그녀가 그들 사이로 몸을 집어넣었다.

"그, 그만 싸우세요!"

차빈에게로 험악한 두 남자의 얼굴이 향했다. 무서운 그들의 얼굴을 올려다보면서 차빈은 마른침을 꿀꺽 삼켰다. 그러고는 다부지게 말했다.

"다음에 또 이런 비슷한 일이 발생하면 제가 어떻게든 막을게요! 아까처럼요!"

차빈은 단지 흥분한 두 남자를 말리고 싶었다. 그리고 단순히 다음번에 또 이런 일이 생기면 오늘처럼 막아주면 된다고 생각했다. 하지만 진은 이 기회를 놓치지 않았다.

"하렴이의 비서직을 맡아주겠다는 말인가요?"

"네?"

차빈은 순간 덫에 걸렸다고 생각했다.

"아, 그게, 그러니까……."

진은 순간적으로 차빈이 멈칫하며 곤란해하는 모습을 보이자 본격적으로 그녀를 설득하기 위해 가까이 다가섰다.

"그냥 가볍게 생각해요. 내가 많이 도와주기도 할 거고, 하렴이 스케줄 체크랑 중요한 미팅이나 파티 같은 곳에 따라가서 하렴이가 하는 말만 잘 정정해주면 되는 일이에요. 으음. 한국어 통역사라고 생각하시면 될 것 같네요."
"한국어 통역사요?"
한국어를 한국어로 통역?
"네. 거칠고 이상한 한국어를 올바르고 예쁜 한국어로 통역해주시는 거죠."
"그래도 영 부담스러운데요."
주저하는 차빈에게로 하렴의 차갑게 가라앉은 눈빛이 향했다. 그녀를 보며 미세하게 고개를 설레설레 젓던 하렴이 갑자기 목소리를 냈다.
"네가 올해로 몇 살이지? 이십팔 살인가?"
갑작스런 하렴의 질문에 차빈은 울컥 화가 치밀었다.
"저 올해로 스물여섯이거든요? 그리고 나이는 그렇게 말하는 거 아니에요. 설마 지금 일부러 욕하고 싶어서 그렇게 말한 건 아니죠?"
"뭐? '이십팔 살인가'가 욕이야?"
진심으로 궁금해하는 하렴의 얼굴을 본 차빈은 순간 헛웃음이 터졌다.
"아, 그건 아니구나. 제가 당신을 너무 과대평가했네요. 그렇게 고난이도 욕 스킬을 구사할 수 있는 분이 아닌데 말이죠. 근데 제 나이는 왜 물어본 거예요?"
"나이에 비해서 너무 소심한 것 같아서. 스물여섯이니까 좀 더 막나가도 되는 거 아니냐? 내가 네 나이 땐 호텔 지배인 안 시켜준다고 호텔 사장이 자는 호텔 방에 쳐들어간 적도 있었어. 그 덕에 그 호텔 사장의 불량 현장을 목격할 수 있었고."

마지막 문장에서 이질감을 느낀 차빈의 눈썹이 하늘로 치켜 올라갔다. 그녀가 그의 잘못된 단어를 정정해주었다.

"설마, 불륜 현장이요?"

"응. 그래, 맞아. 그 불륜 현장을 목격하게 되었고 그 덕에 스물여섯에 호텔 총지배인이 될 수 있었지."

하렴은 그때의 기억이 아주 자랑스럽다는 듯 어깨를 쭉 펴고 팔짱을 척 꼈다. 기세등등한 그의 태도에 차빈은 어이없다는 표정을 지으며 물었다.

"그게 자랑이에요?"

"어. 나중에 인터뷰할 때도 자랑할 거야."

그 순간 차빈은 경악했다.

"말도 안 돼!"

"뭐가?"

솔직히 호텔 대표의 인터뷰에서 저런 사건을 알게 된다면 차빈은 그에게 존경심을 갖지 않게 될 것 같았다. 고작 자기 사장을 협박해서 총지배인이 된 것 같지 않은가. 보통 우리가 생각하는 호텔 대표에게는 뭔가 더 영화 같고 드라마틱한 성공 스토리가 있기 마련인데 말이다.

"저 녀석 저대로 두면 머지않아 큰 사고 칠 것 같지 않아요?"

차빈은 뒤에서 들려온 진의 낮은 목소리에 천천히 고개를 돌렸다. 방금 그의 말에 전적으로 동감한다. 결국 차빈은 어렵게 결정을 내렸다.

"그럼…… 전에 얘기하신 것처럼 기간을 한 달로 정할게요."

"좋아요. 그럼 한 달 계약직으로 하죠. 대신, 한 달 뒤에도 하렴이가 당신을 원한다면 정직원으로 채용하겠습니다."

한 달만 꾹 참으면 정직원도 가능하다? 상당히 구미가 당기는 제안이었다. 그때 차빈의 귀로 하렴의 차가운 목소리가 들려왔다.

"그럼 잰 평생 정직원이 될 수 없어. 내가 원하지 않을 테니까."

순간적으로 발끈한 차빈이 두 눈을 부릅뜨고 하렴을 쳐다보았다.

"그건 해보지 않으면 모르는 일이죠."

차빈은 솔직히 저 콧대 높은 남자가 한 달 만에 자신을 원하게 되는지 그렇지 않은지 궁금하기도 했다.

"흥. 그래, 열나게 해봐라."

팔짱을 낀 채 거만하게 말하는 하렴을 향해 차빈이 미소를 지으며 말했다.

"열심히 해요."

"뭐?"

"'열나게 해봐라'가 아니라 '열심히 해요'. 이렇게 말하는 게 훨씬 듣기 좋아요."

하렴은 어안이 벙벙한 듯 아무 말도 하지 못했다. 차빈이 그의 얼굴을 빤히 쳐다보면서 말을 이었다.

"발음은 나쁘지 않은데 어휘 선택이 대체 왜 그래요? 여덟 살 때 미국으로 가서 대체 누구랑 어떤 한국어를 썼기에 상태가 그렇게 된 거예요?"

"너 지금 나 면접에다 대고 까는 거냐?"

겨우 정신을 차린 하렴이 눈썹을 구기며 소리쳤다.

"면전에 대고 지적을 하는 거거든요?"

그 말 역시 차빈은 차분하게 정정해주었다.

"벌써부터 지적질이냐, 너?"

"벌써부터 조언을 드려서 죄송합니다만……."

어이없어하는 하렴을 응시하면서 차빈은 당당하게 말했다.

"저는 이제 사장님의 비서니까요."

총지배인실.

차빈은 진에게 하렴의 비서 업무 매뉴얼과 이번 주 스케줄에 관한 내용을 전해 들었다. 모든 설명이 끝나자 그녀는 자리에서 몸을 일으켰다. 그녀를 따라 일어선 진이 은색 휴대폰 하나를 건넸다.

"비서 전용 휴대폰이에요."

"아, 네. 감사합니다."

휴대폰을 받아 드는 차빈의 표정에서 걱정이 묻어났기에 진은 그녀의 얼굴을 지그시 바라보며 말했다.

"너무 걱정하지 말아요. 그래도 하렴이가 한국어를 굉장히 잘할 때도 있거든요."

"아 그래요? 그럴 때도 있어요? 대체 언제요?"

차빈이 깜짝 놀라 묻자 진이 의미심장한 미소를 지으며 대답했다.

"진심으로 화가 났을 때요."

진의 대답에 차빈은 노골적으로 실망한 표정을 지었다.

"화는 늘 내고 계신 것 같던데요."

"그건 그냥 까칠한 성격 탓이죠. 그 녀석이 진심으로 화가 나면 무서운 달변가가 되거든요. 근데 그게 1년에 한 번 있을까 말까라서 그렇죠."

차빈의 입가에서 씁쓸한 미소가 피어났다.

"그럼 그건 거의 없는 거나 마찬가지 아닌가요?"

그녀의 예리한 지적에 진은 어색한 미소를 지었다.

잠시 후 복도로 나온 차빈의 시선이 손에 있는 은색 휴대폰으로 향했다. 이제 자신은 정말 하렴의 비서가 된 것이다.

'이렇게 된 이상 정직원 한번 돼보자.'

굳게 결심을 하면서 차빈은 사장실로 향했다. 솔직히 사장실로 가는 걸음이 마냥 가볍지만은 않았다. 하지만 이미 엎질러진 물이니 이젠 버틸 수밖에 없다.

마음을 다잡은 차빈이 사장실의 문 앞에 섰다. 심호흡을 크게 한 다음 문에 노크를 했다.

똑똑-

그러나 안에선 어떤 반응도 없었다. 차빈은 다시 한 번 문을 두드렸다.

똑똑-

하지만 이번에도 역시 반응은 없었다. 차빈은 고개를 갸웃하면서 사장실 문을 조심스럽게 열었다. 그녀의 시야로 소파에 앉은 채 잠이 든 하렴의 모습이 들어왔다.

'뭐야? 자는 거야?'

차빈은 천천히 걸음을 떼서 그에게로 다가갔다. 다음 스케줄을 위해서 그를 깨워야 했던 것이다.

"저…… 사장님……?"

그녀가 하렴의 앞에 서서 조심스런 목소리로 그를 불렀다. 순간 하렴의 눈썹이 크게 꿈틀거렸다. 하지만 잠에서 깬 것은 아니었다.

"저기……."

차빈이 또다시 그를 부르려다가 멈췄다. 하렴의 이마에 송골송골 맺힌 땀을 발견했기 때문이다.

'무슨 땀을 저렇게……?'

다음 순간 차빈은 자신도 모르게 하렴의 얼굴로 손을 뻗었다. 그때 하렴의 입에서 조그만 소리로 말이 흘러나왔다.

"가, 가…… 가지 마……!"

자세히 보니 관자놀이에서도 식은땀이 흘러내리고 있었다. 깜짝 놀란 차빈이 하렴의 어깨에 손을 올리고 그를 흔들어 깨웠다.

"사장님! 일어나세요."

그 목소리에 하렴이 천천히 눈을 떴다. 걱정스런 얼굴로 그를 내려다보면서 차빈이 물었다.

"악몽 꾸셨어요? 무서운 꿈이요."

하렴이 멍한 얼굴로 대답했다.

"어. 깜찍한 악몽을 꿨어."

"……깜찍했다니 다행이네요."

차빈이 비꼬듯이 말하자 하렴의 눈썹이 구겨졌다.

"나 놀리냐? 깜찍했다는데 뭐가 다행이냐?"

"깜찍한 악몽이었다면서요? 깜찍은 뿌잉뿌잉, 귀여운 거예요. 끔찍이 무서운 거고."

말을 하면서 차빈은 두 주먹을 광대 근처로 올려서 손목 스냅을 이용해 두어 번 꺾었다. 몇 년 전 유행했던 일명 '뿌잉뿌잉 애교'처럼. 그걸 본 하렴이 눈썹을 가운데로 모으며 미간을 좁혔다.

"그거 혹시, 설마, 그냥 호기심에 한번 물어보는 건데, 귀여운 거냐?"

차빈이 두 눈을 휘둥그레 뜨며 되물었다.

"안 귀여워요?"

"혹시 내가 알고 있는 '귀엽다'라는 단어와 네가 알고 있는 '귀엽다'라는 단어가 같은 뜻이 아닌 거냐?"

"아뇨. 같을걸요? 영어로는 'cute'."

순간 하렴의 입에서 어이없다는 듯한 헛웃음이 튀어나왔다. 그 얼굴을 본 차빈이 씨익 웃으며 말했다.

"이제 악몽은 잊어버리셨죠?"

그녀의 말에 하렴은 멈칫했다. 꽤 끔찍한 악몽이었는데, 지금은 생각이 잘 안 난다.

"어…… 기억도 안 난다. 네 뿌잉뿌잉이 너무 세서."

"워낙 강렬한 귀여움이긴 하죠."

분위기가 훨씬 가벼워지자 차빈은 하렴의 눈치를 보면서 장난스럽게 말했다.

"근데 방금 누구한테 막 가지 말라고 하시던데, 혹시 전에 사귀던 애인?"

하렴은 또다시 헛웃음을 터뜨렸다. 얼굴에서 웃음을 거둬낸 그가 차빈을 향해 서늘한 표정으로 말했다.

"잘난 척으로 들어도 좋은데, 나는 말이야, 이제껏 애인이 날 두고 떠난 적이 없어. 전부 내가 떠났지."

누가 잘난 남자 아니랄까 봐 허세는. 차빈이 입을 삐죽거리자 하렴이 그녀의 얼굴을 빤히 보면서 말했다.

"그러는 넌 애인이 많이 떠났을 것 같은 생김새와 이목구비네."

"생김새랑 이목구비는 같은 말이거든요? 아니, 그게 문제가 아니라, 무슨 그런 실례되는 말씀을 하세요?"

또다시 차빈은 입술을 삐죽거렸다.

'이런 남잘 걱정한 내가 바보지.'

"내 다음 스케줄은 뭐냐?"

하렴이 차빈의 기분은 아랑곳 않고 딱딱하게 물었다. 그 어투에 더욱 기분이 나빠진 차빈이 정중하게 이를 지적했다.

"전부터 말씀드리고 싶었습니다만, 말끝마다 '냐', '냐' 붙이시는 거, 상당히 듣기 안 좋습니다."

"그럼 뭐라고 하냐?"

"또 '냐'라고 하셨습니다."

"그럼 뭐라고 하?"

말끝에 '냐'를 붙이지 말라고 했더니 하렴은 그냥 말끝을 잘라 버렸다. 차빈은 끓어오르는 화를 억누르며 정중하게 말했다.

"그냥 '해'라고 하시거나 끝에 '니'를 붙이시는 편이 더 듣기 좋습니다."

"그럼 뭐라고 하니? 이렇게?"

좀 낯간지러운 느낌은 있었지만 듣기엔 훨씬 좋았다. 만족스러운 미소를 지은 차빈이 엄지를 치켜세워 보였다.

"좋은데요?"

"그러니?"

"네, 아주 좋아요."

차빈은 훨씬 부드러워진 그의 어투가 마음에 들었다. 그의 깔끔한 마스크와도 아주 잘 어울리는 어투였다.

"오늘 스케줄은 뭐니?"

"일단 저랑 호텔 한번 둘러보시고 그 후에 총지배인님과 회의 겸 식사 하실 거고요, 오후 2시엔 임원회의가 잡혀 있습니다."

이렇게 말을 하고 나자 차빈은 자신이 정말 비서같이 느껴졌다. 묘하게 기분이 들떠서 자꾸 웃음이 났다.

기분이 좋아 더욱 발랄해진 차빈과 함께 호텔을 한번 둘러본 하렴은 점심식사를 위해 호텔 레스토랑으로 향했다. 먼저 와 있던 진이 손을 들어 올리자 하렴은 차빈과 함께 그가 앉아 있는 테이블로 갔다.

"차빈 씨, 수고 많았어요."

진이 온화한 얼굴로 말하자 차빈은 수줍어하며 고개를 숙였다. 이를 지켜본 하렴이 시큰둥한 표정으로 말했다.

"수고는 얘만 했니?"

그 말을 들은 진이 순간적으로 눈썹을 치켜 올렸다.

"너 말투가 왜 그래?"

하렴이 턱으로 자신의 옆에 앉아 있는 차빈을 가리켰다.

"얘가 말끝마다 '니', '니' 하래. '냐'보다 낫다면서. 확실히 낫니? 괜찮니?"

"아, 뭐, 그렇긴 한데……."

대답을 하는 진의 입가가 웃음을 참는 듯 꿈틀거렸다.

잠시 후 그들 앞으로 음식이 도착하자 그들은 자연스럽게 식사를 시작했다. 식사를 하던 중 진이 문득 생각난 얼굴로 말했다.

"아까 차빈 씨한테도 말했는데, 내일 그랜드기업 창립 30주년 파티 있는 거 알지?"

하렴이 무심히 고개를 끄덕이다가 불쑥 고기를 썰던 손을 멈추고 물었다.
“그랜드기업이면 그 철순가 창순가 있는 곳 아니니?”
“천수. 친군데 이름 정돈 외워라, 좀.”
진이 점잖게 타이르자 하렴은 코웃음을 쳤다.
“사교 모임에서 억지로 얼굴 몇 번 본 것도 친구니?”
“어렸을 땐 집에도 놀러 온 적 있잖아.”
“아, 그랬나? 걘 창수 아닌가? 흐음. 그나저나 회의는 몇 시에 있니?”
다시 고기를 썰면서 하렴이 차빈을 향해 질문을 던졌다.
“오후 2시에 있습니다.”
“커피 마실 시간은 충분하니?”
“네. 충분합니다.”
그들의 모습을 진은 가만히 지켜보았다. 아직 표현이 덜 다듬어지긴 했지만, 그래도 하렴은 전보다 훨씬 부드러워진 느낌이었다. 진이 미소를 지으며 차빈을 향해 말했다.
“이 녀석, 차빈 씨가 비서 된 지 하루 만에 표현이 많이 부드러워졌는데요?”
“아, 네. 그냥 말끝만 조금 바꾸라고 조언을 드렸을 뿐인데, 사장님이 워낙 습득이 빠르셔서요.”
“아니에요. 제 생각엔 차빈 씨가 훌륭한 비서인 것 같아요. 제 안목이 탁월했네요.”
“후후, 감사합니다, 총지배인님.”
대화를 나누는 진과 차빈의 얼굴에 웃음꽃이 피었다. 그걸 지켜보던 하렴이 한쪽 입술 끝을 올리며 서늘하게 웃었다.

"둘이 놀고 있니?"

"그렇게 표현하시는 거 아니에요."

하렴의 이상한 말을 차빈은 곧바로 지적했다. 그녀를 쳐다보지도 않고 하렴은 다시 식사에 집중했다.

식사가 끝나고 하렴은 자신의 비서와 함께 사장실로 돌아왔다. 회의에 가기 전 그는 비서의 말간 얼굴을 빤히 쳐다보았다. 이에 차빈이 고개를 갸웃하자 하렴이 물었다.

"너 혹시 진 형 좋아하니?"

차빈의 얼굴이 확 달아올랐다.

"아, 아뇨? 아닌데요? 왜, 왜요?"

"형이 너한테 무슨 말만 하면 얼굴을 붉게 물들이던데? 지금처럼."

하렴의 긴 검지가 차빈의 붉어진 볼을 향해 뻗어졌다. 차빈이 두 손을 올려 자신의 볼을 감싸자 하렴이 그녀에게 말했다.

"형 좋아하지 마."

"왜요?"

"곧 선보거든."

순간 차빈의 얼굴에 실망감이 깃들었다. 그사이 하렴이 짧게 덧붙였다.

"그리고 나도."

그의 말에 차빈은 깜짝 놀라서 두 눈을 크게 뜨고 물었다.

"사장님도 선봐요?"

"응. 나도 혼인해야지."

바로 고개를 끄덕이는 하렴을 보면서 차빈은 떨떠름한 표정을 지었다.

"전 선보는 거 싫던데. 저는 운명을 믿거든요. 무조건 운명처럼 사랑에 빠져서 결혼할 거예요."

"사랑? 그딴 호르몬의 장난 따위 난 안 믿어."

그렇게 말하는 하렴의 얼굴 표정은 차갑게 굳어져 있어 무척 냉소적으로 보였다.

"이 세상에서 제일 쓸데없는 게 사랑이란 거다."

순간적으로 보게 된 하렴의 낯선 표정에 차빈은 조금 놀랐다. 물론 처음부터 차갑고 짓궂은 모습을 많이 보인 그였지만, 지금 그의 표정은 어딘가 달랐다. 허탈해 보이면서도 단호함이 느껴졌고 무섭도록 염세적으로 보였던 것이다.

"넌 사랑을 왜 믿니?"

"……."

"그런 건 믿는 게 바보라는 거 모르니?"

계속 이어지는 하렴의 질문에 차빈은 다소 곤란해 보이는 표정으로 관자놀이를 긁적거렸다.

"저기…… 이런 말씀 드리기 좀 그런데……."

"말해."

"그냥, 다시 말끝을 '냐'라고 하시면 안 됩니까?"

차빈의 생뚱맞은 부탁에 하렴은 눈썹을 확 구기며 소리쳤다.

"네가 먼저 '니'라고 하라며?"

"아니, 근데, 계속 그렇게 '니', '니' 하시니까 꼭 게이 같기도 하고, 간지럽기도 하고, 안 어울리는 것 같기도 하고……."

"네가 시켰잖아!"

버럭 화를 내는 하렴을 향해 차빈은 억지로 웃어 보이며 사장실 문으로 다가섰다.

"회의 가시죠, 사장님."

그런 다음 씩씩하게 사장실 문을 열었다.

"너 진짜 잘리고 싶니? 아니, 싶냐?"

"아닙니다. 가시죠."

"너 내가 우습니? 아니, 우습냐?"

하루 만에 입에 밴 건지, 하렴은 한동안 '니'와 '냐'를 같이 썼다.

04. 한 가지 완벽한 팩트

그랜드기업 창립 30주년 파티가 열리는 곳은 그랜드호텔의 연회장이었다.

학교 대강당만 한 크기의 공간을 밝히고 있는 럭셔리한 샹들리에와 금속 마감재를 이용한 고급스러운 느낌의 벽이 전체적인 분위기를 압도하고 있는 그런 곳이었다.

그곳으로 들어서자 차빈의 눈에 화려한 드레스와 슈트를 입은 유명 인사들이 들어왔다. 사업가는 물론이고 연예인, 디자이너, 정치가, 작가 등등 아주 다양했다. 그들의 화려함에 압도된 차빈은 자신도 모르게 뒤로 천천히 물러서고 있었다.

툭- 뒤에 서 있던 남자의 가슴에 부딪쳐 그녀의 발이 멈추고 말았다.

"마이클잭슨이냐?"

뒤에서 들려온 거친 어투에 차빈은 눈썹을 찡그리며 고개를 돌렸다.

"문워크 춘 거 아니거든요?"

그녀의 시야로 진한 회색 슈트를 입은 하렴이 들어왔다. 평소와 달리 깔끔하게 뒤로 넘긴 그의 헤어스타일은 그의 외모를 더욱 빛나게 해주고 있었다. 배우 같은 아우라를 풍기는 하렴의 모습을 멍하니 올려다보고 있는 차빈에게 하렴이 툭 던지듯 물었다.

"오늘도 그 옷이냐?"

전신을 훑는 그의 눈길에 차빈은 천천히 시선을 내려 자신의 옷을 보았다. 지극히 평범한 흰색 블라우스에 무릎까지 오는 검은 정장치마.

2년 전 취업에 부푼 꿈을 안고 처음 산 정장이었다. 그런데 2년 동안 입어보질 못했다. 그러니 자신한텐 매우 소중한 새 옷이란 말이다. 그런 옷을 이틀 연속 입으면 어떻고 일주일 연속 입으면 뭐 어떤가?

"그럼 제가 뭐, 드레스를 입겠어요, 치파오를 입겠어요? 저는 여기 사장님 비서로 따라온 것뿐이잖아요."

"하긴. 것도 그러네."

시큰둥한 얼굴로 말하며 하렴은 성큼성큼 연회장 안으로 들어섰다. 그의 뒤를 따라 차빈도 걸음을 옮겼다.

하렴의 등장에 사람들의 시선이 그에게로 쏠렸다. 그를 알아본 이들은 자기들끼리 수군거리거나 더러는 반갑게 악수를 청하기도 했다. 동요하는 사람들 속에서 오직 하렴만이 본모습 그대로였다.

웨이트리스가 권하는 샴페인 잔을 들어 올리며 하렴은 한쪽을 지그시 응시했다. 한참 동안 그곳에서 시선을 떼지 못하던 그가 자신의 뒤쪽에 서 있는 차빈을 향해 말했다.

"저 여성 예쁘다."

"누구요?"

차빈이 호기심 가득한 표정으로 묻자 하렴은 턱으로 한쪽 구석을 가리켰다.

"저기 저 구석탱이에."

"그냥 구석이라고 하세요."

"그래. 구석."

차빈의 시선이 연회장 모퉁이에 서 있는 한 여성에게로 향했다. 파란색 실크드레스를 입고 있는 그녀는 얼굴이 하얗고 이목구비가 또렷또렷한 굉장히 미인형인 여성이었다.

"와, 정말 예쁘네요."

그때 그녀가 하렴과 차빈의 시선을 느낀 듯 이쪽을 보더니 옅은 미소를 지었다. 차빈은 고개를 돌려 그녀와 시선을 맞추고 있는 하렴을 올려다보았다.

'와. 이 둘이 만나면 선남선녀라 엄청 잘 어울리긴 하겠다.'

차빈이 이런 생각을 하고 있던 그 순간 하렴이 여자에게서 시선을 떼지 않은 채로 나직하게 말했다.

"저런 예쁜 여자한텐 '아리땁습니다.' 이렇게 말하면 되나?"

화들짝 놀란 차빈이 재빨리 대꾸했다.

"그런 표현 잘 안 써요."

"틀린 언어야?"

"아뇨. 그런 건 아닌데, 순우리말이라서."

"그럼 됐어."

하렴의 쿨한 태도에 차빈은 갑자기 불안해졌다.

'되긴 뭐가 돼? 하나도 안 됐어. 제발 저 예쁜 여자한테 그런 말 하지 마.'

차빈의 바람과는 상관없이 하렴은 여자 쪽으로 걸음을 옮기려고 했다. 그의 앞을 차빈이 황급히 막아섰다.

"정말 가려는 거예요?"

"어. 비켜."

"가서 아리땁다고 하려고요? 지금 시대에 하면 좀 이상한 말이에요."

"그럼 딴 말 할게."

'딴 말? 그것도 불안하다. 괜히 가서 더 이상한 소리 하면 어쩐단 말인가? 내가 여자 만나는 곳까지 졸졸 쫓아갈 수도 없는 노릇이고…….'

차빈이 고민하는 사이 하렴은 그녀를 스쳐 지나갔다. 놀란 차빈이 재빨리 손을 뻗어 그의 재킷 끝자락을 잡아챘다.

"……!"

뒤에서 잡아당기는 느낌에 하렴은 발을 멈추고 고개를 돌렸다.

"뭐냐, 너?"

차빈이 반사적으로 대답했다.

"가지 마요."

단지 따라갈 수 없으니 붙잡은 것뿐이었다. 그런데 말하고 나니 기분이 조금 묘했다.

"뭐?"

순간 하렴의 얼굴에 의아함이 서렸다. 그 얼굴을 본 차빈이 헛기침을 하면서 대답했다.

"저, 저 여기 낯설단 말이에요. 이런 곳 처음이기도 하고, 또 사람들도 다들 낯선 얼굴들뿐이라……."

"애냐?"

하렴은 피식 웃으며 핀잔을 주었지만 다시 움직여 여자에게로 가려 하지는 않았다. 그가 차빈의 앞에 등을 보이고 서면서 말했다.

"그럼 내 뒤에 꼭 붙어 있어. 매미처럼."

"……꼭 표현을 그렇게 해야 돼요?"

"뭐가?"

하렴의 무덤덤한 대꾸에 차빈은 입술을 삐죽거렸다.

'하긴. 내가 이 쉰왕자한테 대체 뭘 바란 거람?'

다음 순간 차빈은 고개를 돌려 주위를 둘러보았다. 하렴을 붙잡아두기 위해서 둘러댄 핑계이긴 했지만, 화려한 사람들로 가득한 이 공간이 그녀에게 낯선 곳인 건 사실이었다.

주위를 둘러보던 그녀의 시선이 자신의 앞을 커다랗게 막고 있는 하렴의 등에 멈췄다. 생각보다 상당히 커다란 등이었다. 겉으로 보기에 하렴은 슬림한 편이라 이렇게 등이 넓으리라고는 생각을 못했던 것이다. 그러고 보니 그때 엘리베이터 안에서 우연히 잡게 된 팔도 꽤 근육질이었다.

'이 등은 과연 몇 뼘이나 되려나?'

손가락으로 등의 크기를 어림잡아보려고 뒤로 물러서던 차빈이 마침 그녀의 뒤를 지나가던 웨이트리스와 부딪치고 말았다.

"엇! 죄송합니다."

"아니에요. 제가 죄송해요."

그 소리에 하렴이 고개를 돌려 차빈을 쳐다보았다. 그의 시선을 느낀 차빈이 서둘러 변명했다.

"멍하니 있다가 부딪쳐……."

그 순간 하렴이 그녀를 향해 손을 뻗었다.

"……!"

그의 손이 차빈의 손목을 잡고는 자신의 몸 쪽으로 그녀를 끌어 당겼다.

"그러니까 내가 뒤에 꼭 붙어 있으라고 했잖아."

졸지에 하렴의 몸 가까이에 서게 된 차빈은 은근히 긴장이 되었다. 그와 동시에 그가 잡았다 놓은 손목 언저리가 뜨겁게 느껴졌다. 그녀가 자신도 모르게 횡설수설 말을 시작했다.

"사, 사장님이 키가 커서 뒤에 서면 답답하단 말이에요. 그, 무리한도전이라고 알아요? 유명한 예능프론데요, 거기서 덩치 큰 정준후란 사람 옆에 서 있는 정현돈이라고 있어요, 그 사람이 항상 정준후 등에 가려져서 그늘진다고 투덜대거든요. 나 지금 그 마음이 뭔지 알 것 같아요. 그래서……."

"뭔 소린지 하나도 모르겠네. 그냥 뒤가 싫으면 옆으로 와."

또다시 하렴의 손이 뻗어져 차빈의 손목을 잡아끌었다. 그로 인해 그의 옆으로 서게 되자 차빈은 더욱 긴장이 되었다. 그때였다.

"오랜만이다, 하렴?"

누군가 하렴에게 알은척을 하며 다가왔다. 쭉 찢어진 눈매에 날카로운 콧날, 얇은 입술을 가진 남자는 하렴을 향해 반갑게 악수를 청했다.

"누구……?"

남자의 손을 잡으면서 하렴이 짧게 묻자 남자의 가는 눈썹이 꿈틀거렸다. 그사이 진을 통해 미리 남자의 신분을 전해 들었던 차빈이 하렴의 뒤에서 작게 속삭였다.

"그랜드기업 막내아드님 김천수 씨입니다. 사장님 친구."

"아아."

차빈의 말에 기억이 떠오른 하렴이 싱긋 웃으며 천수를 향해 말했다.

"미안. 내가 기억력이 나빠서."

"그래도 내가 너 이민 가기 전엔 제일 친한 친구였는데, 섭섭하다, 야."

"그랬었나? 그렇다면 더 미안."

하렴의 쿨한 태도가 마음에 안 든다는 듯 천수는 눈썹을 살짝 구겼다. 하지만 그것도 잠시, 곧바로 눈썹을 편 그가 웃는 얼굴로 하렴에게 말했다.

"그나저나 부모님은 건강하시고?"

이번엔 하렴의 표정이 굳어졌다. 그 표정을 본 천수가 과장되게 두 눈을 크게 뜨며 말했다.

"아하! 미안, 미안. 나도 기억력이 겁나 나빠서 말이야. 너희 어머님 재작년에 돌아가셨지, 참. 그리고 아버님은 진작에 가족 버리고 떠나셨고."

말을 마친 천수의 입가에 비열한 웃음이 걸렸다. 그가 내뱉은 말을 들은 차빈의 두 눈이 커졌다.

'저게 사실인가? 아니, 설사 사실이라 해도 친구라면서 어떻게 저런 말을 저렇게 함부로 내뱉을 수가 있지?'

차빈은 엄청난 사실을 아무렇지도 않게 말한 천수의 행동을 이해할 수가 없어서 얼굴이 굳어졌다.

'저건 친구도 아니야, 진짜. 사장님이 이름을 기억 못하는 것도 일리는 있네.'

그때 하렴이 갑자기 천수에게로 다가서며 그의 뒷목을 손으로 잡아 얼굴을 가까이 가져왔다.

"너 뭐 하는……!"

경계하며 얼굴을 뒤로 빼려는 천수를 향해 하렴이 영어로 낮게 읊조렸다.

「창피당하고 싶지 않으면 그 주둥이 닥치는 게 좋을 텐데?」

그 모습을 보고 깜짝 놀란 차빈이 재빨리 그를 말리자 하렴이 천천히 천수에게서 손을 뗐다.

"반가웠다, 친구."

영혼 없는 인사를 마친 다음 하렴은 언짢은 표정으로 서 있는 천수에게 등을 보이며 돌아섰다. 그의 뒤를 차빈이 재빨리 따라갔다. 자신을 따라오는 차빈을 힐끔 돌아보며 하렴이 물었다.

"야, 저런 놈을 한국어로 뭐라고 하냐?"

차빈이 1초의 망설임도 없이 대답했다.

"재수 없는 놈."

그 말에 하렴은 웃음을 터뜨렸다.

"처음 듣는 단언데, 재미있다. 가슴에 팍 꽂혀."

차빈은 환하게 웃는 하렴의 얼굴을 보면서 따라 웃었다. 그때 그랜드기업 회장의 스피치가 시작된다는 안내방송이 들려왔다. 하렴과 차빈은 자연스럽게 무대 쪽으로 몸을 돌렸다.

잠시 후 조명장인이 세팅한 듯한 화려하고도 아름다운 무대 조명 밑으로 나이 지긋한 회장이 걸어 나오더니, 마이크를 잡고 감사 인사를 전했다.

-우선, 여기에 와주신 모든 분들께 진심으로 감사의 인사를 전합니다. 우리 그랜드기업이 올해로 30주년을 맞이할 수 있었던 건 네 가지의 이유가 있었다고 생각합니다. 그 첫 번째가…….

그냥 모두 여러분 덕분이라고 말해도 되는 건데도 굳이 다른 이유를 찾았다는 건 -그것도 네 가지씩이나- 오늘 저 스피치가 결코 짧지 않을 것임을 의미한다.

차빈은 회장의 스피치가 길어질 것을 예감하며 샴페인 잔을 들어 올렸다. 그러고는 그것을 홀짝홀짝 마시기 시작했다.

-마지막으로, 제가 애정하고 아끼는 직원분들에게 한 말씀 드리고 싶습니다. 저는 당신들의 노력이 없었다면…….

끊임없이 계속되는 회장의 스피치에 지루함을 느낀 하렴이 하품을 작게 하고는 손목시계로 시간을 확인했다.

'보통 이런 기분 좋은 행사 때의 스피치는 5분 이내로 하는 게 예의 아닌가?'

그러나 하렴이 생각하는 예의를 모르는 듯 그랜드기업 회장의 스피치는 벌써 30분 넘게 이어지고 있었다.

-……이 자리에 서 있는 것 자체가 영광입니다. 끝으로…….

그랜드기업 회장이 덧붙인 말에 하렴은 순간 배신감이 들어 눈썹을 찡그렸다.

아까 분명 '마지막으로'라고 말했으면서, '끝으로'는 또 뭐지? 자신이 알기로 '마지막'이랑 '끝'은 같은 말이다. 근데 아니었단 말인가?

순간적으로 한국어에 큰 혼란을 느낀 하렴이 차빈을 돌아보며 물었다.

"야, '마지막'이랑 '끝'이랑 같은 말 아니냐?"

그런데 돌아본 차빈의 상태가 다소 이상했다.

"넹? 뭐라고여?"

분명치 못한 발음도 그렇지만 평소 그렇게 형형하게 빛나던 눈빛이 흐리멍덩했던 것이다.

"너 뭐냐? 왜 그러냐?"

놀란 하렴의 시야로 그녀의 손에 들린 샴페인 잔이 들어왔다. 그 잔은 이미 깨끗하게 비워진 상태였다.

저거 한 잔 마셨다고 이렇게 된 건가, 아님 스피치가 진행되는 동안 계속 마셔댄 건가. 아무래도 후자가 더 신빙성 있어 보였다.

"일단 나가자."

하렴이 차빈의 어깨를 툭 치며 말하자 그녀가 두 눈을 동그랗게 떴다.

"왜여? 아직 스핏찌 쭝인데여?"

지나치게 혀가 짧아진 그녀를 내려다보면서 하렴이 서늘하게 말했다.

"귀여운 척하냐?"

"오잉? 아닌뎁쇼?"

"귀여운 척 그만하고 따라와."

결국 하렴은 차빈의 팔뚝을 잡고 그녀를 연회장 밖으로 데리고 나갔다.

연회장을 빠져나온 두 사람은 자연스럽게 호텔 출입문을 향해 걷기 시작했다. 걸어가면서 하렴이 빠르게 말했다.

"너 퇴근해."

그 말을 듣자마자 차빈은 배시시 웃으며 허리를 90도로 숙였다.

"감쨔합니다. 안녕히 계십쬬."

요란스런 그녀의 행동 때문에 호텔 안에 있던 사람들이 그들을 힐끔힐끔 쳐다보았다. 하렴은 재빨리 그녀를 데리고 호텔 밖으로 나갔다.

"가. 어서 가버려."

하렴은 창피하다며 차빈에게 얼른 가라고 했다. 그러자 차빈은 또 허리를 90도로 숙였다.

"수고하셨습니다."

마지막 인사를 건넨 후 차빈은 비틀거리면서 앞으로 걸어가기 시작했다. 그러나 그녀의 모습은 상당히 불안해 보였다. 금방이라도 넘어질 것처럼 불안한 차빈의 뒷모습을 가만히 지켜보던 하렴이 어쩔 수 없다는 듯이 다시 그녀에게로 걸어갔다.

덥석-

하렴이 뒤에서부터 차빈의 팔을 잡아채자 그녀가 놀란 표정으로 고개를 돌렸다.

"오잉?"

"따라와."

"왜 이러쇼?"

하렴은 미약하게 반항하는 차빈을 데리고 택시정류장 쪽으로 걸음을 옮겼다.

"택시 타."

하렴의 명령에 차빈은 고집스럽게 고개를 좌우로 저었다.

"저 안 취했쪄요. 그냥 기분이 넘넘 룰루랄라한 것뿐이에여."

"무슨 소리 하는 건지 전혀 모르겠어."

"그럼 안녕히 계십쬬."

차빈이 또다시 허리를 90도로 숙이고는 돌아섰다. 그녀의 팔을 하렴이 또 잡아챘다.

"택시 타라고."

"돈 아까버여. 나 두 팔, 두 다리 튼튼한데."

그녀의 말에 하렴은 시선을 내려 자신이 잡고 있는 그녀의 가느다란 팔을 쳐다보았다.

"후우……."

크게 한숨을 내쉰 하렴이 차빈을 노려보며 말했다.

"너 혹시 지금 내 차 타고 싶어서 이러냐?"

"오잉? 아닌뎁쇼?"

"귀여운 척하지 말랬지."

차빈이 두 눈을 동그랗게 뜨고 고개를 갸웃하는 행동이 하렴의 눈에는 제법 귀엽게 보였다. 때문에 그런 짓을 하지 말라고 경고했다.

"알았어. 따라와."

결국 하렴은 차빈을 데리고 자신의 차가 주차된 곳까지 갔다. 그리고 그곳에 있던 김 기사에게 차빈을 넘겨주며 말했다.

"얘 좀 집에 떨궈주고 와."

"네."

그런데 김 기사가 차빈을 차에 태우려고 하자 차빈이 그의 손을 피해 도망을 가버렸다.

"아닙니다. 저는 걸어갈 쭈 있습니다."

씩씩하게 선언한 차빈이었지만 얼마 못 가 그만 넘어지고 말았다.

"어이쿠……!"

그 모습을 보고 울컥 화가 난 하렴이 그녀에게로 성큼성큼 다가갔다. 그가 그녀의 팔을 잡아 일으켜 세우면서 나지막하게 말했다.

"나한테 끌려서 탈래, 네가 알아서 탈래?"

카리스마가 느껴지는 살벌한 음성에 차빈은 어깨를 움츠릴 수밖에 없었다.

"죄송합니다. 살려쭈세여."

"죽이겠다고 하진 않았어."

하렴은 쿨하게 대꾸한 다음 얌전해진 그녀를 다시 차 앞으로 데리고 갔다.

"타."

하렴의 짧은 명령에 차빈은 얌전히 고개를 끄덕였다.

차빈이 차를 타고 떠나자 그제야 하렴은 안도의 한숨을 내쉬었다.

차빈은 입사 이래 줄곧 출근이 즐거웠었다. 하렴이 시키는 잔심부름이나 구박 따위 아무렇지도 않았다. 오직 갈 곳이 있다는, 일할 수 있다는 생각에 행복했었다. 그런데 오늘은 출근을 했는데도 전혀 즐겁지가 않았다. 하렴의 얼굴을 보는 게 너무 힘들었다. 아니, 정확히 말하면 민망했다.

"오후 3시엔 부산 지점 협력업체들과 미팅이 예정되어 있습니다. 그리고 저녁 식사는 총지배인님과 하실 예정입니다. 총지배인님이 긴히 드릴 말씀이 있다 해서 일식집 개인실로 예약해뒀습니다."

스케줄 보고를 하는 내내 차빈은 한 번도 고개를 들지 못했다.

"너 어째 내 눈을 못 보는 것 같다?"

의자에 다리를 꼬고 앉은 하렴이 이를 예리하게 지적했다. 차빈은 내심 뜨끔해서 입을 열었다.

"아니, 그게 아니라, 이 스케줄 표를 봐야 하니까…… 가 아니라, 죄송합니다."

기억이 안 난다는 비겁한 변명을 하고 싶진 않았다. 자신은 그저 술에 취해 혀 짧은 소리를 몇 번 냈을 뿐, 어떤 무례한 행동도 하지 않았기 때문이다. 다만, 딱 한 가지 실수한 게 있다면 그건 상대를 잘못 골랐다는 거. 상대가 저 쉰왕자였다는 거.

"내가 너 때문에 그날 굉장한 스트레스를 받았어."

하렴은 그녀 보라는 듯이 양손으로 관자놀이를 꾹꾹 누르기 시작했다. 차빈이 그를 향해 허리를 꾸벅 숙였다.

"그날 제가 조금 언짢은 행동을 하였다면 너그러이 용서를 해주시기 바랍니다."

"뭔 소린지 하나도 모르겠어. 쉽게 말해봐."

"정말 진심으로 겁나 죄송하게 생각합니다. 한 번만 용서해주시면 사장님께 제 영혼까지 바치겠습니다."

"좋아. 훌륭해."

하렴은 쉽게 풀이된 그녀의 사과 멘트가 마음에 든 듯 흡족한 표정을 지었다.

"일단, 가서 커피나 사와봐."

"네!"

30분 전에 사왔지만 식었으니 또 사오겠습니다. 차빈이 밖으로 나가려고 몸을 돌린 순간 하렴이 그녀를 불러 세웠다.

"야, 잠깐만."

움직임을 멈춘 차빈이 천천히 고개를 돌렸다. 그사이 하렴은 의자 밑에서 명품브랜드네임이 박힌 쇼핑백을 들어 올렸다.

"뭐예요, 그게?"

차빈이 호기심 어린 얼굴을 하자 하렴이 그 쇼핑백을 책상 위에 올려놓으면서 말했다.

"이거 셔츠. 고환, 아니 교환, 아니 고환해야 하는……."

"교환이 맞아요!"

헤매는 하렴을 향해 차빈이 다급하게 정답을 알려주었다.

"무슨 그런 정정하기도 민망한 말실수를 하세요?"

"뭐가 민망한데?"

태연한 하렴의 얼굴을 보면서 차빈은 체념한 듯이 말했다.

"아닙니다. 계속 말씀하세요."

"아침에 잠이 덜 깬 상태로 백화점에 갔거든."

"네."

"그래서 잘못 샀어."

"아, 정말요?"

차빈이 알기로 그 쇼핑백에 이름이 박힌 명품브랜드는 셔츠 하나에 몇십만 원이나 하는 고급 브랜드였다.

"이거 비싼 거 같은데요. 명품 아니에요?"

“당연히 비싼 거지. 내가 입으려던 거니까.”

하렴이 너무나도 당당하게 대답했기에 차빈은 콧방귀도 나오지 않았다.

“예, 예, 어련하시겠습니까.”

빈정대는 차빈의 어투를 들은 하렴이 예리하게 두 눈을 빛냈다.

“무슨 뜻인진 모르겠는데 그냥 기분이 나빠. 욕한 거냐?”

“욕은 아닙니다. 암튼, 그래서요? 어떻게 잘못 샀는데요? 사이즈를 잘못 샀어요? 아님 디자인이 문제예요?”

차빈은 말을 돌리면서 그 쇼핑백 안을 슬쩍 들여다보았다. 그 안에는 곱게 접힌 흰 셔츠가 들어 있었다. 그때 하렴이 그녀의 말에 대답했다.

“여자 걸로 샀어.”

순간 차빈은 자신의 귀를 의심했다.

“네?”

충격적인 하렴의 대답에 차빈은 두 눈을 동그랗게 뜨며 고개를 들었다.

“여자 걸로 샀다고.”

“뭐라고요?”

좀처럼 믿지 못하고 계속해서 되묻는 차빈에게 하렴은 급기야 화를 냈다.

“그냥 아무거나 집어 왔는데 레이디스였다고. 몇 번을 말해?”

“어떻게 그런 실수를…….”

아아. 한국어 바보라서 그런 실수를 한 건가? 이 사람이라면 그럴 수 있다. 충분히 가능성 있어. 바보는 부끄러운 게 아니라 조금 불편한 거니까.

차빈이 하렴을 안쓰럽게 생각하고 있을 때였다. 하렴이 불쑥 말을 덧붙였다.

"그러니까 너 가져."

"네?"

그 순간 차빈이 두 눈을 빠르게 두어 번 깜박거렸다.

"교환하려고 했는데 다시 보니까 그냥 그 브랜드 자체가 별로 마음에 안 들더라고. 버리기는 아주 조금 아까우니까 너한테 접선하는 거야."

"접선 아니고 적선이요. 아니, 그게 중요한 게 아니라, 저한테 적선해주시는 건 정말 감사한데요, 이 가격이 좀……."

부담을 느낀 차빈이 주저하는 행동을 보이자 하렴이 쇼핑백을 향해 손을 뻗었다.

"그럼 내놔. 개나 줘버리게."

"어우! 개를 줄 거면 차라리 저를 줘요."

차빈이 황급히 쇼핑백을 집어 자신의 가슴팍에 끌어안았다. 쇼핑백을 소중하게 안고 있는 그녀를 보며 하렴이 툭 던지듯 말했다.

"그대로 가지고 나가."

"네, 감사합니다."

차빈은 쇼핑백을 소중하게 끌어안은 채 사장실을 나왔다. 그런데 그때 갑자기 묘한 생각이 그녀의 뇌리를 스쳤다.

'근데 진짜 실수한 건가? 자기 셔츠랑은 사이즈부터 달랐을 텐데?'

게다가 아무리 한국어 바보라 해도 완벽남 소리를 듣는 신하렴이었다. 그런 그가 이런 사소한 실수를 하다니? 차빈의 눈이 굳게 닫힌 사장실 문을 힐끔 쳐다보았다.

'……그럼 일부러 나 주려고 샀다고? 저 쉰왕자가? 그건 더더욱 말이 안 되잖아?'

그때 그녀의 뇌리를 스치는 기억이 있었다.

'아아, 혹시…….'

그랜드기업 창립 30주년 파티가 있던 날 하렴은 그녀에게 또 똑같은 옷을 입었냐며 핀잔을 주었었다.

'그럼 이틀 동안 똑같은 블라우스를 입었던 날 불쌍하게 여긴 건가? 뭐 이런 별…… 따뜻한 남자가 다 있지?'

신하렴도 한국어 바보이기 이전에 사람이었구나. 다음 순간 차빈은 미소 띤 얼굴로 셔츠를 꺼내 살펴보았다. 잘록한 허리라인 하며 부담스럽지 않게 적당히 달려 있는 레이스가 그녀의 마음에 쏙 들었다.

물론 신하렴이 정말 한국어 바보라서 잠결에 레이스도 못 보고 사이즈도 잘못 보고 산 걸 수도 있다. 진실은 오직 그만이 알 수 있을 것이다.

어쨌든, 공짜로 명품 셔츠가 생겼다. 차빈에겐 오로지 그게 중요한 팩트였다.

인후가 카페로 오라는 문자를 남겼기에 차빈은 퇴근 후에 인후의 카페로 향했다.

그녀가 도착했을 때 카페는 폐점에 가까운 시간이었기 때문에 손님이 별로 없었다. 한산한 카페 안으로 들어서자 시윤이 제일 먼저 그녀를 발견하고 손을 흔들었다.

"왔어요, 누나?"

"응. 아빠는?"

시윤이 손가락으로 구석에 있는 테이블을 가리켰다. 그 손가락을 따라 차빈이 고개를 돌리자 생각에 잠긴 듯이 얌전히 앉아 있는 인후가 보였다.

"아빠, 뭐 해?"

차빈이 인후의 반대편에 앉자 그가 고개를 들더니 웃는 얼굴로 물었다.

"우리 딸, 왔어? 뭐 마실래?"

"아니. 지금 커피 마시면 잠 못 잘 것 같아."

"그럼 녹차나 우유 마셔."

인후가 생글생글 웃으며 제안했지만 차빈은 미심쩍은 마음이 들어 그를 경계했다.

"됐거든? 오늘따라 왜 이리 상냥하실까, 우리 아빠가? 무슨 할 말 있어?"

차빈이 두 눈을 예리하게 빛내자 인후가 헛기침을 두어 번 하고는 말을 시작했다.

"사실은 아빠가 예전에 알던 사람한테 네 취직 자리를 하나 부탁했거든."

"뭐?"

생각지도 못한 인후의 말에 차빈은 어안이 벙벙했다.

"그러니까 그 회사로 들어가. 지금 다니고 있는 여인숙은 그만두고."

"여인숙 아니라니까. 그리고 나 그 호텔 계속 다니고 싶어."

"아빤 싫어. 그 여인숙."

옛날 사람이라 그런지 인후는 전부터 차빈이 호텔에서 일하는 걸 별로 좋아하지 않았다. 하지만 그렇다고 남한테 자신의 취직 자리까지 부탁할 줄은 정말 몰랐다. 졸업하고 2년 동안 취업 못하던 시기에도 그런 참견은 한 번도 한 적이 없었는데 말이다.

'이런 아빠한테 그 호텔 사장의 비서가 됐다는 말을 하면 엄청 화를 내겠지? 분명 당장 그만두라고 할 거야.'

차빈은 난감한 표정으로 아랫입술을 잘근잘근 깨물다가 힘겹게 입을 열었다.

"그냥 좀만 더 다닐게. 계약한 게 있는데 어떻게 당장 그만둬?"

"다른 회사에 정직원으로 채용됐다고 하면 이해해줄 거야."

"난 싫어. 그렇게 무책임한 거."

"아빠도 싫어. 너 거기 다니는 거."

인후와 차빈의 의견이 팽팽하게 맞섰다.

"여긴 내 힘으로 된 거지만 거긴 아빠 힘이잖아."

"그게 뭐가 중요해? 들어가서 잘하면 되지."

"그냥 여기서 잘할게."

인후의 태도는 강경했고 차빈은 절대 물러설 생각이 없었다.

"너 지금 아빠의 노력을 무시하는 거야?"

"아빠야말로 내 감정 무시해?"

두 사람은 서로를 답답하다는 듯이 쳐다보았다. 결국 결론을 내지 못한 채 차빈은 자리에서 일어섰다.

"아빠랑 더 이상 얘기하기 싫어. 나 먼저 집에 갈게."

"차빈아!"

인후의 부름도 무시하고 차빈은 빠르게 카페를 빠져나왔다.

힘없이 터벅터벅 집을 향해 걸어가고 있는데 뒤에서 누군가 그녀를 톡톡 건드렸다.

"저 연락처 좀 주시면 안 돼요?"

그 목소리에 차빈은 피식 웃으며 어깨를 틀어 뒤를 돌아보았다.

"까불지 마라, 민시윤."

"까분 거 아닌데."

그곳엔 시윤이 환하게 웃는 얼굴로 서 있었다. 그가 손에 들고 있던 테이크아웃 종이컵을 그녀에게 내밀면서 말했다.

"자요. 마셔요."

"밤이라 커피는 별론데."

"그래서 우유 담아 왔어요."

"짜식, 센스 있네. 고마워."

차빈이 싱긋 웃으며 우유가 든 종이컵을 받아 들었다.

"근데 아저씨랑은 왜 싸운 거예요?"

시윤이 조심스런 어조로 묻자 차빈이 어깨를 축 늘어뜨렸다. 그녀가 힘없는 목소리로 대답했다.

"아빠가 나 호텔 다니는 걸 싫어하셔서."

"거기 도미호텔이라고 하지 않았어요? 도미호텔이면 엄청 크고 좋은 호텔이잖아요. 호텔 업계에서는 거의 탑 아닌가?"

"맞아. 그런데도 아빤 싫어한다니까. 나 사실, 얼마 전에 사장님 비서 됐거든?"

그녀의 말에 시윤은 두 눈을 크게 뜨며 함박웃음을 지었다.

"아 진짜요? 축하해요, 누나."

"응, 고마워. 근데 아직 이 사실을 아빠한텐 말 못하고 있어. 화내실 것 같아서."

"그래도 언젠간 이해해주시겠죠. 아버지니까."

"응. 그러길 바라야지."

자신의 집 근처에 다다르자 차빈은 시윤에게 손을 흔들었다.

"잘 가라, 꼬맹이."

그녀의 인사에 시윤은 다소 씁쓸해 보이는 얼굴로 웃었다.

"네. 잘 자요……. 누나."

예상치도 못한 다음 일정이었다.

"네? 선이요?"

아침부터 진이 사장 비서실로 찾아와서 한 말에 차빈은 깜짝 놀랐다.

"네. DT건설 막내딸이랑요. 갑자기 결정된 거예요. 그러니까 차빈 씨가 하렴이 옷이랑 뭘 말해야 하는지, 하지 말아야 하는지 체크 좀 해주세요."

"아, 네."

"여자분 당황하게 만들 만한 말들은 절대 금지시키시고요."

하렴이 내일 저녁에 호텔 레스토랑에서 선을 보기로 했단다. 이 사실을 알게 된 차빈은 발등에 불이 떨어진 기분이었다.

'아직도 말실수를 많이 하는 남잔데, 내일까지 어떻게 교육시키지?'

진은 그녀에게 잘 부탁한다는 말을 남기고 가버렸다. 그가 가고 난 후 차빈은 재빨리 사장실의 문을 두드렸다.

"들어와."

하렴의 목소리에 곧바로 사장실 문을 연 차빈이 의자에 앉아 있는 그를 향해 다가갔다. 그녀가 다짜고짜 물었다.

"선보신다면서요?"

그녀의 질문에 대답은 않고 하렴은 그녀가 입고 있는 흰 셔츠를 물끄러미 보면서 말했다.

"그거 잘 어울린다?"

오늘 차빈은 얼마 전 하렴이 잘못 샀다면서 준 명품 셔츠를 입고 있었다. 괜히 머쓱한 기분이 든 차빈이 장난스럽게 물었다.

"지금 쑥스러우니까 말 돌리시는 거예요?"

"너야말로 쑥스러우니까 말 돌리냐?"

하렴이 그녀의 질문을 그대로 다시 던지자 차빈은 피식 웃음을 터뜨렸다.

"그럼 서로 말 돌렸다 쳐요."

그녀가 내린 결론에 하렴은 순순히 고개를 끄덕였다. 그런데 차빈은 지금 그보다 하렴의 선이 더 신경 쓰였다.

"그나저나 내일이요, 여자분한테 나이랑 몸무게는 절대 묻지 마세요."

"내가 애냐?"

"그리고 말끝마다 '냐', '냐', 그것도 하지 마시고요."

"존댓말 쓸 건데 '냐'가 왜 나오냐?"

"아아. 그렇지."

"정신 좀 챙겨라."

차빈이 머쓱한 얼굴로 헛기침을 하는 사이 하렴이 자리에서 일어나 그녀에게 다가갔다.

"내일 아침에 우리 집으로 와."

"왜요?"

순간 차빈의 두 눈이 동그래졌다. 하렴이 그녀의 앞에 멈춰 서며 대답했다.

"슈트 봐줘야 할 거 아니야? 남자 눈보단 그래도 여자 눈이 나을 테니까."

"아아. 네."

고개를 끄덕이던 차빈이 문득 장난스런 미소를 지었다.

"그래도 절 여자로 봐주시네요."

"당연하지. 못생겼어도 여자는 여자니까."

차빈은 단언하는 그를 흘겨보다가 문득 그가 내일 본다는 맞선이 떠올라 마음이 복잡해졌다.

'그나저나 또 뭘 체크해야 하지? 어투? 질문? 갑자기 선이라니…… 정신이 하나도 없네.'

그때 하렴이 복잡한 표정을 짓고 있는 차빈의 앞에서 손을 들어 올렸다. 그리고 그녀의 이마로 자신의 하얗고 긴 손가락을 뻗었다. 그의 검지가 차빈의 이마를 톡 건드리는 순간 하렴이 입을 열었다.

"정신 차리라고, 이 아저씨야."

화들짝 놀란 차빈의 두 눈이 번쩍 떠졌다.

"아저씨라뇨? 결혼 안 한 처녀한텐 아가씨라고 하는 거거든요?"

"헷갈렸어."

"내일 혹시라도 그 여자분한테 '아저씨'라고 하지 마세요. 진짜 뺨 맞을 수도 있어요."

차빈의 살벌한 경고에 하렴의 표정이 굳어졌다.

"그래? 그럼 혹시 잘못 말해서 뺨 맞게 되면 너 부를게. 변호사 대동해서 와."

하렴의 진지한 눈빛을 보며 차빈은 마른침을 꿀꺽 삼켰다.

'이 남잔 진심이다. 암, 충분히 그러고도 남을 남자지.'

"아. 그리고……."

그때 하렴이 차빈을 내려다보면서 진지하게 말했다.

"상대 여성이 별로 마음에 안 들면 문자 보낼 테니까 나 구하러 와."

"네?"

이건 또 무슨 소리람?

"내가 아무리 혼인을 사업 확장의 일환으로만 여긴다지만, 그래도 마음에 안 드는 여성이랑 할 수는 없잖아?"

차빈이 황당하다는 듯 헛웃음을 터뜨리자 하렴이 말을 이었다.

"넌 내 사랑이잖아. 그러니까 당연히 나 구하러 와야지."

"……!"

그 말에 차빈은 순간 모든 행동을 멈췄다. 말실수라는 거 아는데, 분명히 아는데, 조금 많이 부끄러웠다. 그녀가 헛기침과 함께 입을 열었다.

"지금, 그, 발음 틀렸어요."

"뭐? 어떤 거?"

하렴이 무슨 소리냐는 듯 눈썹을 치켜 올렸다. 차빈이 부끄러워하며 다시 한 번 말했다.

"방금, 그거요, 내, 어쩌고 한 거."

"뭐? 내 사람?"

하렴의 얼굴 표정이 무척 태연했기에 차빈은 살짝 억울했다.

'방금은 분명 '내 사랑'이라고 했으면서, 기억을 못한다, 이 남자. 괜히 나만 부끄럽게!'

하지만 차빈에겐 '내 사람' 역시 부끄럽긴 마찬가지였다.

05. 완벽하게 미묘한 감정

고급주택가로 들어선 차빈은 휴대폰으로 주소를 확인하면서 하렴의 집을 찾기 시작했다. 얼마 지나지 않아 그녀의 앞에 휴대폰 속 주소와 같은 위치에 있는 단독주택이 나타났다. 차빈은 빨간 벽돌로 이루어진 주택을 올려다보다가 천천히 초인종을 눌렀다.

딩동-

"……."

반응이 없었다.

딩동-

또 초인종을 눌러보았다. 하지만 이번에도 반응은 없었다.

'아직도 자는 건가? ……설마 또 전에처럼 악몽을 꾸고 있는 건 아니겠지?'

걱정이 된 차빈은 진에게서 받은 열쇠와 비밀번호로 대문과 현관문을 열고 집 안으로 들어섰다.

제일 먼저 그녀의 눈에 들어온 건 드넓은 거실이었다. 지나치게 넓은데, 가구라고는 가운데에 덩그러니 놓인 소파 하나뿐이라 굉장히 서늘한 느낌이 감돌았다.

'집에 TV도 없는 거야?'

참 재미없게 느껴지는 공간이었다.

차빈은 천천히 집안을 둘러보다가 문이 열려 있는 방을 발견하고는 그곳으로 다가갔다. 제일 안쪽에 있는 방이라 느낌상 하렴의 방인 것 같았던 것이다.

방 앞에 다다른 차빈은 열려 있는 방문 틈으로 침대 위에 잠들어 있는 하렴을 발견했다. 그는 잠에 푹 빠진 모습이었다.

'역시 저 사람은 잠잘 때가 제일 왕자 같네.'

전에도 본 적이 있지만 하렴의 잠든 얼굴은 꼭 조각 같아서, '신왕자'라는 그의 별명을 충분히 납득게 했다. 차빈은 천천히 그의 침대를 향해 걸음을 옮겼다.

"큼큼."

헛기침을 하면서 자신의 존재를 알렸다. 하지만 이 역시 반응이 없었기에 차빈은 결국 목소리를 냈다.

"일어나요."

꽤 큰 목소리라고 생각했는데도 그는 일어나지 않았다. 차빈이 다시 입을 열었다.

"일어나라고요…… 바보야."

덜컥 '바보'라고 해버리고 눈치를 보고 있는데, 하렴은 여전히 잠에 푹 빠진 모습이었다. 더욱 용기가 생긴 차빈은 팔을 뻗어 손가락으로 그를 가리키면서 말했다.

"일어나라고, 이 한국어 바보야."

그런데 그때 갑자기 눈을 뜬 하렴이 그녀의 팔을 덥석 잡아챘다.

"누구더러 바보라고?"

"꺅-"

깜짝 놀란 차빈이 버둥거리는 바람에 하렴의 손에 힘이 들어가 차빈은 그대로 넘어지고 말았다. 바로 하렴의 몸 위로.

"……숨 막혀."

귓가에 나직하게 들리는 목소리에 차빈은 황급히 몸을 일으켰다.

"죄송해요!"

놀란 가슴에 손을 얹은 채 자리에서 일어난 하렴이 차빈을 노려보며 말했다.

"너 돼지냐?"

"아무리 무거웠어도 그렇지, 숙녀한테 그게 무슨 말버릇이에요?"

버럭 화를 낸 차빈의 얼굴에 이내 걱정스런 표정이 깃들었다. 이런 한국어 바보에다 매너 바보가 오늘밤 선을 본다니.

"행여나 오늘 선보는 여자분한테 그런 말 할 생각도 말아요. 몸무게는 말할 것도 없고 키도 물어보지 마세요."

"뭐야? 키도 안 돼?"

하렴이 어이없다는 얼굴로 물었다.

"그 표정은 뭐예요? 사장님, 그 성격에 여자 키도 봐요?"

"어. 봐."

하렴이 덤덤하게 대답하자 차빈은 웃음이 터질 뻔했다.

'자기 성격 은근히 디스한 건데 모른다. 역시 한국어 바보다.'

"난 딱 너 정돈 돼야 돼."

곧바로 이어진 하렴의 말에 차빈은 순간 고개를 갸웃했다.

"저요? 저 겨우 160밖에 안 되는데요? 사장님 키에는 좀 더 큰 키가 낫지 않아요?"

"정말 160이야? 더 커 보이는데?"

"아니에요. 저 고등학교 2학년 때 잰 키예요. 그 후론 안 컸어요."

"군대 가서 더 큰 거 아니야?"

하렴의 무심한 말에 차빈은 헛웃음이 터졌다.

"저 군대 안 갔거든요? 저번부터 자꾸 절 남자로 보시는 경향이 있네요?"

"아아, 아니. 군대 말고 대학."

"어떻게 군대랑 대학을 헷갈려요?"

그때 투덜거리는 차빈에게로 하렴이 불쑥 손을 뻗었다.

"그만 시끄럽게 하고, 이리 와봐."

갑자기 하렴이 그녀의 팔을 잡고 몸 쪽으로 끌어당기는 바람에 차빈은 깜짝 놀랐다.

"왜, 왜 이래요?"

그 순간 그녀의 시야로 하렴의 셔츠 단추가 들어왔다. 자신의 얼굴이 하렴의 가슴 부근에 오게 된 것이다. 그걸 안 차빈은 숨을 쉬기가 힘들어졌다. 심장의 두근거리는 고동이 점점 빨라졌다.

'뭐야, 이 파동은? 이 한국어 바보한텐 느끼면 안 되는 파동 아니야?'

차빈이 당황스러움을 느끼고 있던 그때 하렴이 자신의 손바닥을 그녀의 정수리에 얹었다.

"아아. 이 정도면 160이겠구나."

하렴이 작게 중얼거리는 말도 차빈의 귀에는 들어오지 않았다. 그녀는 오로지 평정심을 유지하지 위해 다른 생각을 떠올리려 노력 중이었다. 때마침 하렴이 그녀의 평정심을 되찾아줄 말을 던졌다.

"넌 남 클 때 뭐 했냐? 빽빽거리는 것만 배웠냐?"

역시.

"네, 땍땍거리는 것만 배웠습니다. 됐습니까?"

방금 그건 착각이다. 엄청난 착각.

오후 6시 50분.

약속 시간 10분 전에 차빈은 하렴과 함께 도미호텔 레스토랑으로 들어섰다. 그녀는 창가 자리에 하렴을 앉히고 그에게 파이팅을 외쳐주었다.

"선 잘 보십시오, 사장님."

하렴이 그녀가 골라준 체크무늬 넥타이를 만지며 거만하게 말했다.

"나 없다고 신나서 놀지 말고 폰 잘 들고 있어라."

"네."

"그래봤자 넌 어차피 내 손가락 위에 있는 거지만."

"손바닥 안에 있다는 말씀이 하고 싶으신 거군요?"

"응. 그거."

이 남자는 정말이지 아직 멀었다.

"사장님, 제발! 여자분 앞에서는 말을 아껴주세요."

레스토랑을 나가기 전 차빈은 불안한 마음에 다시 한 번 진심을 담아 말했다. 하렴이 의아해하며 그 이유를 물었다.

"왜?"

그야, 당신이 한국어 바보니까!

"그야, 여자들이 원래 말 없는 남잘 좋아하거든요."

"그래?"

하렴은 중요한 사실을 알았다는 듯이 심오한 표정으로 고개를 끄덕였다.

"그럼 수고하십시오."

씩씩하게 인사를 마친 차빈은 그대로 레스토랑을 빠져나왔다. 그런 다음 바로 호텔 로비를 지나 사무실로 향했다.

"차빈 씨!"

그때 갑작스런 부름과 함께 누군가 그녀를 덥석 잡았다.

"언니들……!"

그녀를 붙잡은 건 호텔 안내데스크에서 일하고 있는 선영과 희진이었다. 차빈이 하렴의 비서가 된 이후 첫 만남이었다.

"실망이야, 차빈 씨. 우리한테 말도 없이 신왕자의 비서가 되다니!"

"맞아. 그래도 며칠 같이 일한 정이 있는데, 우리한테 이러기야? 말도 없이 우리의 신왕자를 독점하기나 하고!"

그녀들은 꽤 흥분한 상태였다. 자신을 쏘아보는 살벌한 눈빛들에 차빈은 고개를 푹 숙였다.

"죄송해요."

죄라도 지은 사람처럼 고개를 조아리는 차빈에게 선영이 진지한 얼굴로 물었다.

"얘기해봐. 어떻게 신왕자 비서가 된 거야?"

"내가 알기로 신왕자 비서는 유학파에 초엘리트만 뽑는다고 하던데. 차빈 씨, 혹시 유학파였어?"

이어지는 희진의 질문에 차빈은 고개를 들고 그녀들을 쳐다보았다. 그리고 천천히 고개를 저었다.

"아뇨. 그건 아닌데요……."

"그럼 어떻게 뽑힌 거야?"

"차빈 씨, 혹시 빽 있니?"

"아뇨. 저는 그냥 계약직이에요. 한 달."

"계약직이어도 한 달 동안 신왕자 옆에 있는 거잖아! 완전 부럽다!"

"진짜 어떻게 된 거야?"

격앙되어 있는 그녀들을 보며 차빈은 관자놀이를 긁적거렸다.

'이분들이 내가 신왕자의 황당무계한 언어들을 다 이해하는 데다 정정하는 역할까지 잘해서 비서가 된 걸 알면 어떤 얼굴들을 할까?'

"진짜 그냥 우연히 된 거예요. 운이 좋아서."

차빈은 결국 어색하게 웃으며 얼버무렸다.

"우연? 말도 안 돼."

"우리한테 뭘 숨기는 거야, 대체?"

하지만 그녀들은 꽤 집요했다.

"숨기는 거 없어요, 정말."

"말해봐. 혹시, 신왕자 무슨 문제 있니?"

"아뇨. 정말 없어요."

"아닌데? 있는 것 같은데?"

아아, 정말 곤란하다. 차빈은 그녀들에게서 벗어나고 싶었지만, 그녀들이 양팔을 붙잡고 있어서 쉽지 않았다. 그때였다.

"누나!"

누군가의 부름에 로비에 있던 차빈과 선영, 그리고 희진은 동시에 고개를 돌렸다. 그 목소리의 주인공은 차빈이 익히 잘 알고 있는 남자였다.

"시윤아……!"

청바지에 흰 후드티를 입은 시윤이 그 예쁘장한 얼굴 가득 미소를 띤 채 다가왔다.

"누나 퇴근 시간쯤 된 것 같아서 놀러 왔어요."

시윤의 등장에 선영과 희진의 눈이 커졌다. 그녀들의 얼굴에 화색이 돌았다.

"어머, 어머. 이 꽃미남은 대체 누구야?"

"아, 동네 아는 동생이에요."

차빈의 대답을 듣자마자 선영과 희진은 그녀의 팔을 놓고 시윤에게 다가갔다.

"어머, 반가워요, 동생. 이름이 뭐예요?"

"민시윤입니다."

"어머. 민왕자님이시구나."

"네? 민왕자……?"

듣도 보도 못한 호칭에 시윤은 살짝 당황했다.

"아무것도 아니에요. 근데 자기는 몇 살?"

"스물둘입니다."

어쨌든 차빈은 시윤 덕분에 그녀들의 닦달에서 벗어날 수 있었다. 때마침 호텔 로비 안내데스크로 손님이 두 명 다가왔기 때문에 선영과 희진은 재빨리 자신들의 자리로 돌아갔다.

"이게 대체 무슨 상황일까요?"

시윤이 안도의 한숨을 푹 내쉬며 묻자 차빈 역시 한숨을 푹 내쉬었다.

"네가 너무도 필요했던 상황."

"어쨌든 누나가 곤란했던 상황인 건 맞죠?"

"어. 고마워."

차빈이 시윤을 향해 미소를 씨익 짓는 순간 그녀의 휴대폰으로 문자가 하나 도착했다. 하렴에게서 온 문자였다.

[와. 사냥하게생겼당]

'응? 상냥하게 생겼다는 말의 오타인가? 얼마나 상냥하게 생겼으면 감탄사 '와'까지 붙일까.'

차빈의 입가에 묘한 미소가 걸렸다.

'하긴. 저번 그랜드기업 창립파티 때 보니까 예쁜 여자 엄청 좋아하더라.'

차빈은 다소 씁쓸해 보이는 조소를 머금은 채 그에게 답장을 보냈다.

[오~ 꽤 예쁘신가 봐요? 좋으시겠어요.]

그때 시윤이 차빈을 향해 물었다.

"누나, 저녁 아직 안 먹었죠? 같이 먹을래요?"

차빈이 대답하려는 순간 하렴에게서 또다시 문자가 왔다. 차빈은 곧바로 문자를 확인했다.

[? 사냥 잘하게생겼다고. 무섭어. 그니까 와. 어서와]

'아. 그 '와'가 오라는 '와'였구나.'

도착한 문자를 확인하자마자 차빈은 황급히 시윤에게 말했다.

"시윤아, 누나가 급한 일이 생겨서 먼저 가봐야 할 것 같거든? 저녁은 다음에 먹자."

"네? 저 누나 보러 여기까지 온 건데요."

시윤이 크게 실망하는 표정을 지었다. 차빈이 미안해하며 말했다.

"진짜진짜 미안. 그럼 내일 점심 먹으러 올래? 누나가 사줄게."

"정말이죠?"

"어. 당연하지. 그럼 내일 봐."

차빈은 시윤에게 손을 흔들어주고는 황급히 레스토랑으로 달려갔다.

잠시 후 레스토랑 앞에 도착한 차빈은 숨을 고르며 옷매무새를 가다듬었다. 그러다 문득 자신의 옷차림이 지나치게 비서 복장인 것 같아서 블라우스 단추를 두 개 푸르고 허리 쪽 치마를 안으로 접어 짧게 만들었다. 그런 다음 하렴이 있는 테이블로 걸어갔다.

하렴의 반대편에 앉아 있는 여자는 화려한 메이크업 때문인지 무지 기가 세 보였다. 사냥 잘하게 생겼다는 말이 이해가 되는 순간이었다. 당당하게 하렴의 테이블 앞에 멈춰 선 차빈이 그를 향해 말했다.

"하렴 씨, 여기서 뭐 해요? 당장 저랑 나가요."

그녀는 마치 자신이 하렴의 애인인 척 연기했다. 하렴이 얼굴에 옅은 미소를 띠며 입을 열었다.

"왔어, 우리 애기?"

우리 애기? 나 참. 어디서 옛날 드라마 본 건 있어가지고. 차빈은 웃음이 터질 것만 같아서 입술을 꽉 다물었다.

"우리 애기가 삐질 것 같아서 이만 일어나겠습니다."

하렴이 이렇게 말하고 자리에서 일어서자 여자도 따라 일어서더니 자신의 앞에 있는 물컵을 들어 올렸다. 그걸 본 순간 차빈은 그녀가 그것을 하렴에게 뿌릴 거라 예상했다. 하지만.

차악-

그녀는 하렴이 아닌 차빈에게 물을 끼얹었다. 차빈의 얼굴은 물론 블라우스까지 물에 젖었다.

"너 내가 누구 딸인 줄이나 알아?"

놀란 차빈은 젖은 얼굴을 닦아내면서 버럭 소리치는 여자를 쳐다보았다.

"네까짓 게 어디서 나한테 이런 수모를 줘?"

어이가 없었다. 자기가 아무리 대단한 집 딸이어도 아무한테나 물을 끼얹을 수 있는 것은 아니다. 곧이어 여자는 하렴을 돌아보더니 그를 노려보면서 말했다.

"폭삭 망한 집안을 다시 일으켰다기에 얼마나 잘난 남잔가 봤더니, 이런 찌질한 여자나 만나고 별거 아니네."

그 순간 하렴의 얼굴에 서늘한 미소가 걸렸다. 그러나 여자의 독설은 멈추지 않았다.

"이래서 자수성가 스타일 남자는 소개받기 싫었다니까!"

"이봐요."

짜증 부리는 여자를 말리기 위해 차빈이 걸음을 뗀 순간 하렴이 그녀를 막고 앞으로 나섰다.

"너 얘가 누구 여자인 줄이나 알아?"

자신이 한 말을 그대로 인용한 하렴의 물음에 여자는 이맛살을 찌푸렸다.

"뭐래는 거야?"

하렴이 굳은 얼굴로 말을 이었다.

"이 여자, 내 여자야."

하렴은 이렇게 말하고는 재킷 주머니에서 자신의 휴대폰을 꺼내 버튼을 눌렀다. 그곳에서 방금 여자가 소리쳤던 내용이 다시 들려오기 시작했다.

-너 내가 누구 딸인 줄이나 알아? 네까짓 게 어디서 나한테 이런 수모를 줘? 폭삭 망한 집안을 다시 일으켰다기에 얼마나 잘난 남잔가 봤더니, 이런 찌질한 여자나 만나고 별거 아니네. 이래서 자수성가 스타일 남자는 소개받기 싫었다니까!

자신의 목소리에 당황한 여자가 더듬거리며 물었다.

"뭐, 뭐야, 그거?"

하렴이 무덤덤한 얼굴로 대답했다.

"네 목소리잖아. 다 녹음했어. 어디 언론사에 뿌려줄까? 제목은 'DT건설 막내따님의 실체'로 해서 보낼까 해. 한동안 유명세 좀 탈 거야."

"그 녹음, 당장 지워."

여자가 불안해 보이는 표정과 음성으로 말했다.

"네가 내 여자한테 사과하면."

하렴이 서늘한 목소리로 대답하자 여자는 금세 표독스런 표정을 지었다.

"웃기지 마. 그딴 거 우리 집에서 얼마든지 막을 수 있거든?"

"그래? 뭐, 매스컴이나 기사 정도는 막겠지. 근데, SNS도 막을 수 있나? 인터넷의 모든 익명글들을 다 막을 수 있겠어?"

하렴은 말을 마친 후 다시 휴대폰 버튼을 눌러 그녀의 목소리가 사방에 퍼져 나가게 했다. 그사이 차빈은 지나치게 완벽한 한국어를 구사하는 하렴 때문에 놀라서 두 눈만 깜박거리고 있었다. 그때 그녀의 머릿속에 예전에 진이 했던 말이 떠올랐다.

'그 녀석이 진심으로 화가 나면 무서운 달변가가 되거든요. 근데 그게 1년에 한 번 있을까 말까라서 그렇죠.'

그럼 지금 그가 진심으로 화가 났다는 건가?

왜? 설마, 내가 물을 맞아서?

차빈이 당황스러움에 고개를 돌리자 그녀의 시야로 아랫입술을 잘근잘근 깨물며 하렴을 노려보고 있는 여자가 들어왔다.

잠시 후 녹음 소리가 끊기자마자 그녀는 신경질적으로 테이블 위에서 티슈를 석 장 뽑아 차빈에게 건넸다.

"내 실수였어."

그런 다음 여자는 씩씩거리며 레스토랑을 나가버렸다. 사과 역시 참 어이없게 하는 여자였다. 차빈이 여자가 건넨 티슈로 얼굴을 닦아내는 사이 하렴이 다가와 물었다.

"괜찮냐?"

차빈은 말없이 고개를 끄덕였다. 그 순간 하렴의 눈이 그녀의 젖은 블라우스를 발견했다.

"옷이 젖었네."

"괜찮아요. 집에 가는 동안 마를 거예요."

차빈은 아무렇지도 않다는 듯이 말했다. 하지만 하렴은 자신의 재킷을 벗어 그녀에게 건넸다.

"입고 가."

"괜찮아요."

"내가 미안해서 그래."

예상치 못한 그의 말에 차빈은 순간 멈칫했다. 그때 그가 말을 이었다.

"이걸로 마무하려고."

"……무마하려고요?"

"응. 그거."

저 한국어 바보가 또 한국어를 틀렸는데도 차빈은 웃음이 안 나왔다.

"알았어요."

차빈은 미세하게 떨리는 손으로 그의 재킷을 받아 들었다. 그런 다음 도망치듯 레스토랑을 빠져나왔다. 빠르게 호텔 로비를 가로지르는 차빈의 심장이 쿵쾅쿵쾅 세차게 뛰었다.

'한국어 바보 주제에 멋있지 말란 말이다!'

06. 완벽한 오해

차빈은 오늘 하루 종일 기분이 이상했다. 아무래도 어제 일 때문인 것 같았다.

'너 얘가 누구 여자인 줄이나 알아? 이 여자, 내 여자야.'

맞선 상대를 향해 서슬 퍼렇게 말하던 하렴의 모습이 머릿속에서 떠나질 않았다. 물론 그 모습은 멋있었다. 고마웠다. 하지만 그걸 넘어서 뭔가 묘한 기분을 느끼게 했다. 그 감정이 무엇인진 확실치 않았지만 말이다.

책상에 앉아 멍하니 생각에 잠겨 있던 그때 차빈의 휴대폰으로 문자가 하나 도착했다.

[점심 먹으러 왔어요.]

문자를 보낸 이는 시윤이었다. 그제야 차빈은 어제 시윤과 한 약속을 기억해내고 벽시계를 올려다보았다.

이제 곧 점심시간이었다. 차빈이 들고 있던 휴대폰을 주머니에 넣으며 자리에서 일어서는 순간 사장실에서 하렴이 걸어 나왔다.
"밥 먹으러 가자."
"아, 오늘 점심은 혼자 드셔야 할 것 같아요."
차빈이 묘하게 하렴의 시선을 피하면서 말하자 하렴이 언짢다는 표정을 지었다.
"왜?"
"저 오늘은 친구랑 먹으려고요. 로비에 친구가 와 있거든요."
"친구? 흐음."
미간을 좁힌 하렴의 표정이 다소 심각해졌다. 차빈이 의아한 얼굴로 물었다.
"사장님 혹시, 혼자 밥 먹는 거 싫어하세요?"
그러고 보니 그동안 하렴이 혼자 밥 먹는 걸 본 적이 없었다. 하지만 하렴은 무슨 소리냐는 듯 눈썹을 치켜 올리며 고개를 저었다.
"아니. 나 익숙해. 혼자 먹는 거."
"그럼 방금 그 표정은 뭐였어요?"
"너한테 친구도 있구나 싶어서 신기했거든."
차빈이 입술을 삐죽거리며 그를 흘겨보았지만 하렴은 아랑곳않고 자신의 말을 이었다.
"저번에 들어서 알겠지만, 아버진 일찍이 가족을 버리고 떠났고 그날 이후로 어머니는 계속 아프셨거든. 그래서 난 혼자 밥 먹는 거 굉장히 익숙해."
그 말을 들은 차빈의 얼굴이 미묘하게 굳어졌다.

'왜 저런 슬픈 얘길 아무렇지도 않게 하지? 밥 먹으러 못 가겠잖아!'

그때 차빈의 주머니에서 휴대폰이 길게 진동했다. 시윤에게서 전화가 걸려온 것이다. 휴대폰을 꺼내 손에 쥔 차빈이 꼼짝도 하지 않자 그걸 본 하렴이 물었다.

"안 받냐?"

"……."

차빈은 끝내 전화를 받지 않았다. 잠시 후 전화가 끊겨 조용해진 휴대폰을 손에 꽉 움켜쥔 채 차빈이 말했다.

"사장님……. 점심이요, 제 친구랑 셋이서 먹을까요?"

"미쳤냐?"

하렴이 놀란 얼굴로 질색하자 차빈의 눈빛에 실망감이 깃들었다. 그녀가 머쓱한 표정으로 말했다.

"네, 제가 미쳐서 실언을 했네요. 죄송합니다."

그때 하렴이 갑자기 두 눈을 가늘게 뜨면서 그녀를 지그시 바라보았다. 그 눈빛에 차빈은 식겁했다.

"그 불쌍하다는 눈빛은 뭐예요? 혹시 지금 내 말, '실연'으로 오해한 건 아니죠?"

하렴의 두 눈이 커졌다. 그걸 본 차빈이 알 만하다는 표정을 지으며 말했다.

"표정 보니까 오해했네, 오해했어."

단언하는 차빈에게 하렴은 아무런 대꾸도 하지 못했다. 그녀의 말이 너무나 정확했던 것이다.

"한국어 바보인 것도 모자라서 이젠 귀까지 잘 안 들리시는 거예요?"

자신을 흘겨보는 차빈의 눈빛에 하렴은 헛기침을 하고 말았다.
"네 앞에서 난 늘 올누드가 되는 기분이야."
잠시 후 하렴이 이렇게 중얼거렸다. 그 말뜻을 정확하게 이해한 차빈이 피식 웃음을 터뜨렸다.
"제가 너무 꿰뚫어 보니까 발가벗겨진 기분 같다는 거죠?"
"응. 지금도 꼭 다 벗겨진 기분이야."
하렴이 무섭다는 듯 어깨를 움츠리는 시늉을 했기에 차빈은 장난기 가득한 눈빛으로 그를 쳐다보았다. 그녀의 눈이 자신의 앞에서 올누드가 된다는 남자의 몸을 슥 훑어 내렸다.
"사장님, 복근 좀 키우셔야겠어요. 배가 물살이네."
차빈이 정말 그의 벗겨진 몸이 보인다는 듯이 장난스럽게 말했다. 하렴은 어이없다는 표정으로 '허-' 하는 숨소리를 냈다.
"나에 대해 다 꿰뚫어 보는 줄 알았는데, 복근은 또 안 보이는 모양이네."
낮게 읊조린 하렴이 차빈을 향해 싱긋 웃어 보였다. 그 의미심장한 미소에 차빈은 고개를 갸웃했다. 그때 하렴이 그녀에게로 성큼성큼 걸음을 옮겼다. 그러면서 그는 손을 올려 위에서부터 와이셔츠의 단추를 풀기 시작했다.
"뭐, 뭐 하는 거예요?"
갑작스런 하렴의 행동에 차빈은 긴장한 채 두 눈을 크게 떴다.
"제대로 보여주려고."
이렇게 말하며 하렴은 자신의 와이셔츠 단추를 하나 더 풀었다. 그 순간 차빈의 시야로 그의 탄탄한 맨가슴이 들어왔다. 화들짝 놀란 차빈이 황급히 손을 뻗어 그의 팔목을 잡았다.

"미쳤나 봐, 진짜! 농담이었어요!"

그녀의 손이 움직임을 막자 하렴은 손을 멈추고 그녀를 빤히 쳐다보았다.

"원하면 보여줄게. 아님 만져볼래?"

차빈의 얼굴이 화악 붉어졌다.

"이, 이런 건 강제추행에 해당하는 거거든요?"

"……?"

하렴이 그녀의 말을 이해하지 못해서 고개를 갸웃하는 사이 차빈은 그에게서 손을 떼고 엘리베이터 쪽으로 달려가버렸다.

"점심 맛있게 드세요!"

차빈이 사라지자 하렴은 유유히 다시 단추를 잠그기 시작했다. 그러다 자신이 하려던 행동을 깨닫고 피식 웃음을 터뜨렸다.

한편, 엘리베이터에 탄 차빈은 화끈거리는 얼굴에 손부채질을 하느라 바빴다. 너무 오랜만에, 아니 실은 난생처음 남자의 맨가슴을 봐서 그런지 두근거림이 멈추질 않고 얼굴에서 자꾸만 열이 났다.

엘리베이터가 1층에 도착하자 증상들이 조금 진정되는 느낌이 들었다. 차빈은 짧게 심호흡을 하고는 엘리베이터에서 내렸다.

"누나!"

호텔 로비로 걸어 나가자 그녀의 눈에 깔끔하게 정장을 차려입은 시윤이 들어왔다.

'웬 정장?'

차빈이 의아한 얼굴로 시윤에게 다가서자 그가 싱긋 웃으며 말했다.

"누나 드레스코드에 맞춰봤어요."

시윤의 눈이 어른스러운 정장 차림인 차빈을 훑어 내렸다. 차빈은 피식 웃음을 터뜨렸다.

"그래? 잘 어울리네."

확실히 정장 차림의 시윤은 소년보단 청년의 분위기를 풍기고 있었다.

"뭐 먹고 싶은 거 있어? 어제 내가 너한테 잘못한 것도 있으니, 맛있는 거 사줄게."

차빈의 물음에 시윤은 호텔 안을 둘러보면서 말했다.

"그럼, 나 여기 레스토랑에서 밥 먹어도 돼요?"

"어? 짜식이 비싼 건 알아가지고."

차빈이 밉지 않게 시윤을 흘기자 그가 피식 웃으며 말했다.

"어차피 직원할인 되잖아요?"

"짜식이 예리해가지고."

연이어 '짜식' 소리를 듣게 되자 시윤은 얼굴이 조금 어두워졌다.

"그 짜식 소리 좀 안 할 수 없어요?"

"없다, 짜식아."

시윤은 어쩔 수 없다는 표정으로 한숨을 내쉬었다. 그러더니 갑자기 차빈의 손을 덥석 잡았다.

"뭐야? 손을 왜 잡아?"

차빈이 놀라 손을 빼려고 하자 시윤이 얼굴을 가까이 가져오며 낮은 목소리로 말했다.

"빨리 이 자리를 뜨고 싶어서요. 사실, 아까부터 저기 데스크 누나들이 저를 노리고 있거든요. 언제든 손님만 없으면 달려올 기세예요."

차빈의 시선이 안내데스크에서 시윤을 힐끔힐끔 쳐다보고 있는 선영과 희진에게로 향했다. 마치 하이에나처럼 보이는 그녀들에게서 시윤을 보호하기 위해 차빈은 서둘러 걸음을 뗐다.

그들은 호텔 레스토랑으로 들어가 자리를 잡고 식사를 주문했다. 정장을 입은 시윤과 차빈은 남들이 커플로 보기에 손색이 없을 정도로 잘 어울렸다. 그걸 증명하듯 레스토랑 안 사람들의 시선이 종종 그들에게로 향했다.

잠시 후 식사를 하던 시윤이 문득 손을 멈췄다. 그리고 신경 쓰인다는 표정으로 구석을 보면서 말했다.

"저쪽 테이블에 앉아 있는 남자가 자꾸 우릴 쳐다보네요?"

그가 보는 쪽으로 무심코 고개를 돌린 차빈의 두 눈이 커졌다.

"어? 사장님……?"

차빈은 깜짝 놀랐다. 하렴이 제일 안쪽 테이블에서 식사를 하고 있었던 것이다. 하렴을 발견한 차빈의 심장이 조금 빠르게 뛰기 시작했다. 그가 이곳에서 식사를 하는 건 지극히 평범한 일이건만, 뭔가 묘하게 신경이 쓰이고 긴장이 되었다.

"사장님이세요?"

시윤의 물음에 차빈은 천천히 고개를 끄덕였다.

"어."

"잘생기셨네요."

이번에도 차빈은 선선히 고개를 끄덕였다.

"응. 그래서 인기 많아. 별명도 신왕자고. 나한테 쉰왕자지만."

차빈은 작게 웃으면서 하렴이 밥을 먹고 있는 테이블을 힐끔힐끔 쳐다보았다. 그러다 그런 그녀의 행동을 물끄러미 보고 있던 시윤과 눈이 마주쳤다. 머쓱해진 차빈이 씨익 웃으며 말했다.

"많이 먹어, 꼬맹아."

시윤의 얼굴이 또 굳어졌다. 그 상태로 묵묵히 밥을 먹던 시윤이 잠시 후 다시 입을 열었다.

"우리 간단한 내기할래요?"

"내기?"

"네. 이 내기에서 내가 이기면 누난 다신 나한테 '짜식', '꼬맹이' 이런 소리 못 하는 거예요. 어때요?"

"내가 이기면?"

"누나가 이기면 내가 누나 심부름 열 번 해줄게요."

"오케이. 무슨 내기?"

재미있겠단 표정으로 차빈이 관심을 보이자 시윤이 비장한 얼굴로 하렴이 있는 테이블을 쳐다보며 입을 열었다.

"저 사장님이란 분이 우리 사일 커플이라고 오해하면 내가 이기는 거고, 누나 동생 사이로 알면 누나가 이기는 거죠."

차빈은 무슨 허무맹랑한 소릴 하냐는 듯 피식 웃었다.

"그럼 당연히 내가 이기지."

"과연 그럴까요?"

시윤은 이쪽 테이블을 굉장히 불편하단 표정으로 힐끔힐끔 보던 하렴을 상기하고는 의미심장하게 웃었다.

"누가 봐도 우린 그냥 누나 동생 사이지. 나이도 네 살이나 차이 나는 데다가, 무엇보다 안 어울려, 우리."

하지만 그와 달리 차빈은 얼토당토않은 말을 들었다며 또 웃었다.
“나중에 내기 결과 꼭 알려줘요. 알았죠? 꼭이요!”
차빈과 헤어지기 직전 시윤은 그녀에게 신신당부했다.
“알았어. 근데 사장님이 오해했을 리가 없다니까?”
“글쎄, 나중에 한번 물어보기나 해요.”
시윤은 이상하리만치 자신에 차 있었지만 차빈은 그런 그가 귀엽게만 느껴질 뿐이었다.

‘저 오늘 점심은 친구랑 먹으려고요.’
그녀는 분명 이렇게 말했었다. 그런데 그녀의 친구는 딱 봐도 이제 갓 스무 살을 넘겼을 것 같은 어린놈이었다.
‘그런 놈하고 친구?’
테이블을 사이에 두고 앉아 다정하게 웃고 떠드는 둘의 모습은 누가 봐도 연인 그 자체였다. 그리고 아까 레스토랑으로 들어갈 때 언뜻 봤는데 둘이 손까지 잡고 있었다. 요즘은 ‘남자친구’를 줄여서 ‘친구’라고 하기도 하나 보다.
자신의 방으로 돌아온 하렴은 의자에 앉자마자 관자놀이에 두 손을 얹었다. 갑자기 두통이 밀려오는 것 같았기 때문이다.
‘근데…… 생각할수록 열 받네.’
그녀에게 어린 남자친구가 있었다는 사실에 화가 난 건 절대 아니다. 다만, 신경 쓰이는 건 대체 왜 남자친구를 친구라고 거짓말했냐는 것이다.
‘내가 설마 남자친구랑 밥 먹는 것도 이해 못하는 꼬장꼬장한 상사일까 봐? 근데 ‘꼬장꼬장’ 맞나? ‘고지식’ 아닌가?’

암튼, 자신은 그런 쪽으론 상당히 마음이 넓은 사람이란 말이다. 그러니 남자친구랑 밥 먹고 싶었으면 남자친구랑 밥 먹고 오겠다 얘기하면 될 것을, 왜 친구라고 해서 사람 기분을 이상하게 만드냐, 이 말이다.

그래도 만에 하나 그녀가 거짓말을 한 게 아니라 정말 '친구'일 가능성도 있는 거니까 하렴은 마음 넓게 확인을 한번 해보기로 했다.

"남자친구가 상당히 어리더라?"

점심식사를 마치고 돌아온 차빈에게 하렴이 툭 던지듯 물었다. 그랬더니 차빈은 상당히 당황한 눈치였다.

"네? 남자친구요?"

이 때문에 하렴은 확신을 해버렸다. 그녀에게 어린 남자친구가 있다고.

사실, 차빈은 시윤과의 내기가 떠올라 당황한 것이었다. 정말 오해를 해버렸구나, 이 남자.

"아, 그게, 남자친구는 아닌……."

차빈이 오해를 풀어주기 위해 입을 여는 순간 노크 소리가 들리더니 사장실 안으로 진이 들어왔다.

"점심식사 맛있게 했어요?"

진이 사장실 내부에 흐르는 미묘한 분위기를 감지하지 못하고 친근하게 인사를 건네자 차빈이 밝게 웃으며 대답했다.

"네. 점심 맛있게 드셨어요, 총지배인님?"

"그럼요. 아아, 근데 오늘 차빈 씨, 화장 예쁘게 됐네요."

"네? 아, 감사해요."

진의 칭찬에 차빈은 얼굴을 붉혔다. 이런 칭찬엔 익숙지 않았던 것이다. 그때 그들의 모습을 물끄러미 보고 있던 하렴이 불쑥 진을 향해 말했다.

"예쁘기는. 형, 눈알 검사 좀 받아봐."

가시 돋친 하렴의 말에 차빈은 재빨리 입을 열었다.

"눈알이 뭐예요? 경박스럽게. 시력이라고 하세요. 시, 력, 검, 사."

하렴은 굳은 얼굴로 차빈을 쳐다보았다. 거짓말이나 한 주제에 이 여자는 뭐가 이리도 당당하단 말인가. 그가 미간을 찡그리면서 차갑게 말했다.

"너 요즘 내 비서 됐다고 되게 깝친다?"

그 거친 표현에 놀란 차빈이 두 눈을 크게 뜨며 소리쳤다.

"깝쳐요? 그런 말 쓰지 말아요!"

"시끄러워. 비서 주제에 어디서 주인님한테 소리를 질러?"

계속되는 하렴의 횡포에 진까지 그를 말리고 나섰다.

"그만둬, 하렴아. 주인님이 뭐야? 네가 왜 차빈 씨 주인님이야?"

그러나 정작 당사자인 차빈은 차분했다. 그녀가 어른스럽게 대응했다.

"됐어요. 괜찮아요, 전. 주님이라고 안 한 게 어디예요."

"미안해요. 오늘 하렴이가 좀 예민하네요."

진이 떨떠름한 얼굴로 사과를 했다. 그걸 본 하렴이 이번엔 진을 향해 화를 내기 시작했다.

"뭐야. 형이 사과를 왜 해? 사과는 얘가 해야지. 얘가 비서 주제에 너무 건방지잖아!"

지금 하렴은 무척 기분이 안 좋은 듯 보였다. 점심시간 전까지만 해도 분명 이 정도로 상태가 안 좋지는 않았었다.

'갑자기 왜 이러는 거지?'

차빈이 당황한 표정으로 하렴에게 물었다.

"점심 잘못 먹었어요? 왜 이래요?"

영문을 모르겠단 얼굴을 하고 있는 차빈에게 하렴이 버럭 화를 냈다.

"뭐? 체했냐고? 너 그게 고용주한테 할 말이냐?"

"체했냐고 물어본 거 아니거든요? 그리고 제가 체했냐고 물었어도 그게 그렇게 화낼 말은 아닌 것 같은데요?"

차빈의 당당한 태도에 하렴은 인상을 구겼다.

"너는 너무 건방져. 이 세상 어디에도 너같이 건방진 비서는 없을 거야."

"저를 건방지다고 생각하기 전에 한국어를 더 제대로 공부해볼 생각은 없으신 거예요?"

"내가 왜 한국어 공부를 더 해? 너나 비서 공부 좀 해라. 너 같은 허접한 비서, 나니까 받아주는 거거든?"

뭐? 허접? 하렴의 배려라곤 전혀 없는 신랄한 표현에 차빈은 적잖은 상처를 받았다.

"누가 받아달라고 했어요? 저도 좋아서 이 일 시작한 건 아니거든요?"

차빈이 울컥 화가 치밀어 소리치자 하렴이 심드렁하게 맞받아쳤다.

"그래? 그럼 이제라도 그만두면 되겠네."

그 순간 차빈도 더는 참을 수가 없어졌다.

"네! 그럴게요. 저도 더 이상 당신 같은 사장 밑에서 일 못해먹겠거든요!"

차빈은 결국 자리를 박차고 나와버렸다.

다음 날, 비어 있는 사장 비서실 책상을 보면서 진은 한숨을 내쉬었다.

"차빈 씨 정말 출근 안 했네?"

사장실 문을 열고 안으로 들어선 진이 하렴을 향해 말하자 그가 컴퓨터 화면을 보고 있던 시선을 들어올렸다.

"어제 그만둔다고 소리치고 나가는 거 같이 봤잖아."

"엄밀히 말하면, 차빈 씨가 먼저 그만둔다고 한 게 아니라 네가 그만두라고 한 거잖아."

진이 하렴의 책상 앞으로 걸어가면서 반박의 말을 내놓았다.

"정확히 말하면, 그만두라고 한 게 아니라 그만두면 되겠네- 라고 권한 거야."

무덤덤하게 대꾸하는 하렴을 진은 답답하다는 듯이 쳐다보았다.

"그게 그거잖아."

"명령이 아니라 제안이었다고. 걔가 거부했으면 될 일이었어."

차갑게 말을 마친 하렴이 다시 컴퓨터 화면으로 시선을 돌렸다. 문득 그가 뭘 그렇게 열심히 보나 궁금해진 진이 슬쩍 뒤로 걸어가 컴퓨터의 모니터를 보았다. 하지만 거기엔 시퍼런 기본 바탕화면만 떠 있을 뿐이었다. 다시 하렴의 앞쪽으로 몸을 옮긴 진이 심각한 표정으로 앉아 있는 하렴에게 물었다.

"너 혹시 차빈 씨한테 그렇게 말한 거 후회해? 그럼 지금이라도 당장……."

"미쳤냐?"

단박에 하렴이 눈썹을 구기며 소리쳤기에 진은 씁쓸하게 입맛을 다셨다.

"그럼 바로 다음 비서 찾는다?"

그러나 하렴은 아무 대답 없이 컴퓨터 화면만 쳐다보았다. 그가 기본 바탕화면을 보고 있단 걸 모를 리 없는 진이 다시 한 번 물었다.

"새 비서 찾아, 말아?"

"……마음대로 해."

후회한다, 이 말 한마디면 자신이 알아서 다시 차빈을 불러줄 텐데.

"쯧쯧, 하여튼 저놈의 성질머리 하고는."

결국 진은 혀를 끌끌 차며 몸을 돌렸다. 그대로 사장실 문을 향해 걸어가던 그가 갑자기 생각났다는 듯 다시 몸을 돌려 하렴을 보았다.

"아. 하렴아, 혹시 '야닮소'라고 들어봤어?"

그제야 하렴이 컴퓨터 화면에서 시선을 떼며 시큰둥하게 대답했다.

"아니. 그게 뭔데?"

"내 별명이래."

"그래? 멋진데?"

하렴이 무표정한 얼굴과 무심한 음성으로 대답하자 진이 곧바로 목소리를 높였다.

"멋지긴! '야쿠자 닮은 소도둑'의 줄임말이란다!"

"풋-"

표정 없던 하렴의 얼굴에 웃음이 퍼졌다. 하렴이 웃음으로 인해 반달 모양이 된 눈을 진의 선이 굵은 얼굴에 고정시켰다. 진이 기분 나쁘다는 듯이 말했다.

"웃음이 나오냐?"

하렴의 웃음이 조금 사그라들자 진은 화가 난다는 표정으로 다시 입을 열었다.

"오늘 출근하는데 지하주차장에서 여직원들이 내 별명에 대해서 떠들고 있는 거야. 그거 엿듣고 내가 얼마나 충격을 받았는지 알아?"

그래, 인정한다. 솔직히 자신의 얼굴은 요즘 각광받는 꽃미남 스타일이 절대 아니다. 하지만 나름 평판 좋은 훈남 지배인이라 믿어 의심치 않았었다.

"내가 그동안 친절하고 매너 있고 멋진 훈남 지배인이 되려고 얼마나 노력했는데, 그 결과가 겨우 야닮소라니!"

너무도 외모지상주의에 찌든 별명이 아닌가.

"잘 지었네. 사실주의에 입각해서."

비아냥거리는 잘생긴 사촌 동생을 향해 진은 손가락을 손등 방향으로 꺾으며 살벌한 소리를 냈다.

"죽을래? 넌 별명이 신왕자다, 이거지?"

"근데 그거 누가 지었대?"

여전히 입가에 미소를 달고 있는 하렴이 툭 던지듯 묻자 진이 고개를 좌우로 저었다.

"몰라. 근데 백오피스 직원들은 잘 모르는 걸 보니 객실 직원들 중에 누군가가 만들어서 퍼뜨린 모양이야."

술 많고 새까만 눈썹을 무섭게 구기며 진이 두 주먹을 불끈 쥐었다.

"누가 만든 건지 내가 꼭 밝혀내고 만다."

다음 순간 손목시계로 시간을 확인한 진이 사장실 문 쪽으로 걸음을 뗐다.

"나 이제 갈게. 또 네 새 비서 찾아야 돼서 바쁘거든."

곧바로 진은 사장실 문을 벌컥 열어젖혔다. 그의 모습을 눈으로 쫓던 하렴이 다급하게 물었다.

"나 오늘 하루 어쩌라고?"

"급한 일 없잖아, 오늘은. 외부활동도 없고."

"내일은? 내일은 겁나 큰 협력업체 미팅 있어."

하렴이 빠르게 덧붙인 말로 인해 진의 표정이 다소 심각해졌다.

"아아, 그러게. 어쩔 수 없네. 급한 대로 차빈 씨한테 며칠만 더 나와달라 해야지."

진이 낮게 중얼거리는 말을 들은 하렴의 표정이 조금 평온해졌다.

07. 넌 완벽한 필요악 같아

오랜만에 차빈은 늘어지게 늦잠을 잤다. 그런데 늦잠을 자고 일어난 지금, 기분이 전혀 상쾌하지가 않았다.

또다시 백수가 되었는데 아침이 상쾌할 리가 없지 않은가.

"후우……."

길게 한숨을 내쉰 후 차빈은 자리에서 일어섰다. 그러고는 방문을 열고 밖으로 나갔다. 그때 마침 현관문이 열리면서 인후가 들어왔다. 그는 아침부터 시장엘 다녀온 듯 양손에 커다란 봉지를 들고 있었다.

"아빠, 좋은 아침."

저번에 인후가 지인에게 차빈의 취직 자리를 부탁했다가 싸운 날 이후로 두 사람은 다소 어색하게 지내고 있었다.

"뭐야? 오늘 출근 안 했어?"

열 시가 넘은 시간인데 아직까지 잠옷 차림인 차빈을 보며 인후가 두 눈을 크게 떴다.

"어? 어, 어. 쉬는 날이야."

대답의 말을 내놓으면서 차빈은 자괴감에 빠졌다.

왜 그만뒀다고 말을 못하니. 설마 아직도 그런 못된 사장이 있는 호텔에 미련이 있는 거니.

그사이 인후는 주방으로 가서 장 봐온 물건들을 꺼내기 시작했다. 인후가 물건들을 정리하면서 차빈을 향해 물었다.

"거기 알바 기간, 이제 얼마 안 남았지?"

"어?"

인후의 질문에 차빈은 뜨끔했다.

"한 달 단기 알바잖아. 다음 주면 끝 아니야?"

"어, 그렇긴 한데, 근데 나……."

"밥 아직 안 먹었지?"

인후는 차빈이 더 이상 어떤 말도 할 수 없도록 다른 화제를 꺼내버렸다.

"네가 좋아하는 김치볶음밥 해줄게."

"……응."

결국 차빈은 더 길게 말하지 않고 입을 다물어버렸다.

잠시 후 차빈은 식탁에 앉아 인후가 만들어준 김치볶음밥을 맛있게 먹기 시작했다. 그녀의 반대편에 앉으며 인후가 말했다.

"이따 아빠 가게 일 좀 도와줘."

"응, 알았어."

차빈은 너무도 선선히 고개를 끄덕였다. 그녀를 물끄러미 바라보는 인후의 얼굴에 쓸쓸한 미소가 걸렸다.

"모처럼 쉬는 날인데 쉬게 해달라고 투정 안 부리네?"

"뭐야. 애도 아니고."

생뚱맞게 느껴지는 인후의 말에 차빈은 배시시 미소를 지었다. 그때 인후가 나직하게 중얼거리듯 말했다.

"아빤 너 투정 부리는 거 좋아하는데."

"응? 왜?"

"넌 너무 일찍 철이 들어버렸거든."

반대편에서 차빈을 바라보는 인후의 표정은 꽤 쓸쓸해 보였다.

"부모가 보기에 너무 일찍 철이 들어버린 자식은 늘 가슴이 아픈 법이라……."

차빈이 피식 웃으며 들고 있던 숟가락을 내려놓았다.

"좋아. 그럼 나 오늘 하루 종일 잘 거야. 카페 일도 아빠 혼자 알아서 해. 설거지도 안 할 거야. 먹고 자고만 할 거야."

이번엔 인후가 피식 웃음을 터뜨렸다.

"투정을 부리라고 했지, 돼지가 되라고 한 적은 없거든?"

"딸한테 돼지가 뭐야, 아빠?"

귀엽게 투정을 부리는 차빈을 보면서 인후는 자리에서 몸을 일으켰다.

"밥 다 먹었으면 아빠랑 카페 가자. 할 일이 많아."

"네, 네."

퉁명스럽게 대답하던 차빈의 입가에 이내 환한 미소가 걸렸다.

-차빈 씨, 새 비서 구할 때까지 며칠만이라도 나와줘요.

어젯밤 진에게서 전화가 걸려왔었다. 그 전화 때문에 차빈은 어쩔 수 없이 출근 준비를 하고 집을 나섰다. 그리고 무거운 발걸음을 이끌고 버스에 올라탔다.

"후우……."

그저께 있었던 하렴과의 말다툼이 떠올라 차빈은 길게 한숨을 내쉬었다.

'제멋대로인 성격인 줄은 알았지만, 그 정도일 줄이야. 근데 나도 그날 말이 조금 심했던 것 같기도 하고……? 아니야. 그 남자가 훨씬 심했지, 뭐.'

사실 차빈은 하렴과 나름 사이가 좋아졌다고 생각하고 있었던 터라 그날 그의 태도가 많이 실망스러웠다.

'참 알다가도 모를 남자야.'

잠시 후 버스에서 내린 차빈은 터벅터벅 호텔을 향해 걷기 시작했다.

"저기요."

그때 누군가 그녀를 불러 세웠다. 그 소리에 차빈이 돌아보자 그녀의 시야로 덩치 큰 남자가 들어왔다.

"저, 버스에서 내릴 때부터 봤는데요, 너무 예쁘셔서요. 첫눈에 반해서 그러는데, 연락처 좀 알려주시면 안 되나요?"

갑작스런 남자의 말에 차빈은 깜짝 놀랐다.

"네? 연락처요?"

"네. 친구로 지내고 싶어서요."

차빈에게 말을 건 남자는 키가 크고 덩치도 커서 조금 위협적으로 보였다. 그를 올려다보면서 차빈이 단호하게 말했다.

"죄송한데, 연락처는 드릴 수가 없어요."

그녀는 낯선 남자에게 자신의 연락처를 줄 생각이 전혀 없었다.

"왜요? 그냥 친구로 지내자는 건데도 안 돼요?"

"네, 죄송해요."

말을 마치자마자 차빈은 황급히 몸을 돌려 앞으로 걸어갔다. 그런데도 남자는 계속 그녀의 뒤를 따라왔다. 결국 차빈은 그를 돌아보며 빠르게 말했다.

"저 남자친구 있어요!"

물론, 그를 떼어내기 위한 거짓말이었다.

"네, 있을 것 같았어요. 그러니까 그냥 친구로 지내자고요."

그러나 남자는 요지부동이었다. 남자의 태도에 차빈은 난감해졌다.

"남자친구가 알면 화낼 거예요."

"남자친구한텐 비밀로 하면 되잖아요?"

"남자친구한테 비밀 만들기 싫어요. 그러니까 이제 그만 쫓아오세요."

강한 어조로 말한 다음 차빈은 다시 호텔 쪽으로 걸음을 옮겼다. 그러나 남자는 호텔 앞까지 그녀를 쫓아왔다.

'대체 어디까지 쫓아올 셈이지?'

차빈은 패닉 상태가 되었다. 그때 마침 그녀의 눈에 호텔 입구 앞에 차를 세우고 내리는 하렴이 들어왔다. 그녀는 냅다 하렴을 향해 달려갔다. 그리고 다짜고짜 그의 팔을 붙잡았다.

덥석- 갑자기 달려온 차빈이 팔을 붙잡자 하렴은 눈썹을 치켜올렸다.

"너 뭐 하는……."

"자기야!"
자신의 말을 자르며 차빈이 던진 단어에 하렴은 순간 두 눈을 크게 떴다.
"너 미쳤……."
"남자친구인 척 좀 해줘요. 저 남자가 자꾸 쫓아와서요."
차빈이 낮고 빠르게 말하자 하렴의 시선이 이쪽으로 다가오고 있는 남자에게로 향했다. 덥수룩한 머리에 덩치가 큰 그 남자는 차빈 곁의 하렴을 보고는 걸음을 멈췄다. 남자와 눈이 마주친 하렴이 미간을 좁혔다.
'뭐? 누굴 쫓아와?'
차빈을 쫓아오던 남자를 노려보면서 하렴이 눈썹을 구기는 순간 차빈이 낮게 속삭였다.
"친한 척 좀 해줘요. 제 어깨에 손을 올려도 용서할게요."
하렴은 남자에게서 시선을 거두고 차빈을 쳐다보았다.
"전혀 그러고 싶지가 않은데."
"그러니까 이렇게 부탁하는 거잖아요?"
"부탁하는 태도가 마음에 안 들어."
"제발, 부탁 좀 할게요, 사장님."
그럼에도 하렴은 별로 내키지 않는다는 표정으로 차빈을 응시했다.
"……그런 건 네 남자친구한테나 부탁해. 전화를 하든지."
하렴의 무심한 태도에 울컥한 차빈이 그의 팔을 잡은 손에 힘을 주며 대꾸했다.
"남자친구가 없으니까 댁한테 부탁하는 거잖아요?"
그 순간 하렴의 눈썹이 꿈틀 움직였다. 갑자기 이틀 전부터 가슴을 답답하게 꽉 막고 있던 무언가가 확 빠져나간 기분이었다.

"남자친구가…… 없어?"

그렇다면 그녀는 '남자친구'를 '친구'라 거짓말한 게 아니란 말이 된다. 그냥 단순히 자신이 오해를 한 것뿐이었다.

"네, 있었던 역사가 없습니다. 됐습니까?"

"……."

말없이 가만히 있던 하렴이 잠시 후 팔을 들어 차빈의 어깨에 두르며 입을 열었다.

"불쌍해서 해준다."

"……!"

어깨를 감싼 하렴의 팔을 힐끔 본 차빈은 묘한 긴장감에 사로잡혔다. 긴장한 차빈이 시선을 바닥으로 떨어뜨리자 그걸 본 하렴이 그녀의 얼굴을 향해 손을 뻗었다.

슥- 차빈의 작은 턱을 잡아 위로 올린 그가 나직하게 말했다.

"얼굴 피하지 마. 날 봐. 그리고 웃어."

그 손길에 방금 전보다 더 긴장한 차빈이 힘들게 억지웃음을 지었다.

"……하, 하하, 하하하……."

"그게 웃는 거냐? 어디 아픈 거지. 웃어, 나처럼."

차빈을 타박한 후 하렴은 그녀를 향해 싱긋 웃어 보였다. 그 예쁜 미소 덕분에 차빈도 겨우 웃을 수 있었다. 그때 하렴이 조그만 목소리로 말했다.

"좀 더 앵겨봐."

"애, 앵기긴 뭘 앵겨요? 싫어요."

차빈은 깜짝 놀라 이를 거부했다. 하지만 하렴은 계속 고집을 부렸다.

"네 손으로 내 허릴 잡아보라고."

"그렇게까진 안 해도 되잖아요."

차빈은 난감한 표정으로 두 주먹을 꽉 움켜쥐었다. 그 순간 하렴이 그녀의 귓가로 얼굴을 내렸다. 놀란 차빈의 심장이 세차게 뛰기 시작하자 하렴이 작게 속삭였다.

"갔다."

이렇게 말한 다음 하렴은 차빈의 어깨에서 팔을 내렸다. 차빈은 고개를 돌려 남자가 서 있던 곳을 쳐다보았다. 확실히 남자는 이미 그 자리에 없었다.

후우, 하고 크게 한숨을 내쉰 차빈이 하렴을 돌아보며 말했다.

"고마워요."

"고마워?"

"네."

"고마우면……."

하렴이 잠시 말을 끊고 뜸을 들이더니 이내 차빈의 얼굴을 보면서 나머지 말을 이었다.

"앞으로도 일 열심히 해."

순간 차빈의 두 눈이 동그래졌다.

"갑자기 왜 그래요? 그제만 해도 허접한 비서라고 욕하시더니……."

"그래서 싫어?"

"아뇨. 누가 싫대요. 안 그래도 고마운데 더 고마우니까 그러죠."

하렴은 무심한 표정으로 먼저 호텔 유리문을 향해 걸어갔고 차빈은 얌전히 그의 뒤를 따라갔다.

잠시 후 하렴이 먼저 유리 회전문 안으로 들어가고, 차빈도 곧바로 그를 따라 들어갔다. 회전문 안에 갇힌 것처럼 단둘이 있게 되자 차빈이 용기를 내서 물었다.

“근데 왜 갑자기 마음이 바뀌었어요?”

“난 네가 필요악 같아.”

하렴의 대답에 차빈은 헛웃음을 터뜨렸다.

“그냥 필요한 것 같다고 말해주면 안 돼요?”

“그게 그 말 아니야?”

이렇게 말하면서 하렴은 회전문을 빠져나갔고 차빈은 그의 뒤에서 고개를 절레절레 흔들었다.

……역시 저 남잔 아직 멀었다.

차빈은 인후의 카페로 들어서서 카운터 쪽을 쳐다보았다. 손님에게 커피를 건네주고 있는 시윤이 눈에 들어왔다. 하지만 인후는 자리를 비운 듯 보이지 않았다.

그녀는 주머니에서 방금 산 에너지 드링크 두 병을 꺼내 들었다. 그것을 양손에 쥔 채 시윤을 향해 다가갔다.

“누나!”

그녀를 발견한 시윤의 표정이 화사하게 밝아졌다.

“축하해.”

“뭐가요?”

갑작스런 차빈의 축하에 시윤은 두 눈을 동그랗게 떴다.

"내기에서 네가 이겼거든."

"아아, 혹시……?"

"응. 사장님이 우리 사일 오해했어."

시윤이 기분 좋아 보이는 미소를 지으며 말했다.

"그럼 이제 저한테 '짜식', '꼬맹이', '꼬마' 이런 말 하지 말아요."

"오케이."

선선히 고개를 끄덕이던 차빈이 아무래도 이상하다는 듯 고개를 갸웃했다.

"근데 웃기지 않냐? 어떻게 널 내 남자친구로 봐?"

"그만큼 우리가 잘 어울렸나 보죠, 뭐."

"말도 안 돼."

차빈은 피식 웃으며 시윤에게 에너지 드링크를 건넸다. 시윤이 기쁜 표정으로 그걸 받아 들자 차빈이 입을 열었다.

"암튼, 너한텐 미안하게 됐다."

"뭐가요?"

"한참 누나인 나랑 커플로 보이게 만들었으니까."

"왜요? 난 좋은데."

시윤이 예쁘게 씨익 웃었다. 불현듯 차빈은 얼마 전 인후가 했던 말이 떠올랐다.

'시윤이 저놈, 너 노리는 것 같은데? 쟤 유명한 누나킬러잖아. 동네에서 쟤랑 안 사귀어본 누나가 없대.'

순간적으로 시윤이 부담스럽게 느껴진 차빈이 일부러 큰 목소리로 말했다.

"시윤아, 누나 이제 연애할 거야, 어른 남자랑."

생뚱맞은 그녀의 말에 시윤의 눈이 동그래졌다.
"갑자기 무슨 소리예요?"
"아니, 솔직히 나 진짜 남자 무지하게 좋아하거든? 근데 생각해 보니까 내가 모태솔로인 거야. 억울하게도 말이야."
"누나 그동안 공부하느라 알바하느라 바빴잖아요."
"그렇지? 그래서 그런 거겠지?"
"그럼요. 이제라도 찾아보면 남자 많을 걸요?"
"그치?"
"주변에 괜찮은 남자들 있지 않아요?"
덤덤하기만 한 시윤의 반응에 차빈은 인후가 착각한 걸지도 모른단 생각이 들었다. 그래서 훨씬 편해진 마음으로 말을 시작했다.
"흐음. 총지배인님? 사람이 참 괜찮아. 젠틀하고 다정하고 무엇보다 상남자 같은 얼굴이 딱 내 스타일이야."
"그래요? 또 다른 남잔 없어요?"
"흐으음. 또 있긴 하지. 키도 크고 잘생겼는데, 결정적으로 성격이 못돼 처먹었어. 오늘도 나를 얼마나 못살게 구는지……."
"그게 누군데요?"
"우리 사장님."
그때 차빈의 뒤에서 그녀의 말을 그대로 따라 한 이가 있었다.
"우리 사장님?"
"……!"
그 익숙한 목소리에 차빈은 깜짝 놀라 고개를 돌렸다.
"아, 아빠?"

방금 이야기를 엿들은 듯 인후는 붉으락푸르락 화난 얼굴을 하고 있었다.

"너 바른대로 말해. 결국 취직했어, 그 호텔에?"

재빨리 뒤로 물러선 차빈은 시윤이 있는 카운터 안쪽으로 도망치듯 들어가버렸다. 인후 역시 그녀를 따라 들어갔다.

"시윤아, 등 좀 빌리자."

키 큰 시윤을 방패막이로 삼은 차빈이 그의 어깨 너머로 인후를 쳐다보았다.

"맞구나, 너?"

자신을 노려보는 인후의 살벌한 표정에 차빈은 마른침을 꿀꺽 삼키며 말했다.

"아빠, 나 그 호텔 사장님 비서 됐어. 그러니까 이제 그만 인정해. 난 이제 그 호텔에 뼈를 묻을 거니까."

"아무래도 안 되겠다. 아빠가 내일 그 호텔 찾아가서 다 뒤집어 놔야지."

"안 돼! 오지 마."

차빈이 식겁하며 소리쳤지만 인후의 태도는 강경했다.

"갈 거야. 가서 너 끌고 나올 거야."

"아빠, 난 진심으로 말하는 거야. 나 도미호텔에서 일하는 거 좋아. 계속 일하고 싶어."

"아빤 싫다고 했지?"

"이번엔 아빠가 포기해. 안 그럼, 나 집 나갈 거야!"

차빈의 태도 역시 강경했다. 이제 비서 일이 조금 익숙해져서 일의 재미를 느끼고 있었고, 무엇보다 조금만 더 버티면 정직원이 될 수도 있는 상황이었다. 그런 천금 같은 기회를 지금 포기할 순 없었다.

"뭐? 너 이리 와, 이 계집애! 아빠한테 못하는 소리가 없어!"

순간적으로 화가 치민 인후가 차빈의 팔을 잡으려고 하자 시윤이 그를 막았다.

"아저씨, 참으세요. 누나도 진심은 아닐 거예요."

"비켜, 인마."

솔직히 차빈은 인후의 저런 막무가내 태도를 도저히 이해할 수가 없었다. 그래서 더욱 지고 싶지 않았다.

"시윤아, 뒤를 부탁해."

차빈은 시윤의 귓가에 이렇게 속삭이고는 그대로 집으로 달아났다.

08. 완벽하게 휘말려들다

하렴과 함께 회의실 안으로 들어선 차빈은 자신을 힐끔힐끔 보는 시선들에 의아함을 느꼈다.

"사장님, 혹시 제 얼굴에 뭐 묻었어요?"

자리에 앉는 하렴에게 차빈이 조용한 목소리로 묻자 그가 고개를 들어 그녀의 얼굴을 쳐다보았다.

"아니. 그냥 못생기기만 했는데?"

순간적으로 차빈은 울컥했지만 두 주먹을 불끈 쥐며 참았다. 이럴 때 '지는'이라고 비아냥거리지 못하는 게 참 슬프다.

"그냥 못생기기만 했는데, 왜 자꾸 쳐다보는 거냐고요, 저분들이?"

그녀의 말에 하렴은 고개를 돌려 회의실 안을 둘러보았다. 그러자 이쪽을 보고 있었던 것 같은 전무와 상무, 그리고 부총지배인이 황급히 시선을 돌리는 게 보였다.

"아직 네 얼굴이 낯설어서 그런가 보지. 나는 한 달 내내 본 네 얼굴이 아직도 신기한데, 뭐."

"저 비서 된 지 이제 3주밖에 안 됐거든요? 나머지 일주일은 미래로 가서 미리 보셨나 봐요? 아님 사장님 시계만 1.5배 빠른가 보죠?"

"암튼, 다들 아직 네가 신기한 거야, 나처럼."

입술을 삐죽거리는 차빈에게서 시선을 거둔 하렴이 회의실 안의 임직원들을 향해 카리스마 있게 말했다.

"회의 시작하시죠."

그 순간 차빈이 걱정스런 목소리로 그의 귓가에 속삭였다.

"아무리 회의가 늘어져도 '후딱', '싸게싸게' 이런 말 하지 말고 진득하게 기다리세요. 정 짜증나면 '다들 시간이 많으신 모양입니다'라고 근엄하게 말하세요."

하렴이 덤덤한 얼굴로 고개를 끄덕이자 차빈이 말을 이었다.

"그리고 웬만하면 말보단 눈빛을 사용하세요."

그 말에 하렴은 회의실 스크린 옆에 서 있는 영업팀 실장을 지그시 쳐다보았다. 그러자 마이크를 들고 있던 그가 서둘러 입을 열었다.

"그럼 지금부터 영업이익률 전분기 대비 3.1% 하락과 관련해, 이익률 개선을 위한 대책 회의를 시작하겠습니다."

회의는 사안이 사안이니만큼 삼엄하게 진행되었다. 그런데 차빈은 회의 중에도 자신을 힐끔힐끔 보는 직원들의 시선을 느끼고 의아했다. 그 시선의 이유는 잠시 후 회의가 끝나고 알 수 있었다.

"요즘 소문 돌더라, 두 사람?"

회의가 끝나고 한산해진 회의실 안에서 진이 하렴과 차빈을 향해 물었다. 이에 두 사람은 눈을 크게 떴다.

"무슨 소문이요?"

"둘이 사귄다는 소문. 호텔 앞에서 애정행각을 벌였다던데…… 아니지?"

그 순간 하렴이 버럭 화를 냈다.

"당연히 아니지. 내가 이런 바보랑 어울릴 급은 아니잖아?"

"저도 한국어 바보랑은 엮이고 싶지 않거든요?"

하렴의 반응에 차빈 역시 기분 나쁘다는 얼굴로 말했다. 그들의 살벌한 표정을 보면서 진은 관자놀이를 긁적거렸다.

"그럼, 그런 소문이 왜 돌아?"

진의 질문에 차빈은 소문의 발단이 분명한 그날 아침의 일을 떠올렸다.

"아아, 사실은요, 어떤 남자가 절 막 쫓아왔었거든요. 그거 도와주시다가 그런 거예요."

차빈이 차분하게 설명을 마치자 진이 놀란 얼굴을 했다.

"남자가 쫓아왔어요? 왜요?"

"연락처 알려달라고요."

순간 진의 두 눈이 커졌다. 이내 입가에 미소를 띤 그가 차빈을 향해 말했다.

"차빈 씨, 인기 많네요?"

"아휴, 그런 말씀 마세요. 부끄럽게."

"하긴. 딱 봐도 차빈 씬 남자들한테 인기 많을 것 같아요. 매력이 넘쳐서."

진의 칭찬에 차빈은 수줍게 웃으며 두 볼을 붉혔다. 그들의 다정한 모습을 옆에서 가만히 지켜보던 하렴이 눈썹을 꿈틀 움직였다.

솔직히 차빈의 저런 모습을 한두 번 본 게 아니니 익숙해질 만도 한데, 이상하게도 볼 때마다 기분이 점점 더 나빠졌다.

"그런 애가 왜 여태 모체솔로일까?"

진과 다정하게 이야기를 나누고 있는 차빈을 보면서 하렴이 비꼬듯이 중얼거렸다. 이를 들은 차빈은 곧바로 얼굴을 굳히고 그를 흘겨보았다.

"모태솔로거든요?"

"모체나 모태나 엄마 몸인 건 똑같잖아?"

차빈은 그에게 자신이 모태솔로인 걸 괜히 말했다 싶었다. 울컥 화가 난 그녀가 하렴을 향해 선언했다.

"저도 연애할 거예요!"

"못할걸? 넌 매력이라고는 소똥만큼도 없거든."

"소똥이 아니라 쥐똥이겠…… 아니, 그게 아니라, 제가 왜 매력이 없어요? 찾아보면 되게 많거든요?"

버릇처럼 하렴의 말을 정정해주다가 차빈은 또 울컥 화가 났다.

"이거 봐, 이거 봐. 너도 인정하네. 네 매력이 쥐똥만큼도 없다는 거."

"인정한 게 아니라 사장님 표현을 정정해준 거잖아요? 소똥보단 쥐똥을 더 많이 쓰니까."

"에이, 야, 그 '소똥'이니 '쥐똥'이니, '똥' 소리 좀 그만해라. 더럽게."

"사장님이 먼저 시작했잖아요!"

또다시 시작된 두 사람의 말다툼에 진은 머리가 지끈거리는 것만 같았다.

"그보다 사장님."

잠시 후 그가 두 사람을 말리기 위해 입을 뗐다.

"영업이익 떨어진 거나 걱정하시죠."

진이 조금 진지해진 얼굴로 말하자 하렴이 그를 돌아보며 어깨를 으쓱했다.

"곧 오를 텐데, 뭐."

"왜? 무슨 근거로?"

"내 촉이야."

뻔뻔하게까지 들리는 하렴의 대답에 진은 기가 막혔다.

"허- 사장님아, 정신 차려요. 안 그래도 임원들이 당신 노리고 있단 말이야. 본사에서 보낸 낙하산이라면서 너 쳐낼 궁리만 하고 있다고. 부산지점 개관 건으로 안심하고 있을 때가 아니야."

"낙하산은 무슨. 그런 빽이나 있었음 내가 여태 그런 개고생을 안 했다고."

"개고생이란 저급한 표현 쓰지 마세요."

옆에서 차빈이 잔소리를 했지만 하렴은 들은 척도 하지 않았다. 그사이 진이 말을 이었다.

"그러니까 이미지라고, 이미지. 넌 생긴 게 워낙 잘생긴 한량 같은 느낌이니까 지금보다 더 열심히 일을 해야 한단 말이야."

"뭐? 한 냥?"

"한량이요, 한량. 돈 많은 백수, 뭐 그런 거예요."

진의 말을 잘 알아듣지 못한 하렴에게 차빈이 재빨리 설명을 덧붙였다. 그제야 하렴은 버럭 화를 냈다.

"누구 보고 한량이래?"

신경질을 부리는 하렴을 향해 진이 다시 점잖게 말했다.

"그러니까 오늘부터 야근해주십시오, 사장님."

'잠깐, 사장님이 야근하면 비서인 나도 야근해야 하는 건가?'

문득 든 생각에 차빈이 고개를 갸웃거리는 사이 주머니 속 휴대폰이 진동으로 문자가 도착했음을 알렸다.

[누나! 아저씨가 지금 누나 일하는 호텔로 향한 것 같아요! 누나한텐 미리 알려줘야 할 것 같아서 문자 보내요.]

시윤에게서 온 문자를 확인한 차빈의 얼굴이 새하얗게 질렸다.

'뭐야? 정말 오는 거야?'

차빈은 인후가 한 며칠 조용했기에 호텔 근무 반대를 포기한 줄로만 알았다. 하지만 그게 아닌 모양이었다.

패닉 상태가 된 차빈이 자신의 아랫입술을 잘근잘근 깨물었다. 어느새 진은 두 사람에게 인사를 건네고 자신의 방으로 돌아갔다.

진이 가고 난 후 차빈은 초조한 얼굴로 손톱을 깨물기 시작했다. 급기야 그녀는 사장실 한쪽 구석을 이리저리 왔다 갔다 하기까지 했다. 정신없는 차빈에게로 하렴의 의아한 눈빛이 향했다.

"왜 갑자기 그렇게 안달복달이야?"

"전 지금 안달복달하는 게 아니라 안절부절못하는 거거든요?"

"응, 그거. 왜 그러는 건데?"

"……."

잠시 말없이 아랫입술만 깨물던 차빈이 진지한 표정으로 대답했다.

"저, 회사 그만둬야 할지도 몰라요."

그 순간 하렴의 모든 움직임이 멈췄다. 그는 그저 눈만 깜박거리며 그녀를 응시할 뿐이었다. 그가 잠시 후 잘 나오지 않는 목소리를 쥐어짜서 물었다.

"너 지금 뭐라고 했냐?"

회사를 그만둬야 할지도 모른다는 차빈의 말에 하렴은 적잖은 충격을 받았다.

"갑자기 왜?"

"아빠가, 제가 사장님 비서 된 걸 알았거든요."

그녀의 말을 들은 하렴이 어색한 표정으로 헛기침을 하면서 물었다.

"좋아하시지?"

차빈이 눈썹을 살짝 찡그렸다. 그리고 한탄하듯이 말했다.

"제 말을 어디로 들은 거예요? 저 그만둬야 할지도 모른다고요. 아빤 제가 호텔에서 일하는 걸 싫어하시거든요."

"호텔이 뭐 어때서? 게다가 우리 도미호텔은 국내 탑급이라고!"

발끈한 하렴이 버럭 소리쳤다. 차빈도 그걸 모르는 바 아니다. 그녀의 입에서 크게 한숨이 터져 나왔다.

"그런데 어른들 중엔 그렇게 생각 안 하시는 분들이 있잖아요. 호텔이라면 무조건 이미지 안 좋게만 보시고."

침울한 어조로 말하고 있는 차빈을 향해 하렴이 뜻밖의 말을 던졌다.

"생각이 참 올드하시네. 그럼 내가 만나서 설득해볼게."

"네?"

저 한국어 바보 신하렴과 입이 거칠기로는 국내 탑급인 아빠가 만난다? 잠깐이지만 그 모습을 상상한 차빈의 얼굴이 하얗게 질렸다.

"어우, 안 돼요. 분명 싸울 거예요."

차빈은 고개를 세차게 저으며 단호하게 반대했다.

"안 싸워. 나 그렇게 싸움에 헤픈 남자 아니야."

"저번에 그 선본 여자한테 한 것처럼 행동해도 안 돼요. 우리 아빠 성질 장난 아니라고요! 사장님하고는 아예 안 만나는 게 나아요."

말을 마친 차빈의 얼굴이 금방이라도 울 것같이 일그러졌다.

"암튼, 그런 아빠가 지금 절 잡으러 이 호텔로 오고 있대요."

걱정 가득한 그녀의 얼굴을 물끄러미 보던 하렴이 선심 쓰듯 말했다.

"그래? 그럼 넌 먼저 도망을 가든지 퇴근을 하든지 해."

"그럼 사장님은요? 총지배인님 말대로 야근하려고요?"

"난 로열 스위트룸 좀 둘러보고 갈 거야."

생각지도 못한 그의 말에 차빈은 두 눈을 동그랗게 떴다.

"로열 스위트룸이요? 그런 곳을 어떻게 사장님 혼자 둘러보게 해요? 직원들 눈도 있는데."

"괜찮아. 어차피 혼자 생각할 것도 좀 있고."

"무슨 생각이요?"

"이익률 하락 원인이 로열 스위트룸의 관리 시스템 문제일 수도 있겠단 생각이 들어서."

하렴이 진지하게 대답하자 차빈은 정신이 퍼뜩 들었다. 그리고 이내 부끄러워졌다.

'이 한국어 바보가 이리도 진지한데, 내 개인적인 일로 계속 징얼거릴 수만은 없다.'

"같이 가요."

잠시 후 결심한 차빈이 하렴을 향해 씩씩하게 말했다.

"뭐? 너희 아버지……."

"가시죠, 사장님. 제가 모시겠습니다."

하렴의 말을 끊은 차빈이 사장실 문을 힘차게 열었다.

'설마 다 큰 딸 직장에 정말 쳐들어오기야 하겠어? 만약 오더라도 그건 그때 생각하자.'

차빈은 불안한 마음을 다독이며 걸음을 뗐다.

도미호텔의 로열 스위트룸은 국내 호텔 객실 중에서도 숙박요금이 제일 비싼 축에 속했지만, 그만큼 화려하고 럭셔리했다.

서울 시내가 내려다보이는 전망은 말할 것도 없이 훌륭했고, 고상한 이미지의 벽지 디자인, 우아한 느낌의 기둥 장식, 그리고 가구 하나하나가 고급스럽기 그지없었다.

차빈은 처음 들어와본 로열 스위트룸에 마음을 확 빼앗겨버렸다.

'우와! 정말 예쁘다!'

럭셔리한 룸 안을 정신없이 둘러보고 있는 그녀에게 하렴이 불쑥 말을 걸었다.

"이 룸 말이야."

차빈이 고개를 돌려 그를 쳐다보자 그가 나직하게 말을 이었다.

"이용률 감소했다고 했지?"

"네. 미미하지만 감소한 건 사실이에요."

"역시 원인은 이곳인가."

팔짱을 끼고 선 채 조용히 중얼거리는 하렴의 옆에서 차빈은 로열 스위트룸의 모습을 조금이라도 더 담아두기 위해 쉼 없이 시선을 움직였다.

"이차빈."

두리번거리던 차빈의 고개가 하렴의 목소리로 인해 우뚝 멈췄다. 그가 그녀의 풀네임을 부른 건 상당히 오랜만이었다.

"네가 로열 스위트룸 고객이라면 어떤 서비스를 받고 싶을 것 같냐?"

갑작스런 하렴의 질문에 차빈은 열심히 생각을 쥐어짜보았다.

"으음……. 최상의 서비스……?"

"돌아가자."

"죄송해요."

곧바로 몸을 돌려 스위트룸을 나가는 하렴의 뒤를 차빈은 미안한 얼굴로 쫓아갔다. 그러면서 변명하듯이 말했다.

"근데 저요, 로열 스위트룸은 워낙 비싸니까 이용해본 적이 없단 말이에요. 저 같은 서민은요, 로열 스위트룸 한 번 이용해보는 게 소원일 정도라고요."

"……너무 비싸다……."

그녀의 말을 들으며 하렴은 낮게 중얼거렸다.

그 후 차빈은 생각에 잠겨 조용한 하렴과 함께 로비로 내려왔다. 그대로 백오피스 건물 쪽으로 걸어가고 있는데, 그녀의 눈에 호텔 입구로 들어오는 모자 쓴 중년 남자가 포착되었다.

'헛-'

그를 본 건 우연이었지만, 어쩌면 운명일 수도 있었다.

"아빠다!"

차빈은 깜짝 놀라 소리치고는 황급히 자신의 입을 가렸다.

"아빠? 어디?"

"보지 마요! 빨리 숨어요!"

입구를 쳐다보려는 하렴의 팔을 잡아챈 차빈이 재빨리 그를 끌고 기둥 뒤로 숨었다.

"왜 나까지 숨어야 하는 거야, 대체."

옆에서 하렴이 꿍얼거렸지만 차빈의 귀에는 들어오지 않았다.

'정말 호텔까지 찾아오다니!'

차빈은 놀란 마음을 진정시키며 기둥 너머로 중년 남자를 다시 한 번 쳐다보았다. 벙거지 모자를 푹 눌러쓰고 있었지만 그는 분명 인후가 맞았다. 차빈은 여기까지 찾아온 인후의 행동을 도무지 이해할 수가 없었다. 그래서 마음을 굳세게 다잡았다.

"이렇게 된 이상 저도 질 수는 없어요."

잠시 후 차빈이 두 주먹을 불끈 쥐며 말했다.

"뭐? 그래서 뭘 어쩌려고?"

"이 호텔에 남는 방 있겠죠?"

"호텔이니까, 있겠지? 아니, 잠깐, 너 설마……."

"네. 저 오늘 밤 이 호텔에서 잘 거예요."

그녀의 장엄한 표정을 마주한 하렴의 얼굴이 살짝 일그러졌다.

"집에 안 들어가겠다고?"

"네."

"그렇게까지 해야 돼?"

"네, 저 진심이에요. 말리지 마세요. 나이 스물여섯에 직업도 제 마음대로 못 고른다는 게 말이나 돼요?"

다부지게 말을 마친 다음 차빈은 휴대폰을 꺼내 안내데스크의 선영에게 전화를 걸었다. 그리고 그녀에게 현재 비어 있는 객실의 유·무를 물었다. 그러나 돌아온 대답은 절망적이었다.

"주말이라 호텔 방이 다 찼대요."

전화를 끊은 차빈의 어깨가 땅으로 축 처졌다.

"그래서? 이제 어쩔 거야?"

"모텔 알아봐야죠."

"모텔? 너 혼자서?"

차빈은 전쟁을 앞둔 장군처럼 근엄하게 고개를 끄덕였다. 불편한 표정으로 그녀를 보고 있던 하렴이 낮게 한숨을 내쉬었다.

"그럼 우리 집으로 가자."

그가 무미건조하게 말했다.

"네?"

순간 차빈의 얼굴에 당혹감이 깃들었다. 이건 정말이지 생각지도 못한 전개였던 것이다.

"모텔보다 편할 거야."

"편하다 뿐이겠습니까…… 마는, 제 마음이 불편한데요?"

"우리 집은 돈도 안 받아."

그건 솔깃한데?

"그리고 이미 와본 적 있어서 알겠지만, 우리 집 3층 단독주택이야."

무척 매력적이게 들리는 하렴의 제안이었지만 차빈은 한참을 망설였다. 하지만 그의 다음 말에 그 망설임을 끝낼 수 있었다.

"2, 3층 다 너 써."

"따라가겠습니다, 주인님, 아니 사장님!"

결국 차빈은 하렴을 따라가기로 결정했다.

진은 하렴의 퇴근 여부를 알고 싶어서 그에게 전화를 걸었다. 하지만 연결이 되지 않았다. 자연스럽게 그의 비서인 차빈에게도 전화를 걸어보았다. 하지만 이 역시 연결되지 않았다.

"왜 둘 다 전화를 안 받지?"

고개를 갸웃하는 진의 시야로 안내데스크에 서 있는 선영이 들어왔다. 그녀라면 둘 중 한 명 정도는 봤을 것 같아서 진은 성큼성큼 안내데스크로 다가갔다.

"혹시 차빈 씨 못 봤어요?"

선영이 곱게 화장한 두 눈을 몇 번 깜박이더니 대답했다.

"아아, 보진 못하고 전화만 받았습니다. 호텔에 비어 있는 룸이 있냐고 물어보더라고요."

"룸을 물어봤다고요?"

"네."

의아한 얼굴로 고개를 갸웃거리던 진이 다시 한 번 선영에게 물었다.

"차빈 씰 못 봤으면 하렴이도 못 봤겠네요?"

그런데 이번엔 대답이 꽤 빨랐다.

"사장님은 아까 객실 직원이 로열 스위트룸 쪽으로 올라가는 걸 봤다고 하던데요."

그 순간 진은 조금 께름칙한 생각이 들었다.

'설마 이런 식으로 하렴이의 이동 루트를 다 공유하고 있는 건 아니겠지.'

그렇다면 정말 무서운 여자들이다.

"아, 안녕하세요, 총지배인님."

그때 선영의 뒤로 사복으로 갈아입은 희진이 나타났다. 퇴근을 하려는 듯 그녀의 손에는 토트백이 들려 있었다.

"아, 네. 퇴근하세요?"

희진의 화려한 꽃무늬 원피스를 보면서 진이 부드럽게 물었다.

"네. 총지배인님은 퇴근 안 하세요?"

"저야 뭐, 퇴근해도 딱히 할 일이 없으니까요. 호텔이 편해요."

"어머, 그럼 애인 없으세요, 총지배인님?"

"네. 애석하게도."

"되게 의외다. 총지배인님 인기 많게 생기셨는데."

희진이 마스카라로 바짝 힘을 준 눈을 가늘게 뜨며 요염하게 웃었다.

"하하- 말씀만이라도 감사합니다."

그때 선영이 희진을 돌아보면서 물었다.

"근데 자긴 차빈 씨 못 봤지? 총지배인님이 찾고 계시는데."

"응, 못 봤어. 근데 오늘 왜 이렇게 차빈 씨 찾는 사람이 많지?"

희진이 이렇게 중얼거리는 사이 선영은 화장실에 다녀오겠다며 잠시 데스크를 부탁했다.

"왜요? 저 말고 또 누가 차빈 씰 찾았어요?"

희진의 혼잣말이 신경 쓰였던 진이 호기심 가득한 표정으로 묻자 그녀가 덤덤하게 대답했다.

"아까 전에 어떤 아저씨가 차빈 씨를 찾아왔었거든요."

"아저씨가요?"

"네. 차빈 씨 아버님 같았어요. 꽃중년 느낌이 강하게 나시던데요."

인후의 외모를 상기하며 희진은 싱긋 미소를 지었다. 그녀를 보면서 진은 씁쓸하게 웃었다.

'정말 곳곳에 퍼져 있구나, 그놈의 외모지상주의.'

그와 동시에 자신의 별명이 떠올라 진은 더욱 쓰게 웃었다. 잠시 후 쓴웃음을 거둔 진이 희진을 향해 입을 열었다.

"선영 씨, 혹시 제 별명……."

"저 희진인데요."

자신의 말을 자르며 이름을 정정해주는 희진에게 진은 곧바로 사과의 말을 전했다.

"아, 미안해요, 희진 씨."

"명찰이 없어서 헷갈리셨구나. 이해해요."

진은 솔직히 갸름한 얼굴에 큰 눈, 오뚝한 코, 도톰한 입술을 가지고 있는 선영과 희진의 외모가 상당히 비슷하게 보여서 헷갈리고 말았다. 그리고 총지배인이 되고부터는 바빠서 여자들에게 관심이 전혀 없었던 터라 성형한 여자들의 외모는 더욱 구분하기가 힘들었다. 하지만 그렇다고 그것이 직원들의 얼굴을 구분하지 못한 변명이 되진 못한다.

"명백한 제 실수입니다. 정말 미안합니다."

정중하게 머리 숙여 사과하는 진을 보는 희진이 눈빛이 조금 흔들렸다. 보통 사람들은 이럴 때 그냥 웃어넘긴다. 아니면 성형미인이라 비꼬거나. 특히 상사의 경우 후자가 압도적이다. 희진은 순간 그가 조금 다르게 보였다.

그때 잠시 자리를 비웠던 선영이 돌아왔다. 돌아온 선영과 희진을 번갈아 보면서 진이 다시 입을 열었다.

"그럼 다시 제대로 묻겠습니다. 제 별명을 지은 직원이 누군지 아십니까?"

"네? 벼, 별명이요?"

선영과 희진의 크고 동그란 눈이 더 크게 떠졌다.

"네. '야닮소'를 지은 직원이 누군지 알고 싶습니다."

"저희는 모르는 일입니다."

"네, 몰라요. 전혀요."

선영과 희진은 동시에 단호하게 고개를 저었다.

"솔직히 말씀해주세요. 야쿠자 닮은 소도…… 차마 입에도 담기 힘든 별명을 지은 게 객실 직원이란 결정적인 제보를 들어서 그래요."

'제보'란 말에 선영과 희진의 얼굴색이 달라졌다. 선영이 정색하며 물었다.

"누가 그래요?"

"혹시 차빈 씨가 그랬어요?"

희진이 다급하게 던진 질문에 이번엔 진의 눈빛이 달라졌다.

"차빈 씨는 뭔가 알고 있다는 말이군요?"

"네? 아, 그게 아니라, 그게 절대 아니라……."

"차빈 씨도 원래 객실 직원이었잖아요. 그래서 해본 말이겠죠, 뭐. 하하-"

선영이 재빠르게 수습을 했기에 진은 묵묵히 고개를 끄덕였다. 하지만 진은 내심 확신을 하고 있었다.

'야닮소' 별명을 지은 건 이 둘 중 하나다. 이 닮은 얼굴을 하고 있는 앙큼한 아가씨들 중 한 명이 분명하다.

하렴과 함께 그의 집으로 들어선 차빈은 여전히 황량하기만 한 거실을 보고 어깨를 움츠렸다.

"전에도 느꼈던 거지만, 이 집은 참 썰렁하네요."

거실 중앙에 덩그러니 놓인 4인용 소가죽 소파가 참으로 외롭게 보였다.

"나 혼자 사니까."

"그래서 그런지 꼭 귀신 나올 것 같아요."

"그런 말 할 거면 가."

"죄송합니다."

황급히 사과를 한 다음 차빈은 재빨리 소파로 달려가 앉았다. 소파에 앉아 생각에 잠긴 듯 조용히 있던 그녀가 이내 한숨을 크게 내쉬며 말했다.

"우리 아빠는 정말 왜 그러나 몰라요. 호텔까지 찾아오고……."

하렴이 그녀의 곁으로 다가오며 담담한 표정으로 말했다.

"왜? 난 부러운데."

"부럽다고요?"

"난 그럴 아빠가 없잖아."

하렴의 말에 차빈은 순간 입을 멈추고 그의 눈치를 살폈다.

"어렸을 때 엄마랑 날 버리고 떠났으니까. 그것도 그 낯선 미국 땅에서 말이야."

이런 식으로 하렴이 자신의 과거를 아무렇지도 않게 말할 때마다 차빈은 이상하게 마음이 아팠다. 정작 제일 괴로울 본인이 괜찮다는 듯 덤덤하니까 오히려 그녀가 대신 아픈 것만 같은 기분이랄까.

잠시 후 어색함을 깨기 위해 차빈이 자리에서 일어섰다. 그러고는 구석에 있는 와인진열장을 향해 다가갔다.

“술 한잔하실래요? 제 건 아닌데.”

“그렇겠지. 내 거니까.”

“이거 마실까요?”

그의 말을 들은 척도 않고 레드와인 한 병을 꺼낸 차빈이 싱긋 웃으며 제안했다. 하렴은 어쩔 수 없다는 듯이 짧게 한숨을 내쉰 후 주방으로 들어가 잔과 치즈를 들고 나왔다.

잔에 와인을 따른 하렴이 먼저 마시려고 하자 차빈이 그걸 저지했다.

“짠 해야죠.”

“짠?”

“건배요, 건배! 치어스! 프로스트! 아보뜨르 상떼! 간배이! 감빠이!”

그녀가 각국의 ‘건배’를 늘어놓는 사이 하렴은 귀찮다는 얼굴로 와인을 마셔버렸다. 그 모습을 발견한 차빈은 배신자라며 그를 흘겨보았다.

차빈도 그를 따라 와인을 마시자 알싸한 알코올 향과 달콤한 포도 맛이 입안 전체에 퍼졌다. 그 맛을 음미하며 차빈은 치즈를 향해 손을 뻗었다.

Rrrrrr.

그때 전화가 걸려왔다. 전화가 울리는 순간 차빈은 분명 발신자가 인후나 시윤일 거라 예상했다.

[시윤이]

역시. 전화를 건 이는 민시윤이었다. 느낌상 받아봤자 좋은 소릴 하진 않을 것 같았다.

"누구냐?"

하렴의 물음에 차빈은 통화거부 버튼을 누르며 대답했다.

"저번에 보셨잖아요. 제 남친이라고 오해하신, 그 잘생긴 아이요."

"아아."

무덤덤한 표정으로 고개를 끄덕이던 하렴이 불쑥 물었다.

"네 눈엔 그런 애가 잘생긴 거냐?"

차빈이 와인을 마시면서 쿨하게 대답했다.

"네. 키도 크고 얼굴도 작고 이목구비도 예쁘장하잖아요."

"계집애같이 생겼던데, 그게 잘생긴 거라고?"

"네. 그리고 사장님도 잘생겼어요."

"……!"

하렴이 놀란 얼굴을 했다. 차빈은 와인을 마시다가 무심코 말해놓고 뒤늦게 자신이 한 말을 깨달았다.

"……라고 안내데스크 언니들이 그러더라고요."

"언니들이?"

"네. 제가 생각한 건 절대 아니고요."

차빈은 그의 시선을 피하며 어색하게 웃었다. 그때 하렴이 그녀를 향해 흡족한 미소를 지으면서 말했다.

"하긴. 내가 백인우월주의와 인종차별이 쩌는 우리 학교 내에서도 외모로는 탑을 찍었었지."

"확인 불가능한 얘기라고 너무 막 던지시는 거 아니에요?"

"거짓말 같아? 내 미국 친구한테 전화해볼까? 지금 당장?"

"네, 네. 해봐요, 해봐."

Rrrrrrr.

그때 그들 사이로 전화벨 소리가 울려 퍼졌다.

"어머. 마침 사장님 친구한테 전화 온 거 아니에요?"

차빈이 반색하며 묻자 하렴이 시크하게 대답했다.

"벌써 취했냐? 네 전화다, 바보야."

그 말에 차빈은 얼른 자신의 휴대폰을 보았다.

[시윤이]

"또 그놈이냐?"

하렴의 거친 말투에 차빈이 그를 흘겨보며 말했다.

"애를 언제 봤다고 '놈'이라고 하세요?"

하렴이 눈썹을 확 치켜 올렸다.

"뭐냐? 너 그놈 좋아하냐?"

"설마요. 애 저보다 네 살이나 어려요."

"어리면 좋아하지 말란 법 있냐? 넌 그럼 요즘 아이돌들 다 싫어하겠다? 너보다 어려서."

"아뇨, 뭐, 꼭 그렇지만은 않은데요……."

"바보 주제에 모순적이기까지 하네."

하렴의 차가운 독설에 차빈은 그에게서 시선을 거둬버렸다. 그러곤 여전히 울리고 있는 자신의 휴대폰을 물끄러미 쳐다보았다.

"전화 이리 줘봐."

이렇게 말하며 불쑥 손을 뻗은 하렴 때문에 차빈은 화들짝 놀랐다.

"네? 왜요? 안 돼요."

차빈이 자신의 휴대폰을 손에 꽉 움켜쥐었다.

"일단 줘봐."
"싫어요. 전화받아서 뭐 어쩌려고요?"
"왜 자꾸 전화하냐고 쌰욕 해주려고 그런다, 왜!"
"쌰욕 아니고 쌍욕, 아니 그게 아니라, 욕을 왜 해요? 이상한 사람이야, 진짜."
차빈은 집요하게 뻗어오는 하렴의 손을 피해 몸을 뒤로 젖혔다. 그러자 하렴도 그녀를 향해 상체를 숙였다.
"일단 줘보라고!"
"싫다니까요!"
"잠깐이면 돼!"
"잠깐도 안 돼요!"
"야……!"
"엇?"
두 사람의 실랑이로 인해 차빈은 소파에 누워버렸고 휴대폰만 보고 있던 하렴은 그대로 그녀의 몸 위로 넘어져버렸다.
털썩-
그건 찰나였다. 서로의 입술이 닿았다가 떨어진 건.
"우왓!"
소스라치게 놀란 차빈이 황급히 자신의 입술을 두 손으로 가렸다. 심장이 마구 쿵쾅거렸다.
그때 하렴의 갈색 눈동자와 차빈의 새까만 눈동자가 공중에서 마주쳤다. 마치 시간이 멈춘 것만 같은 순간이었다.
"……."
불편한 정적이 흘렀다.

'왜, 왜 하필 입술이 닿은 거야?'

갑작스럽게 닥친 상황에 차빈은 두 손으로 입술을 가린 채 꼼짝도 못하고 있었다.

'턱도 있고 코도 있고 이마도 있고 심지어 광대도 있는데, 대체 왜! 왜 하필이면 그 민감한 세포가 있는 입술이 닿은 거냐고!'

다음 순간 그녀의 몸 위에 있던 하렴이 자연스럽게 몸을 일으켰다.

"괜찮냐?"

일어선 하렴이 여전히 누워 있는 차빈을 향해 물었다. 하지만 그녀는 눈만 깜박거릴 뿐 아무 말도 하지 못했다.

'나는 이렇게 심장이 뛰어 죽을 것만 같은데 저 태연한 표정 좀 봐. 누가 외국에서 살다 온 사람 아니랄까 봐, 저 덤덤한 표정 좀 보라고.'

마치 입술에 파리가 앉았다 가기라도 했다는 듯 평온한 그의 얼굴에 차빈은 이상하게 기분이 나빠졌다. 하지만 애써 평정심을 유지하려고 노력하며 천천히 몸을 일으켰다.

"일단 넌 손님이니까 소파에서 자. 난 내 방에서 잘게."

하렴의 말에 차빈은 어안이 벙벙해서 재빨리 물었다.

"반대가 정상 아니에요? 그럴 거면 뭐하러 '손님'이란 표현을 쓰는 거죠?"

"난 '손님'보다 소중하니까."

어이없어하며 차빈은 계속 말을 이었다.

"그리고 이 집, 3층까지 있지 않아요? 그래서 나보고 2, 3층 다 쓰라고 했잖아요?"

"아아, 그랬지. 그래. 그럼 3층으로 올라가. 대신, 청소는 안 되어 있어. 꽤 더러울 거야."

"뭐라고요?"

역시 이 남잘 따라오는 게 아니었다. 공짜란 말에 혹해서 따라온 게 실수다, 실수.

"그러니까 알아서 3층에서 자든지 소파에서 자든지 해."

"뭐, 이런……."

순간 울컥한 차빈이 그를 노려보며 입을 떼자 하렴이 눈썹을 확 구겼다.

"뭐가? 내가 이 집 주인인데, 무슨 불만 있어?"

"뭐, 이런, 맘 넓은 집주인이 다 있지? 라고 말하려고 했어요."

그래도 지금은 약자이니 어쩔 수 없다. 접고 들어가야지.

잠시 후, 차빈은 하렴이 가져다준 담요를 덮으며 소파에 누웠다. 그녀의 눈에 어딘가로 향하는 하렴의 뒷모습이 보였다.

"어디 가요?"

"내 방."

그의 대답에 차빈은 미간을 살짝 좁혔다. 그가 향한 곳엔 그의 방이 없었던 것이다.

"거긴 화장실 아니에요? 아까 문 열어보니까 화장실이던데."

"……화장실 들렀다 가려고 그런 거야."

"취해서 착각한 건 아니고요?"

"당연하지. 날 뭘로 보고."

퉁명스럽게 대답한 후 하렴은 몸을 돌려 자신의 방으로 향했다. 그 모습에 차빈은 두 눈을 동그랗게 떴다.

"뭐예요? 화장실 들렀다 간다면서요?"

"……그냥 잘 거야. 졸려."

어차피 하렴의 방에는 화장실이 따로 있었으니 그가 화장실에 갈 이유는 없었다. 그냥 그는 착각을 한 거였다.

취해서가 아니라, 멍해서.

09. 완벽하게 기분 나쁜 놈

한숨도 못 잤다. 역시 이러니 저러니 해도 우리 집이 제일이다.

차빈은 찌뿌둥한 몸에 기지개를 켜며 소파에서 일어났다. 그리고 화장실을 향해 걸음을 옮겼다. 그때 마침 하렴도 방에서 나왔다. 그리고 그녀처럼 화장실 쪽으로 걸어갔다. 졸린 얼굴의 하렴을 발견한 차빈이 그에게 말을 걸었다.

"잘 잤어요?"

하렴이 선선히 고개를 끄덕였다.

"어. 뭐, 숙취했어."

"숙면했겠죠."

"응. 그거."

다음 순간 차빈은 하렴이 가려던 방향을 확인하고는 물었다.

"화장실 가려고요? 그럼 먼저 써요."

"그래. 그럼 넌 내 방에 있는 거 써."

하렴이 무심코 뱉은 말에 차빈의 두 눈이 커졌다.

"방에도 화장실 있어요?"

그런데 왜 어젯밤에는 거실 화장실로 가려고 한 거지? 결국 안 가긴 했지만.

"당연하지. 우리 집에 화장실만 다섯 개 있어. 2, 3층 다 포함해서. 너희 집은 한 개 있지?"

무시하는 듯한 하렴의 말투에 차빈은 금세 울컥해서 말했다.

"쓰는 사람은 한 명인데 화장실이 다섯 개면 뭐해요? 여긴 샤워실, 저긴 소변실, 저 위엔 대변실, 이렇게 쓸 것도 아니고."

"오오- 아이디어 좋은데? 앞으로 그렇게 쓸까?"

"분명 귀찮거나 잊어버려서 그렇게 못하실걸요?"

"난 너 같은 바보가 아니라서 잊어버리진 않아."

"숙면이랑 숙취도 구분 못하시는 분이 할 말은 아닌 것 같네요."

"너 집에 안 가냐?"

"안 그래도 갈 거거든요?"

아침부터 또다시 말다툼을 벌이고 있는 두 사람 사이로 초인종 소리가 울려 퍼졌다. 하렴은 차빈에게서 시선을 거두고 현관으로 다가갔다. 인터폰 화면을 켜자 곱상한 얼굴의 남자가 모습을 드러냈다.

-차빈 누나 데리러 왔어요.

시윤이었다. 그의 모습을 확인한 하렴의 얼굴이 살짝 굳어졌다.

"이 녀석 뭐냐?"

"제가 문자 보냈어요. 데리러 오라고."

차빈은 별일 아니라는 듯 태연한 얼굴로 대답했다. 그러나 하렴은 이상하게 기분이 나빴다. 뭔가 구체적으로 표현할 수 없을 정도로 아주 미묘하게 기분이 나빴다.

문을 열어주자 곧 말쑥한 차림의 시윤이 집안으로 들어왔다.

"실례하겠습니다."

정중하게 인사를 건넨 시윤이 외투를 챙겨 입고 있는 차빈을 발견하고 그녀에게 다가갔다. 그러곤 그녀의 얼굴을 향해 상체를 살짝 숙이며 말했다.

"잠 못 잤어요? 얼굴이 푸석한 것 같은데."

시윤의 반짝거리는 예쁜 눈동자를 마주한 차빈은 세수도 안 한 자신의 얼굴이 부끄러워졌다.

"쌩얼인데 너무 빤히 보지 마."

"제가 누나 쌩얼 한두 번 봐요? 새삼스럽게."

"에이, 그래도. 나 아직 세수도 안 했단 말이야."

"괜찮아요. 티 안 나요."

남의 집에서 잘들 논다. 어딘가 말랑말랑한 분위기를 풍기는 두 사람을 보는 하렴의 눈빛은 서늘했다.

"그만 나가라, 둘 다."

하렴의 차가운 말에 시윤과 차빈은 동시에 고개를 돌려 그를 쳐다보았다. 하렴과 눈이 마주친 시윤이 그에게 몸을 돌리며 젠틀하게 말했다.

"우리 차빈 누나가 큰 신세를 졌네요. 죄송하고, 감사합니다."

"……."

아무 대꾸도 하지 않는 하렴에게 시윤은 예쁜 미소를 싱긋 지어 보였다. 그런 다음 차빈을 돌아보며 말했다.

"이제 가요, 누나."

말을 마친 시윤이 손을 뻗어 그녀의 손을 잡았다.

"어? 어……."

차빈은 얼떨결에 그의 손에 이끌려 현관까지 갔다가 굳은 얼굴로 서 있는 하렴을 발견하고는 발을 멈췄다.

"감사했어요, 사장님. 저 이제 가볼게요."

그러나 하렴은 그녀를 쳐다보지도 않고 오직 그녀의 손을 잡고 있는 시윤의 얼굴을 지그시 바라보았다.

'묘하게 기분 나쁜 놈이네.'

다음 순간 그는 그들에게 등을 홱 돌려 가버렸다.

자신의 집 앞에서 차빈은 크게 심호흡을 했다. 그녀를 옆에서 지켜보며 시윤이 말했다.

"아저씬 누나가 호텔에서 잔 줄 알아요. 제가 그렇게 말했거든요."

"그래? 네가 중간에서 고생이 많네. 아빠 화 많이 났지?"

"어젯밤까진 계속 화내셨는데요, 오늘 아침엔 지쳤는지 화도 안 내시더라고요."

"후우……."

차빈의 입에서 큰 한숨이 터져 나왔다. 쉽게 발이 떨어지지 않았던 것이다.

"그러기에 왜 그런 짓을 저질러요?"

그녀를 바라보는 시윤의 눈빛에서 안타까움이 느껴졌다. 이내 그가 걱정 가득한 얼굴로 물었다.

"혹시 사장님이 이상한 짓은 안 했어요?"

차빈의 두 눈이 동그랗게 커졌다.

"이상한 짓?"

"하룻밤 같이 있었잖아요."

"아아, 그런 사람 아니야. 못돼 처먹었는데 착해."

"못돼 처먹었는데 착하다니, 그게 무슨 말이에요?"

시윤은 무슨 그런 이상한 말이 있느냐며 지적했지만, 실제로 차빈이 느끼기에 딱 그랬다. 하렴은 정말이지 못된 남자가 확실한데, 가끔 아주 가끔 이상하게 따뜻했던 것이다.

"남잔 자기 아빠 외엔 전부 늑대라잖아요. 조심해요."

시윤의 경고에 차빈은 웃음을 터뜨렸다.

"하하, 그럼 너도?"

"그럼요. 저는 뭐, 남자 아니에요?"

"에이, 네가 무슨."

아주 재미있는 농담을 들었다는 듯 차빈은 환하게 웃으며 시윤에게 인사를 건넸다.

"오늘 정말 고마웠어. 나 이만 들어갈게."

그런 다음 차빈은 씩씩하게 현관문을 열고 집 안으로 들어갔다. 아직도 내심 떨리긴 했지만 어차피 한 번은 겪어야 할 일이니 부딪쳐보기로 했다.

"이차빈."

집으로 들어선 차빈의 귀로 인후의 착 가라앉은 낮은 목소리가 들려왔다. 그는 거실 정중앙에 우두커니 서 있었다.

"아빠, 미안!"

차빈은 재빨리 인후에게 달려가 그의 몸을 두 팔로 끌어안았다.

"아빠 말을 아예 안 듣겠다는 게 아니라, 나한테 시간을 좀 달라는 거야."

인후를 껴안은 채 차빈은 차분한 어조로 말을 이었다.

"반년, 아니 3개월이라도 좋아. 일단 한번 해볼게. 우리 사장님이 워낙 이상한 성격이라 3개월을 버틴 비서가 없대. 그래서 나는 적어도 그 기간은 넘겨보고 싶어."

다음 순간 차빈은 고개를 들어 인후의 얼굴을 올려다보면서 애원했다.

"나 한번 해보고 싶어. 제발 이해해줘, 아빠."

그녀의 간절한 눈빛을 본 인후는 길게 한숨을 내쉬었다.

"후우……. 좋아. 그럼 할 수 있는 데까지 해봐."

"진짜?"

인후의 허락에 차빈은 뛸 듯이 기뻤다.

"대신, 사장이 널 괴롭히면 그 길로 그만두고 아빠한테 오는 거다?"

"응! 물론이지."

"그리고 이제부턴 아빠한테 비밀 만들면 절대 안 돼. 거짓말도 해선 안 되고. 뭐든 다 사실대로 말해야 돼."

차빈을 바라보는 인후의 눈빛은 무척 진지해 보였다.

"약속할 수 있겠어?"

"응!"

"그럼 이제 아빠한테 숨기는 건 없는 거지?"

인후의 물음에 차빈은 잠시 망설이다가 대답했다.

"……으, 응. 없어."

사실은 있었다.

사고긴 했지만, 사장과 키스를 했다. 물론 그건 전혀 예측할 수 없었던 사고였다. 그러니 아빠에게 비밀을 만들었다고 미안해할 필요는 없는 것이다.

그러니 예측 못했던 그 두근거림도, 미안해할 필요는 없다.

월요일 아침, 하렴은 호텔 총지배인인 진을 불러 긴급회의를 열었다.

"로열 스위트룸 무료 이용 이벤트?"

사장실 소파에 앉아 하렴의 이야기를 듣던 진의 눈이 커졌다.

"응. 대상은 우리 호텔을 이용해본 적이 있는, 하지만 로열 스위트룸은 이용해본 적이 없는 고객들을 대상으로 하는 거야. 이벤트 방식은 홈페이지에 우리 호텔에 관련된 사연을 올리게 하고 그 고객들 중에서 추첨을 하는 거지. 당첨된 고객 다섯 명만 무료로 로열 스위트룸을 이용해보는 거고."

하렴이 설명을 하는 사이 차빈은 두 사람을 위한 커피 잔을 들고 사장실 안으로 들어왔다.

"그렇게 해서 비싼 로열 스위트룸을 적극 홍보하겠다?"

"응. 그러니까 그 다섯 명의 이용후기는 꼭 받아놔야 해."

차빈은 자연스럽게 그들의 이야기를 들으며 테이블로 다가갔다. 커피 잔을 내려놓는 그녀의 입가에 옅은 미소가 서렸다. 꽤 흥미로운 이벤트 같았던 것이다. 진도 그녀와 같은 생각인지 크게 고개를 끄덕거렸다.

"뭐, 영업이익에 직접적인 영향이 있을진 잘 모르겠다만, 화제가 될 것 같으니 한번 해보자. 근데 어떻게 이런 아이디어를 생각해낸 거야?"

하렴은 커피 잔을 들어 올리면서 덤덤하게 대답했다.

"내가 낸 거 아니야."

"네가 아니라고?"

자신의 할 일을 끝낸 차빈은 그대로 몸을 돌려 사장실을 나가려고 했다. 그런데 그때, 뒤에서 하렴의 목소리가 크게 들려왔다.

"쟤가 낸 거야."

'쟤? 여기서 '쟤'라면……?'

차빈은 두 눈을 휘둥그레 뜨며 고개를 돌렸다. 그녀를 보고 있는 하렴과 진이 시야로 들어왔다.

"제, 제가요? 언제요?"

차빈이 깜짝 놀란 표정으로 물었다.

"본인은 전혀 모르는 눈치네."

그녀의 표정을 본 진이 나직하게 중얼거리자 하렴이 무미건조한 어조로 말했다.

"쟤가 워낙 바보라서 잊어버린 모양이야."

차빈은 지금 이 상황이 그저 황당하기만 했다. 그녀가 어리둥절해하는 사이 진은 자리를 털고 일어났다.

"그럼, 난 마케팅팀에 가서 이 아이디어 좀 전달해주고 올게."

진이 나가자마자 차빈은 하렴을 향해 달려갔다. 그러고는 당황한 얼굴로 물었다.

"제가 그런 아이디어를 언제 냈어요?"

"우리 같이 잔 날."

"……!"

하렴의 말에 차빈은 기함하며 소리쳤다.

"가, 같이 자다뇨? 무슨 소리예요?"

"너 저번 주 금요일에 우리 집에서 잤잖아. 그날."

"아아…… 그날이요. 응? 그날?"

그날, 그러니까 호텔까지 찾아온 인후에게 화가 나 하렴의 집으로 간 날, 자신이 대체 무슨 아이디어를 냈단 말인가?

"로열 스위트룸이 비싸다며?"

하렴이 덧붙인 말에 차빈은 두 눈을 크게 떴다.

'그 말이 그 아이디어가 된 거였어?'

차빈 자신도 알지 못한 그녀의 아이디어는 그대로 채택되었고, 얼마 안 있어 호텔 마케팅팀을 필두로 대대적인 이벤트가 시작되었다. 도미호텔 홈페이지에 광고가 올라간 것은 물론, SNS로 홍보를 하고 인터넷 신문사에서 기사로 다루기까지 했다.

차빈은 로열 스위트룸이 비싸다는 자신의 평범한 말 한마디가 이렇게 큰 파장을 불러일으킬 줄은 정말 몰랐다.

차빈과 함께 총지배인실로 들어선 하렴이 컴퓨터 화면을 보고 있는 진을 향해 말했다.

"사연이 천 건 넘게 올라오고 있다며?"

방금 비서인 차빈에게서 전해 들은 내용이었다.

"천 건?"

홈페이지의 이벤트 사연을 읽고 있던 진이 천천히 고개를 들어

올렸다. 그의 퀭한 두 눈이 무척이나 피곤해 보였다.

"천 건은 진작에 넘었고, 이제 이천 건을 향해 간다. 이걸 언제 다 읽지?"

"그럼 어쩔 수 없네. 나도 읽어야지."

당장이라도 노트북을 열 기세인 하렴에게 진이 시큰둥한 얼굴로 말했다.

"네가 읽는다고? 아서라, 아서."

"아서, 아서. 열심히 읽을게."

정반대로 답하는 하렴을 말리며 차빈이 설명을 덧붙였다.

"'아서'는 '알았어'의 줄임말 같은 게 아니에요. 오히려 반대로 하지 말라는 의미라고요. 그런 한국어 실력으로 어떻게 사연을 읽으려고 하세요?"

"그래? 그럼 난 못 읽겠네."

하렴이 아쉽다는 표정을 지으며 말하자 차빈이 냉큼 고개를 끄덕였다.

"당연하죠."

"그럼 네가 읽어야겠네."

"저요?"

깜짝 놀라는 차빈에게로 진의 의아한 눈빛이 향했다.

"그럼 안 읽으려고 했어요? 자기가 아이디어 내놓고?"

진의 말에 차빈은 어쩔 수 없이 테이블 위에 있는 노트북을 열었다. 그러고는 얌전히 소파의 한자리를 꿰차 앉았다.

"관리자 아이디랑 비번은 여기 쓰여 있어요. 이걸로 로그인해서 읽으면 돼요. 난 호텔로 돌아가봐야 하니까 하렴이랑 둘이서 잘해봐요. 뭐, 하렴인 전력에 도움이 안 되긴 하겠지만요."

차빈에게 메모지를 건넨 후 진은 총지배인실을 나갔다. 그가 나가고 나자 하렴은 그의 자리를 꿰차 앉았다. 하지만 진의 말대로 전력에는 전혀 도움이 되지 않았다.

"안녕하세요. 도미호텔을 사랑해 마지않는…… 사랑해 마지않아? 안 사랑한다는 거야? 근데 사연을 왜 보냈어? 탈락! 안녕하세요. 저희 할아버지가 칠순이신데…… 칠순이? 이름이 칠순인가? 여자 이름이네. 근데여, 얼마 전에 헐…… 근데여? 헐? 이게 뭐야? 외계어야? 외계인이야?"

'난 당신이 더 외계인 같거든요?'

사연을 읽는 하렴의 목소리가 거슬렸던 차빈은 자리에서 벌떡 일어나 그에게 다가갔다.

"사장님."

그를 정중하게 부른 다음 차빈은 보다 정중한 어조로 말을 시작했다.

"사장님은 그냥 장난인 것 같은 사연만 좀 걸러주십시오. 나머진 제가 읽을 테니. 그리고 사랑해 마지않는다는 건 진심으로 사랑한다는 겁니다. 그러니까 탈락은 취소해주세요."

처음엔 차빈도 꽤나 의욕적이었다. 그래서 열과 성의를 다해 사연들을 읽어나갔다. 하지만 사연이 이백 건을 넘어가자 차빈의 두 눈은 초점을 잃어갔다. 자꾸만 고개가 앞으로 꾸벅꾸벅 숙여졌다. 그러다 결국 그녀는 스륵- 잠이 들고 말았다.

한참 후, 흠칫 잠에서 깬 차빈은 자신의 등에 덮여 있는 정장 재킷을 발견하고는 굳어졌다.

'누구 거지? 설마…….'

상체를 든 차빈의 눈에 아무도 없는 텅 빈 공간이 들어왔다. 분명 잠들기 전까지만 해도 있었던 그가 없다.

설마 그가 이 재킷의 주인인 걸까? 아니다. 그럴 리 없다.

차빈이 마구 부정하고 있던 그때 총지배인실 문이 열리고 진이 안으로 들어왔다.

"피곤하죠? 이제 그만 퇴근해요."

"아, 네. ……근데, 저기, 총지배인님."

진이 부드러운 미소를 띤 채 그녀를 물끄러미 쳐다보자 차빈이 목소리를 가다듬으며 물었다.

"이 재킷, 총지배인님이 덮어주신 거죠?"

그가 자신의 호텔 유니폼 재킷을 가리키면서 고개를 갸웃했다.

"저 재킷 입고 있는 거 안 보여요?"

보인다. 너무 잘 보인다.

차빈이 절망한 듯한 표정을 짓자 진이 웃으며 말했다.

"부정하지 말아요. 그거, 딱 봐도 하렴이 재킷이에요."

"아악!"

'믿을 수 없다. 믿고 싶지 않다. 신하렴이 왜, 그 쉰왕자가 대체 왜 나한테 지 겉옷을 덮어준 거지?'

진은 차빈이 혼란스러워하는 모습을 재미있다는 표정으로 지켜보았다. 그때 그가 문득 뭔가 생각난 얼굴로 입을 열었다.

"차빈 씨, 혹시 '야닭소'라고 들어봤어요? 제 별명이라던데."

차빈이 의아해하며 고개를 저었다.

"아뇨. 몰랐어요. 그게 뭐예요? 무슨 줄임말이에요?"

"차마 입에 담기도 속상한데…… '야쿠자 닮은 소도둑'의 줄임말이래요. 이게 말이나 됩니까?"

진이 침울한 표정으로 목소리를 높이자 차빈이 그에 동조했다.

"말도 안 되죠! 총지배인님이 얼마나 멋있게 생기셨는데요!"

"고마워요. 그런데 직원들은 제 얼굴이 싫은가 봐요."

짧고 굵게 한숨을 내쉰 진이 이내 차빈의 눈치를 보면서 물었다.

"그래서 묻는 건데, 혹시 그 별명 누가 지었는지 아십니까?"

"네? 아아, 글쎄요."

"어떤 작은 단서라도 좋으니 짚이는 게 있으면 말씀해주세요."

그때 차빈의 머릿속에 한 기억이 떠올랐다.

'솔직히 총지배인님은 생긴 게 좀 범죄자, 아니 야쿠자, 아니 소도둑같이 생겼는데…….'

그 말을 한 건 분명 희진이었다. 하지만 그 말을 했다고 해서 그녀가 진의 별명을 지은 거라고 단정 지을 순 없었다.

"잘 모르겠어요."

결국 차빈은 고개를 좌우로 저었다. 그리고 잠시 후 진을 향해 조심스레 물었다.

"근데 그 별명 지은 직원이 누군지 알면 어떻게 하시려고요?"

"밥 사주려고요."

"네? 밥이요? 정말요?"

차빈이 믿지 못하겠다는 듯 묻자 진이 다부지게 고개를 끄덕였다.

"네, 정말이에요. 덕분에 제 얼굴을 보는 직원들이 잠시나마 웃을 수 있잖아요? 그 일을 가능하게 만들어준 그 직원에게 감사의 마음을 전하고 싶어요. 개인적으로 저 자신은 조금 괴롭지만요."

말을 마치며 진은 사람 좋아 보이는 미소를 지었다.

그때 총지배인실 문이 열리고 와이셔츠 차림의 하렴이 들어왔다. 화장실에 다녀온 듯 그의 셔츠는 팔 부분이 접힌 상태였다. 그를 발견한 진이 차빈의 어깨에 걸쳐져 있는 재킷을 힐끔 돌아보았다. 그러고는 하렴에게 웃는 얼굴로 말했다.

"오오, 신하렴. 난 네가 이렇게 매너남인 줄 몰랐다?"

"뭐가."

덤덤한 표정으로 걸어오는 하렴을 향해 진이 다시 말했다.

"네 재킷 말이야, 차빈 씨 추울까 봐 덮어준 거 아니야?"

"미쳤냐?"

하렴은 눈썹을 확 구기며 차빈의 어깨에서 자신의 재킷을 걷어 갔다.

"옷 구겨질까 봐 얘 등에 얹어놓은 거야. 등판이 하도 넓길래."

재킷을 걸친 채 은근히 긴장하고 있던 차빈은 하렴이 내뱉은 말에 충격을 받았다.

"여자한테 등판이 뭐예요? 게다가 넓다니? 실제로 넓어도 그런 말 하면 안 되죠!"

"그럼 넓은 걸 뭐라고 해? 네 등판에서 야구도 하겠다, 이래?"

"됐어요! 말을 말죠."

차빈은 이런 남자에게 잠시나마 두근거린 자신의 심장이 미웠다.

"저 퇴근합니다!"

씩씩거리며 방을 나가버리는 차빈의 뒤에서 진은 피식 웃음을 터뜨렸다.

"볼수록 귀엽단 말이야."

그러고는 이내 벽시계를 보면서 중얼거렸다.

"차빈 씨 일을 너무 열심히 해서 퇴근이 엄청 늦어졌네. 내가 데려다줄 걸 그랬나?"

그때 하렴이 무심한 표정으로 툭 내뱉듯이 말했다.

"열심히는 무슨. 한 시간 넘게 잠만 자더라."

"아, 진짜? 암튼 귀엽다니까."

또다시 웃음이 터진 진이 웃는 사이 하렴은 먼저 퇴근하겠다며 총지배인실을 나갔다. 그의 뒷모습을 보고 있던 진의 얼굴이 뭔가 이상하다는 듯 굳어졌다.

"잠깐만……."

하렴이 사라진 문을 쳐다보면서 진이 중얼거렸다.

"자는 걸 지켜봤어? 안 깨우고?"

진은 하렴이 자는 차빈을 깨우지 않고 한 시간 넘게 지켜봤다는 사실에 놀랐다. 게다가 안 깨운 정도가 아니라 푹 자라고 재킷까지 덮어준 꼴이 아닌가.

순간 진의 입에서 헛웃음이 터졌다.

'이건 뭐지? 설마……?'

10. 완벽히 운수 좋은 날

출근을 하고 있는 차빈의 발걸음이 오랜만에 느긋하다. 30분 정도 일찍 일어나서 출근 준비를 한 덕이다.

차빈은 귀에 꽂은 이어폰을 통해 흘러나오는 댄스가요에 맞춰 고개를 까닥거리며 스텝을 조금씩 밟아보았다. 동시에 들리는 노래 가사를 흥얼거려보았다.

오늘은 묘하게 기분이 좋다. 아무래도 좋은 일이 일어날 것만 같다. 간밤에 꿈도 좋은 꿈을 꾸었다. 서러워서 펑펑 우는 꿈. 인후가 그러길, 눈물 흘리는 꿈은 재수가 좋은 길몽이란다.

노래에 집중하고 있던 차빈이 횡단보도를 발견하고는 걸음을 멈췄다. 그때 마침 흘러나오던 노래가 끝나고 고요해졌다. 그 순간 뒤에서 목소리가 들렸다.

"대박 음치네."

"춤도 못 추던데?"

낯선 남자들의 목소리가 왠지 자신을 향한 것 같아서 차빈은 발끈하며 고개를 돌렸다. 그녀의 시야로 교복을 입은 고등학생들이 들어왔다. 그들은 차빈의 날 선 시선을 당당하게 마주하며 키득키득 웃기까지 했다.

기분 나빠진 차빈이 화를 내려는 순간 신호등의 색깔이 바뀌었다. 학생들은 기다렸다는 듯이 앞으로 걸어 나갔고 차빈은 그 모습을 멍하니 지켜보았다. 그러다 번뜩 정신을 차리고 달리기 시작했다.

"야, 네들, 잠깐 이리 와봐! 지금 나한테……!"

차빈의 손이 한 남학생의 가방을 붙잡으려는 순간 누군가 그녀의 팔을 잡아챘다.

"쌈닭이냐?"

차빈은 깜짝 놀라 자신을 잡은 사람을 돌아보았다.

"사, 사장님?"

그녀를 잡은 사람은 바로 하렴이었다. 그리고 그 옆엔 진도 함께였다. 당황한 표정을 짓는 차빈에게 하렴이 말했다.

"가서 어떻게 하려고? 어린 애들 머리끄덩이라도 잡으려고?"

"재네들이 먼저 저 욕했어요!"

"들어보니까 욕도 아니더만. 사실만 말하던데?"

"저 몸치는 몰라도 음치는 아니거…… 어디서부터 봤어요?"

말을 하던 차빈이 순간 멈칫하더니 하렴과 진의 눈치를 보며 물었다. 그때까지 잠자코 있던 진이 어색하게 웃으면서 대답했다.

"사실은 우리가 저기서 아침밥을 먹고 걸어오고 있었거든요. 그런데 눈앞에서 어떤 여자가 춤을 추면서 지나가더라고요. 우와, 대단한 여자네- 하고 다가섰는데, 차빈 씨더라고요. 크흡……."

진은 잘 참다가 말끝에 웃음을 터뜨리고 말았다. 그 모습을 보고 차빈은 얼굴을 붉히며 부끄러워했다.

"걔네들이 욕했다고? 무슨 욕? 음치네, 춤도 못 추네, 이거? 우리도 그 대화 똑같이 했거든? 그럼 이제 우리한테도 화내겠다?"

안 그래도 숨고 싶을 정도로 창피한데 하렴이 자꾸 성질을 긁었다. 차빈은 두 주먹을 꽉 쥐며 그를 노려보았다.

"제 실력이 아니었어요. 그냥 흥얼거린 거란 말이에요. 저 노래방 가면 노래방 기계가 가수 하라고 권할 정도거든요?"

차빈이 말을 마치는 순간 신호등 색이 다시 바뀌었다. 그걸 발견한 차빈은 재빨리 앞으로 달려 나갔다.

"기분 나빠서 먼저 갑니다!"

사실은 창피해서 더는 그들과 함께 있을 수가 없었다. 달리고 있는 차빈의 눈에 저 멀리 초등학생들이 옹기종기 모여 있는 게 보였다.

'그래. 저때가 제일 예쁘지. 좀만 커져도 무서워지니까. 솔직히 아까도…… 좀 무서웠어.'

순간 욱해서 그 고등학생들을 잡으려고는 했지만, 사실 요즘 고등학생들이 좀 무서운가? 말려준 하렴이 은근히 고마울 정도였다.

차빈은 저학년으로 보이는 초등학생들이 있는 방향으로 걸음을 옮겼다. 그때 그 아이들 중 한 명이 실내화주머니를 공중으로 던졌다가 받으면서 장난을 치기 시작했다. 그러자 아이들이 너도나도 하늘 위로 실내화주머니를 던졌다가 받았다. 아이들은 그 놀이가 무척 재미있다는 듯 깔깔거리며 웃었다. 그 아이들의 천진난만한 모습을 지켜보는 차빈의 입가에 미소가 번졌다. 그런데 그 아이들과 가까워지면 질수록 차빈의 입가에서 미소가 서서히 사라져갔다.

'……저 실내화주머니에 맞으면 어쩌지……?'

이런 불길한 생각이 들자 차빈의 걸음이 점점 빨라졌다. 되도록 빨리 아이들의 곁을 지나가고 싶은 마음에 차빈은 거의 뛰듯이 걸었다. 그런데 그때였다.

퍽- 공중에 있던 실내화주머니에서 실내화 한 짝이 떨어지며 차빈의 머리를 맞췄다.

"윽……!"

아픔보다 강렬한 창피함이 차빈의 뇌리를 뒤흔들었다.

'실내화주머니도 아니고 실내화에 맞다니……. 너무 굴욕적이야. 차라리 실내화주머니가 낫지.'

그때 그 실내화의 주인인 듯한 아이가 냉큼 실내화를 주워 갔고, 그 모습을 본 차빈은 두 눈을 부릅뜨며 손을 뻗었다.

"얘, 너, 사과는 해야지……!"

그 순간 그녀의 팔을 또 잡아채는 이가 있었다.

"쌈닭 맞네."

이 역시 하렴이었다. 슈트 차림의 하렴이 그녀의 팔을 잡은 채 비아냥거렸다.

"이번엔 진짜 어린애를 상대로 싸우려고?"

"이번엔 재가 정말 잘못했잖아요! 실내화에 맞았다고요, 제가!"

"안 아팠잖아. 그럼 됐지."

"차라리 아픈 게 낫죠. 기절이라도 하게."

차빈이 하렴과 실랑이를 벌이는 사이 아이들은 그녀를 피해 도망을 가버렸다. 그때 하렴이 어른스럽게 말했다.

"아까 보니까 아이가 실내화 집어 가면서 고개를 꾸벅 숙이더라. 그냥 이해하고 넘어가."

차빈이 울상을 지었다.

'오늘은 왠지 좋은 일이 생길 것만 같았는데, 그래서 아까까지 기분 정말 최고였는데, 이게 뭐람. 음치, 몸치 소리나 듣고 실내화에 맞기나 하고.'

그녀가 붉어진 얼굴에 두 손을 올리며 창피해하는 사이, 멀찍이 서 있던 진이 그녀에게 다가왔다.

"오늘 중요한 행사도 있는데, 좋게좋게 넘어가요, 차빈 씨."

그렇다. 오늘은 그녀가 -엄밀히 말하면 하렴이- 아이디어를 낸 이벤트가 진행되는 날이었다.

일주일 전, 도미호텔은 이벤트에 당첨된 다섯 명에게 전화와 메일로 당첨 사실을 알리고 오늘 오후 5시까지 호텔에 방문해달라고 공지했다. 때문에 차빈은 오늘 하루 종일 그 이벤트 준비로 바쁠 예정이었다.

그 사실을 상기한 차빈은 마음을 다잡고 진지하게 진을 쳐다보았다.

"가시죠, 총지배인님."

평정을 되찾은 차빈이 진을 호텔 쪽으로 안내하자 옆에 서 있던 하렴이 발끈했다.

"야, 넌 내 비서거든?"

투정을 부리는 하렴의 모습에 차빈은 헛웃음이 터졌다.

"네, 네. 제 사장님, 어서 가시죠."

아침 일찍부터 차빈은 하렴과 함께 로열 스위트룸의 상태를 꼼꼼히 체크한 후 당첨자들을 맞이할 이벤트용 스테이지를 둘러보았다. 그런 다음 오후 늦게 사무실로 돌아왔다.

사무실로 돌아오자마자 차빈은 오늘 이벤트를 취재하러 오는 기자들에게 일일이 확인 전화를 걸어 대표님 인터뷰는 1분 이상 할 수 없다고 못을 박았다. 사실상 차빈에게는 이 일이 가장 중요한 업무였다. 어쩌면 기자들 입장에서는 다소 건방지게 느껴지는 요청일 수도 있겠지만, 아직 하렴의 한국어 상태가 많이 안 좋으니 어쩔 수 없었다.

"이제 술술 내려가자."

"'술술' 아니고 '슬슬'이요."

이벤트 시간이 다가오자 하렴은 먼저 자리에서 일어났다. 잘못된 표현을 정정해주며 차빈은 그의 뒤를 따랐다.

"오늘은 직원들이랑 손님들도 많으니까 특별히 말조심하세요."

차빈은 로비로 내려가는 엘리베이터 안에서 하렴에게 신신당부를 했다.

"알았으니까 잡소리 그만해."

"잡소리가 아니라, 잔소리요. 그냥 지금부터 말을 아껴요."

다음 순간 차빈은 주머니에서 메모가 적힌 종이를 한 장 꺼냈다. 그리고 그것을 시큰둥한 표정으로 서 있는 하렴에게 건네며 말했다.

"행사장에서는 여기 적힌 대로만 말씀하시면 돼요. '축하드립니다. 오늘 이렇게 여러분들을 모시게 되어 영광입니다. 여기까지 와주신 취재진분들께도 감사를 드립니다. 아무쪼록 저희 도미호텔의 이벤트로 인해 오늘 하루 최상의 행복을 누리셨으면 좋겠습니다.'"

메모지를 본 하렴이 식겁했다.

"말을 아끼라며? 이건 거의 낭비 수준인데?"

"호텔 대표인데 이 정돈 말해야죠. 빨리 외워요."

다시 손에 든 메모지로 시선을 내린 하렴이 떨떠름한 표정으로 그것을 읽어나갔다.

"축하드립니다. 오늘 이렇게 여러분들을 모으게, 아니 모시게 되어 영광입니다. 여기까지 와주신 쥐채진, 아니 취재진분들께도 감사를 드립니다. 아무토록, 아니 아무초록, 아니 아무쪼독, 아씨! 아, 무, 쪼, 록! 뭐가 이렇게 어려워?"

"아휴, 그럼 그냥 '축하합니다', '감사합니다'만 해요!"

차빈이 포기한 순간 엘리베이터의 문이 열렸다. 하렴은 차빈에게 엄지를 치켜세워 보이며 밖으로 나갔다.

"좋은 생각이야."

그 뒤에서 차빈은 길게 한숨을 내쉬었다. 그녀가 불안한 얼굴로 하렴을 좇아갔다.

이벤트 당첨자들이 모일 행사장에는 마케팅팀 직원들과 행사를 구경하고 있는 호텔 손님들로 북적거렸다. 차빈은 살짝 긴장한 채 하렴을 따라 행사장으로 들어섰다.

행사장 안으로 슈트를 입은 하렴이 들어서자 사람들의 시선이 모두 그에게로 쏠렸다. 큰 키와 넓은 어깨. 그리고 반듯한 이목구비를 가진 하렴은 묘하게 사람을 압도하는 분위기를 지니고 있었다. 남다른 아우라를 풍기는 그의 모습에 사람들은 시선을 떼지 못했다. 하렴을 발견한 직원들이 너도나도 허리를 숙여 인사를 건넸다.

"사장님, 오셨습니까."

"어서 오십시오, 사장님."

그들에게 하렴은 아무 말도 하지 않고 고개만 까닥거렸다. 그의 뒤에서 차빈이 아주 작은 목소리로 속삭였다.

"수고가 많으십니다."

"……수고가 많으십니다."

하렴이 그녀의 말을 따라 하자 직원들의 얼굴에 웃음꽃이 피었다. 특히, 여직원들은 얼굴에 홍조까지 띠었다. 그런데 그때 누군가 이쪽으로 다다다 달려오는 소리가 들렸다.

"사장님!"

다급하게 달려온 이는 마케팅팀 여직원이었다. 그녀는 꽤 당황한 얼굴이었다. 그녀가 하렴의 앞에 멈춰 서며 말했다.

"큰일 났습니다, 사장님."

"무슨 일이죠?"

"당첨된 다섯 분 중 한 분이 사정이 생겨서 못 오신대요!"

그 순간 직원들은 모두 패닉 상태가 되어 서로의 얼굴을 쳐다보았다.

"이를 어쩌지? 이제 곧 이벤트 시작할 시간인데."

"게다가 오늘 기자들도 온다고 하지 않았어요?"

"큰일이네. 혹시 아는 사람 중에 대체할 만한 사람 없어? 우리 호텔 고객인데, 로열은 이용해본 적 없는 사람으로."

"알아보고는 싶은데, 시간이 너무 촉박해서요."

"그럼 그냥 네 명으로 가야 하나?"

단체로 멘붕에 빠져 있는 직원들을 지켜보면서 차빈은 어쩔 줄 몰라 발만 동동 굴렀다. 그때 이 사태를 전해 들은 진이 난감한 표정으로 달려왔다. 달려온 그는 곧바로 하렴의 곁으로 다가서며 말했다.

"사장님, 그냥 네 명으로 진행하시죠. 시간이 30분도 안 남아서 대체자를 구하기가 쉽지 않습니다."

이벤트 공지도 SNS 홍보도 기사도 전부 당첨자 다섯 명으로 나갔기 때문에 이를 뒤바꾸는 건 사실상 그림이 보기 좋지 않을 게 분명했다. 하지만 시간상 어쩔 수 없는 선택이었다.

진의 말에 하렴은 묵묵히 고개를 끄덕였다. 조용히 있던 그가 잠시 후 직원들을 향해 말했다.

"이벤트는 그대로 진행됩니다. 당첨자 다섯 분인 그대로."

그러자 직원들이 동요를 보였다.

"네? 그럼 나머지 한 분은……."

의문 가득한 눈빛을 보내는 진에게 하렴이 담백하게 말했다.

"마침 여기 있잖습니까. 지금 당장 시간이 되면서 우리 호텔 로열 스위트룸을 한 번도 이용해본 적 없는 인물이."

말을 하면서 하렴은 시선을 돌려 차빈을 바라보았다. 그 시선에 차빈은 깜짝 놀라 물었다.

"저, 저요?"

"응. 너."

직원들의 시선이 눈만 깜박거리고 있는 차빈에게로 향했다. 그들의 눈빛에 희망이 서렸다. 그때 그들 중 한 명이 차빈의 팔을 덥석 잡으며 말했다.

"오셨군요, 고객님!"

그렇게 차빈은 도미호텔의 로열 스위트룸 무료 이용 이벤트의 당첨자가 되고 말았다. 너무 기뻐서 비명이 터져나올까 봐 차빈은 자신의 입을 두 손으로 가렸다.

……역시. 지난밤 꿈은 길몽이 맞았다. 사람들은 이런 날을 흔히 '운수 좋은 날'이라 한다지.

그때까지 그녀는 자신의 '운수 좋은 날'은 해피엔딩일 거라 믿어 의심치 않았다.

공식적인 행사가 끝나자마자 차빈은 당당하게 로열 스위트룸으로 향했다.

"우헤헤-"

들뜬 그녀의 입에서 연신 웃음이 터져 나왔다. 그 웃음소리에 옆에 있던 하렴이 식겁하며 말했다.

"웃음소리가 왜 그 따위냐?"

"너무 좋아서요. 히히-"

"촌스럽긴."

지금 이 순간 차빈은 하렴이 어떤 독설을 날려도 괜찮았다. 그도 그럴 것이 오늘 그녀는 난생처음 도미호텔의 로열 스위트룸을 이용해본단 말이다. 그것도 공짜로.

"암튼, 까불지 말고 얌전히 자라. 후기는 꼭 사진 첨부해서 길게 쓰고."

"네! 물론이죠."

"그럼, 나 간다."

"조심히 가세요."

사무실 쪽으로 걸어가는 하렴의 뒤에서 차빈이 팔을 붕붕 흔들면서 소리쳤다.

“고마워요, 사장님!”

그 들뜬 목소리에 하렴은 눈썹을 찡그리며 그녀를 돌아보았다. 돌아본 그녀의 얼굴엔 함박웃음이 가득했다.

‘저렇게 좋을까.’

하렴은 혀를 끌끌 차면서 고개를 설레설레 저었다. 걸음을 옮기는 그의 얼굴에 보일 듯 말 듯 한 미소가 걸렸다 사라졌다.

“차빈 씨!”

하렴의 뒷모습을 바라보고 있는 차빈에게 안내데스크의 선영과 희진이 말을 걸어왔다.

“로열 스위트룸 이벤트 당첨됐다며? 축하해!”

“고마워요, 언니들.”

“부럽다! 난 요즘 차빈 씨가 제일 부러워.”

차빈은 자신을 부러워하는 선영과 희진의 얼굴을 보다가 문득 떠오른 생각에 급히 입을 열었다.

“아, 그런데 언니들.”

그녀들에게 가까이 다가간 차빈이 작은 목소리로 물었다.

“혹시 ‘야닮소’, 언니들 작품이에요?”

그녀들은 서로의 눈치를 보면서 쉽게 입을 열지 못했다. 짧은 침묵이 끝나고 희진이 빠르게 속삭였다.

“사실대로 말하면, 그걸 지은 건 선영이야.”

그녀 옆에서 선영이 펄쩍 뛰었다.

“어우야, 얘 뭐래. 나는 희진이가 하도 총지배인님 보고 야쿠자니 소도둑이니 이래서 그걸 그냥 연결시킨 것뿐이야, 차빈 씨."
아, 역시. 그 별명은 지은 건 희진이 아니라 선영이었다. 물론, 희진의 책임이 아예 없다고 볼 순 없지만 말이다.
"근데 갑자기 그건 왜? 총지배인님이 별명 지은 범인 잡아 오래?"
"아뇨, 그건 아니고요. 총지배인님이 꼭 찾고 싶어 하시는 것 같아서요."
그 순간 선영과 희진이 동시에 겁먹은 얼굴을 했다.
"총지배인님이 범인 잡으면 어떻게 한대?"
"바로 잘라버린다지?"
"아뇨. 밥 사준대요."
예상치도 못한 차빈의 답변에 선영과 희진의 두 눈이 휘둥그레 커졌다.
"말도 안 돼. 뭐가 예뻐서?"
고개를 갸웃하던 선영이 뭔가 생각난 얼굴로 말했다.
"아, 혹시 그거 아닐까? 좋은 밥 먹여놓고 어디 폐공장 같은 데로 끌고 가서 사직서를 쓰게끔 하는 거야."
그녀의 상상에 희진도 거들었다.
"맞아. 의자에 묶어놓은 상태로 오른손에 펜만 쥐여주는 거지."
그녀들의 말도 안 되는 상상에 차빈은 헛웃음을 터뜨렸다.
"에이, 설마 그렇게까지 하시겠어요? 총지배인님이 생긴 건 조금 거칠어도 굉장히 좋은 분이세요. 신 사장님한테 빼고는 화내시는 걸 본 적도 없는걸요?"
"그래?"
희진은 얼마 전 선영과 착각해서 미안하다고 정중하게 사과한 진의 얼굴을 떠올리고는 납득한다는 듯이 고개를 끄덕였다. 그때 선영이 갑자기 차빈의 어깨를 잡으며 말했다.

"어쨌든, 그 별명을 지은 게 우리라는 걸 절대 밝히면 안 돼. 알았지, 차빈 씨?"

선영의 말에 희진이 깜짝 놀라 물었다.

"왜 '우리'야? 그 별명, 네가 지었잖아."

"소스를 제공한 건 너잖아. 난 네가 말하기 전까지 야쿠자나 소도둑까지는 생각해본 적도 없단 말이야."

희진을 향해 새치름하게 말한 뒤 선영은 다시 차빈을 돌아보았다.

"잘 들어, 차빈 씨. 우리 잘리면 차빈 씨가 우리 먹여 살릴 거야? 아니지? 그럼 이 사실, 절대 비밀이야."

"아, 네. 걱정 마세요."

차빈은 그녀들에게 꾸벅 인사를 한 다음 다시 엘리베이터 쪽으로 걸음을 옮겼다. 멀어지는 차빈을 물끄러미 바라보던 선영이 희진에게 말했다.

"근데 차빈 씨, 예뻐진 것 같지 않아?"

"응. 조금? 근데 원래 오목조목하니 예쁘장했잖아."

"그렇긴 하지. 그나저나 너무 부럽다! 신왕자 비서가 된 것도 모자라서 그 비싼 로열 스위트룸을 무료로 이용해보다니!"

그때 그녀들을 주시하고 있는 한 남자가 있었다. 안경을 낀 그 남자는 손에 든 수첩을 만지작거리면서 그녀들에게 천천히 다가갔다. 남자의 귀로 그녀들의 대화가 더욱 잘 들려왔다.

"근데 차빈 씨, 우리 호텔 이용해본 적 없다고 하지 않았나?"

"그랬나? 그랬던 것 같기도 하고……. 에이, 근데 아니겠지. 이 이벤트, 우리 호텔 이용고객만 대상으로 한 거잖아."

남자는 그녀들을 그대로 스쳐 지나가면서 펜을 꺼내 들었다. 그리고 손으로 빠르게 메모를 한 줄 적었다.

〈도미호텔, 겉치레 이벤트 의혹?〉

곧 그가 자신의 수첩을 닫자 표지 하단에 조그맣게 그의 이름과 직업이 드러났다.

〈김진수 기자〉

서울 시내의 반짝거리는 네온사인이 이뤄낸 아름다운 야경을 내려다보면서 차빈은 싱긋 미소를 지었다.

'나한테 이런 행운이 찾아오다니.'

도미호텔의 최상층 로열 스위트룸에서 내려다본 야경은 혼자만 보기엔 너무 아까울 정도로 무척 아름다웠다. 그래서 차빈은 휴대폰을 꺼내 사진을 찍기 시작했다.

이 야경을 누군가와 공유하고 싶었다.

그런데, 누구와 공유하지? 남자친구가 있는 것도 아니고 그렇다고 친구들에게 보내기엔 좀 낯간지러웠다. 그 순간 차빈의 머릿속에 세 시간쯤 전에 시윤에게서 온 문자가 떠올랐다.

[뭐 해요? 바빠요?]

그땐 바빠서 미처 답장을 못 했었다. 답장 못 보낸 것도 미안한데, 야경 사진을 보내볼까?

[야경 예쁘지?]

사진을 첨부한 다음 문자를 보내기 위해 수신인 목록을 주욱 훑어 내리던 차빈의 손가락이 '시윤이'의 위에 있던 '쉰왕자'를 눌렀다. 하지만 그걸 알아차리지 못하고 전송 버튼을 눌렀다.

다음 순간 그녀는 휴대폰을 손에 쥔 채 다시 야경을 감상하기 시작했다. 그런데 그때 전화가 걸려왔다. 발신자는 '쉰왕자'였다.

"사장님이 무슨 일이지?"

차빈은 나직하게 중얼거리며 전화를 받았다. 곧바로 하렴의 비아냥거리는 목소리가 들려왔다.

-너 이 사진을 보낸 의도가 뭐냐? 설마 나한테 자랑하려고?

사진? 깜짝 놀란 차빈은 귀에서 휴대폰을 떼고 자신이 보낸 문자 내역을 살펴보았다. 그러다 '쉰왕자'에게 보내진 문자를 발견하고 굳어졌다.

"아, 아뇨, 그게 아니라, 실수였……."

-너 내가 그 호텔 대표란 걸 잊었냐?

"그러니까 실수였다고요, 실수. 시윤이한테 보내려고 했는데, 근처에 있던 '쉰왕자'를 눌러버려서……."

차빈은 너무 당황해서 하렴의 별명인 '쉰왕자'를 입에 담아버렸다.

-뭐? 야!

헛. 지금 그녀는 마치 들고양이를 피하려다가 야생호랑이와 맞닥뜨린 듯한 기분이었다. 좀 더 설명하자면, 작은 도랑을 피하려다가 큰 덫에 걸려버린 것 같은 기분이랄까.

차빈은 어쩔 줄 몰라 아랫입술을 잘근 깨물었다. 그런데 하렴의 반응은 그녀의 예상을 벗어났다.

-너, 날 '신왕자'로 저장해놨냐?

그녀가 간과한 사실이 하나 있었던 것이다.

'아! 이 사람, 한국어 바보였지, 참.'

다행이라고 안심하면서 차빈은 큰 목소리로 대답했다.

"아아, 네, 네! 맞아요, 신왕자."

-하긴. 네 눈엔 내가 왕자쯤으로 보이긴 하겠네.

"……저 사진 더 찍어야 하니까 이만 전화 끊을게요."

급격히 기분이 나빠진 차빈이 전화를 끊으려는 순간 하렴이 빠르게 말했다.

-사진 또 보내.

"네?"

휴대폰을 귀에서 떼려던 차빈의 손이 그 움직임을 멈췄다.

-나는 지겹도록 봐온 야경이지만, 그래도 보낼 사람이 없으면 나한테 보내라고.

들려오는 목소리에 차빈은 당황스러움을 느꼈다.

"보, 보낼 사람 있거든요?"

-그래?

"네. 그럼 이만 끊을게요."

당황해서 두 볼이 붉어진 차빈은 하렴의 말을 듣지도 않고 황급히 전화를 끊어버렸다.

하렴은 가끔 이상한 행동을 해서 사람을 당황시키는 재주가 있다. 자신을 이 로열 스위트룸 당첨자 대신으로 추천할 때도 그랬다. 아까 자신을 진지하게 쳐다보던 하렴의 눈빛이 떠올라 차빈은 얼굴이 화끈거렸다.

그녀는 손부채질을 하며 휴대폰을 다시 들어 올렸다. 그리고 시윤에게 사진을 첨부한 문자를 보냈다.

[나 이벤트 당첨돼서 스위트룸에서 쉬는 중!]

얼마 안 있어 시윤에게 답장이 왔다.

[와! 좋겠다!^^ 야경 예쁘네요. 밥은 먹었어요?]

[ㅇㅇ]

차빈은 두 번의 손가락 터치로 간단하게 답장을 보낸 다음 휴대폰을 침대 위로 던져버리고 자신도 그 위에 풀썩 누웠다.

잠시 후 차빈의 머리 쪽에 있던 휴대폰이 문자가 도착했음을 알렸다. 차빈은 느릿느릿 손을 뻗어 문자를 확인했다.

[예쁜 곳에서 자니까 오늘 밤 잠은 잘 자겠네요.]

[ㅇㅇ! 그럴 듯.]

[아저씨한텐 설명 잘 했어요? 화는 안 내셨고요?]

[ㅇㅇ 공짜니까ㅎㅎ]

시윤에게 답장을 보내고 침대 위에 대(大)자로 누워 있는데 곧바로 문자가 도착했다. 차빈은 별 생각 없이 문자를 확인했다.

[좋냐?]

아, 깜짝이야. 시윤의 다정다감한 문자만 보다가 이렇게 싹퉁머리 없는 짧은 문자를 보니 깜짝 놀라고 말았다. 차빈은 놀란 눈으로 발신자를 확인했다.

'역시.'

보낸 이는 시윤이 아니라 하렴이었다.

'어쩜 이 남자는 문자도 이렇게 못돼 처먹었을까.'

차빈은 입술을 삐죽거리면서 신경질적으로 답문을 쓰고는 전송을 눌렀다.

[너무너무 좋아요♡]

그런데 전송이 되는 순간 그녀는 자신이 한 엄청난 실수를 깨달았다.

"앗……! 하트!"

생각 없이 쓰다가 마지막에 느낌표 대신 하트를 넣는 실수를 저지르고 만 것이다.

"미쳤나 봐."

차빈은 자신의 손이 너무 원망스러웠다.

'오늘따라 왜 이러지, 이놈의 손이?'

괴로워하고 있는 사이 하렴에게서 문자가 도착했다. 차빈은 두 눈을 가늘게 뜨면서 떨리는 손으로 문자를 확인했다.

[미쳤냐♡]

"……!"

차빈은 이상한 기분에 휩싸였다. 마치 욕하면서 쓰다듬어주는 기분이랄까. 암튼 오묘했다.

'치잇. 안 어울리게 하트라니! 물론 실수겠지만.'

그런데 그때 문자가 또 들어왔다.

[미쳤냐? <- 이게진심이다. 괘난오해마라]

띄어쓰기가 전혀 안 되어 있는 문자였지만 차빈은 단박에 이해했다.

'오, 오해는 무슨 오해?'

그녀는 벌겋게 달아오른 얼굴로 재빨리 답장을 보냈다.

[괜한 오해 안 해요. 당연히 물음표 보내려다가 실수하신 거구나 했어요.]

그런 다음 차빈은 휴대폰을 손에 꼭 쥔 채 그의 답장을 기다렸다. 하지만 그 후로 30분이나 흘러도 그녀의 휴대폰은 계속 조용했다. 침대에서 뒹굴거리며 연락을 기다리던 차빈의 인내가 한계에 다다랐다. 그녀의 입이 뾰로통하게 튀어나왔다.

'남자가 매너 없게 읽고 씹는 거야? '그래' 혹은 '응', 이 정도는 보낼 수 있는 거 아닌가? 뭐, 하긴. 쉰왕자는 남자가 아니라 바보니까.'

띠롱- 그때 그녀의 휴대폰으로 문자가 하나 도착했다. 순간 반색한 차빈이 재빨리 문자를 확인했다.

"아…… 시윤이네."

그러나 발신자는 하렴이 아니었다. 실망한 차빈의 두 눈에 시윤의 문자가 들어왔다.

[오늘도 수고했고, 잘 자요, 누나♡]

"얘까지 하트네. 오늘은 하트 풍년이네, 풍년."

차빈은 무심하게 휴대폰 화면을 끈 후 두 눈을 감았다. 하지만 휴대폰을 손에서 놓지는 않았다.

11. [야간기분이상했어]

아침부터 진이 사장실 문을 거칠게 열면서 들어왔다. 그의 목소리는 꽤나 격앙되어 있었다.

"너 기사 봤어?"

하렴은 보고 있던 휴대폰 화면을 그에게 내밀면서 대답했다.

"이 기사를 말하는 거라면, 읽고 읽고 또 읽었어. 지금 네 번째 읽는 중이었고."

하렴이 내민 휴대폰 화면에는 '(독점)도미호텔, 겉치레 이벤트 강행! 충격!' 이란 자극적인 제목의 기사가 있었다.

[도미호텔에서 지난 18일 이용고객들을 대상으로 로열 스위트룸을 무료로 제공하는 이벤트를 실시했다. 그런데, 당첨자 중 한 명이 호텔을 이용해본 적이 없는 고객이라는 충격적인 사실이 밝혀졌다. 그 고객은 도미호텔 사장의 비서로서, 올해 스물여섯의 아

리따운 여성이라고 한다. 조건에 맞지도 않은 당첨자를 내세운 도미호텔은 과연 무슨 생각이었던 걸까. 고객들은 바보가 아니다. 도미호텔은 이에 대한 확실한 해명이 필요할 것이다.

-인터넷월드 김진수 기자]

하렴의 입에서 긴 한숨이 터져 나왔다. 그때 사장실 문이 노크 소리와 함께 열리더니 차빈이 발랄한 모습으로 들어왔다.

"좋은 아침입니다, 사장님! 아, 총지배인님도 계셨네요?"

그런데 환하게 웃고 있는 그녀의 얼굴과는 대조적으로 사장실 안의 분위기는 침울 그 자체였다.

"무슨 일…… 있어요?"

어두운 분위기를 감지한 차빈이 조심스럽게 물었다. 하렴이 그녀를 노려보면서 되물었다.

"넌 출근할 때 인터넷 기사도 안 보면서 오냐?"

"꾸벅꾸벅 졸면서 와서요. 왜요? 사장님 기사 났어요?"

차빈이 호기심 가득한 눈빛으로 묻자 하렴이 그녀의 얼굴 앞으로 자신의 휴대폰 화면을 들이밀었다.

"읽어봐. 누가 기사 났는지."

다음 순간 차빈의 까만 눈동자가 눈앞의 기사를 읽기 시작했다. 기사를 읽는 그녀의 얼굴이 점점 굳어져갔다. 그 모습을 지켜보던 하렴이 그녀를 향해 물었다.

"너 우리 호텔 이용고객 아니었냐?"

"……네."

차빈이 고개를 푹 숙이며 대답하는 순간 하렴은 울컥 치솟는 화를 참지 못하고 책상에 있던 결재판을 집어 그대로 책상 위로 내려쳤다.

"사장 비서가 무슨 그런 실수를 하냐?"

그 엄청난 소리에 차빈은 어깨를 움츠렸다.

"죄, 죄송합니다."

"진정해, 하렴아."

옆에서 지켜보던 진이 하렴을 말리고 나섰다. 그때 차빈이 씩씩거리는 하렴을 향해 고개를 조아리면서 말했다.

"정말 죄송합니다. 제가 로열 스위트룸을 이용해볼 수 있다는 사실에 흥분해서 이벤트 내용을 잊고 있었습니다."

이건 명백하게 그녀의 실수였다. 그녀가 처음부터 이벤트 내용을 충분히 숙지하고 있었다면, 호텔고객이 아닌 자신이 당첨자에 적합하지 않다는 것 정도는 알 수 있었던 부분이었으니 말이다. 그러니 하렴이 저렇게 화를 내는 것도 무리는 아니었다.

그때였다. 사장실 문 너머로 노크 소리가 크게 들리더니 문이 거칠게 열렸다. 그리고 전무와 상무를 필두로 임직원 일곱 명 정도가 우르르 몰려 들어왔다. 그들은 일제히 상기된 얼굴로 하렴을 향해 목소리를 높였다.

"이게 어떻게 된 일입니까, 사장님? 겉치레 이벤트라뇨? 이게 말이나 됩니까?"

"이제 어쩌실 겁니까? 이 이벤트로 인해 도미호텔 이미지가 오히려 악화되었습니다."

"창립 이래 처음 있는 일입니다. 그러니 이번 사건에 대한 책임은 확실히 지셔야 할 겁니다."

"조사해보니 정말 저 이 비서는 우리 고객이 아니더군요. 어떻게 이런 말도 안 되는 실수가 있을 수 있습니까!"

전무의 차가운 시선이 차빈에게로 향했다. 서슬 퍼런 그의 눈빛에 차빈은 방금 하렴이 화낸 건 화낸 게 아니었구나, 란 생각까지 들었다.

"이 비서, 너 말이야."

전무가 화가 난 표정으로 차빈에게 다가서려는 순간 하렴이 그 앞으로 팔을 슥 뻗으며 막았다.

"제가 알아서 처리하겠습니다. 그러니 다들 돌아가주십시오."

이번엔 전무의 화난 표정이 하렴에게로 향했다.

"어떻게 처리하실 예정입니까?"

"확실하게 말씀을 해주십시오. 가더라도 확실한 해결책을 듣고 가겠습니다."

뒤에서 상무까지 거들고 나섰다. 하렴이 그들을 번갈아 쳐다보며 카리스마 있게 말했다.

"저를 못 믿으시겠다는 겁니까, 지금?"

"솔직히 말하면 쉽게 믿지는 못하겠습니다. 이런 상황을 만든 장본인이셔서."

하렴과 전무의 시선이 공중에서 첨예하게 맞부딪쳤다. 불꽃이라도 튈 것만 같은 그들의 대립에 차빈은 마른침을 꿀꺽 삼켰다. 이 상황을 만든 장본인은 하렴만이 아니었다. 더 이상 가만히 있을 수 없어진 차빈이 용기를 내서 앞으로 나섰다.

"사실은 제가, 로열 스위트룸을 이용해보고 싶어서 사장님께 부탁을 드린 겁니다. 그러니까 다 제 잘못입니다. 책임을 지더라도 제가 지겠습니다."

그녀의 말에 하렴의 눈동자가 크게 흔들렸다. 그의 흔들리는 시선이 그녀를 돌아보았다. 그녀는 지금 거짓말을 하고 있었다. 하렴은 거짓말을 하는 그녀를 도저히 이해할 수가 없었다.

'왜? 대체 왜? 무슨 이유 때문에 거짓말까지 하면서 자기 탓이라고 한단 말인가?'

그때 뒤에서 잠자코 상황을 지켜보고 있던 진이 나섰다.

"꼼꼼히 체크하지 못한 제 불찰도 있습니다. 죄송합니다."

진이 임직원들을 향해 정중하게 머리를 숙이고는 다시 입을 열었다.

"이번 건에 관해서 다시 한 번 제대로 자리를 마련하겠습니다. 그때 다시 얘기하시죠."

그 말에 전무와 상무 이하 직원들은 모두 어쩔 수 없다는 듯 사장실을 나갔다. 그들이 나가고 나자 진은 한숨을 내쉬었다.

"후우……."

언젠가 한 번은 이렇게 물어뜯으려고 달려들 줄 알았다. 하렴이 실수를 한 이번 기회가 딱 좋았겠지.

진이 눈썹을 찡그리며 고개를 돌리자 그의 시야로 차빈의 걱정 가득한 얼굴이 들어왔다. 그 얼굴을 본 진이 부드럽게 말했다.

"고마워요, 차빈 씨. 저런 못된 놈 두둔해줘서."

호텔 안에서 하렴의 편이라고는 자신밖에 없는 줄 알았다. 하지만 한 명 더 있었다.

"아니에요. 당연한 일을 한 거죠. 이번 일에 제 잘못이 정말 크니까요."

차빈의 말에 진은 그녀에게 고마움을 느꼈다.

"제가 대책을 강구해볼게요. 너무 걱정하지 말아요. 하렴이 너도."

진은 사장실을 나가기 전 차빈과 하렴에게 이렇게 말했다. 그가 가고 난 후 하렴은 아무 말 없이 복잡한 표정으로 의자에 앉았다.

"저도 나가보겠습니다."

차빈 역시 진을 따라 나가려고 하렴에게 꾸벅 인사를 한 다음 사장실 문 손잡이를 잡았다. 그때 하렴의 목소리가 작게 들려왔다.

"야."

그 한 단어에 차빈은 재빨리 그에게 다가갔다.

"왜요? 저한테 아직도 화가 안 풀리셨어요?"

"그게 아니라……."

"그럼요? 아까 제가 멋대로 나서서 그래요? 전 그냥 사장님만 너무 당하시는 것 같아서……."

그때 하렴이 자신의 가슴 한쪽을 손가락으로 가리키면서 말했다.

"나 여기가 간지러워."

그걸 본 차빈의 눈썹이 찡그려졌다.

"오글거린다는 거예요, 지금?"

"……그런가 봐."

"무슨 말을 그렇게 해요? 기껏 감싸줬더니."

차빈의 입에서 투덜거리는 소리가 나오자 하렴은 자신의 가슴을 가리키고 있던 손가락으로 그녀를 가리켰다.

"너."

"네."

"……나가."

하렴의 명령에 차빈은 황당했다.

"안 그래도 나갈 거거든요?"

이렇게 소리친 다음 그녀는 사장실을 박차고 나왔다.

늦은 밤, 아침에 있었던 일 때문에 차빈은 쉽게 잠이 들 수 없었다. 하루 종일 생각했던 일에 대해 또 생각했다.

이 걸치레 이벤트 사건을 해결할 수 있는 비책.

곰곰이 생각에 잠겨 있는 그녀의 귀로 휴대폰 문자 알람이 들렸다. 차빈은 무심한 표정으로 휴대폰을 들어 문자를 확인했다. 발신자는 하렴이었다.

[아깐기분이상했어]

'기분이 상했다는 거야? 아님 기분이 이상했다는 거야?'

띄어쓰기가 전혀 안 되어 있는 하렴의 문자를 보고 차빈은 고개를 갸웃했다. 아무리 하렴의 모든 걸 꿰뚫어보는 그녀라도 이번엔 좀 어려웠다.

[띄어쓰기 좀 제대로 해요. 무슨 말인지 모르겠으니까.]

하렴에게 답장을 보내고 난 다음 차빈은 다시 고민에 빠졌다. 그때 그녀의 휴대폰으로 또 문자가 도착했다.

[자라]

그 문자에 차빈은 피식 웃으며 답장을 보냈다.

[거북이]

[거북이? 미쳤냐?]

'역시 한국어 바보라 내 하이개그를 못 알아들었다. 개그도 내가 직접 설명을 해줘야 알려나?'

또다시 피식 웃는 차빈의 뇌리에 어떤 생각 하나가 번뜩였다.

'아, 맞다. 내가 왜 그 생각을 못했지?'

다음 순간 차빈은 재빨리 하렴에게 전화를 걸었다. 하렴의 목소리가 들리자마자 차빈은 그에게 선언했다.

"제가 인터뷰할게요!"

-뭐? 인터뷰?

지금 이 사건을 해결할 수 있는 건 그 기사에도 등장한 그녀 자신의 해명이었다.

"네! 해명 인터뷰요."

차빈의 생뚱맞은 말에 하렴은 당황한 듯 한동안 말을 잇지 못했다. 잠시 후 생각을 정리한 그가 말했다.

-그걸 꼭 해야 돼? 그냥 가만히 있지?

"안 돼요. 제가 저지른 일이니까 제가 해결하고 올게요."

-그럼 같이 가.

하렴의 목소리에 차빈은 두 눈을 동그랗게 떴다. 역시 이 남자, 못돼 처먹었는데 착하다.

"아니에요. 내일 아침에 저 혼자 다녀올게요."

-불안하니까 같이 가자고.

"아니에요. 전 사장님이랑 같이 가는 게 더 불안해요."

-왜?

그야, 당신이 한국어 바보니까.

"암튼, 저만 믿으세요!"

차빈은 자신만만하게 말했지만 반대편에서는 한숨을 내쉬었다.

-후우……. 왠지 불안한데…….

"걱정 마시고 저만 믿고 계세요. 그럼 안녕히 주무세요!"

당당하게 말한 후 차빈은 전화를 끊었다.

차빈은 어젯밤 김진수 기자에게 만나달라는 메일을 보냈고 5분도 안 되어 답장을 받았다. 메일에 그의 전화번호가 적혀 있었기에 차빈은 아침 일찍 그에게 전화를 걸었다. 그리고 일사천리로 약속 시간과 장소를 정했다.

이제 막 오픈한 호텔 근처 커피숍으로 들어온 차빈은 두리번거리면서 김진수 기자를 찾기 시작했다.

'분명 이벤트 날 본 기자들 중 한 명일 테지.'

부지런히 고개를 돌리며 아는 얼굴을 찾고 있는 차빈의 눈에 안경 낀 남자가 손을 들어 올리는 게 보였다.

"여기예요, 차빈 씨."

큰 덩치에 어깨까지 오는 곱슬머리를 가진 남자는 확실히 전에 한 번 본 적이 있는 기자였다. 차빈이 창가에 앉아 있는 김진수 기자에게로 다가서자 그가 싱긋 웃으며 손을 내밀었다.

"반가워요. 김진수라고 합니다."

내키지는 않았지만, 차빈은 웃으면서 그의 두꺼운 손을 잡았다.

"네, 반갑습니다. 이차빈입니다."

인사를 마친 차빈이 자리에 앉자마자 진수는 자리에서 일어섰다. 그가 뿔테안경을 밀어 올리며 치빈을 향해 물었다.

"뭐 마실래요?"

"아뇨. 전 인터뷰만 잠깐 하고 출근해야 돼서요."

"그래도 차는 마셔야죠. 뜨아 괜찮죠, 뜨아?"

순간 차빈의 동공이 흔들렸다.

"네? 뜨악……?"

"뜨악이 아니라, 뜨아요. 뜨거운 아메리카노. 요즘은 이렇게 줄여서 말하잖아요. 차빈 씨, 생긴 거랑 다르게 요즘 사람 같지 않네요."

말을 마친 진수가 안경 너머로 찡끗 윙크를 날리자 차빈은 뜨아고 나발이고 빨리 이 자리를 뜨고만 싶어졌다.

잠시 후 손에 커피를 두 잔 들고 돌아온 진수가 한쪽을 차빈에게 내밀면서 말했다.

"여기 뜨아 드세요. 참고로 저는 아아."

"네? 아아……?"

"아이스 아메리카노요."

'뜨거운 아메리카노는 '뜨아'면서 차가운 아메리카노는 왜 '아아'인 것인가!'

차빈이 속으로 궁얼거리고 있는 사이 진수는 여유롭게 커피를 마시면서 그녀를 관찰했다.

이차빈. 전에도 느꼈지만 확실히 이목구비가 오목조목하니 귀엽게 생긴 얼굴이다. 어울리기 꽤 어려운 단발머리도 얼굴이 작아서인지 매우 잘 어울렸다.

'하긴. 도미호텔의 사장 비서인데, 외모를 우선으로 봤겠지.'

이런 미모의 여비서가 도미호텔 걸치레 이벤트의 당사자라. 진수는 빨리 그 진실이 알고 싶어서 손이 근질거렸다.

"저한테 할 말이 있다고 하셨죠?"

진수가 뜨거운 커피를 호호 불어 식히느라 제대로 마시지도 못하고 있는 차빈에게 물었다.

"아, 네."

"이제 편하게 말씀하세요."

그가 또 찡끗 윙크를 날리자 차빈은 어색한 미소를 지었다.

'이 남자는, 말은 분명 편하게 하라는데 얼굴이 사람을 불편하게 만드는 재주가 있네?'

불편하게 느껴지는 진수에게서 시선을 내린 차빈이 차분하게 말을 시작했다.

"사실은, 제가 도미호텔을 진짜 좋아해요. 좋아하는 걸 넘어서 동경해요. 우리나라에서 몇 안 되는 대표적인 럭셔리호텔이잖아요? 그런데 저는 도미호텔의 로열 스위트룸을 이용해본 적이 단 한 번도 없어요. 아니, 로열 스위트룸뿐만 아니라 도미호텔 자체를 이용해본 적이 없습니다. 취업 준비 기간이 길어서 여유로운 삶을 살지 못했으니까요. 암튼, 그런 저를 불쌍히 여긴 사장님께서 당첨자 한 분이 취소된 자리에 저를 넣어주신 것뿐이에요. 사장님께는 정말 감사한 마음뿐이랍……."

그때 차빈의 말을 자르며 진수가 빠르게 물었다.

"은인 같겠군요?"

은인? 그렇게 오버할 일인가 싶긴 한데…….

"그런가? 아, 네, 뭐……."

"흐음. 그렇군요."

진수가 재미있는 이야기를 들었다는 듯 흥미로운 표정을 짓자 차빈이 재빨리 말했다.

"암튼, 그러니까 기사요, 제 입장에서 한 번만 더 써주시면 안 될까요? 사실 사장님은 제가 로열 스위트룸만 이용해본 적 없는 줄 알고 절 추천하신 거예요. 제가 호텔 이용고객이 아니라고 밝히질 않았거든요. 그러니까 전적으로 제 잘못이에요."

애절해 보이는 차빈의 눈빛에 진수는 환한 미소를 지었다.

"사장님이 참 좋은 분이시군요?"

"네! 그럼요."

"얼굴도 잘생기셨고?"

갑자기 얼굴 얘기는 왜 하지? 잘생기긴 했는데…….

"네, 그렇죠."

"완벽한 남자네요."

"아, 뭐, 그렇죠."

차빈이 떨떠름한 표정으로 고개를 끄덕이자 진수가 호쾌하게 웃으면서 말했다.

"좋습니다. 차빈 씨와의 인터뷰를 독점기사로 써드리죠."

"감사합니다!"

밝게 웃던 차빈이 뭔가 이상한 점을 느끼고 고개를 갸웃했다. 잠시 후 그녀가 의문을 담은 눈빛으로 진수에게 물었다.

"그런데 메모나 녹음을 안 하셨던 것 같은데, 기사는 어떻게 쓰세요?"

"괜찮습니다."

그 순간 진수가 오른손 검지를 들어 올리며 자신의 곱슬머리를 가리켰다.

"이 명석한 두뇌가 다 기억하고 있거든요."

……아까부터 참 부담스러운 남자다.

"그럼 오후에 독점으로 뜰 기사를 꼭 읽어주시기 바랍니다."

"아, 네. 감사합니다."

말을 마친 진수는 천천히 자리에서 일어섰다. 그리고 차빈을 향해 손바닥을 뻗으며 인사를 건넸다.

"아디오쓰!"

진짜 겁나 부담스러운 남자다. 다신 안 만나고 싶을 만큼.

바람처럼 사라지는 진수의 모습에 차빈은 떨떠름한 표정으로 고개를 설레설레 저었다. 다음 순간 그녀도 자리에서 일어나 호텔로 향했다.

차빈의 출근을 초조하게 기다리는 이가 있었다.

"잘 하고 왔냐?"

사장 비서실 책상에 엉덩이를 대고 비스듬히 서 있던 하렴이 엘리베이터에서 내리는 차빈을 향해 다짜고짜 물었다.

"그럼요. 설마 그거 때문에 나와 계신 거예요?"

차빈이 활짝 열려 있는 사장실 문과 하렴을 번갈아 쳐다보며 묻자 하렴이 엉덩이를 떼고 그녀에게 다가섰다.

"뭐라고 했는데?"

"제가 잘 알아서 했어요."

"어떻게 알아서 했는데?"

"제가 설명하면 다 알아요? 한국어도 아직 서투신 분이?"

자신을 무시하는 차빈의 어투에 하렴은 사납게 눈썹을 구겼다.

"너 한국어 좀 잘한다고, 건방지지 마!"

"이봐, 이봐. 지금도 이상한 소릴 하잖아요? 보통 그럴 땐 건방 떨지 말라고 하는 거예요."

"그래! 그거. 건방 떨지 마."

하렴이 무슨 말을 하거나 말거나 차빈은 자신의 자리에 앉으며 컴퓨터 화면을 켰다. 그리고 아침에 도착해서 제일 먼저 하는 일인

이메일 확인을 했다. 그녀의 모습을 지켜보던 하렴은 말없이 혀를 쯧, 하고 찬 다음 몸을 돌렸다. 그때 그의 등 뒤에서 차빈이 말했다.

"본사에서 메일 온 거 있던데 확인 좀 해보시고요, 전 홍보팀 가서 사장실 복도에 놓을 각국 팜플릿 좀 가져올게요."

그 순간 하렴이 묘한 미소를 지으며 고개를 돌렸다.

"팜플릿?"

이해하지 못한 듯한 하렴의 표정을 본 차빈이 허리에 양손을 척 올리며 득의양양하게 대답했다.

"어떻게 팜플릿도 몰라요? 그 왜, 책자 있잖아요, 소책자. 호텔 내부 사진도 있고 소개글도 있고……."

"아아, pamphlet."

하렴이 뱉어낸 완벽한 본토발음에 차빈은 순간적으로 얼굴을 붉혔다. 이내 그녀가 붉어진 얼굴로 나직하게 말했다.

"잘난 척하지 마요."

"너도 하잖아."

"진짜 유치해요."

"지는."

할 말이 없어진 차빈은 하렴의 시선을 피해서 냉큼 엘리베이터로 달려갔다.

차빈은 오후에 새로 뜬 기사를 읽고 또 읽었다. 그리고 지금 세 번째 읽는 중이었다.

[(독점)도미호텔 사장 여비서 L양 인터뷰, 그녀는 현대판 신데렐라?]

김진수 기자가 독점으로 쓴 기사의 제목은 이러했다.

"어떻게 내 인터뷰를 이런 식으로 낼 수가 있지?"

차빈은 황당함에 입이 다물어지지 않았다.

[도미호텔 내부에서 부는 핑크빛 바람?]

기사 소제목도 참 거시기했고 인터뷰 내용 역시 심각했다.

[L양: 저는 도미호텔을 아주 좋아합니다. 그런데 로열 스위트룸을 이용해본 적이 한 번도 없어요. 로열 스위트룸뿐만 아니라 도미호텔 자체를 이용해본 적이 없답니다. 남들에 비해 정말 빈곤한 삶을 살았거든요. 그런 제 사정을 아시고 불쌍히 여긴 사장님께서 당첨자 한 분이 취소된 자리에 저를 넣어주셨어요. 사장님은 정말 제게 은인과도 같은 분이랍니다. 이번 일은 전적으로 이벤트 내용을 충분히 숙지하지 못하고 그 제안을 받아들인 제 잘못입니다. 사장님은 제가 도미호텔 이용고객이 아니란 사실까진 모르셨거든요.

도미호텔 사장님은 어떤 분이냐는 본 기자의 질문에 L양은 수줍게 웃었다.

L양: 사장님은 정말 너무 멋있고 좋은 분이세요. 그야말로 완벽남이랄까? 얼굴도 잘생기셨고요. 헤헤-

인터뷰를 하는 내내 L양은 도미호텔 사장 이야기가 나올 때마다 두 볼을 붉혔다. 그녀의 수줍은 소녀와도 같은 모습에 본 기자도 같이 설레고 말았다.]

"이 기자는 대체 왜, 기사가 아니라 드라마 극본을 쓴 거지?"

차빈은 괴로움에 두 손으로 자신의 단발머리를 움켜쥐었다. 그 순간 하렴이 사장실 문을 벌컥 열고 나왔다.

"너 정말 마지막에 이렇게 웃었냐?"

차빈이 머리카락을 움켜쥔 채 고개를 번쩍 들어올렸다.

"웃었겠어요? 그것도 헤헤?"

울 것같이 일그러져 있는 차빈의 얼굴을 본 하렴이 그녀에게로 성큼성큼 다가가며 물었다.

"넌 대체 인터뷰를 어떻게 했기에 이딴 기사가 나냐?"

"저도 황당해요, 정말."

차빈의 고개가 다시 땅을 향해 숙여졌다. 그때 사장실 층 엘리베이터가 열리고 그 안에서 진이 내렸다.

"기사 봤구나?"

"봤으니까 왔지."

진은 쿨하게 대답하고는 차빈을 지그시 응시했다. 그의 시선에 차빈은 애절한 표정으로 말했다.

"저 정말 이렇게 인터뷰 안 했거든요?"

"그래도 내용에 거짓은 없죠?"

"그렇긴 하지만……."

차빈이 말끝을 얼버무리자 그녀를 보고 있던 하렴의 눈빛이 달라졌다. 하렴의 변화를 눈치챈 차빈이 서둘러 말했다.

"그렇지만 이거 다 유도신문이었어요. 기자가 이런 말을 유도하더라고요. 사장님이 좋은 분이냐고 잘생겼냐고 묻는데 아니라고 할 순 없잖아요?"

"누가 뭐래?"

"방금 사장님 눈빛에 거만이 가득 차 있었단 말이에요."

"거만은 무슨. 사실인데, 뭐."

"그러니까 그거요. 그게 거만이에요."

또다시 두 사람의 말다툼이 시작될까 봐 진은 서둘러 자신의 말을 꺼냈다.

"어쨌든, 여론은 긍정적으로 돌아가고 있는 것 같아."

그 말에 하렴이 순간 반색했다.

"그래?"

"응. 너, 왕자를 넘어서 스타가 됐어, 인마."

스타? 차빈과 하렴은 어리둥절했다.

그러나 진의 말은 사실이었다. 인터뷰가 올라온 그때부터 호텔 내부에서는 만나는 직원들마다 신왕자에 대한 이야기를 할 정도니 말이다.

"이 비서 인터뷰 봤어? 신왕자 완전 멋있더라!"

"역시, 괜히 왕자님이 아니라니까."

여직원들은 모두 불쌍한 비서를 향한 사장의 깊은 배려에 큰 감동을 받았고 더욱더 그를 찬양하기 시작했다.

"그거 알아? 신왕자 진짜 왕자설 도는 거?"

"맞아! 완전 멋있어! 호텔 안에 팬이 더 는 거 같더라."

하렴은 정말 차빈의 인터뷰로 인해 일약 스타대표가 되었다. 여기저기서 하렴을 찬양하는 목소리를 들으면서 차빈은 로비로 내려왔다. 그리고 자연스럽게 안내데스크에 있는 선영과 희진에게 다가갔다. 다가가는 동안 그녀들의 대화가 귀에 들려왔다.

"이번에 신왕자 별명 바뀌었잖아."

"어떤 걸로?"

"신스타."

풋- 웃음이 터진 차빈이 그녀들의 뒤에서 인사를 건넸다.

"언니들, 안녕하세요!"

선영과 희진이 천천히 고개를 돌려 그녀를 보았다. 환하게 웃고 있는 차빈과 대조적으로 그녀들의 표정은 싸늘했다.

"차빈 씬 좋겠다? 완전 신데렐라가 따로 없네?"

비꼬는 듯한 선영의 어투에 차빈은 깜짝 놀라 눈이 커졌다. 선영 옆에서 희진도 그녀를 향해 말했다.

"부럽다! 이제 신스타랑 사귀는 거야?"

"아니에요, 그런 거."

차빈이 서둘러 부정했지만, 그녀들은 이미 단단히 오해를 한 듯 계속 차가운 시선을 보냈다.

"차빈 씬 든든한 빽 있어서 좋겠다. 빽 없는 우린 열심히 일할게."

"그래. 운도 없는 우리는 그냥 일이나 해야지."

인터뷰 때문인지 선영과 희진의 태도가 전과 많이 달라졌다. 그런데 달라진 건 그녀들만이 아니었다.

12. [This too shall pass away]

요 며칠 차빈은 급격하게 달라진 주변 공기 때문에 꽤 난감했다.

사내식당으로 들어선 차빈은 자신을 쳐다보는 직원들의 시선에 고개를 푹 숙이고 말았다. 설마 그 인터뷰가 자신을 왕따의 길로 인도할 줄 누가 알았겠는가?

"쟤야?"

"어. 사장님한테 꼬리친 애."

"완전 현대판 신데렐라네."

차빈은 절망했지만, 이내 극복해냈다.

'괜찮다. 나는 괜찮다.'

어쨌든 자신의 인터뷰로 인해 도미호텔의 겉치레 이벤트 의혹은 쏙 들어갔으니 말이다. 그러니 현대판 신데렐라니 뭐니 해서 쉰 왕자는 저 하늘 위로 올라가고 자신은 나락으로 떨어진 것 정도는 괜찮다, 정말.

차빈은 식판을 들고 걷다가 제일 구석에 있는 식탁으로 가서 앉았다. 남들 눈 신경 쓰지 않으려고 노력하며 밥을 먹기 시작했다. 하지만 자신이 있는 식탁으론 아무도 오지 않는다는 사실을 깨닫고 다시 한 번 절망했다.

"왕따냐?"

"……!"

왕따한테 왕따라고 하는 저 섬세함 부족한 사람이 누군가 했더니 하렴이었다. 불만 어린 눈빛으로 그를 올려다본 차빈이 퉁명스럽게 물었다.

"사내식당까진 웬일이세요?"

"그냥 걷다 보니 여기더라."

하렴이 그녀가 앉은 식탁 앞에 우두커니 멈춰 섰다.

"걷다 보니 지하까지 내려왔다고요?"

"그렇다고 해두자."

차빈은 숟가락을 손에 쥔 채 그를 물끄러미 응시했다. 그리고 잠시 후 작아진 목소리로 말했다.

"저 요즘 왕따 당하는 거 알고 있었어요?"

"대충."

"그럼 지금도 우리가 같이 있으면 안 좋은 것도 알고 있겠네요?"

지금 호텔 내부에는 가난한 차빈이 왕자 하렴을 유혹했다는 설이 퍼진 상태였다. 그러니 두 사람이 같이 있음으로써 그 설에 힘을 실어줄 필요는 없을 것 같았다.

"사장이 비서랑 있는 게 뭐가 이상해?"

"……아뇨. 안 이상하네요."

생각해보니 그것도 그랬다. 그래서 차빈은 그냥 수긍하고 다시 밥을 먹기 시작했다. 그때 하렴이 그녀를 향해 말했다.

"오늘 마케팅팀 회식 있어. 저번 이벤트 잘 끝난 기념으로 내가 회식 쏘기로 했거든."

말을 마친 하렴이 그녀의 반대편 의자에 앉았다. 그를 보며 차빈이 조심스레 물었다.

"저도…… 가야겠죠?"

"당연히 가야지. 내가 가니까."

차빈이 주저주저하면서 다시 입을 열었다.

"마케팅 팀원들이 별로 좋아할 것 같진 않은데요."

"팀원들 때문에 가냐? 나 때문에 가는 거지."

"그래도……."

어깨를 축 늘어뜨리며 말을 잇지 못하는 차빈의 모습에 하렴은 이상하게 화가 났다.

"그러니까 내가 인터뷰 하지 말랬잖아."

"……."

"이게 뭐냐? 너만 괜히 신데렐라병 걸린 애 되고."

다소 신경질적인 하렴에게로 차빈의 덤덤한 눈빛이 향했다. 하렴이 그녀와 눈을 마주치자 차빈이 통달한 듯이 말했다.

"이 또한 지나가리라."

"뭐? 너 지금 반말했냐?"

"그런 유명한 말이 있어요. 가만히 두면 시간에 따라 흘러갈 거라는 뜻이죠."

말을 마친 차빈이 씨익 웃었다. 그 미소에도 하렴은 묘하게 화가 났다. 그때 차빈이 그를 향해 불쑥 물었다.

"점심은 먹었어요?"

"아니."

"그럼 뭐 좀 먹어요. 제가 밥 퍼다 드릴까요?"

차빈이 자리에서 일어서려고 하자 하렴이 손을 뻗으며 말렸다.

"됐어. 안 먹을래. 속이 좀 안 좋아."

"어떻게 안 좋은데요? 체한 것 같아요?"

"그게 아니라……."

하렴은 요즘 자신의 신체에 일어나고 있는 미묘한 변화를 감지하고 있었다. 언제부터였는진 모르겠지만, 확실히 느껴졌다.

"난 요즘 너만 보면 막 속이 울렁울렁해."

하렴의 말에 차빈의 두 눈이 동그래졌다.

"뭐예요, 그게? 토할 것 같다는 말이에요?"

"비슷해."

"뭐 이런 남자가 다 있어? 그게 숙녀한테 할 말이에요?"

차빈이 버럭 화를 내는 순간 하렴이 자신의 입가로 손을 올렸다.

"나 지금도 조금……."

"토하지 마요. 저 밥 먹는데!"

"조금만 실례할게."

"조금도 하지 마요!"

암튼 이 남자는 정말 이상한 남자다.

차빈은 결국 하렴을 따라서 마케팅팀 회식이 있는 가라오케로

왔다. 그러나 얼마 지나지 않아 자신의 선택을 후회했다.

역시, 오지 말 걸 그랬다. 회식이 시작되자마자 하렴은 미국 본사에서 온 전화 연락 때문에 밖으로 나갔고 그 후 1시간이 흘렀다. 그 1시간 동안 차빈은 계속 혼자였다.

마케팅 팀원 누구 하나 그녀에게 말을 걸지도 술을 권하지도 않았다. 그야말로 그녀는 불청객이었고 이방인이었다.

가시방석에라도 앉아 있는 듯한 느낌에 차빈은 천천히 자리에서 일어섰다. 그리고 조용히 가라오케 룸을 빠져나왔다. 결국 도망을 친 것이다.

터덜터덜 가라오케를 빠져나온 차빈은 가게 앞에 쪼그리고 앉아버렸다. 솔직히 이대로 집으로 돌아가고 싶지는 않았다. 하지만 그렇다고 다시 안으로 들어갈 용기도 없었다.

"뭐 하냐?"

갑자기 들린 목소리에 차빈은 깜짝 놀라 고개를 들었다. 바지 주머니에 양손을 찔러 넣은 채 서 있는 하렴이 보였다.

"……그냥요."

차빈은 힘없이 대답하며 다시 고개를 숙였다. 그녀의 정수리를 내려다보며 하렴이 말했다.

"들어가자. 답잖게 청순 떨지 말고."

그 목소리에 차빈은 피식 웃으며 고개를 들었다. 그녀가 자신의 턱 아래로 두 손을 가져가더니 꽃받침을 만들어 보였다.

"제가 그렇게 청순해요?"

"뭐?"

갑작스런 그녀의 행동에 하렴은 멈칫했다. 그 모습을 본 차빈은 웃음이 터졌다.

"청순이 아니라 청승. 지금 제가 하고 있는 짓이요. 청승 떨지 말라고 하는 거예요."

"그래. 그거 떨지 말고 들어가자고."

하지만 차빈은 쉬이 일어서지 못했다. 주저하는 그녀의 곁으로 하렴이 다가서는 순간 차빈이 입을 열었다.

"직원들이 저 싫어하는 거, 전 다 이해해요."

그녀가 땅바닥으로 시선을 내리며 혼잣말처럼 중얼거렸다.

"저는 스펙도 별 볼 일 없는데 그저 운이 좋아서 사장님의 비서가 된 거고, 또 사장님 덕분에 당첨자 대신으로 로열 스위트룸을 이용해볼 수 있었던 거니까요."

그녀의 앞에 멈춰 선 하렴은 말없이 두 팔에 팔짱을 꼈다. 그사이 차빈은 손가락으로 땅바닥을 톡톡 건드리면서 말을 이었다.

"근데 알고 보니까 저는 이벤트 대상자에 적합하지도 않았던 거였잖아요. 그런 제가 얼마나 얄미워 보이겠어요."

자조적인 미소를 지은 차빈이 하렴을 향해 고개를 들어 올렸다. 그리고 말간 얼굴로 공중에 한숨을 내쉬었다.

"아마 반반한 얼굴 하나 믿고 까부는 것처럼 보이겠죠."

"만만한 얼굴 아니고?"

하렴의 대꾸에 차빈은 웃음을 빵 터뜨렸다.

"푸핫- 이젠 한국어로 조크까지 하시네."

하렴은 어깨까지 떨면서 웃는 차빈의 모습을 가만히 지켜보았다. 그렇게 한참을 웃던 차빈이 갑자기 자리에서 일어섰다. 그러고는 하렴을 빤히 쳐다보며 말했다.

"그래도 전 행복했어요."

"뭐?"

예상치 못한 그녀의 말에 하렴은 두 눈을 크게 떴다.

"불참한 당첨자 대신에 들어가게 된 거였지만 그 안에서 전 행복했다고요."

자신을 향해 진지하게 말하는 차빈의 얼굴을 보던 하렴은 또다시 이상한 증상을 느꼈다. 그래서 자신의 가슴 쪽으로 손을 올렸다.

"표정이 왜 그래요? 설마, 또 토할 것 같아요?"

차빈이 놀란 얼굴로 물었다. 그 목소리에 하렴은 손을 더 위로 올려 입을 가렸다.

"조금."

"어우, 그러지 마요, 진짜."

"안 토할게. 들어가자."

하렴이 손을 내리며 그녀에게 제안하자 차빈은 순간 당혹스럽단 표정을 지었다.

"들어가자고. 안 어울리게 여기 이러고 있지 말고."

다음 순간 하렴은 가게 안쪽으로 안내하듯 오른팔을 쭉 뻗었다.

"가시죠, 아가씨?"

에스코트하는 듯한 그의 행동에 차빈은 어쩔 수 없이 걸음을 옮겨 다시 가게 안으로 들어갔다.

가라오케 룸으로 하렴과 차빈이 들어서자 모두 반기는 표정을 지었다. 다행히 하렴과 같이 있는 차빈에게는 직원들이 친절히 말을 걸어주었다.

"차빈 씨, 어디 갔다 왔어? 계속 찾았는데."

마케팅팀 여자 대리의 질문에 차빈은 어색하게 웃으며 대답했다.

"아, 네. 화장실이요."

"그래? 암튼, 내 술 한잔 받아, 차빈 씨."

김 대리는 미소 띤 얼굴로 차빈에게 술을 권했다. 차빈의 잔을 채운 김 대리가 한쪽 눈으로 찡끗 윙크를 하면서 말했다.

"원샷인 건 알지?"

"네, 그럼요."

독한 양주였지만, 차빈은 깨끗하게 잔을 비웠다.

"제 잔도 받아요, 차빈 씨."

그 후, 다른 여직원들도 차빈의 잔에 술을 채우기 시작했다.

"저랑도 한잔해야죠, 차빈 씨."

"내 것도 받아. 차빈 씨 그동안 수고 많았으니까."

이쯤 되니 고의적인 괴롭힘이란 생각이 강렬하게 들었다. 하지만 차빈은 군말 없이 웃으며 술잔을 받았다.

"제가 한잔 따라드리겠습니다."

그때 그녀들 사이로 누군가 양주 든 손을 불쑥 들이밀었다. 차빈을 포함한 여직원들이 고개를 돌리자 그 손의 주인공인 하렴이 그녀들을 향해 씨익 웃었다.

"어머, 사장님!"

그 미소에 여직원들의 눈이 하트가 되는 순간 하렴이 김 대리의 잔을 가리키면서 말했다.

"잔이 비었네요, 김 대리?"

김 대리가 반색하며 잔을 들어올렸다.

"어머, 저요? 감사합니다, 사장님."

그녀에게 술을 따라주는 하렴을 보면서 차빈은 고개를 갸웃했다.

"사장님, 술 센 편이세요?"

그때 한 여직원이 하렴을 향해 물었다.

"조금이요. 여러분들은 어때요?"

하렴이 웃는 얼굴로 묻자 여직원들은 너도나도 자신의 대답을 쏟아내기 시작했다.

"저는 조금 약한 편이에요."

"저는요, 정말 약해서 얼굴이 금방 빨개져요."

갑자기 그답지 않게 여직원들한테 친절하게 구는 하렴이 차빈은 조금 당황스러웠다.

'갑자기 왜 저래, 쉰왕자? 안 어울리게.'

어쨌든, 차빈은 하렴 덕분에 여직원들의 괴롭힘에서 벗어날 수 있었다. 하지만 여직원들에게 둘러싸여 있는 하렴의 모습을 보면서 알 수 없는 감정에 휩싸여야 했다.

'설마, 날 도와준 건가? 에이, 아니야. 아닐 거야. ……근데 만약 도와준 게 맞다면? 그렇다면, 대체 왜?'

차빈은 여직원들을 향해 웃어주고 있는 하렴을 보며 복잡한 표정을 지었다.

'왜 또 못돼 처먹은 주제에 착한 건데!'

아침 일찍 진이 사장 비서실로 모습을 드러냈다.

"차빈 씨, 좋은 아침."

"안녕하십니까."

그의 등장에 차빈은 자리에서 일어나며 그에게 인사를 건넸다.

"하렴이는요?"

진이 굳게 닫혀 있는 사장실 문을 보며 물었다.

"아직 출근 전이세요."

사장실 복도를 휙 둘러보던 진이 갑자기 생각났다는 듯 차빈을 쳐다보았다. 그의 두 눈이 반짝거렸다.

"차빈 씨, 이제 일한 지 두 달 가까이 되지 않았어요?"

"아, 네. 벌써 그렇게 됐네요."

"그럼 이제 정직원으로 전환해야겠네요. 약속한 한 달을 훌쩍 넘겼으니."

진의 말에 차빈의 표정이 확 밝아졌다. 듣던 중 반가운 소리였다. 그런데 그 순간 그녀의 머릿속에 걱정거리가 떠올랐다.

"근데 여기서 제가 정직원으로 전환되면 더 의심을 사지 않을까요?"

"의심?"

"안 그래도 다들 저랑 사장님 사이를 그렇고 그렇게 보니까."

"아아……. 인터뷰 기사 때문에 요즘 좀……."

그때 대화를 나누고 있던 그들의 뒤로 하렴이 나타났다.

"요즘 좀 뭐가?"

"하렴아."

진이 고개를 돌리자 어두운 체크무늬 슈트를 입은 하렴이 그들에게로 성큼성큼 다가왔다.

"약속한 한 달이 지났으니 정직원이지."

"그래도 요즘 분위기가 좀……."

"그러니까 그 좀 뭐? 그 좀 뭐가 약속을 깰 이유가 되진 않아."

단호한 어조로 말하는 하렴 때문에 진과 차빈은 어리둥절했다. 당황한 두 사람에게 하렴이 말했다.

"This, too, shall pass away."

"이 또한 지나가리라?"

진이 하렴의 말을 한국어로 바꾸자 차빈이 놀란 눈으로 하렴을 쳐다보았다. 하렴이 그녀를 마주 보면서 말했다.

"네가 한 말이잖아."

그 말이 무슨 의미인지 차빈은 얼마 지나지 않아 알 수 있었다.

그날 이후로 하렴이 달라졌다. 아주 이상해졌다. 여직원들의 인사를 미소와 함께 받아주는 것은 물론이고, 그녀들에게 말을 걸 때도 있었다. 게다가 그렇게 웃음에 인색하더니, 이젠 누구를 보든 웃는다. 그것뿐만 아니라 어제는 안내데스크 직원들에게 사비로 점심을 대접했다. 바로 선영과 희진에게 말이다.

차빈은 그의 변화를 옆에서 지켜보면서 기함을 금치 못했다. 그가 낯설어서 견딜 수가 없었다.

"신스타, 요즘 인사 잘 받아주지 않아?"

"어. 그리고 아까도 나한테 미소 짓더라?"

"나한테도 웃어주던데?"

엘리베이터 안에서 차빈은 여직원들끼리 하렴에 대해 이야기하는 걸 엿듣고 쓴웃음을 지었다.

확실히 하렴은 달라졌다. 하지만 그녀한테만은 똑같았다.

오늘 아침에도 사다준 커피가 식었다고 자신한테 궁뎅이라고 했다. 굼벵이라고 말하고 싶었던 것 같은데, 듣자마자 충격을 받았다. 그래서 홧김에 하렴과 한바탕 싸우고 말았다.

엘리베이터에서 내린 후 차빈은 터덜터덜 힘없이 로비를 지나고 있었다. 그런데 그때 갑자기 선영이 달려와서는 그녀를 안내데스크로 데려갔다.

"차빈 씨, 잠깐만 이리 와봐."

"네. 무슨 일이세요?"

선영은 주변 눈치를 보더니 차빈을 향해 작게 속삭였다.

"요즘 신스타 말이야, 약간 카사노바 느낌 나지 않아?"

"네?"

차빈이 깜짝 놀라자 선영 옆에 있던 희진이 그녀의 팔을 붙잡으며 말했다.

"나한테도 막 눈웃음 흘리던데?"

"네? 눈웃음이요?"

"차빈 씨한텐 어때? 똑같아?"

"아, 네. 똑같아요."

너무 똑같아서 탈이죠. 차빈이 떨떠름한 표정을 짓는 순간 선영이 웃는 얼굴로 입을 열었다.

"요즘 신스타 별명이 뭔 줄 알아?"

"뭔데요?"

"신바람."

순간 차빈은 웃음을 터뜨렸다. 그 남잔 별명도 참 많다. 신왕자에 쉰왕자에 신스타에 이젠 신바람이라니.

"이 여자 저 여자 홀리고 다니잖아, 요즘."

"응, 꼭 바람둥이 같아. 혹시 차빈 씨도 가지고 논 거 아닐까?"

희진이 걱정하듯이 던진 말에 차빈은 순간 두 눈을 크게 떴다.

"글쎄요. 저는 잘 모르겠는데요."

선영과 희진이 그녀를 안쓰럽다는 눈빛으로 쳐다보았다.

"그렇게 순진해서 이 험난한 세상 어떻게 살래?"

"그러게. 차빈 씨 너무 순하고 착하네."

차빈은 선영과 희진의 태도가 전처럼 친근해져서 좋았다. 하지만 가슴속에선 뭔가 찜찜했다.

사장 비서실로 돌아온 차빈은 생각에 잠긴 얼굴로 책상에 앉았다.

'요즘 쉰왕자가 대체 왜 그럴까?'

알고 싶었다. 그가 왜 갑자기 카사노바 코스프레를 하고 있는 건지. 그때 사장실 문이 열리고 하렴이 무표정한 얼굴로 나왔다.

"나 퇴근."

그는 쿨하게 두 마디 던지고는 엘리베이터 쪽으로 걸음을 옮겼다. 차빈은 그 모습을 가만히 지켜보다가 자리에서 벌떡 일어나 그에게 달려갔다.

그녀가 엘리베이터 앞에 서 있는 하렴의 팔을 덥석 잡았다.

"뭐야."

하렴이 자신의 팔을 잡고 있는 차빈의 얼굴을 내려다보며 눈썹을 치켜 올렸다.

"요즘 왜 그래요?"

"뭐가."

차빈의 질문에 하렴은 시큰둥한 표정으로 되물었다.

"요 며칠 여직원들한테 친절하잖아요. 웃어주는 것도 그렇고."

"웃어주는 게 뭐 어때서? 그리 특별한 일도 아니잖아."

"그동안은 안 하셨던 일이니까 그렇죠."

차빈이 침울한 어조로 말했지만, 하렴은 계속 시큰둥한 표정을 짓고 있을 뿐이었다. 그 순간 차빈이 답답하다는 듯이 목소리를 높였다.

"왜 그래요, 정말? 그러지 마요. 안 어울려요."

하렴이 나직이 한숨을 내쉬며 그녀를 지그시 응시했다. 한참 후 그가 입을 열었다.

"앞으로 일주일. 다음 주까지만 참아."

"왜요?"

"……."

하렴이 대답을 안 하자 차빈은 도저히 이해할 수가 없다는 표정으로 소리쳤다.

"요즘 사장님 별명이 뭔 줄 알아요? 신바람이에요, 신바람! 바람둥이라고요!"

"뭐, 어때."

하지만 하렴의 반응은 쿨했다. 그 반응에 차빈은 속이 상했다.

"정말 왜 그래요? 갑자기 그러니까 적응이 안 돼요. 대체 뭐 때문에 그러는……."

"This, too, shall pass away."

그때 하렴이 그녀의 말을 자르며 영어로 말했다. 그 말을 듣자마자 차빈은 화를 냈다.

"안 지나가면요? 사장님 이미지만 망가지면 어쩌려고……!"

"지나가. 다 지나가게 돼 있어."

"안 지나갈 수도 있잖아요!"

"아니. 그럴 일은 없어. 다 지나가는 거야. 그 증거로, 너 요즘 왕따 안 당하지?"

"……!"

그 순간 차빈의 모든 움직임이 멈췄다.

"네 왕따가 지나갔듯이, 내 바람도 지나가."

'이 남자, 설마 나 때문에 그런 건가……? 일부러 자기 이미지 안 좋게 해서 자신과 소문에 휩싸인 나에게 동정론을 일게 하려는, 그런 건가? 설마……. 말도 안 돼.'

그럴 리 없다고 생각하면서도 차빈은 하렴을 향해 조심스레 물었다.

"사장님 혹시, 저 때문에 일부러 바람둥이 흉내 내고 계신 건 아니죠?"

하렴이 고민도 없이 즉답했다.

"아니. 너 때문인데?"

차빈은 머릿속이 혼란스러웠다. 자신의 사내 따돌림을 없애주고자 일부러 바람둥이 이미지를 만들고 있다고? 대체 왜?

그녀가 생각하기에 이를 설명할 수 있는 이유는 단 하나뿐이었다.

"사장님, 혹시…… 저 좋아하세요?"

그녀의 질문에 하렴은 차빈을 지그시 쳐다보면서 나직하게 대답했다.

"내가 무슨 말을 할진 알고 있지?"

차빈이 고개를 끄덕였다. 두 사람이 동시에 입을 열었다.

"미쳤냐?"

"미쳤냐?"

그렇게 두 사람은 똑같이 하렴의 말버릇 아닌 말버릇을 내뱉었다. 잠시 후 하렴이 다시 입을 열었다.

"난 단지 왕따가 싫어서 그랬을 뿐이야. 미국에서 학교생활 할 때 나도 종종 당했었거든."

그의 설명을 들은 차빈은 그제야 납득한다는 듯 천천히 고개를 끄덕였다.

"아아. 그랬군요."

"근데 나 같은 경우는, 잘나서 당했지. 나는 어릴 때도 잘생겨서, 농구부 주장의 여자친구가 나 좋다고 쫓아다녔었거든. 인기가 많아서 시기와 질투도 많았지."

하렴의 얼굴에 거만한 미소가 걸렸다. 그걸 본 차빈이 떨떠름한 표정으로 말했다.

"암튼, 저 때문이라면 이제 그만 웃어주셔도 돼요. 여직원들이 저한테 다시 친절해졌거든요."

"그래?"

하렴은 잠시 생각에 잠긴 듯 조용히 있더니 이내 자신의 얼굴을 만지면서 말했다.

"그러지, 뭐. 안 그래도 안면마비에 근육 올 뻔했거든."

그 순간 차빈이 크게 웃음을 터뜨렸다.

"푸하하하-"

"뭐야. 왜 웃어?"

"안면근육에 마비 올 뻔했다고 해야죠. 앞뒤가 바뀌었잖아요. 하하하-"

그제야 하렴은 자신의 말실수를 깨닫고 피식 웃었다. 그런데 차빈은 그야말로 박장대소를 했다.

“진지한 얼굴로 그렇게 큰 말실수를 하다니, 하하하-”

“너 너무 크게 웃는 거 아니냐?”

하렴이 기분 나빠하는 사이 그가 탈 엘리베이터가 도착했다. 하렴이 그것에 올라타려 하자 차빈이 그에게 딱 붙어서 재잘거렸다.

“그거 있잖아요. 너무 떨려서 심장이 입 밖으로 나올 것 같아요, 이 말을 입이 심장 밖으로 나올 것 같아요, 라고 하는 것과 똑같은 말실수를 하신 거거든요, 방금.”

자신을 놀리는 그녀를 물끄러미 보던 하렴이 엘리베이터의 ‘열림’ 버튼을 누르고는 말했다.

“그래. 나도 입 밖으로 나올 것 같다.”

“뭐가요? 심장이요?”

“아니. 욕이.”

차빈이 멈칫하며 그에게서 떨어졌다. 그러자 하렴은 미련 없이 엘리베이터에 올라탔다. 그와 함께 탈까 말까 망설이던 차빈이 이내 결심한 듯 발을 옮겼다.

“근데 있잖아요, 사장님……!”

그 순간 엘리베이터 문이 닫히려고 움직였다. 그걸 본 하렴이 차빈의 팔목을 덥석 잡고는 그녀를 엘리베이터 안으로 확 잡아끌었다.

“……!”

그 반동으로 인해 하렴의 가슴에 안기게 된 차빈은 깜짝 놀라 심장이 쿵쾅거렸다. 그때 하렴이 버럭 소리쳤다.

"낄 뻔했잖아!"

역시 이 남자는 못돼 처먹었는데…… 멋있다. 그래서 '끼면 내가 아프지, 네가 아프냐?'라고 대들지도 못했다.

"내려."

그때 하렴이 엘리베이터 문을 다시 열면서 말했다. 차빈은 조금 당황했다.

"저, 저 퇴근할 건데요?"

"가방 안 가지고 왔잖아. 내려."

하렴의 날카로운 지적에 차빈은 얌전히 엘리베이터에서 내렸다. 그러자 곧바로 엘리베이터 문이 닫혔다.

……역시 멋있어도 못돼 처먹었다.

13. 이건 완벽하게 데이트?

그날 이후 하렴은 직원들에게 먼저 인사하는 일도 웃어주는 일도 없어졌다. 다시 쿨한 신왕자로 돌아간 것이다. 여직원들은 그런 그의 모습에 다중인격설을 제기하며 '신다중'이라는 새 별명까지 지었다. 하지만 이 역시 요즘은 잠잠해지고 있었고 그사이 차빈은 도미호텔의 정직원이 되었다.

"아빠."

차빈의 목소리에 거실 소파에서 커피를 마시고 있던 인후가 그녀를 돌아보았다. 파자마 차림의 차빈이 천천히 그에게 다가왔다.

"나 정직원 됐어. 두 달 만에."

"……잘됐네."

대답하는 인후의 목소리에 힘이 하나도 없었지만, 차빈은 꿋꿋하게 말을 이었다.

"아직 적응 중이긴 하지만 비서 일도 꽤 재미있어. 그리고 월급도 껑충 올라서 다음 달 월급날엔 아빠한테 맛있는 것도 사줄 수 있을 것 같아."

"말이라도 고맙네."

인후는 피식 웃으며 앉으라는 의미를 담아 자신의 옆자리를 손으로 톡톡 두드렸다. 그걸 본 차빈은 냉큼 그곳으로 가서 앉았다.

"다 컸네, 우리 딸."

인후가 옆에 앉은 차빈의 머리를 쓰다듬으며 말하자 차빈이 배시시 웃었다.

"사장이 괴롭히진 않고?"

"응."

"다른 놈들이 텃세 부리거나 하진 않아?"

그 순간 차빈은 얼마 전까지 있었던 왕따 사건이 떠올랐지만, 하렴 덕분에 일단락되었으니 그냥 없었던 일로 하기로 했다.

"응, 없어. 요즘 일할 맛 난다니까? 사장 성격이 못돼 처먹었는데 착해서."

"못돼 처먹었는데 착해?"

차빈이 하렴의 성격을 설명할 때마다 하는 특유의 표현을 인후 역시 이해하지 못했다.

"그런 게 있어. 암튼, 오묘한 남자야."

하렴의 잘난 얼굴을 떠올린 차빈이 피식 웃음을 터뜨렸다. 그때 인후가 그녀를 향해 진지한 얼굴로 말했다.

"그래도 아빠랑 약속한 거 안 잊었지? 힘든 일 생기면 바로 그만두는 거다?"

"응. 알았어."

차빈은 속으로 그런 일은 절대 없을 거라고 생각하며 고개를 끄덕였다.

"피곤할 텐데, 어서 가서 자."

인후의 말에 차빈은 자리에서 일어섰다. 그런데 그때 그녀의 파자마 단추 하나가 떨어지며 소파 아래로 또르르 굴러갔다.

"어? 내 단추……!"

곧바로 차빈은 몸을 숙여 소파 밑으로 팔을 뻗었다. 하지만 단추는 그녀의 손끝에 닿을락 말락 한 위치에 있었다. 차빈이 답답함을 느낀 순간 인후가 그녀의 정수리 쪽에서 말했다.

"손에 안 닿아? 아빠가 소파를 들어볼까?"

"됐어. 그러다 아빠 다쳐."

"아니야. 괜찮아. 아빠 왕년에 돌쇠 소리 좀 들었어. 힘이 워낙 세서."

"됐다니까. 하지 마. 좀만 더 뻗으면 닿을 것 같아."

"그만 포기하고 나와. 네 팔뚝 사이즈를 생각해야지. 그 이상은 절대 안 들어간다니까?"

"우씨, 할 수 있다니…… 아앗! 나 꼈어, 꼈어!"

차빈의 고통에 찬 비명을 들은 인후는 깜짝 놀라 소파를 번쩍 들어올렸다.

"아빠가 들었어! 빨리 팔 빼!"

인후가 소파를 들어 올린 사이 차빈은 무사히 자신의 팔을 빼냈다.

"손은 무사하냐? 안 다쳤어?"

"응. 내려놔."

"윽……!"

이번엔 소파를 내려놓는 인후의 입에서 비명이 터져 나왔다.

"왜 그래, 아빠?"

깜짝 놀란 차빈이 잽싸게 그에게 다가갔다. 그 순간 인후는 자신의 허리를 잡으며 뒤로 벌러덩 누웠다.

"아이고, 내 허리……!"

"아빠, 괜찮아?"

사색이 된 차빈이 인후를 붙잡으며 다급한 목소리를 냈다.

"구급차 부를까?"

허리를 잡은 채 인상을 찌푸린 인후가 자신을 걱정스레 보고 있는 차빈에게 말했다.

"구급찬 됐고, 아빠 부축 좀 해줘. 침대로 가야겠어."

"으, 응. 알았어."

울 것 같은 얼굴로 차빈은 인후를 부축해서 침대로 데려갔다. 그런 다음 주방으로 달려가 찜찔팩을 준비해왔다.

"그러게 왜 소파를 들고 그래? 병원 가봐야 하는 거 아니야?"

뜨거운 찜질팩을 인후의 허리에 올려놓으며 차빈이 걱정스럽게 물었다.

"그 정돈 아니고, 그냥 근육이 놀란 거야. 하루 정도 쉬면 낫겠지. 그나저나 내일 카페 오픈은 어떡하냐."

"지금 카페가 문제야? 하루 쉬면 되지."

"요즘 장사 잘된단 말이야. 물 들어올 때 노 저으란 말도 모르냐, 넌? 카페 문은 무조건 열어야 돼."

인후의 고집스러운 태도에 차빈은 어쩔 수 없다는 듯 한숨을 내쉬었다.

"그럼 내일 내가 호텔 출근 안 하고 대신 일해줄게. 그러니까 걱정 말고 아빤 아빠 허리나 신경 써."

차빈이 걱정 가득한 얼굴로 말하자 인후의 표정이 확 밝아졌다.

"진짜? 네가 아빠 대신 카페 봐줄 거야?"

"그렇다니까. 그러니까 내일 아침 일찍 나랑 병원 가. 알았지?"

"그래, 알았어. 이제 가서 자. 아빠도 잘 거야."

인후의 방에 불을 꺼주고 나온 차빈은 걱정스런 얼굴로 그의 방문을 쳐다보았다. 그러다 문득 그녀의 시선이 벽시계로 향했다.

밤 10시를 훌쩍 넘긴 늦은 시간이었기에 차빈은 조금 망설이다가 휴대폰을 집어 들었다. 아무래도 내일 아침보다는 지금 연락 하는 게 더 나을 것 같았다. 그녀가 조심스럽게 하렴에게 전화를 걸었다.

-무슨 일이냐?

시큰둥하게 들리는 하렴의 목소리에 차빈은 미안해하면서 말했다.

"밤늦게 전화해서 죄송해요."

-밤늦게? 이게 늦은 건가? 나 이제 저녁 먹는데.

"그렇다면 다행이고요."

-전화는 왜 했는데?

"아, 사실은요, 제가 내일 출근을 못 할 것 같아서요."

전화기 너머 하렴의 목소리가 갑자기 커졌다.

-뭐? 왜?

"아빠가 허리를 다치셨거든요. 병원에도 가봐야 할 것 같고요, 아빠가 집 근처에서 카페를 운영하고 계시는데, 제가 그 카페도 좀 봐드려야 할 것 같아서요. 정직원 되자마자 이런 말씀 정말 죄송한데요, 내일 하루만 휴가를 내도 될까요, 사장님?"

-……그러든지 말든지.

하렴의 목소리가 잘 들리지 않았기에 차빈은 휴대폰을 귀에 더욱 가까이 대며 말했다.

"네? 암튼, 이해하신 거죠? 나중에 이해 못했다고 딴소리하시면 안 돼요?"

-당연하지! 그게 무슨 대단한 일이라고 이 야심한 시간에 전화를 하고 난리냐?

버럭 화를 내는 하렴의 태도에 차빈은 어안이 벙벙했다.

"방금 전까진 늦은 밤 아니라고 하시더니 왜 갑자기……."

-늦은 밤이 아니긴, 완전 늦은 거지! 밤 10시가 넘었는데! 9시뉴스도 끝났고, 새나라 어린이들은 다들 잠에 들 시간인데!

"알았어요. 화내지 마세요."

-끊어. 자려다가 받은 거였으니까.

"아깐 밥 먹는다고 하시더니……."

뚝- 그대로 전화가 끊어졌다. 차빈은 멈춘 휴대폰 화면을 보면서 헛웃음을 터뜨렸다.

'암튼, 이 남잔 진짜, 진짜 이상한 남자다.'

똑똑-

노크 소리에 창밖을 향해 있던 하렴의 고개가 빠르게 돌아갔다. 그의 눈빛에서 기대감이 드러났다. 그런데 문을 열고 들어오는 이를 확인한 하렴의 표정이 노골적으로 구겨졌다.

"뭐야, 그 표정은?"

하렴의 얼굴을 본 진이 눈썹을 치켜 올리며 물었다.

"뭐가."

"실망한 표정이었잖아."

"뭐래."

쿨하게 진의 말을 무시한 후 하렴은 자리에서 일어섰다. 그리고 그대로 진에게 다가갔다.

"왜 일어나?"

진이 가까이 온 하렴에게 묻자 그가 의아한 표정을 지으며 대답했다.

"점심 먹으러 가려고 온 거 아니야?"

진은 어이없다는 듯이 헛웃음을 터뜨렸다.

"정신 차려라, 사장님아. 아직 10시밖에 안 됐거든?"

"뭐? 10시밖에 안 됐어?"

하렴은 지금 점심시간쯤 된 줄 알았다. 그런데 아직도 오전 10시라니……. 밤 10시라 해도 믿을 것 같은데 말이다.

'왜 이렇게 시간이 안 가지?'

하렴이 고개를 갸웃하는 사이 진이 그를 지그시 보면서 입을 열었다.

"어째 오늘 상태가 별로 안 좋은 것 같다?"

"그런 거 아니야."

"아닌데. 뭔가 이상한데?"

"뭐래. 어제랑 똑같거든?"

자신의 집요한 시선을 무시하고 있는 하렴에게 진이 툭 던지듯 물었다.

"혹시 이 비서가 없어서 그래?"

진의 질문에 하렴은 그야말로 펄쩍 뛰었다.

"말도 안 되는 소리 하지 마!"
"이 비서 집 주소 알려줄까? 가볼래?"
"미쳤냐?"
"널 위해서 일부러 적어왔는데, 필요 없다고?"
진이 자신의 유니폼 가슴 포켓에서 접혀 있는 메모지를 꺼냈다. 그러곤 생글생글 웃는 얼굴로 다시 물었다.
"진짜 후회 안 하지? 그럼 찢는다?"
다음 순간 진이 두 손으로 메모지를 찢으려고 하자 하렴이 재빨리 손을 뻗었다.
"일단 줘봐."
"왜?"
하렴의 손을 피해 메모지를 뒤로 빼낸 진이 두 눈을 크게 뜨며 물었다.
"필요 없다며?"
"그냥 알아만 두려는 거야. 아랫사람 관리 차원에서."
"흐음. 그래?"
결국 진은 못 이긴 척 하렴에게 차빈의 집 주소가 적힌 메모지를 건넸다. 하렴이 냉큼 그것을 주머니에 넣어버리자 진은 씨익 미소를 지었다.

와버렸다.
"미쳤군."
차빈의 동네로 차를 몰고 온 하렴이 낮게 중얼거린 말이었다.
하지만 오지 않을 수가 없었다. 하루 종일 시간이 더디게 가는 것도 모자라 업무 처리도 수월하지 못했다. 미국 본사와 진행하는 화상 회의도 시스템적으로 문제가 발생해서 내일로 미뤄졌다. 전에는 이런 일 한 번도 없었는데 말이다.

이 모든 것이 다 이차빈 때문이다.

'비서가 출근을 안 했으니 일이 잘 될 리가 있나……! 모두 그녀의 탓이다. 나는 그걸 따지러 온 것이다.'

내비게이션이 일러준 대로 목적지에 차를 세운 하렴은 그 뒤로도 한참 동안 메모지를 든 채 헤맸다. 집 모양이 다들 비슷해서 이 집이 저 집 같고 저 집이 이 집 같았던 것이다.

"이 동네는 왜 이렇게 집이 덕지덕지 붙어 있어?"

차빈이 옆에 있었으면 분명 정정해줬을 말실수를 하면서 하렴은 신경질적으로 메모지를 구겼다.

'도저히 못 찾겠다.'

울컥 화가 난 하렴은 결국 차빈에게 전화를 걸었다. 그러고는 다짜고짜 물었다.

"너 어디야?"

-아빠 카페에 있어요. 왜요?

차빈의 질문에는 대답도 않고 하렴은 또다시 질문을 던졌다.

"거기서 뭐 해?"

-카운터 봐주고 있어요. 아빠가 꼼짝도 못 하고 집에 계시거든요. 그런데 왜요?

이번에도 하렴은 왜냐고 묻는 차빈의 물음에는 대답하지 않고 자신의 말을 이었다.

"그 카페 이름이 뭔데?"

-'하빈'이요. HABIN. 근데 진짜 왜…….

전화는 그대로 끊어졌다. 아니, 하렴이 일방적으로 끊었다. 그런 다음 그는 두리번두리번거리며 카페 '하빈'을 찾기 시작했다. 하지만 자세한 주소를 알고 있던 차빈의 집도 못 찾았는데, 주소도 모르는 카페를 금방 찾을 수야 있겠는가. 한참 헤매던 하렴은 결국 길을 지나던 여자에게 말을 걸었다.

"혹시 이 근처에 '차빈', 아니 '하빈'이라는 카페가 어디 있는지 아십니까?"

대학생 정도로 보이는 여자는 하렴의 얼굴을 확인하고는 두 볼을 붉혔다.

"아, 네. 알아요. 꽃미남 카페로 유명하거든요. 저기 저 골목으로 들어가시면 바로 보여요."

"고맙습니다."

하렴은 그녀에게 고개를 살짝 숙여 감사의 인사를 전한 뒤 걸음을 옮겼다. 여자는 멀어지는 하렴의 뒷모습에서 한참 동안 시선을 떼지 못 했다.

여자가 가리킨 골목으로 들어서자 통나무로 외관을 꾸민 카페가 시야에 들어왔다. 카페의 간판엔 'HABIN'이라고 쓰여 있었다. 하렴은 주저 없이 그 카페의 문을 열고 들어갔다.

"어서 오세…… 사장님?"

카운터에 서 있던 차빈이 하렴을 발견하고는 두 눈을 크게 떴다. 하렴은 그녀를 쳐다보지도 않고 중앙에 있는 테이블로 가서 앉았다.

"여긴 웬일이세요?"

한달음에 하렴에게로 달려온 차빈이 그를 향해 물었다. 그녀의 말간 얼굴을 보는 순간 하렴은 여기까지 온 이유가 떠오르지 않았다. 그래서 대충 둘러댔다.

"카페에 뭐 하러 왔겠냐? 커피 마시러 왔지."

"여기까지요?"

"응."

너무도 당당하게 대답하는 하렴 때문에 차빈은 호텔에서 여기까지 거리가 꽤 된다는 사실도 잊어버리고 그냥 웃어넘겼다. 그리고 솔직히 그가 조금 반갑기도 했다. 다음 순간 차빈이 뭔가 생각난 듯 웃는 얼굴로 하렴에게 물었다.

"뜨아 마실래요, 아아 마실래요?"

하렴은 그녀의 말이 꼭 외계어처럼 들렸다.

"장난하냐? 그냥 아메리카노나 줘."

"그러니까요. 뜨아 아님 아아?"

계속되는 차빈의 알 수 없는 말에 기분이 상한 하렴이 그녀를 노려보았다.

"너, 한국어 잘한다고 나 놀리냐?"

그랬더니 차빈이 피식 웃음을 터뜨렸다.

"놀리는 게 아니라 진짜 요즘 애들이 쓰는 표현이래요. 뜨거운 아메리카노 뜨아, 아이스 아메리카노 아아."

"열 받았으니까 차가운 거 줘."

"알았어요."

차빈이 몸을 빙글 돌려서 가버리자 하렴의 시야로 이쪽을 보고 있던 시윤이 들어왔다. 카운터에 서 있던 그는 하렴과 눈이 마주치자 싱긋 미소를 지었다. 그 하얗고 곱상한 얼굴을 보면서 하렴은 낮게 중얼거렸다.

"딱 기생오래비…… 맞나? 기생오바랑인가? 기생홀애비? 암튼, 그거같이 생겨가지고……."

혀를 쯧, 하고 찬 다음 하렴은 고개를 돌려 카페 안을 둘러보았다. 늦은 오후라서 사람이 많지는 않았다. 잠시 후 작지만 아기자기하니 예쁘게 꾸며놓은 카페 내부를 둘러보고 있는 그에게로 차빈이 다시 다가왔다.

"자, 드세요."

차빈은 하렴의 앞에 커피를 내려놓은 후 그의 반대편 자리에 앉았다. 그녀의 손에도 머그잔이 들려 있었다.

"넌 왜 앉냐?"

그녀의 행동에 하렴이 두 눈을 가늘게 뜨면서 물었다.

"손님 없으니까 좀 쉬려고요."

대답을 하면서 차빈은 머그잔을 입 앞으로 가져갔다. 커피를 한 모금 마신 그녀가 하렴을 향해 물었다.

"오늘 저 없어서 불편한 건 없었어요?"

"전혀."

하렴의 쌀쌀맞은 대답에 차빈은 그의 입술을 찰싹 때려버리고만 싶어졌다. 하지만 만약 그의 입에서 '너 없어서 힘들었어.'라는 대답이 나왔어도 입술을 찰싹 때려버리고 싶어졌을 것이다.

"밥은 먹었어요?"

"아니."

"그럼 제가 샌드위치라도 만들어드릴까요?"

갑작스런 그녀의 제안에 하렴은 내심 당황했다. 하지만 애써 태연하게 대답했다.

"네가 만든다고? ……청결하지 않을 것 같아서 못 먹겠어."

"우씨, 저도 만들어주기 싫어졌어요. 그냥 굶어요."

입술을 삐죽거리는 차빈을 바라보는 하렴의 입가에 옅은 미소가 서렸다가 사라졌다. 그때 그들의 곁으로 시윤이 다가왔다.

"제가 마무리하고 가게 문 닫을게요. 누나 먼저 들어가요."

"진짜? 고마워, 시윤아."

냉큼 자리에서 일어선 차빈이 하렴을 내려다보면서 물었다.

"저 갈 건데, 사장님은 안 가세요?"

"……가야지."

그렇게 두 사람은 함께 카페를 나왔다. 카페에서 나오자마자 차빈의 시야로 떡볶이를 파는 가판대가 들어왔다. 그곳에서 시선을 떼지 못하며 차빈이 조금 크게 중얼거렸다.

"아……. 배고프다."

그 목소리에 하렴은 무심한 표정으로 그녀를 돌아보았다.

"어쩌라고?"

말 한마디를 해도 참 더럽게 예쁘게 하는 하렴 때문에 차빈은 기분이 상했지만, 그보다 배고픔 해결이 먼저였다.

"저 떡볶이 먹고 싶은데, 같이 먹자고 하면 싫다고 하실 거죠?"

"응. 잘 아네."

그럴 줄 알았다. 하지만 차빈은 도로 건너편에 보이는 떡볶이 가판대를 차마 지나칠 수가 없었다.

"저 진짜 빨리 먹을 테니까, 제 옆에서 어묵 국물 한 잔만 해요. 네?"

"싫다니까. 혼자 가서 먹으면 되잖아."

"혼자 먹으면 좀 불쌍해 보이잖아요."

차빈의 말에 하렴은 대꾸 없이 그녀의 얼굴을 물끄러미 쳐다보았다. 그 시선을 마주한 차빈이 일부러 애처로운 표정을 만들어보이자 하렴이 입을 열었다.

"하긴. 혼자 먹으면 좀 그렇겠다. 얼굴도 불쌍하게 생겼는데."

"우씨, 그냥 저 혼자 먹을게요! 안녕히 가세요!"

기분이 상한 차빈이 화를 내면서 차도로 발을 뻗었다.

그때 그녀 쪽으로 트럭 한 대가 빠르게 달려왔다. 그걸 본 하렴은 반사적으로 손을 뻗어 그녀의 팔을 덥석 잡았다.

"……!"

하렴에 의해서 뒤로 거칠게 당겨지자 차빈의 심장이 쿵쾅쿵쾅 세차게 뛰었다. 그 순간 하렴이 화난 얼굴로 소리쳤다.

"시위하는 방법도 여러 가지다, 너?"

시위한 건 아니었다. 차빈 역시 트럭의 등장에 많이 놀랐으니까. 하지만 하렴의 표정이 너무도 무서웠기에 차빈은 그냥 입을 꾹 다물었다.

"알았어. 먹어. 내가 옆에 꼭 붙어 있을게."

하렴이 불쑥 던진 말에 차빈의 심장은 더욱더 빠르게 뛰었다. 그녀의 팔목을 잡은 채 하렴은 양옆으로 오가는 차를 확인하면서 안전하게 도로를 건넜다.

"이모, 여기 떡볶이 2인분이요!"

떡볶이 가판대 앞에 선 차빈이 발랄하게 주문을 하자 하렴이 눈썹을 치켜 올렸다.

"난 안 먹는다니까?"

자신은 분명 먹지는 않고 옆에 서 있겠다고만 했다.

"네. 그러니까 2인분이요. 사장님까지 드시면 3인분 시켜야죠."

"허-"

그제야 차빈의 마음을 이해한 하렴은 피식 웃으며 바지주머니에 양손을 찔러 넣었다.

잠시 후, 떡볶이를 입가에 묻혀가며 게 눈 감추듯 다 먹어치운 차빈이 흡족한 미소를 지으며 종이컵에 어묵 국물을 따랐다.

"사장님도 드릴까요?"

차빈이 하렴의 얼굴 앞으로 종이컵을 들이밀면서 묻자 하렴이 정색했다.

"됐어."

"왜요? 사장님 포스 정도면 다들 커피인 줄 알 거예요. 어묵 국물이라곤 상상도 못하고."

"너나 커피인 척하면서 마셔."

차빈에게서 무심히 고개를 돌린 하렴이 뒷주머니에서 지갑을 꺼내며 주인아주머니에게 물었다.

"여기 카드도 받습니까?"

순간 아주머니의 얼굴이 사납게 구겨졌다. 그걸 본 차빈이 잽싸게 하렴을 말렸다.

"이런 곳에서 어떻게 카드를 내요? 사천 원밖에 안 나왔는데. 제가 낼게요."

"그래도 네가 내는 건 좀……."

"뭐 어때요? 제가 먹었는데."

주머니에서 천 원짜리 넉 장을 꺼낸 차빈이 그것을 아주머니에게 건네고는 뒤로 물러섰다.

"그래도 남자가……."

"궁얼거리지 말고 이리 와요."

차빈이 찜찜해하는 하렴의 재킷 끝자락을 손가락으로 잡아당기자 그가 어쩔 수 없다는 듯 몸을 돌렸다.

도로로 나온 두 사람은 말없이 걷기 시작했다. 나란히 걷는 두 사람 사이에 어색한 공기가 감돌자 차빈이 먼저 입을 열었다.

"차 가져오셨죠?"

"응."

"그럼 조심히 가세요. 저는 집이 이쪽이라……."

차빈은 하렴에게 고개 숙여 인사를 한 뒤 골목 쪽으로 걸어갔다. 그녀의 뒷모습을 물끄러미 지켜보던 하렴이 나직하게 목소리를 보냈다.

"야."

그 목소리에 차빈은 어깨를 틀어 그를 돌아보았다.

"네 집, 설마 저기 어두운 골목 너머에 있냐?"

하렴이 턱 끝으로 어두컴컴한 골목을 가리키자 차빈은 천천히 고개를 끄덕였다.

"……귀찮게, 쯧-"

하렴은 짧게 혀를 차고는 그녀에게 다가갔다. 그리고 그대로 차빈을 스쳐 지나갔다. 차빈이 어리둥절한 표정으로 그를 쳐다보자 하렴이 그녀를 돌아보며 말했다.

"뭐 해? 안 오고."

"서, 설마, 지금, 저 데려다주시려는 거예요? 대체 왜요?"

당황한 기색이 역력한 차빈에게 하렴은 아주 기본적인 걸 묻는다는 듯 쿨하게 대답했다.

"어둡잖아."

"그건 그렇지만, 그래도……."

"아까 떡볶이값 대신이야."

역시 이 남자는 못돼 처먹었는데 착하다.

차빈은 결국 다시 하렴과 나란히 걷기 시작했다. 하지만 역시 불편하고 어색했다. 잠시 후 그녀의 눈에 집 대문이 보이자 차빈은 빠르게 말했다.

"다 왔어요. 저기예요."

차빈이 가리키는 집을 본 하렴이 작게 중얼거렸다.

"……후졌네."

"그런 표현 쓰지 말아요!"

"시끄러워. 들어가서 잠이나 자."

하렴은 시크하게 말한 다음 차빈에게서 등을 돌렸다. 그의 뒷모습이 사라질 때까지 차빈은 계속 그 자리에 서 있었다.

다음 날, 카페 'HABIN'으로 들어온 시윤이 먼저 와 있던 인후를 발견하고는 허리를 꾸벅 숙였다.

"안녕하세요, 아저씨. 허리는 좀 어떠세요?"

카운터 주변을 정리하고 있던 인후가 고개를 들어올렸다.

"응. 하루 쉬었더니 살 만하네. 그나저나, 어제는 수고가 많았어."

"아니에요. 차빈 누나가 고생이 많았죠."

웃으면서 카페 포스기로 시선을 돌린 인후가 가볍게 물었다.

"어제 가게에 별일 없었지?"

"네. 뭐…… 아, 누나네 사장님이 왔었어요."

"뭐?"

그 순간 포스기 버튼을 누르려던 인후의 손가락이 그대로 움직임을 멈췄다.

"그냥 커피 마시러 왔다는데, 제가 보기엔 누나 보러 온 것 같았어요. 두 사람 생각보다 꽤 친해 보이더라고요."

"……."

생각에 잠긴 듯 잠시 조용히 있던 인후가 갑자기 시윤을 향해 고개를 돌렸다.

"너 말이야."

"네."

"우리 차빈이 좋아하지?"

갑작스런 인후의 물음에 시윤은 두 눈을 휘둥그레 떴다.

"알고 계셨어요?"

"물론이지."

시윤은 어색하게 웃으면서 카페 앞치마를 챙겨 입었다. 그러곤 구석에서 대걸레를 들고 와 바닥을 문지르기 시작했다. 멋쩍어하는 그에게로 인후가 다가서더니 그의 어깨를 덥석 잡았다.

"근데 너 이 자식, 고백도 안 하고 뭐 하냐?"

"누나가 워낙 절 동생으로만 봐서요."

시윤이 조금 씁쓸해 보이는 미소를 짓자 인후가 호쾌하게 말했다.

"앞으론 적극적으로 대시해. 내가 팍팍 밀어줄 테니."

생각지도 못한 인후의 제안에 시윤은 기분이 좋아졌다.

"정말이세요? 전 아저씨가 반대하실 줄 알았는데."

"전엔 좀 그랬는데, 계속 지켜보니까 성실하고 된 놈 같아서 마음에 들었어."

인후의 칭찬을 들은 시윤은 얼굴 가득 환한 미소를 지었다.

"우리 차빈이 눈 높은 거 알지? 너 정도면 애인 삼아줄 거야. 노력해봐."

"네. 감사합니다!"

인후가 시윤의 어깨를 툭툭 쳐주며 인자하게 웃었다. 그런 그의 입에서 나오는 말은 꽤 단호했다.

"우리 차빈이, 꽉 잡아."

14. 완벽한 감기약 두 봉지

퇴근 시간이 되자 차빈은 자리에서 일어나 사장실로 다가갔다.
"저 먼저 퇴근할게요."
문을 빼꼼히 열고 말하는 순간 하렴도 자리에서 일어섰다.
"왜 일어나세요?"
"나도 퇴근."
짧게 대답한 후 하렴은 성큼성큼 그녀에게로 다가갔다.
"몸이 별로 안 좋아서."
하렴이 차빈을 향해 덧붙이자 그녀가 다시 물었다.
"어디가 어떻게 안 좋은데요?"
"그냥 몸이 좀 으리으리해."
"으슬으슬하단 말이죠?"
"응. 그거."

두 사람은 같이 엘리베이터를 타고 로비로 내려왔다. 그렇게 나란히 로비를 걸어 나가고 있는데 큰 꽃다발을 든 남자가 그들의 앞을 지나갔다. 차빈의 고개가 저절로 그 남자를 따라 돌아갔다.

'와, 족히 백 송이는 되겠네. 저 정도 들고 다니려면 용기가 꽤 필요할 텐데, 멋지네.'

로비에 있는 사람들의 시선을 사로잡은 꽃을 든 남자는 그대로 당당하게 레스토랑 안으로 들어갔다.

"뭐야, 저놈?"

차빈의 옆에서 하렴이 어이없다는 뉘앙스로 중얼거렸다. 그의 머리로는 도저히 이해가 안 되는 광경이었던 것이다.

"남자가 무슨 꽃을 다발로 들고 다녀?"

이해할 수 없다는 투로 비아냥거리는 하렴에게 차빈의 뚱한 얼굴이 향했다.

"왜요? 멋있기만 하구만."

"뭐? 뭐가 있어? 너 진짜 진심으로 하는 말이냐?"

"남자가 좋아하는 여자를 위해 꽃다발 드는 것만큼 멋있는 건 이 세상에 없어요."

"웃기지 마. 어디 남자가 쪽팔리게……!"

"'쪽팔리게' 아니고 '쑥스럽게'! 그 쑥스러운 거 감수하고 꽃을 드는 게 멋있는 거죠."

그녀의 설명에도 하렴은 이해 못하겠단 얼굴로 고개를 설레설레 저었다. 그를 향해 차빈이 답답하다는 표정을 지었다.

"그럼 사장님은 나중에 부인이 꽃 선물을 바라면 어떻게 하실 건데요?"

"꽃집에 데려가지."
"허- 그래서요?"
이야기를 다 듣지도 않았는데 차빈은 벌써부터 기가 막혔다.
"원하는 꽃을 고르라고 하지."
"그러고는요?"
"그리고 나는 계산만 하지."
역시. 그럴 줄 알았다.
"완전 무드 없어. 로맨틱이랑은 아예 담을 쌓으셨네요."
"냅둬. 이래도 나 좋다는 여잔 많으니까."
이번엔 차빈이 고개를 설레설레 저었다. 그러면서 그녀는 하렴과 함께 유리 회전문을 통과했다. 호텔을 나온 두 사람 앞으로 검은 차가 와서 멈춰 섰다.
"내 차 아닌데?"
하렴이 고개를 갸웃하는 사이 차 문이 열리고 그 안에서 시윤이 내렸다. 깔끔한 세미정장 차림의 시윤이 차빈을 향해 손을 흔들었다.
"누나!"
갑작스런 시윤의 등장에 차빈은 깜짝 놀라 그에게 다가갔다.
"어머, 이 차 뭐야?"
"새로 뽑았어요."
"이거 꽤 좋은 차 아니야?"
놀란 얼굴로 차를 살피는 차빈을 보면서 시윤은 싱긋 예쁜 미소를 지었다.
"CF 모델 일로 돈 좀 받은 게 있어서요."
"너 CF 찍었어?"

“네. 몇 달 전에. 그리고 어제도 찍었어요.”
“오오, 대단한데? 너 이러다 슈퍼스타 되는 거 아니야?”
“아니에요. 슈퍼스타는 무슨.”
즐겁게 대화를 나누는 두 사람의 뒤에서 하렴은 혼자 외로움과 싸우며 휴대폰을 만지작거렸다.
“타요. 시승식 시켜줄게요.”
“시승식?”
“네. 참고로 누나가 이 차 조수석에 처음 타는 거예요.”
“진짜?”
웃으며 좋아하던 차빈이 문득 하렴을 기억해내고 고개를 돌렸다.
“저 먼저 가볼게요.”
하렴은 말없이 그녀를 지그시 응시했다.
‘왜 대답이 없지? 화났나?’
차빈의 고개가 갸웃했다. 암튼 참 알 수 없는 남자다.
“집에 가서 푹 쉬어요. 몸이 으슬으슬 하다면서요.”
이번에도 하렴은 아무 대답 없이 고개를 돌렸다. 그때 그의 앞으로 운전기사가 차를 몰고 왔다. 하렴이 그 차에 올라타는 사이 시윤은 자신의 차 안으로 상체를 집어넣더니 무언가를 꺼냈다.
“아참, 이거.”
그가 꺼낸 것은 다양한 색깔의 장미꽃 백 송이였다. 시윤은 그 꽃다발을 차빈에게 안겨주었다.
“어머나.”
꽃다발을 품에 안은 차빈의 표정이 화사하게 밝아졌다. 미소를 짓던 그녀가 이내 시윤의 얼굴과 꽃을 번갈아 쳐다보면서 조심스럽게 물었다.

"웬 꽃이야?"

"누나 주려고 샀어요…… 라고 하면 안 받을 거죠?"

"으음. 아무래도 꽃은 좀……."

차빈이 곤란한 표정을 짓자 시윤이 재빨리 말했다.

"제가 아까 어제도 촬영 있었다고 말했잖아요. 그 촬영장에서 쓰던 꽃이 예뻐서 농담으로 달라고 했더니 미술팀에서 진짜 줬어요. 그 꽃들이에요."

"아, 그래? 촬영 때 쓰던 거야? 어쩐지. 완전 고급스럽고 예뻐."

그녀의 말에 시윤은 조금 씁쓸해 보이는 미소를 지었다.

한편, 앞에 세워진 시윤의 차 때문에 출발을 못하고 있다가 차빈이 꽃다발을 받는 장면을 봐버린 하렴의 표정이 딱딱하게 굳어졌다. 그는 두 사람이 차에 올라탈 때까지 그들에게서 시선을 떼지 못했다.

'남자가 좋아하는 여자를 위해 꽃다발 드는 것만큼 멋있는 건 이 세상에 없어요.'

차빈이 아까 한 말을 상기한 하렴의 입에서 짧은 숨이 터져 나왔다.

"허-"

그의 시선이 차 유리를 통해 보이는 차빈의 얼굴로 향했다.

"……저 웃는 얼굴 좀 봐. 반했네, 반했어."

갑자기 몸이 더 으슬으슬하니 추워지는 것 같았다.

10시가 되자 차빈은 더 이상 가만히 앉아 있을 수만은 없어졌다.

지각이다. 그것도 대박 지각.

'아무리 사장이라도 1시간이나 지각을 하는 건 예의가 아니지 않나?'

차빈은 곧바로 하렴에게 전화를 걸었다. 하지만 그는 전화를 받지 않았다. 그 뒤로도 세 통이나 더 전화를 걸었지만, 하렴의 목소리는 들을 수 없었다. 그때 갑자기 불길한 생각이 스쳤다.

'어제 몸이 안 좋다 하더니 그 때문인가?'

초조하게 이리저리 왔다 갔다 반복하던 차빈은 결국 진의 방으로 달려갔다. 총지배인실 문 앞에 선 그녀가 빠르게 노크를 했다.

"아침부터 무슨 일이에요, 차빈 씨?"

그녀의 등장이 의외라는 듯 진은 눈썹을 치켜 올렸다.

"사장님이 전화를 안 받으셔서요. 총지배인님이라면 무슨 일인지 아실 것 같아서 와봤어요."

"아아……. 많이 아픈가?"

진이 조그맣게 중얼거리는 말을 들은 차빈의 두 눈이 화등잔 만하게 커졌다.

"네? 사장님 많이 아프세요?"

"아, 사실은 어젯밤에 전화했더니 앓는 소리를 하더라고요. 감기몸살인 것 같아서 아침에 병원 가보라고 했어요."

역시. 몸 상태가 더 안 좋아졌구나.

"근데 아마 병원에 안 갔을 거예요."

그의 말에 차빈은 놀란 얼굴을 했다.

"왜요?"

"병원을 싫어하거든요. 가족 중에 병원생활을 오래하신 분이 있어서."

"아아, 혹시…… 어머님?"

차빈이 조심스럽게 묻자 진이 깜짝 놀라며 두 눈을 크게 떴다.

"알고 있었어요, 차빈 씨?"

"네."

진은 믿기지 않는다는 표정으로 두 눈을 깜박거렸다.

"하렴이가, 차빈 씨가 편하긴 한가 봐요. 그런 얘기도 다 하고."

"아니에요. 편한 건 아닌 것 같은데요. 만난 지 얼마 안 됐을 때 얘기하셨거든요."

"그럼 만난 지 얼마 안 됐을 때부터 편했나 보죠. 마치 소울메이트처럼."

"어우, 그 소울메이트 소리 좀 그만하세요."

차빈이 질색하자 진은 풋- 하고 웃음을 터뜨렸다. 웃던 그가 차빈의 바람에 휘날린 듯 붕 떠버린 단발머리를 발견하고는 물었다.

"하렴이 걱정돼서 달려온 거예요?"

"아니에요. 달려온 건……."

"지금 그 헤어스타일은 달려오지 않았다면 그렇게까지 되진 않았을 것 같은데."

헛-

차빈은 황급히 손을 들어 사방팔방으로 뻗친 머리카락을 슥슥 쓸어내렸다. 헐레벌떡 달려온 건 사실이지만 왠지 들키고 싶진 않았다. 부끄러워하면서 진에게 고개 숙여 인사를 전했다.

"그럼 전 이만 가보겠습니다."

총지배인실을 나온 차빈은 사장 비서실로 돌아와 또다시 하렴에게 전화를 걸었다. 한참 이어진 신호음 끝으로 마침내 하렴의 목소리가 들려왔다.

-왜.

그 태연한 목소리에 차빈은 울컥 화가 났다.

"전화를 왜 이제야 받아요? 무슨 일 난 줄 알았잖아요!"

-비서 주제에 나한테 소리 지르는 거냐?

"병원은요? 약은 먹었어요? 정확히 어디가 아픈 건데요? 감기몸살이에요? 아님 저번부터 속 아프다 하더니, 결국 병이 난 거예요?"

차빈은 하고 싶은 말들을 속사포처럼 쏟아냈다. 전화기 너머 하렴이 귀찮다는 뉘앙스로 심드렁하게 말했다.

-하나씩 천천히 물어봐. 머릿속에서 렉 걸리겠다.

그러나 어차피 그녀가 말하고 싶었던 건 딱 하나였다. 다음 순간 그녀가 그 말을 던졌다.

"지금 집으로 갈게요!"

차빈은 바로 비서실을 박차고 나왔다. 택시를 타고 하렴의 집으로 향하는 내내 그녀는 초조해서 아랫입술을 잘근잘근 깨물었다.

하렴의 집에 도착하자마자 차빈은 빠른 손놀림으로 현관문을 열었다. 거실에는 아무도 없었기에 그녀는 하렴의 방으로 달려갔다.

"왔냐."

하렴은 침대에 앉은 채로 그녀를 맞이했다. 그의 얼굴은 하루만에 상당히 해쓱해져 있었다. 그 얼굴을 보고 깜짝 놀란 차빈이 빠르게 물었다.

"병원엔 갔다 왔어요?"

걱정스러운 표정을 짓는 그녀를 향해 하렴은 무덤덤하게 대답했다.

"병원 말고 약국."

"병원엘 가서 정확한 진료를 받아야죠."

"몸살이야. 내가 알아."

하렴의 태도가 단호했다. 그에 차빈은 조금 화가 났다.

"그걸 어떻게 알아요? 사장님이 의사예요? 의사 자격증이라도 있어요? 의대라도 나오셨……."

"엄마 기일이 다가오니까."

뒤이어 하렴이 덤덤하게 내뱉은 말이었다. 차빈은 입을 멈추고 아무 말도 하지 못했다.

"작년 이맘때도 이런 식으로 아팠거든."

하렴의 어머니는 몸이 약한 사람이었지만 누구보다 악착같이 열심히 살았었다. 그런데 십오 년 전 하렴의 아버지가 집을 떠난 뒤 모든 걸 내려놓고 몸져누웠다. 하렴의 기억 속에 있는 어머니는 늘 기침을 했고 항상 외롭고 아팠다. 어머니 생각을 하자 하렴은 가슴에 무거운 돌 하나가 얹어진 듯한 느낌이 들었다.

"자야겠어."

잠시 후 하렴은 이불 속으로 다리를 집어넣으며 자리에 누웠다. 그에게로 차빈이 조심스레 다가갔다.

"약은 먹었어요?"

"어, 감기몸살약. 두 개 먹었어."

"두 개요?"

"두 봉지라고 해야 하나?"

순간 차빈의 두 눈이 커졌다. 놀란 그녀가 침대 옆 협탁에서 찢어져 있는 약봉지들을 발견하고는 버럭 목소리를 높였다.

"무슨 약을 두 봉지나 먹어요? 식사 후에 하나씩 먹어야죠."

"아파서 두 개 먹었다, 왜."

"아무리 아파도 그렇지, 먹으면 엄청 졸린 감기약을 두 봉지나 먹으면……."

"졸려."

차빈의 말을 자르며 하렴이 툭 던지듯 중얼거렸다.

"거봐요."

차빈이 그럴 줄 알았다는 어투로 말하자 하렴이 누운 채 그녀를 힐끔 올려다보았다.

"야. 재미있는 얘기 좀 해봐."

생뚱맞은 하렴의 부탁에 차빈은 정색했다.

"그런 거 몰라요."

"하긴, 넌 얼굴이 재미있으니까 몰라도 되겠다. 그럼 재미있는 얘기는 내가 하지."

그 말에 차빈은 또다시 울컥했지만, 아픈 사람이니까 너그럽게 봐주기로 했다. 그때 문득 그녀의 눈에 하렴의 배 부근까지만 덮여 있는 이불이 들어왔다. 저걸 목까지 덮어줘야 하나 말아야 하나 고민하던 그 순간, 하렴이 그녀에게 말했다.

"너 그놈이랑 사귀냐?"

"네? 그게 재미있는 얘기예요? 아니, 그나저나, 누구 말하는 거예요?"

자연스럽게 대꾸하면서 차빈은 손을 뻗어 하렴의 목 언저리까지 이불을 끌어 올려 덮어주었다. 그녀의 행동을 물끄러미 보면서 하렴이 대답했다.

"너 따라다니는, 그 계집애같이 생긴 놈 있잖아. 기생홀애비같이 생긴 놈."
"기생오라비거든요? 아니, 그게 아니라, 시윤이 기생오라비같이 안 생겼어요. 그냥 곱상하게 생긴 거지."
"그게 그거잖아."
"그게 그거 아니에요. 기생오라빈 안 좋은 표현이란 말이에요. 차라리 잘생겼다고 하는 게 낫죠. 근데, '잘생겼다'란 표현은 조금 제한적이긴 한 것 같아요. '잘생쁨'이란 단어가 왜 생겼겠어요? '잘생겼다 플러스 예쁘다' 이걸 표현하기 위함이 아니겠어요? 이 세상에는 잘생겼다란 표현으론 아까운 남자들이 종종 있거든요. 아주 아름다운 생명체…… 나 지금 누구랑 얘기하니?"
한참 동안 혼자 떠들던 차빈이 조용해진 하렴을 내려다보았다. 그는 졸린 듯 두 눈을 감고 있었다. 그녀가 입을 멈추자 하렴이 감고 있던 눈을 떴다.
"졸리면 계속 자요."
"……."
"제 말이 자장가처럼 들렸던 모양인데, 원하면 계속 떠들어줄게요."
다음 순간 하렴은 천천히 몸을 일으켰다. 그러곤 자신을 쳐다보고 있는 차빈에게 물었다.
"그래서?"
"네?"
"그놈이랑 사귀냐고."
하렴은 두 팔로 상체를 지탱하고 앉은 채 차빈을 물끄러미 올려다보았다. 반쯤 풀린 그 눈빛은 이상하게 차빈을 꼼짝 못하게 만들었다. 나른해 보이면서도 묘하게 에로틱했던 것이다.

어머머. 눈빛이 왜 저래? 왜 저렇게 섹시 빔을 내뿜는 거냐고!

"제, 제가 걔랑 왜 사귀어요? 그런 어린애랑! 말도 안 되죠. 전 연하 싫어요. 리더십 있는 연상이 더 좋아요."

"……알았어, 알았다고."

"알아요? 뭘 알아요, 갑자기?"

알았다니, 왜 갑자기 생뚱맞은 소리를 해?

알 수 없는 말을 한 하렴이 갑자기 그녀의 팔목을 덥석 잡았다. 당황한 차빈의 얼굴이 일그러졌다.

"이거 뭐예요? 연약한 여자한테 힘으로 뭐 하는 짓이에요?"

"해주면 되잖아."

하렴은 또다시 알 수 없는 말을 했다. 아무래도 감기약에 취해 제정신이 아닌 모양이다.

"뭘요? 아까부터 왜 자꾸 이상한 소릴 해요?"

영문을 모르겠다는 듯 차빈은 이맛살을 찌푸렸다. 그때, 하렴이 또 이상한 소릴 했다.

"네가 원하는 거."

"그러니까 대체 뭘……!"

그 순간 하렴이 차빈을 잡아당기더니 침대에 눕혔다. 뿐만 아니라 그녀 위를 덮치듯 올라탔다. 자신의 얼굴 바로 앞으로 하렴의 얼굴이 다가오자 차빈은 심장이 쿵쾅쿵쾅 뛰었다.

"뭐, 뭐 하는 거예요?"

모른 척 순진한 척 묻기에는 그와의 거리가 너무나 가까웠다.

"설마, 지금……?"

"맞아."

짧게 대답한 하렴은 곧바로 얼굴을 내려 그녀의 입에 자신의 입을 맞췄다.

"……!"

깜짝 놀란 차빈의 두 눈이 커졌다. 하지만 하렴은 그녀와 반대로 두 눈을 감아버렸다. 그리고 혀를 움직여 그녀의 입술과 치열을 핥으며 깊게 키스했다. 순식간에 하렴에게 입술을 빼앗긴 차빈은 어안이 벙벙했다.

'이게 대체 무슨……!'

그를 밀어내야 하는데 몸이 굳은 것처럼 움직이지 않았다.

잠시 후, 차빈에게서 입술을 뗀 하렴이 그녀의 어깨에 얼굴을 묻었다. 어깨에서 뜨거운 열이 느껴졌지만 차빈은 그때까지도 멍한 상태였다.

"……이봐요."

가까스로 정신을 차린 차빈이 하렴의 어깨를 밀어 그를 떼어내려고 했다. 하지만 그는 아무 반응이 없었다.

"……야."

결국 차빈의 입에서 반말이 튀어나왔다.

"인마…… 쉰왕자, 너 인마!"

차빈이 아무리 욕을 하고 그의 몸을 흔들어도 하렴은 꿈쩍도 하지 않았다. 잔뜩 긴장하고 있는 그녀의 귀로 이내 하렴의 숨소리가 새근새근 들려왔다.

……이건 정말이지 말도 안 된다.

'키스를 하고 잠들어버리다니! 미쳤구나, 이 남자!'

차빈은 황당하단 표정으로 잠든 하렴의 몸을 옆으로 밀어버렸다. 그런 다음 재빨리 일어나 이 방을 나가려고 했다. 그런데 침대 위에 불편한 자세로 엎드려 있는 하렴이 마음에 걸려서 그렇게 할 수가 없었다.

결국 이불을 물끄러미 쳐다보다, 하렴의 몸을 똑바로 눕히고 그것을 덮어주었다. 뿐만 아니라 손을 뻗어 그의 이마까지 짚어보았다. 상당한 열이 느껴졌다. 잠시 망설이던 차빈은 수건을 찾아 물에 담가서 가져왔다.

물에 적신 수건을 꽉 짜서 하렴의 이마에 조심스레 올려놓던 차빈의 표정이 굳어졌다. 순간 자신의 행동이 너무 바보같이 느껴졌던 것이다.

자신에게 허락도 구하지 않고 막무가내로 키스를 한 남자의 어디가 예쁘다고 수건을 얹어주고 있단 말인가!

차빈은 하렴의 얼굴에다 수건을 던져버리려다가 참았다. 그래도 아픈 사람에게 차마 그렇게까진 할 수 없었다.

'깨어나기만 해봐라. 기필코 사과를 받아내고 그에 따른 보상도 받아내고 말리라.'

단단히 벼르고 있던 그때, 차빈의 입에서 재채기가 튀어나왔다.

"에이취!"

'갑자기 재채기가 왜……. 설마, 감기에 걸린 건가? 아까 그 키스 때문에?'

갑자기 차빈의 얼굴이 벌겋게 달아올랐다. 얼굴을 식히기 위해 차빈은 방 밖으로 다시 나갔다.

그녀가 나가고 한참 뒤. 하렴이 눈썹을 찡그리면서 눈을 떴다.

'……참 요란한 꿈을 꿨어.'

그가 멍하니 있는 동안 차빈이 하렴의 방으로 다시 돌아왔다. 그녀의 눈에 천장을 보면서 눈을 깜박거리고 있는 하렴의 모습이 들어왔다.

"일어나셨습니까."

차빈의 서늘한 음성에 하렴은 깜짝 놀라 고개를 돌렸다.

"언제 왔냐?"

그의 첫마디를 듣자마자 차빈은 기가 막혔다.

"기억 안 나요? 저 한참 전에 왔잖아요! 제가 아까 사장님이 약 두 봉지 먹었다고 해서 화내고, 또 재미있는 얘길 해달라고 해서…… 에이취!"

말하던 도중에 차빈은 또다시 코가 간지러워서 시원스럽게 재채기를 했다. 재채기에 이어 기침도 터져 나왔다. 기침하는 그녀의 모습을 본 하렴이 물었다.

"감기 걸렸냐?"

말이 떨어지기 무섭게 차빈이 그를 노려보며 원망했다.

"사장님 때문이잖아요!"

"내가 뭘?"

의아함이 서려 있는 하렴의 얼굴 때문에 차빈은 울컥 화가 치밀었다.

'설마 기억 못하는 거야? 그런 엄청난 일을 저질러놓고?'

그때였다. 그들 사이로 휴대폰 벨 소리가 울려 퍼졌다. 차빈은 주머니에서 울려대는 휴대폰을 꺼내 발신자를 확인했다.

[시윤이]

민시윤이었다. 흥분을 가라앉힌 차빈이 냉정한 얼굴로 전화를 받았다.

"시윤아, 나 지금 사장님 댁에 있는데, 데리러 와줄 수 있어?"

그녀가 통화를 하는 동안 하렴은 자리에서 몸을 일으켰다. 곧 차빈이 전화를 끊자마자 그녀를 지켜보고 있던 하렴이 정색하며 물었다.

"너 지금 그놈을 우리 집으로 부른 거냐?"

질문을 무시한 채 차빈은 걸음을 옮겼다.

"야, 잠깐만."

하렴은 차빈을 말리기 위해 손을 뻗어 그녀의 팔뚝을 덥석 잡았다. 하지만 차빈은 서늘한 표정과 말투로 그의 손을 떼어냈다.

"잡지 마요."

"대체 왜 그러는데?"

"기억 못하시면 됐어요."

"기억이라니……."

한순간 하렴의 눈빛이 달라졌다. 아까 꿈이라 여겼던 그 일이 머릿속에서 재연되었던 것이다.

'그 키스가…… 꿈이 아니었어?'

하렴이 당황한 듯 굳어진 얼굴로 차빈을 바라보았다.

"저기, 잠깐, 얘기 좀 나눠라. 내가 너한테 뭔가, 저지른 것 같은데……."

"아뇨. 감기약 때문이었으니까 이해할게요."

차빈이 몸을 돌리려고 하자 하렴이 다시 그녀의 팔을 잡으며 말했다.

"그거 아니야."

왠지 하렴은 지금 이대로 그녀를 보내면 안 될 것 같았다.

"감기약 때문이 아니라……."

하렴이 말을 끊고 머뭇거리자 차빈은 가슴이 두근두근 떨렸다.

'감기약 때문이 아니면 뭔데? 뭔데, 대체? 서, 설마…… 고백이라도 하려는 거야?'

그녀의 두 눈이 하렴의 입술만을 뚫어져라 보았다. 그리고 그때 그 입술이 서서히 움직였다.

"상당히 오랜만이야, 이런……."

"이런, 뭐가요?"

두근두근. 차빈의 심장이 더욱더 빠르게 뛰기 시작했다.

'이런 감정? 설마 이런 감정이 오랜만이라는 거야?'

차빈은 두 눈을 크게 뜨고 하렴의 입만 쳐다보았다. 잔뜩 긴장한 채 그의 다음 말만을 기다렸다. 그때 드디어 하렴의 입이 다시 열렸다.

"키스."

"……!"

키스?

"나 아무래도 키스에 굶주렸던 것 같……."

퍽-

분노가 치민 차빈이 주먹으로 하렴의 가슴을 밀치듯 세게 가격했다.

"폭력에도 굶주린 것 같은데, 한 대 더 맞으실래요?"

차빈이 두 눈을 부릅뜨고 자신을 노려보자 하렴은 길게 한숨을 내쉬었다.

솔직히 아까 그 키스는 꿈인 줄 알았다. 감기약으로 인해 비몽사몽 했기 때문에 그녀의 말이 마치 키스를 해달라고 재잘재잘거리는 것처럼 들렸고, 그래서 키스를 했다. 그러니 현실인 줄 모르고 키스해버린 자신의 실수가 명백하다.

하지만, 설사 그게 정녕 꿈이었다 쳐도 왜 그녀에게 키스를 한 걸까?

쉽게 이해가 되지 않았다. 분명 거부할 수도 있었을 텐데 말이다. 갑자기 하렴의 머릿속이 많이 혼란스러워졌다. 그때였다.

띵동-

초인종 소리가 들리자 차빈은 하렴을 쳐다보지도 않고 몸을 돌려 방을 나갔다. 그리고 그대로 현관문을 열고 밖으로 나가버렸다.

"누나!"

급하게 대문을 열고 나오는 차빈을 발견한 시윤이 싱긋 미소를 지었다.

"내가 그렇게 반가워요? 뛰어오기까지 하고."

"쿨럭……."

그때 차빈이 작게 기침을 했다. 그걸 본 시윤이 놀라서 물었다.

"감기 걸렸어요?"

"응."

다음 순간 시윤은 자신의 외투를 벗어서 차빈의 어깨에 덮어주었다. 그 다정한 행동이 다소 지쳐 있는 차빈에겐 무척 고맙게 느껴졌다.

"고마워, 시윤아."

"이제 가요, 누나."

시윤이 그녀를 에스코트하며 차로 데리고 갔다. 그의 차에 올라타면서 차빈은 하렴의 집을 힐끔 돌아보았다. 그리고 아랫입술을 잘끈 깨물며 다짐했다.

'신하렴, 이 쉰왕자, 이 웬수야! 당신 절대로 용서 못해!'

15. 완벽한 결혼의 시작

오랜만에 같이 출근을 한 진과 하렴은 단둘이 빈 엘리베이터에 올라탔다. 불현듯 진이 하렴을 돌아보며 말했다.

"너 선봐야지."

순간 하렴의 눈썹이 치켜 올라갔다. 썩 내켜하지 않는 그의 얼굴을 보면서 진이 말을 이었다.

"저번에 실패했으니 다시 봐야지. 결혼 안 해?"

"……."

하렴은 아무 대꾸 없이 자신의 뒷머리를 긁적거렸다.

"너도 이제 내년이면 서른하나잖아. 호텔 규모 더 키우고 싶다며?"

그때 하렴의 머릿속에 어제 차빈과 나눴던 키스가 떠올랐다. 엄밀히 말하면 나눈 게 아니라 자신이 일방적으로 한 그 키스가 말이다.

'나는 왜 그녀한테 키스를 한 걸까?'

"왜? 선보기 싫어?"

하렴의 떨떠름한 표정을 본 진이 두 눈을 가늘게 뜨면서 물었다. 하렴이 단호하게 고개를 저었다.

"아니. 아니야."

아무래도 여자를 만나야겠다. 너무 오랫동안 여자를 안 만났다. 그래서 면역력이 떨어진 거다.

"선볼게."

그래서, 이차빈한테 키스를 한 것이다.

그런 것이다. 그게 틀림없다.

하렴은 자신의 마음을 다독였다. 엘리베이터가 사장실 층에 멈춰 서자 그는 진에게 눈인사를 건네고 그곳에서 내렸다.

"쿨록, 콜록!"

아침인사 대신 들려온 건 차빈의 기침 소리였다. 사장실로 향하던 하렴이 문득 발걸음을 멈추고 물었다.

"약은 먹었냐?"

차빈은 서늘한 눈빛으로 그를 쳐다보며 딱딱하게 말했다.

"저한테 업무 이외의 질문은 삼가주십시오."

그녀의 차가운 태도에 하렴은 내심 동요가 일었지만 꿋꿋하게 다시 질문을 던졌다.

"오늘도 그놈 차 타고 왔냐?"

"업무에 관한 질문이 아니므로 대답하지 않겠습니다."

표정 없는 차빈의 굳은 얼굴을 보고 하렴은 그녀가 진심으로 화가 났다는 사실을 알아차렸다.

'아무래도 어제 일 때문이겠지?'

그 일에 관해선 사과를 해야 하는데, 알고는 있는데, 차마 입이 안 떨어진다. 사과 대신 하렴은 아까부터 마음에 걸렸던 부분에 대해 물었다.

"근데 너, 말투가 요상하다?"

"이게 원래 비서들이 써야 하는 어투인데, 제가 그동안은 너무 편하게 말씀을 드렸던 것 같습니다. 앞으론 주의하겠습니다."

이것도 일종의 시위인가.

"……어, 그래. 그렇게 하니까 좋네. 어색하고, 안 어울리고."

"차차 익숙해지실 겁니다."

화가 많이 난 듯하니 어서 사과를 하긴 해야겠는데……. 그때 하렴의 눈에 차빈의 핑크빛 입술이 들어왔다.

'얼굴이 작아서인지 입도 참 작네. 입은 작지만, 입술은 도톰한 편이고 색깔도 예쁘고 느낌도 꽤…….'

멍하니 그녀의 입술을 보고 있는데 그 시선을 느낀 차빈이 서늘하게 말했다.

"왜 빤히 보십니까? 제 얼굴에 뭐 묻었습니까?"

뜨끔한 하렴이 헛기침을 몇 번 하고는 대답했다.

"못생겨서."

그 순간 차빈의 얼굴이 딱딱하게 굳어졌다.

'딱 한 대만 치고 사표 내버릴까?'

울컥 화가 치민 차빈은 심각하게 고민하면서 두 주먹을 꽉 움켜쥐었다. 진심으로 망설이고 있는 그녀에게 하렴이 툭 던지듯 말했다.

"나 선본다."

그 말에 차빈은 고개를 들고 차가운 눈빛으로 그를 바라보았다.
"그렇습니까? 축하드립니다."
"잘되면 나 결혼한다."
"그렇습니까? 그것도 미리 축하드립니다."
그녀의 목소리에는 어떤 감정도 묻어나지 않았다. 이를 느낀 하려의 눈썹이 살짝 구겨졌다.
……빌어먹을. 갑자기 기분이 나쁘다. 그것도 무지무지.
Rrrrr.
그때 주머니 속 하렴의 휴대폰이 울렸다. 휴대폰을 꺼낸 하렴이 통화버튼을 누르자 진의 목소리가 들려왔다.
-너 선보는 거 말이야, 아니다. 만나서 얘기하자. 내 방으로 좀 와봐.
"할 말 있으면 형이 와."
-내가 맨날 가잖아. 이번엔 네가 좀 와.
하렴이 어쩔 수 없다는 듯이 대답했다.
"알았어. 늙은 형 대신 내가 갈게."
-야, 이놈아! 내가 늙긴 어디가 늙……!
시끄러워서 전화를 끊어버렸다. 다음 순간 하렴은 차빈에게 총지배인실에 다녀오겠다는 말을 남긴 후 엘리베이터에 올랐다.
얼마 후 엘리베이터에서 내리는 하렴의 눈에 키 크고 슬림한 남자가 들어왔다. 아는 남자였다. 정확히 말하면, 아는 놈이었다.
"이 시간에 여긴 왜 어슬렁거리십니까?"
하렴이 무릎 부분이 찢어진 청바지를 입은 시윤을 향해 다가가며 물었다.

"네?"

까칠한 하렴의 질문에 시윤은 조금 놀란 표정을 지었다.

"혹시 집에서 노십니까?"

계속되는 하렴의 적대적인 멘트에 시윤은 피식 웃음을 터뜨렸다.

"아뇨. 보기와 달리 직업은 있습니다. CF모델이거든요."

그런 다음 시윤은 자신의 손에 있는 비닐봉지를 들어 올렸다.

"우리 차빈 누나한테 감기약 주러 왔습니다. 아침에 안 가지고 나갔다고 누나 아버님이 걱정하셔서. 우리 차빈 누나가 원래 감기에 잘 안 걸리는 체질인데 한번 걸리면 심하거든요."

시윤을 물끄러미 바라보던 하렴이 그 봉지로 손을 뻗었다.

"그럼 저 주십시오. 제가……."

"아닙니다. 제가 직접 전달하고 가겠습니다."

시윤이 그의 손을 피해 봉지를 내려버리자 하렴은 기분이 확 상했다. 역시 기분 나쁜 놈이다.

"사장님."

그때 시윤이 나직하게 그를 불렀다.

"혹시 오늘 우리 차빈 누나 좀 일찍 퇴근시켜주시면 안 됩니까? 몸도 안 좋은데."

생글거리며 부탁하는 시윤을 향해 하렴은 싱긋 미소를 지었다. 그러나 그 입에서 나오는 말은 부정적이었다.

"안 되겠는데요."

"너무하시네요."

시윤이 조금 불편한 표정을 짓자 하렴이 얼굴을 딱딱하게 굳히고는 말했다.

"이차빈은 당신 차빈 누나이기 이전에 제 비서이자 제 사람이거든요."

시윤의 얼굴이 굳어지는 것을 보면서 하렴은 유유히 등을 돌렸다.

차빈은 오늘 또다시 선을 본다는 하렴을 호텔 레스토랑까지 데려다주고 화장실로 향했다. 화장실로 들어온 차빈은 부글부글 끓어오르는 화를 진정시키기 위해 찬물로 세수를 강행했다.

"어떻게, 사과 한마디를 안 할 수가 있지?"

하렴의 제멋대로인 성격이야 모르는 바 아니었으나, 그래도 사과 한마디 정도는 할 줄 알았다. 욕정에 굶주려서 충동적으로 한 키스였으니 사과는 반드시 필요한 게 아닌가!

하지만 하렴은 오늘도 미안한 기색 하나 없이 뻔뻔한 태도로 일관했다. 그런 그에게 잠시나마 설렌 자신이 너무 바보 같았다.

차빈은 정면에 보이는 거울을 통해 물에 젖은 자신의 얼굴을 비춰 보다가 조그맣게 중얼거렸다.

"화장…… 다시 해야겠네."

그런 다음 휴지로 얼굴의 물기를 닦아냈다. 편하게 화장을 고치기 위해 화장실 칸 안으로 들어간 차빈은 변기 뚜껑을 내리고 그 위에 앉았다. 그때 화장실로 한 무리의 여자들이 들어온 듯 재잘거리는 소리가 들려왔다.

"오늘 만나는 게 누구라고 했지?"

"일신기업 외손자."

"일신기업? 망했잖아. 그 회장님이 사위 하나 잘못 들여서 폭삭 망하고 딸이랑 사위는 도망치듯 미국으로 이민 갔다던데?"

차빈은 의도치 않게 여자들의 대화를 엿들으며 재킷 주머니에서 파우더 팩트를 꺼냈다. 그사이 여자들의 목소리가 또다시 들려왔다.

"망해도 재벌이잖아. 그리고 그 외손자가 엄청 똑똑해서 어린 나이에 미국에서 성공했대. 미국 도미호텔 최연소 총지배인이었다나? 암튼, 그것뿐만 아니라 현재 도미호텔 마크 회장의 엄청난 총애를 받고 있대. 한국 도미호텔 규모만 좀 더 키우면 마크 회장이 다시 미국으로 불러들일 거라는 소문이 파다해."

"왜 불러들이는데?"

"왜겠어? 머리가 텅텅 빈 자기 자식들을 대신해서 경영에 참여시키려는 거지."

"와우, 대단한 남자네. 야, 너 꽉 잡아라."

"당연하지. 게다가 얼굴, 키, 몸매, 그리고 목소리까지 완벽하대."

그녀들의 이야기를 엿듣던 차빈의 머릿속에 자연스럽게 한 남자가 떠올랐다.

신하렴.

'그 쉰왕자 얘기구만. 역시 한국어만 안 하면 완벽한 남자라니까. 그나저나 쉰왕자가 일신기업 외손자였어? 역시 그 자신감의 원천은 금수저였구만. 그러니 그렇게 제멋대로지. 흥.'

파우더 팩트 안의 거울로 자신의 얼굴을 살펴보면서 차빈은 짧게 한숨을 내쉬었다.

반대편에 앉아 있는 여자는 솔직히 그렇게 못난 얼굴은 아니었다. 오히려 꽤 미인 축에 속하는 외모의 소유자였다. 그러나 하렴은 지금 이 순간 그녀의 단점만을 콕콕 찍어내고 있었다.

'머릿결이 안 좋군.'

염색을 많이 해서 상한 듯한 머릿결을 본 하렴이 미세하게 고개를 설레설레 저었다. 이내 그의 시선이 그녀의 손톱피어싱을 한 손으로 향했다.

'네일이 치렁치렁 너무 화려해. 분명 집안일엔 손도 안 대겠군.'

자신을 향한 하렴의 뜨거운 시선에 여자는 부끄러운 듯 수줍게 웃어 보였다. 하렴의 눈빛이 반짝였다.

'앞니에 루주가 묻었는데 모르는군. 그리고 웃을 때 잇몸이 너무 보여. 이빨 반, 잇몸 반이야.'

계속 자신에게서 시선을 떼지 않는 하렴의 행동에 여자는 두근두근 설레면서 커피 잔을 들어올렸다. 커피를 마신 그녀가 잔을 내려놓자 하렴은 그것을 잽싸게 눈으로 훑었다.

'컵에 묻은 루주를 닦지 않는군. 청결하지 못…….'

그때 여자가 잔에 묻은 루주를 엄지로 닦으면서 입을 열었다.

"주말엔 주로 뭐 하세요?"

그녀의 행동에 하렴은 내심 머쓱해하면서 짧게 대답했다.

"쉽니다."

"뭐 하면서 쉬시는데요?"

"그냥 멍 때리면서 쉽니다."

하렴은 차빈이 들었으면 기절초풍했을 표현을 아무렇지도 않게 내뱉었다. 그러나 다행히 여자는 전혀 개의치 않는 모습이었다.

"어머머, 하렴 씨도 멍하니 있는 거 좋아하시는구나? 저도 그래요. 그럼 혹시 영화도 좋아하세요?"

"아뇨. 싫어합니다."

"어머, 나랑 똑같다. 저도 엄청 싫어하거든요."

그 말에 하렴이 눈썹을 꿈틀 움직였다.

'내가 아무리 한국어 바보라지만, 방금 저 여자가 말을 바꾼 건 알겠다. 영화'도' 좋아하냐고 물었으니 자긴 분명 좋아하는 걸 텐데.'

하렴의 강렬한 시선을 마주한 여자가 손으로 입을 가리며 웃었다.

"호호."

'웃는 게 가식적이군. 마음에 안 들어.'

여자의 가식적인 웃음소리에 하렴은 최종결정을 내렸다.

'탈락.'

그러고는 곧바로 휴대폰을 들어 차빈에게 짧게 문자를 보냈다.

[와당장]

보내고 보니 띄어쓰기를 안 했다. 하렴은 자신이 보낸 문자의 문제점을 알아차렸지만, 이내 어깨를 으쓱했다.

'그래도 뭐, 이차빈이니까 알아들었겠지.'

그때 반대편에 앉은 여자가 또다시 질문을 던졌다.

"취미는 뭐예요?"

"없습니다."

"좋아하는 운동은요?"

"없습니다."

"골프는 안 치세요? 스쿼시는요?"

"없습……. 둘 다 안 합니다."

아무 감정 없이 '없습니다' 대답만 툭툭 내뱉던 하렴이 이번엔 질문 형식이 다르다는 걸 깨닫고 말을 바꾸었다. 그런 하렴의 태도에도 여자는 흔들림이 없었다.

"그래요? 운동하시는 몸 같은데."

"헬스는 가끔 합니다. 어릴 때 수영도 좀 했었고요."

"어머, 저 수영 못하는데. 다음에 저 좀 가르쳐주세요."

"글쎄요. 가르칠 정도는 아니라서."

"수영을 얼마나 하셨는데요?"

끝없는 여자의 질문에 하렴은 숨이 막히는 듯한 기분이 들었다. 그때였다.

"사장님."

익숙한 목소리가 들리자마자 하렴은 고개를 홱 돌렸다.

"아, 이 비서."

차빈의 얼굴을 보는 순간 하렴은 갑자기 숨이 확 트이는 것 같았다. 반면, 차빈의 등장에 반대편 여자는 노골적으로 불쾌한 표정을 지었다. 그녀의 얼굴을 본 차빈이 재빨리 말했다.

"이야기 나누시는 도중에 죄송합니다만, 미국 본사에서 급한 연락이 왔습니다."

"그래?"

하렴은 어쩔 수 없다는 표정으로 여자를 돌아보며 말했다.

"죄송한데, 먼저 일어나겠습니다."

그러고는 서둘러 자리에서 일어섰다. 빠른 걸음으로 레스토랑을 빠져나가는 하렴의 뒤에서 차빈은 여자에게 머리 숙여 사과했다. 하지만 여자는 그녀를 쳐다보지도 않았다.

잠시 후 레스토랑을 나오는 차빈의 앞으로 하렴이 걸어왔다. 그녀를 기다리고 있었던 것이다. 다가오는 그를 향해 차빈이 말했다.

"마음에 안 드셨나 봅니다."

"당근이지."

하렴은 상당히 옛날 유행어로 쿨하게 대답하고는 몸을 돌렸다. 그의 뒤에서 차빈은 쓴웃음을 지었다.

"콜록-"

그때 그녀의 입에서 기침이 튀어나왔다. 그 기침 소리에 하렴은 다시 몸을 돌려 그녀를 보았다. 그가 자신을 빤히 쳐다보자 차빈이 정색하면서 물었다.

"왜 그렇게 보십니까?"

"……감기 걸리니까 더 못생겼다, 너."

"제 얼굴입니다. 상관하지 마십시오."

"인생이 불쌍해서 그래."

"제 인생입니다. 그냥 두십시오."

쌀쌀맞은 차빈의 태도에 하렴은 눈썹을 꿈틀 움직였다.

"너, 대체 언제까지 그 '다나까오' 말투 쓸 거냐?"

"계속 쓸 겁니다."

"내가 하지 말라고 명령하면?"

이렇게 말하면서 하렴은 차빈에게로 가까이 다가섰다. 그리고 그녀를 향해 상체를 숙였다.

"그래도 할 거냐?"

자신의 얼굴 앞으로 얼굴을 들이미는 하렴의 행동에 차빈은 재빨리 손을 들어 입술을 가렸다.

"가까이 오지 마십시오."

그와 동시에 차빈은 뒷걸음질을 쳤다.

"뭐?"

뒤로 물러서는 그녀를 보는데 하렴은 또다시 속이 울렁거렸다. 가슴이 꽉 조여오는 느낌도 들었다. 화가 나기도 했지만 슬프기도 했다. 굉장히, 복잡 미묘했다. 하지만 하렴은 그 감정을 그대로 둔 채 뒤로 물러섰다.

"나 퇴근."

그는 솔직히 이게 무슨 감정인지 알고 싶지 않았다.

진은 부총지배인인 성훈과 함께 점심식사를 마치고 로비를 지나고 있었다. 불현듯 성훈이 데스크에 물어볼 게 있다며 빠르게 걸음을 옮겼다. 진은 조용히 그를 따라갔다.

"1013호 고객 있잖아요, 추가 숙박 가능하냐고 묻던데 안 되나요?"

성훈이 안내데스크의 선영에게 생글생글 웃는 얼굴로 물었다.

"당일 숙박 연장은 불가능한 거 알고 계시잖아요."

"그래도 VIP 고객이잖아요. 제 지인이기도 하고."

그때 선영의 옆에서 희진이 얼굴 가득 화사한 미소를 지으며 말했다.

"다음 예약이 되어 있어서 안 돼요. 잘 아시면서 왜 그러세요, 호호-"

여자친구를 하루 더 묵게 해주고 싶었는데 계획이 틀어지자 성훈은 동그란 얼굴에서 미소를 싹 거뒀다. 표정을 딱딱하게 굳힌 그가 선영과 희진을 번갈아 쳐다보면서 말했다.

"항상 느끼는 건데, 두 분은 쌍둥이 같아요. 성형미인들이라서 그런가."

"어머, 그런가요? 호호-"

"후후, 그런 말 자주 들어요."

도발하는 게 분명한 성훈의 태도에 선영과 희진은 지지 않겠다는 듯 더 환한 미소를 지었다.

"이렇게 명찰을 가리면 누가 선영인지 희진인지 구분 못하시겠죠?"

희진이 손을 들어 자신의 명찰과 선영의 명찰을 가리면서 말했다.

"아아, 정말 그러네요."

고개를 끄덕이는 성훈의 뒤로 진이 다가왔다. 그를 돌아본 성훈이 웃는 얼굴로 말했다.

"명찰 가리니까 진짜 헷갈리네요. 총지배인님도 그렇죠?"

진은 명찰을 가리고 있는 희진과 선영의 얼굴을 번갈아 쳐다보고는 성훈에게 대답했다.

"아니. 나는 두 분을 정확하게 구분할 수 있어."

예상치 못한 진의 대답에 성훈은 조금 당황한 표정을 지었다.

"선영 씨는 속눈썹이 풍성해서 눈에 선이 진한 편이고, 희진 씨는 피부가 백옥같이 깨끗하고 맑아. 그리고 두 사람은 눈동자 색도 달라. 희진 씨가 더 까만 편이지."

사실 진은 그때 두 사람의 얼굴을 헷갈린 이후로 둘에 대해 조금 연구를 했다.

"총지배인님 말씀 듣고 보니까 조금 다른 것 같기도 하네요."

성훈이 떨떠름한 표정으로 수긍을 하자 진이 선영과 희진에게 인사를 건넸다.

"그럼 저흰 이만 가볼게요. 수고해요."

"네, 두 분 다 수고하세요."

진과 성훈에게 인사를 하면서도 선영과 희진은 조금 얼이 빠진 상태였다.

잠시 후 선영의 입에서 먼저 허망한 목소리가 튀어나왔다.

"나 지금 야닯소한테 조금 설레었어."

"나도……."

희진도 넋 나간 표정으로 고개를 끄덕였다. 곧 선영이 자신의 속눈썹을 손으로 톡톡 건드리며 말했다.

"나 이거 속눈썹 붙인 건데. 인조인 걸 전혀 모르는 게 조금 귀엽게 느껴졌어."

"난 어떻고? 난 칼라렌즈 낀 거란 말이야. 어떻게 그걸 몰라?"

희진이 칼라렌즈로 인해 새까만 눈동자를 깜박이며 황당해했다. 그러다 이내 피식 웃음을 터뜨렸다. 그녀의 시선이 진이 사라진 쪽으로 향했다.

'덩치는 커다래가지고 조금 귀엽네, 저 남자?'

늦은 오후, 하렴의 부름에 차빈은 사장실로 들어왔다.

"무슨 일이십니까?"

여전히 딱딱하기만 한 그녀의 태도에 하렴은 씁쓸한 미소를 지으며 말했다.

"너 오늘 야근이야. 나 이따 오후 8시에 레스토랑으로 가야 하거든."

"그 선본 여자분, 또 만나십니까?"

"아니. 새로운 여자."

하렴의 시크한 대답을 들은 차빈은 어이가 없었다. 하지만 감정을 꾹 억누르고 점잖은 어투로 물었다.

"또 선보시는 겁니까?"

"응."

"……잘되시길 바랍니다."

"응."

다음 순간 차빈은 냉정히 몸을 돌렸다. 그리고 그대로 사장실 문을 향해 걸어갔다. 하지만 사장실 문 손잡이를 돌리지는 못했다. 참았던 감정이 폭발할 것만 같았던 것이다. 결국 다시 하렴에게로 몸을 돌린 차빈이 물끄러미 자신을 보고 있는 그를 향해 말했다.

"근데 정말 이해가 안 돼서 그러는데요, 왜 자꾸 선을 보시는 겁니까? 저번에도 실패하셨고 엊그제 본 선도 실패하셨잖아요. 그런데 왜 그렇게 포기를 안 하시는 건지 정말 궁금합니다."

하렴이 무표정한 얼굴로 입을 열었다.

"나는 가장 완벽한 결혼의 시작은 선이라고 생각하거든. 비슷한 수준의 남녀가 만나서 서로에게 이상적인 도움을 주는 거. 이보다 완벽한 결혼은 없다고 생각해."

"완벽한 결혼의 시작은 사랑 아닌가요? 사랑이 있어야 결혼을 하죠."

"사랑?"

차빈의 말에 하렴은 피식 웃음을 터뜨렸다.

"전에도 말했지만, 난 사랑을 안 믿어."

얼굴에 서늘한 미소를 띤 채 하렴은 자리에서 일어섰다. 그러곤 천천히 차빈을 향해 다가왔다.

"우리 부모님은 말이야, 사랑해서 결혼했어. 선을 본 것도 아니고 연애결혼을 했단 말이야."

그는 담담한 어조로 차빈에게 자신의 이야기를 들려주었다.

"근데 아버지한텐 잊지 못할 첫사랑이 있었지. 아버진 우리 가족끼리 미국으로 이민 간 지 7년 만에 그 첫사랑을 찾아서 한국으로 가버렸어. 자기가 우겨서 미국으로 이민 간 거였는데 말이야. 아버지가 떠난 후 엄마랑 내가 어떤 삶을 살았는지 너는 아마 상상도 못할 거야."

"……."

"엄마는 아버지가 떠난 충격으로 몸져누우셨고 돌아가실 때까지 아프셨어. 나는 병원비를 마련하기 위해 건물 계단 청소, 식당 허드렛일 등등 안 해본 일이 없었지. 겨우 열다섯이었지만 그야말로 돈이 되는 거라면 뭐든지 했어. 그러다 도미호텔과 인연이 된 거지만."

차빈의 앞에 멈춰 선 하렴이 그녀를 향해 싱긋 미소를 지으며 말을 이었다.

"나중에 알아보니까 아버지도 결국 그 첫사랑이랑 잘되진 못했다고 하더라. 가지고 나간 돈도 다 써버리고 지금은 빚더미에 앉았다고 하더라고. 뭐, 자업자득이지."

얼굴은 웃고 있었지만 하렴의 목소리는 얼음같이 차가웠다. 그 갭이 차빈은 조금 무서웠다.

"사랑이란 건 말이야, 이 세상에서 제일 쓸모없는 감정이야."

차빈은 하렴이 사랑을 믿지 않는다는 건 예전부터 알았던 사실이라 크게 동요하지는 않았다. 하지만 그가 살아온 인생이 그를 그렇게 만들었다는 사실에는 가슴이 아팠다. 그때 하렴이 진지한 표정으로 말했다.

"나는 이제 사업을 하시는 할아버지를 도울 수 있을 정도의 경제력과 힘을 갖췄어. 여기다 완벽한 사업 파트너만 잘 만나 결혼한다면 나는 더 승구리당당하겠지."

"혼자 심각한 상황에 죄송합니다만…… 마지막에 혹시 '승승장구'라고 말씀하고 싶으셨던 겁니까?"

"응. 그거."

차빈은 그가 너무 진지하게 말해서 웃음도 안 나왔다. 이 남잘 진짜 어떻게 해야 하나.

"역시. 넌 알아줄 줄 알았어."

하렴이 이렇게 말하며 씨익 웃었다. 그 미소에 차빈은 또다시 가슴이 아팠다. 그 미소 뒤에 숨겨진 아픔을 알아서일까, 야심을 알아서일까. 어쨌든 한 가진 확실했다. 그와 자신은 사는 세계가 다르고 앞으로도 계속 다를 거라는 사실.

"그럼 전 이만 나가보겠습니다."

차빈은 하렴에게 고개 숙여 인사한 뒤 몸을 돌렸다. 그런데, 그런 그녀의 앞을 하렴이 막아섰다.

"아직, 할 말이 남았어."

예상치 못한 그의 말과 행동에 차빈의 두 눈이 커졌다.

"내가 미안했어."

하렴이 나직하게 사과했다. 갑작스런 그의 사과에 차빈의 두 눈동자가 크게 흔들렸다.

"아팠고 약에 취했고, 그딴 거 다 핑계야. 내가 하고 싶어서 했어."

"……!"

"그 순간엔 정말 너한테 키스하고 싶었어."

차빈은 심장이 쿵쾅쿵쾅 뛰는 것을 느꼈다. 너무 크게 뛰어서 하렴에게 들릴까 봐 걱정스러울 정도였다. 그런데 그의 말은 거기서 끝난 게 아니었다.

"미안해. 다시는 안 그럴게."

이어진 그의 말에 차빈은 갑자기 눈물이 나올 것만 같았다.

"이제는 그런 일 절대 없을 거야."

이상하게 차빈은 그 말이 너무 아팠다.

16. 완벽한 입덕부정기

인후는 아까부터 카페 의자에 멍하니 앉아 있는 딸이 신경 쓰였다. 그가 본 차빈의 볼은 붉게 상기된 상태였고 두 눈은 초점 없이 멍했다. 그녀가 걱정된 인후는 시윤에게 카운터를 맡기고 차빈의 테이블로 걸어갔다.

인후는 제일 먼저 손을 뻗어 차빈의 이마에 얹었다. 손바닥으로 전해지는 열을 느낀 그가 딸을 향해 말했다.

"열 있네, 우리 딸?"

그 말에 차빈은 힘없이 웃었다.

"일이 힘들어?"

순간 차빈의 얼굴에서 웃음이 사라졌다. 그걸 본 인후가 눈을 빛내며 다시 물었다.

"일 그만두고 싶어?"

"……."

솔직히 그랬다. 하지만 그렇게 대답했다가는 내일 당장 호텔을 그만두게 할 것 같아서 차빈은 차마 고개를 끄덕일 수가 없었다.

"아니. 그런 거 아니야."

솔직히 말하면, 일이 힘든 건 아니었다. 다만 신하렴이 힘들었다. 하지만 그렇다고 당장 일을 그만두고 싶진 않았다.

참 아이러니한 기분이었다.

그날 하렴에게 키스를 당했을 땐 너무 황당하고 화가 났다. 어떻게 해서든 혼내주고 사과를 받아내고 싶었다. 하지만 막상 사과를 받아낸 지금은 기분이 더 나빴다.

'아팠고 약에 취했고, 그딴 거 다 핑계야. 내가 하고 싶어서 했어. 그 순간엔 정말 너한테 키스하고 싶었어. ……미안해. 다시는 안 그럴게. 이제는 그런 일 절대 없을 거야.'

'절대 없을 거라고? ……아니, 왜? 대체 왜?'

하렴이 한 말을 떠올리다 울컥 이런 마음이 든 차빈은 그런 자신이 이상해서 견딜 수가 없었다.

'신하렴이 다신 그런 짓 안 하겠다고 했으면 안심하고 기뻐해야지, 대체 왜 이렇게 화가 나고 가슴이 답답한 거람?'

그 순간 최악의 가정 하나가 떠올랐다. 하지만 차빈은 모른 척 무시하고 싶었고 부정하고 싶었다.

'설마…… 아니야. 아닐 거야. 그건 정말 아니잖아!'

괴로움을 느낀 차빈이 머리카락을 움켜쥐자 그녀를 보고 있던 인후가 깜짝 놀랐다.

"차, 차빈아! 진정해! 대체 무슨 괴로운 일이 있어서 이래?"

"아니, 그냥, 머리가 가려워서 그래."

어설픈 변명을 하면서 차빈은 두 눈을 질끈 감았다.

'내가 정말 신하렴을……. 아니야. 그건 절대 아닐 거야! 아니어야만 해!'

아침 회의에 참석한 하렴의 얼굴은 딱딱하게 굳어 있었다. 그는 그 무서운 표정으로 두 팔에 팔짱을 낀 채 정면을 응시했다.

"얼마 전에 있었던 이벤트와 이 비서의 인터뷰 등으로 로열 스위트룸이 화제가 되면서 전달 대비 예약률이 대폭 상승하였습니다."

앞에 서서 발표를 하고 있는 김 실장에게서 시선을 거둔 하렴이 자신의 손목시계를 힐끔 내려다보았다. 그러곤 아무도 듣지 못하게 낮은 한숨을 내쉬었다. 그러고 보니 항상 그의 오른쪽에 앉아서 이따금 그에게 귓속말을 하던 비서 차빈의 모습이 보이지 않았다.

"그러나 중국인 관광객들, 일명 요우커에 의한 로열 스위트룸의 예약률이 낮아지고 있는 상황입니다. 이는 아무래도 우후죽순처럼 늘어난 경쟁 숙박업체들의 영향인 것으로 생각됩니다."

그때 팔짱을 낀 채 마이크를 통해 들려오는 김 실장의 목소리를 가만히 듣고 있던 하렴이 갑자기 눈썹을 구겼다. 다음 순간 그가 테이블 위에 놓여 있는 회의용 마이크를 잡으며 말했다.

"'아무래도', '인 것으로 생각된다' 같은 두루뭉술한 표현은 회의할 때 쓰면 안 되는 거 아닙니까? 저는 좀 더 정확한 분석 내용을 전해 듣고 싶은데요."

하렴의 목소리는 찬바람이 쌩쌩 분다고 느껴질 정도로 차갑기 그지없었다. 그 목소리로 인해 회의실 안은 찬물이라도 끼얹은 듯 조용해졌다. 그 안에 다시 하렴의 냉정한 음성이 울려 퍼졌다.

"제가 지금 고작 당신 생각이나 들으려고 아침부터 이곳에 앉아 있는 줄 아십니까?"

살벌한 하렴의 태도에 회의실 안의 직원들은 모두 그의 눈치를 보면서 입을 꾹 다물었다. 죄송하다며 고개를 숙이는 김 실장을 향해 하렴이 말을 이었다.

"좀 더 명확하게 분석해서 정확한 내용을 발표하란 말입니다. 시간낭비란 생각이 들지 않게."

상당히 저기압인 듯한 하렴의 모습에 그의 왼편에 앉아 있던 진 역시 조금 긴장을 하고 말았다. 자신이 아무리 하렴의 절친한 사촌 형이라도 무서운 건 무서운 거다.

"하렴아, 너 왜 그래?"

회의실 안의 살벌한 기운을 조금이라도 누그러뜨리고자 진은 웃는 얼굴로 하렴에게 말했다. 그러나 돌아오는 건 하렴의 서슬 퍼런 눈빛뿐이었다.

"뭐가."

"……아니야, 아무것도."

진은 바로 고개를 돌려버렸다. 그 역시 상당히 오랜만에 보는 블랙 하렴이었다. 블랙모드일 때의 하렴은 냉정해지고 냉철해져서 완벽에 가까운 모습을 보이며 실수 또한 하지 않는다. 그 증거로, 방금도 한국어 실수를 한 번도 안 하지 않았는가.

이럴 때 하렴은 그야말로 천하무적이다. 그가 최연소 총지배인부터 시작해서 최연소 한국 도미호텔 대표가 될 수 있었던 이유도 바로 여기에 있다.

회의실 안에 어색하고 불편한 침묵이 흐르고 있던 그때였다.

"죄, 죄송합니다!"

갑자기 회의실 문이 열리면서 두 볼이 붉게 상기된 차빈이 들어왔다. 숨을 거칠게 몰아쉬는 그녀에게로 회의실 안의 모든 직원들의 시선이 향했다.

"아, 이 비서, 이제 와요?"

그녀의 등장에 진은 반색하면서 그녀를 맞았다. 이렇게 해서라도 얼어붙은 분위기를 완화시키고 싶었던 것이다.

"지각해서 정말 죄송합니다."

차빈은 직원들을 향해 허리를 꾸벅 숙여 인사한 뒤 하렴의 곁으로 다가갔다.

"너 뭐야?"

하렴이 살벌한 눈초리로 자신을 쏘아보자 차빈은 그의 옆자리에 앉으면서 조그만 목소리로 대답했다.

"늦잠 잤어요."

차빈은 요즘 깨달은 자신의 감정 변화에 대한 고민으로 밤새 잠을 청하지 못했다. 그러다 새벽녘이 돼서야 겨우 잠이 들었고, 깨어보니 출근 시간이 훌쩍 지나 있었던 것이다.

"뭐? 늦잠? 너 미쳤……."

목소리를 높이려는 하렴의 팔을 잡아 말리며 차빈이 말했다.

"알았어요. 나중에 혼날게요. 지금은 회의 중이잖아요."

나직한 그녀의 목소리에 하렴은 주변을 둘러보면서 헛기침을 했다.

"흠흠. 암튼, 너 이따 보자."

차빈에게 조용히 경고한 다음 하렴은 허리를 꼿꼿이 폈다. 그러곤 정면에 있는 김 실장을 향해 말했다.

"계속 떠들어보시죠."

그의 마치 시비를 거는 듯한 차가운 말투에 차빈은 깜짝 놀랐다. 그녀가 손가락으로 하렴의 옆구리를 쿡 찌르며 속삭였다.

"그렇게 말하지 말아요. 직원들이 겁먹잖아요."

"……계속하세요."

하렴이 단어를 바꿔 말하자 긴장돼 있던 김 실장의 표정이 조금 풀어졌다. 곧 그가 다시 발표를 이어갔다.

그때 그 광경을 말없이 지켜보던 진이 고개를 갸웃했다. 블랙모드였던 하렴이 다소 부드러워진 것 같았기 때문이다. 눈빛도 목소리도. 방금 전과 달라진 상황이라면 딱 하나, 이 비서의 유무인데 말이다.

'……역시. 내 예상이 맞군.'

슬며시 진의 입가에 옅은 미소가 걸렸다.

"그러니까 타 숙박업체들의 경쟁력이 강화됨에 따라 우리 도미호텔도 그에 따른 대책 마련이 시급하다고 생각……."

발표를 이어가던 김 실장이 순간 자신이 내뱉은 단어를 깨닫고 급히 말을 바꾸었다.

"죄, 죄송합니다! 제가 또 '생각'이란 모호한 표현을 썼네요. 그러니까, 시급합니다. 그러니 최대한 빨리 다양한 아이디어들을 내서……!"

"타 업체들과는 다른 무언가를 해야죠."

그때 하렴이 김 실장의 말을 자르며 자신의 의견을 제시했다. 이에 김 실장은 크게 고개를 끄덕였다.

"네, 그렇습니다!"

"예를 들면, 우리 호텔에서 드라마를 찍게 한다든가?"

"네?"

다소 부드러워진 하렴이 제시한 의견에 김 실장을 비롯한 몇몇 직원들의 눈이 커졌다. 도미호텔은 워낙 고급스런 이미지를 중요시하는지라 드라마 장소 협찬은 생각지도 못한 부분이었던 것이다. 하지만 장소를 협찬한 드라마가 성공만 한다면 분명 엄청난 광고 효과를 볼 것이다.

"알아보세요. 장소 제공이 필요한 제작사나 방송국."

"아, 네!"

말을 마친 하렴이 자리에서 일어섰다. 그런 다음 유유히 회의실을 빠져나갔다. 곧 차빈도 그를 따라 회의실을 나갔다.

"저기, 차빈 씨!"

그런데 그때 뒤에서 진이 그녀를 부르며 다가갔다. 그의 손에는 까만 클립보드가 들려 있었다.

"이거 오늘 회의록이에요."

"아, 감사합니다."

회의에 늦은 자신을 위해 회의록을 챙겨주는 진의 세심한 배려에 차빈은 내심 감탄했다.

"아, 그리고 오늘 하렴이 오후 스케줄 전부 취소해줘요."

진이 불쑥 그녀에게 말했다. 차빈이 의아한 표정을 짓자 그가 말을 이었다.

"오늘이 이모 기일이거든요. 그래서 하렴이 아까부터 엄청 저기압이에요. 일명 블랙모드라고도 하죠."

"아, 그래요? 전 또 제가 늦어서 기분이 안 좋으신 줄 알았어요."
그녀의 말에 진은 의미심장한 미소를 지었다.
"뭐, 그 이유도 있는 것 같긴 하네요. 암튼, 그래서 오늘 그 녀석 혼자 고향에 내려갈 거예요. 그러니까 차빈 씬 일찍 퇴근해도 돼요."
"아아, 네."
자리를 뜨려던 진이 차빈의 눈치를 보면서 다시 입을 열었다.
"근데 그 녀석, 이모 기일 날에는 유난히 우울해해서 걱정이에요. 저라도 따라가고 싶은데, 제가 처리해야 할 일이 워낙 많아서요."
안타깝다는 듯이 중얼거린 후 진은 등을 돌려 가버렸다.
진의 말이 마음에 걸린 차빈은 잠시 망설이다가 하렴을 찾아 나섰다. 고향에 갈 거라면 주차장 쪽으로 향했을 것 같아서 차빈은 일단 로비로 내려갔다. 그리고 곧바로 호텔 유리문을 열고 밖으로 나갔다. 호텔을 나온 차빈의 눈에 하렴과 그의 차가 보였다.
'저기 있다! 다행이다. 아직 안 갔네.'
그런데 하렴의 차가 주차되어 있는 곳에 평소 그의 차를 운전해 주는 기사의 모습이 보이지 않았다. 오직 하렴만이 심각한 얼굴로 서 있을 뿐이었다.
"김 기사님은요?"
빠르게 달려간 차빈이 주위를 둘러보면서 묻자 하렴이 그녀를 향해 덤덤하게 대답했다.
"내가 운전할 거야."
"직접이요?"
"응."
고개를 끄덕이는 하렴의 얼굴을 보며 차빈이 걱정스럽게 물었다.

"한동안 운전 거의 안 하지 않았어요? 남이 다 해줘서."
"응. 그래서 상당히 오랜만에 하는 거긴 해."
그 말에 차빈은 미간을 모으며 심각한 표정을 지었다. 그러다 잠시 후 결심한 듯 말했다.
"그럼 제가 할게요."
일순 하렴의 두 눈이 커졌다.
"뭐? 너 운전할 줄은 아냐?"
"네, 스무 살 때 면허 땄어요."
"그사이에 운전은 해봤고?"
하렴이 불안해 보이는 표정으로 묻자 차빈이 당당하게 대답했다.
"아뇨. 그렇지만 저, 운전면허 필기시험 백점 맞은 여자예요."
"필기가 백점이면 뭐해? 실기 경험이 없는데."
"괜찮아요. 다들 저 운전 잘하게 생겼다고 했어요."
"물론 넌 생긴 거야 5톤 트럭도 잘 몰게 생겼지. 하지만 운전은 생긴 거랑 상관없잖아."
하렴이 덤덤하게 던진 말에 차빈은 갑자기 기분이 나빠졌다. 분명 자신이 먼저 한 말이긴 한데, 저 남자가 하니까 기분이 나빴다.
"……기분이 살짝 나쁜데요."
"살짝 나빠? 많이 나빠야 정상인데."
울컥 화가 치밀었지만 차빈은 꾹 참았다.
'참자. 저렇게 못됐어도 내 상사니까.'
"어쨌든 우리 호텔 대표인 사장님을 운전시킬 수는 없어요."
"그 낯간지러운 논리는 또 뭐냐?"
솔직히 말하면 그를 혼자 두고 싶지 않았다. 저번에도 어머니 기일이 다가온다는 이유로 아팠던 사람이니까. 차빈은 고집스럽게 운전석의 문을 열었다.

"저만 믿고 타요."

먼저 차에 올라타버린 차빈 때문에 하렴은 내키지 않는다는 얼굴로 조수석에 올라타야 했다. 옆자리에 탄 하렴을 향해 차빈이 물었다.

"근데 고향이 어디예요?"

"해남."

"네?"

순간 차빈의 두 눈이 휘둥그레졌다.

"거기 땅끝 아니에요?"

"자신 없음 내려."

"아닌데요? 저 자신감 하나로 세상 사는 여자인데요?"

결코 양보하지 않으려는 차빈의 태도에 하렴은 깊은 한숨을 내쉬었다.

불안했지만 차는 출발했고, 차빈은 자신 있게 운전을 했다. 하지만 차빈의 그 자신감은 오래가지 못했다.

"야! 차 세워!"

하렴이 버럭 소리를 지르는 바람에 놀라서 차빈은 급하게 갓길에 차를 세웠다. 차 문을 열고 내린 하렴이 씩씩거리며 운전석으로 다가왔다.

"야! 내려!"

"왜요? 잘만 가고 있는데."

"궁뎅이도 이런 궁뎅이가 없잖아!"

"여자한테 궁뎅이란 말을 왜 써…… 가 문제가 아니라 굼벵이거든요? 제가 전에도 알려줬잖아요! 지금 일부러 그런 거죠? 저 수치심 느끼라고!"

"네가 수치심이 뭔지는 아는 여자냐? 지금 이 고속도로를 20으로 달리는 네 존재 자체가 수친데! 'baby in car'라고 적힌 차도 너만큼 느리진 않겠다고!"

"안전운전 하려는 거잖아요!"

"됐으니까 당장 내려!"

"그냥 제가 계속 운전할게요!"

그 순간 하렴이 정색하면서 소리쳤다.

"이러다 내일에나 도착하면 네가 책임질 거야?"

"……아아."

차빈은 오늘이 하렴의 어머니 기일이란 걸 떠올리고 멈칫했다.

결국 운전은 하렴이 하기로 하고 차빈은 그와 자리를 바꿨다. 그 덕분에 해가 뉘엿뉘엿 저물어 갈 때쯤엔 해남의 한 납골당에 도착할 수 있었다.

납골당 안으로 들어가는 하렴의 뒤를 차빈은 조용히 따라갔다. 그리고 멀찍이 떨어져 그의 모습을 지켜보았다.

하렴은 아무 말 없이 지그시 자신의 어머니 사진을 응시했다. 울지는 않았지만 꼭 금방이라도 울 것 같은 얼굴이었다.

그가 걱정이 된 차빈은 그에게 조금 더 가까이 다가갔다. 자연스럽게 하렴의 어머니 사진이 시야에 들어왔다. 사진 속 그녀의 고운 얼굴에 차빈은 이상하게 눈물이 나올 것만 같았다. 그 순간 하렴의 목소리가 나직하게 들려왔다.

"우리 엄만 늘 외로웠어."

차빈은 시선을 돌려 그의 어깨를 물끄러미 바라보았다.

"사장님은요?"

잠시 후 들려온 차빈의 목소리에 하렴은 눈썹을 꿈틀 움직였다.

"뭐?"

"사장님도 어머님이랑 같은 상황이었잖아요?"

하렴은 늘 엄마의 외로움만 생각해서 자신의 외로움 따윈 몰랐었다. 들춰보지도 않았었다. 그런데 그녀가 처음으로 그의 외로움에게 말을 걸었다. 너는 괜찮냐고.

"그럼 사장님도 늘 외로우셨겠네요."

뭉클해져오는 가슴을 느끼며 하렴은 고개를 푹 숙였다.

아버지가 떠나던 날, 하렴은 이젠 절대 울면 안 된다고 생각했다. 어머니를 지키려면 강해져야 한다고 생각했다. 그리고 어머니가 떠나던 날, 자신은 울면 안 되는 게 아니라 울 자격도 없는 놈이란 걸 깨달았다. 결국 어머니를 지켜내지 못했으니까.

그래서 억지로 눈물을 참았었다. 그렇게 모든 걸 꾹 참았었다. 외로움도 눈물도. 그걸 유일하게 차빈이 알고 위로해준 듯한 기분이었다. 그 기분은 참으로 묘했다.

잠시 후 납골당을 나온 하렴이 손으로 자신의 눈가를 감쌌다. 그걸 본 차빈은 순간 그가 운다고 생각했다. 그래서 못 본 척하려고 고개를 돌렸다. 그때 뒤에서 그의 목소리가 들려왔다.

"나 피곤해서 운전 못할 것 같아."

"아, 네. 그럼 제가……."

황급히 다시 고개를 돌리는 차빈을 무시한 채 하렴은 말을 이었다.

"쉬었다 가자."

차빈은 순간 자신의 귀를 의심했다.

"네?"

"쉬었다 가자고."

두 눈을 동그랗게 뜨는 차빈에게서 시선을 거둔 하렴이 그대로 걸음을 옮기며 말했다.

"넌 잠깐 여기 있어. 내가 잘 아는 민박집 가볼게. 가끔 와서 자는 곳 있거든."

"저기요, 사장님?"

여전히 차빈을 무시한 채 하렴은 전에 몇 번 와본 적이 있는 민박집을 향해 성큼성큼 걸어갔다. 때마침 민박집 앞에 서 있던 아주머니 한 분이 하렴을 발견하고는 반색했다.

"오랜만이야, 총각."

"네, 안녕하세요."

"거의 1년 만이네. 그나저나 저 아가씨랑 묵을 방 필요해?"

아주머니가 저 멀리에 서서 이쪽을 주시하고 있는 차빈을 힐끔 보면서 물었다. 하렴이 고개를 끄덕였다.

"네."

"여자친구야?"

"아니에요. 부하예요."

표현이 조금 조폭스러웠는데도 아주머니는 그런 그가 익숙하다는 듯 당황하지도 않았다.

"부하? 아, 부하직원. 예쁘네. 암튼, 방은 있어. 혼숙할 거야?"

그 순간 하렴의 얼굴이 굳어졌다.

혼숙이 뭘까. 인터넷 검색 찬스를 쓰고 싶다.

"아아…… 뭐, 네."

혼숙의 뜻을 물어보기 창피해서 무심코 고개를 끄덕여버린 하렴으로 인해 차빈의 최악의 밤이 시작되었다.

하렴이 우겨서 민박집 방으로 들어가게 된 차빈은 조금 편하게 쉬기 위해 겉옷을 벗었다. 그리고 셔츠의 단추를 두 개 정도 풀었다. 그런데 그때, 방 문이 벌컥 열렸다. 문을 연 이는 하렴이었다.

"꺄앗!"

갑작스런 그의 등장에 차빈은 비명을 질렀다. 동요하는 기색도 없이 하렴이 그녀를 향해 말했다.

"나야, 나."

"아니까 소리 지른 거예요! 뭐예요, 대체?"

"귀 아파. 소리 지르지 마."

귓속으로 손가락을 집어넣으며 퉁명스럽게 말하는 하렴에게로 차빈의 부릅떠진 두 눈이 향했다.

"이게 대체 무슨 일이냐고요? 왜 제 방에 들어와요?"

쏘아붙인 차빈의 말에, 하렴이 엄청난 말로 화답했다.

"방이 하나래."

"뭐, 뭐라고요?"

차빈의 두 눈동자가 황망히 흔들렸다.

"처음부터 두 사람이라고 말 안 했어요?"

"으음. 솔직히 말하면, 아줌마가 혼숙이냐고 물어봐서 그냥 그렇다고 했는데 그게 이런 의미인 줄은 몰랐어."

덤덤하게 설명하는 하렴의 태연한 태도에 차빈은 울컥 화가 치밀었다.

"혼숙이 뭔지도 모르면서 왜 그렇다고 해요, 대체?"

"그럼 거기다 대고 혼숙이 뭐예요? 라고 물어보면 내 가오가 무너지잖아."

아오, 진짜 얼굴을 무너뜨려버릴까 보다! 이렇게 소리치고 싶은 마음을 애써 억누른 차빈이 하렴을 노려보면서 경고했다.

"'가오'는 일본어 잔재예요. '체면'이라고 순화해서 써요, 이 한국어 바보!"

아니다. 바보는 이 사람이 아니라 나다, 나.

'가끔, 아니 자주 이 한국어 바보한테 설레는 나……!'

차빈은 한숨이 터져 나오려는 것을 꾹 참고 여전히 태연한 얼굴을 하고 있는 하렴에게 물었다.

"그나저나 이제 어쩔 거예요?"

"뭘?"

하렴의 태도는 태평스럽기 그지없었다. 다시 한 번 한숨을 참은 차빈이 나직하게 말을 이었다.

"여기서 잘 거냐고요."

그랬더니 하렴의 대답이 가관이었다.

"응. 같이 자자."

"네?"

아니, 뭐, 이런 남자가 다 있지?

"보, 보통 이럴 땐 남자가 차에서 자는 거예요."

당황한 차빈이 말까지 더듬으면서 그를 설득했다. 그러나 하렴은 역시 하렴이었다.

"그런 게 어디 있냐? 남자도 편하게 누워 잘 권리가 있는데. 난 차에서 자기 싫으니까 나랑 자기 싫으면 네가 차로 가."

"뭐, 이런 남자가 다 있어!"

순간적으로 차빈은 목소리를 높였다. 하지만 하렴은 변함없이 태연한 표정으로 말을 이었다.

"솔직히 같은 방에서 자도 괜찮잖아, 우리."

"……!"

"이제 그런 일은 절대 안 일어날 테니까."

그런 일이라면…… 그때의 그 키스를 말하는 건가? 차빈이 멈칫한 순간 하렴이 말을 덧붙였다.

"내가 다신 안 한다고 했잖아."

'이번엔 내가 할 것 같아서 그런……. 뭔 소리야, 이차빈? 정신 차려!'

아무리 낯선 환경과 장소에 있더라도 정신은 똑바로 챙겨야 한다. 차빈은 마음을 다잡으며 아랫입술을 잘끈 깨물었다. 그때 하렴이 양팔에 팔짱을 끼면서 턱을 위로 까닥 움직였다. 차빈이 그 이유를 묻자 그가 명령조로 말했다.

"이불 깔아."

"네?"

"내가 깔 순 없잖아."

이걸 진짜 발로 까버릴까 보다. 충동을 꾹 참은 차빈이 이불을 깔면서 또다시 아랫입술을 잘끈 깨물었다.

'정신 차려, 이차빈. 이렇게 못돼 처먹은 남자다. 이런 남자한테 설레는 것도 충분히 이상한 건데, 좋아하는 건 정말 미친 거야!'

이불을 깔자마자 하렴은 그곳에 누워 잠이 들어버렸다. 그를 주시하면서 차빈은 벽에 등을 기대고 앉았다.

'정말 자는 건가? 내가 여기 있는데도?'

예상은 했지만 하렴은 정말 자신을 여자로 보고 있지 않았다. 자신은 그를 남자로 보고 있어서 이렇게 잠 한숨 못 자고 있는데 말이다.

곤히 잠든 하렴의 반듯한 얼굴을 보면서 차빈은 작게 한숨을 내쉬었다. 그런데 그때 그녀의 눈에 벽으로 바짝 붙어 있는 하렴의 몸이 들어왔다. 벽으로 너무 붙어서 깔아놓은 이불에서도 살짝 벗어난 상태였다.

'……왜 저렇게 벽에 붙어서 자? 설마…… 나를 배려해준 건가?'

차빈의 심장이 두근거렸다. 역시 저 남잔 못돼 처먹었는데 착하다. 그래서 자신이 이런 복잡한 마음이 된 걸지도 모른다.

잠시 후 차빈도 잠을 청해보려고 바닥에 누웠다. 하지만 눈앞에 보이는 하렴의 옆얼굴이 신경 쓰여서 견딜 수가 없었다. 결국 뒤로 몸을 돌렸다. 그런데 그렇게 했더니 이번엔 하렴의 얼굴이 보고 싶어졌다. 그래서 다시 몸을 돌렸다. 차빈은 그 행동을 몇 번이나 반복했다.

그러다 밤새 한숨도 못 잤다.

아침이 밝자마자 차빈은 마당으로 나와 찬물에 세수를 했다. 수

건으로 젖은 얼굴을 닦으면서 담벼락 너머 풍경을 바라보고 있는데 뒤에서 하품하는 소리가 들려왔다. 급히 고개를 돌린 차빈의 눈에 기지개를 켜고 있는 하렴이 보였다. 그는 차빈과 눈이 마주치자 한쪽 눈썹을 찡그렸다.

"어우, 야, 세수 좀 해라."

"한 거거든요?"

차빈이 한 손에 든 수건을 흔들면서 반박했지만 하렴은 관심 없다는 듯 늘어지게 하품을 했다. 그런 다음 다시 차빈의 얼굴을 향해 말했다.

"잠 못 잤냐? 얼굴이 완전 엉망진창인데."

"그런 말 쓰지 말아요. 좋은 말도 많은데."

"그럼 뭐라고 해? 얼굴이 하찮은데? 얼굴이 큰일인데?"

안 그래도 잠을 못 자서 예민한데 하렴이 자꾸 차빈의 성질을 긁었다.

"좋은 말 좀 하라고요, 좋은 말 좀."

"좋은 말이 나올 수가 없는 얼굴이잖아."

하렴의 길고 고운 검지가 차빈의 푸석한 얼굴로 향했다. 손을 들어 자신의 얼굴을 감싼 차빈이 뽀얗게 빛나는 하렴의 얼굴을 쳐다보며 말했다.

"그러는 사장님은 아주 푹 주무신 것 같네요. 얼굴에서 윤기가 좔좔 흘러요."

"응. 오랜만에 꿀잠 잤어."

그 모습이 너무 얄미워서 차빈은 두 주먹을 불끈 쥐며 생각했다.

'지금이라도 늦지 않았어, 이차빈. 다시 한 번 생각해봐! 너 정말

이 인간을 좋아하는 거야? 대체 어디가 좋은 건데?'

"혹시 배고파?"

갑작스런 하렴의 물음에 차빈은 어리둥절한 표정으로 고개를 저었다.

"아뇨."

"그럼 지금 바로 서울로 출발하자. 넌 여기 있어. 내가 차 가져올게."

"아니에요. 같이 가요."

"됐어. 넌 세수나 한 번 더 해."

분명 같이 가서 거기서 출발하는 게 훨씬 빠른데, 하렴은 굳이 여기까지 차를 가져오겠다고 했다. 이에 차빈은 또다시 괴로운 듯 아랫입술을 깨물었다.

'못된 건지 착한 건지, 참 알 수 없는 남자야.'

잠시 후 하렴이 몰고 온 차를 민박집 앞에 세우자 차빈은 그 조수석에 올라탔다. 곧 차가 부드럽게 출발했다. 그렇게 한참을 달리고 있는데 차빈의 비서전용 휴대폰이 울렸다.

Rrrrrr.

발신자를 확인해보니 호텔 총지배인인 진이었다.

-혹시 지금 하렴이랑 같이 있어요?

"네."

-하렴이한테 다음 주부터 호텔에서 드라마 찍을 거라고 전해줘요. 그쪽에서 워낙 생방으로 촬영을 진행하고 있어서 급하다네요. 너무 급한 일정이라 그 녀석 화낼 수도 있으니까 차빈 씨가 잘 좀 말해줘요.

"네, 알겠습니다."

전화를 끊자마자 하렴이 차빈을 힐끔 보면서 물었다.

"누구야?"

"총지배인님이요."

"뭐래?"

"다음 주부터 호텔에서 드라마 촬영한대요."

"벌써 그렇게까지 진행된 거야? 암튼 우리 호텔 백오피스 직원들은 내 말을 참 잘 들어. 내 아바타인가 봐."

하렴의 얼굴에 시니컬한 미소가 걸렸다. 그 표정을 본 차빈이 차분하게 말했다.

"좋은 의견이니까 빨리 진행했겠죠. 솔직히 요즘엔 드라마만 뜨면 한류스타 되는 건 시간문제잖아요. 우리도 유명한 한류호텔 되면 좋죠."

"우리 호텔은 이미 글로벌호텔이야."

"아, 예, 예. 그나저나 드라마 찍으면 잘생긴 배우들도 많이 오겠죠? 꺄앗-"

생각만 해도 신난다는 듯 차빈은 함박웃음을 지었다. 그녀 옆에서 하렴은 선선히 고개를 끄덕였다.

"그렇겠지. 예쁜 여배우들도 많이 오겠지."

하렴의 말을 들은 차빈의 얼굴에서 미소가 사라졌다. 분명 자신이 먼저 꺼낸 말인데, 저 남자가 말하니까 또 기분이 나빠진 것이다.

"좋아하는 여배우라도 있어요?"

차빈이 새초롬한 표정으로 물었다.

"글쎄. 신사장인가, 심사장인가? 걔 예쁘던데."

"아우, 누가 들으면 사장킬러인 줄 알겠네. 사장이 아니라 서정,

신서정 말하는 거 맞죠?"

"응, 그거. 신서정. 걔 예쁘더라."

최근 CF에 많이 나오는 신서정의 얼굴을 떠올린 차빈은 기분이 더욱 나빠졌다.

"그 얼굴만 작고 하얀 데다 눈만 큰 애가 예쁘긴 뭐가 예뻐요? 사장님도 참 보는 눈이 제로네요."

"야. 얼굴 작고, 하얗고, 눈 크고. 객관적으로 이 세 개만 봐도 예쁜 거 아니냐?"

"흥. 사장님은 성격 따윈 아예 안 보시나 봐요?"

"얼굴 얘기한 거잖아. 내가 언제 성격 예쁘댔어?"

차빈은 더 이상 하렴과 대화를 나누기가 싫어져서 두 팔에 팔짱을 낀 다음 두 눈을 꼭 감았다.

"저 잘 거예요. 깨우지 마세요."

"야, 너 운전하는 사람 옆에서 자는 건 무슨 매너냐?"

옆에서 하렴이 그녀를 원망했지만 차빈은 서울에 도착할 때까지 눈을 뜨지 않았다.

'신서정?'

휴대폰 화면을 가득 채우고 있는 신서정의 오목조목한 이목구비를 보면서 차빈은 코로 웃었다.

'흥. 내가 얘보다 못난 게 대체 뭐야?'

하렴이 신서정을 예쁘다고 말한 그날 이후로 차빈은 하루에 한 번씩 '신서정'을 검색하고 있었다.

오늘도 차빈은 주말이라 인후의 카페 일을 도와주러 왔음에도 불구하고 '신서정' 검색에 열을 올리고 있었다.

'가만 보니까 코는 손댄 것 같네. 손 안 대고 이렇게 높고 예쁠 수가 없거든.'

휴대폰을 든 채 못마땅하단 표정을 짓고 있던 차빈이 커피를 만들고 있는 인후를 발견하고 그의 곁으로 다가갔다.

"아빠, 봐봐. 내가 예뻐, 얘가 예뻐?"

자신의 눈앞으로 휴대폰 화면을 들이미는 차빈의 행동에 인후는 난감해하며 말했다.

"너 지금 아빠한테 거짓말을 종용하는 거야?"

"우씨, 아빠도 얘가 더 예뻐?"

"왜? 누가 또 너보다 얘가 더 예쁘대?"

기분이 상한 차빈은 힘없이 팔을 내렸다. 그때 그들에게로 다가오고 있는 시윤이 보였다. 차빈은 재빨리 그에게 다가가 휴대폰 화면을 보여주었다.

"시윤아, 냉정하게 말해봐. 내가 예뻐, 신서정이 예뻐?"

시윤은 당황할 법도 한데 전혀 그런 기색 없이 진지한 얼굴로 대답했다.

"신서정이요? 얼마 전에 실제로 봤는데, 별로 안 예쁘던데요?"

"그래?"

"누나가 훨씬 예뻐요."

"후후후-"

시윤의 말 한마디에 기분이 좋아진 차빈은 싱글벙글 웃으며 휴대폰 화면을 껐다. 그녀를 지켜보면서 인후가 안타깝다는 듯이 말했다.

"그 거짓말을 그대로 믿는 거야, 우리 딸?"

그런 인후를 모난 눈으로 쏘아보던 차빈이 자신의 아담한 코를 만지면서 입을 열었다.

"아빠, 나 코 세울까?"

"노우, 노우. 그 정도로 해결될 문제가 아니야. 안면윤곽 돌려깎기 정도는 해야 돼."

"아빠!"

소리를 빽 지르는 차빈이 귀엽다는 듯 인후는 손을 뻗어 그녀의 머리를 쓰다듬었다. 그런 다음 시윤을 돌아보면서 물었다.

"그나저나 넌 어떻게 신서정을 만났냐?"

"아, 저 이번엔 드라마 찍거든요. 그 드라마 여주인공이 신서정이에요. 저는 그 여주인공 남동생 역이고."

시윤은 덤덤하게 말했지만 인후와 차빈은 놀라움을 감추지 못했다.

"정말? 드라마를 찍는다고?"

"그럼 나 신서정 싸인 좀 받아줘."

인후가 시윤의 손을 덥석 잡으며 부탁하자 시윤이 예쁘게 미소를 지었다.

"네, 받아드릴게요."

"두 장 받아줘. 하나는 카페에 걸 거야."

"나머지 하나는요?"

"소장용."

대답을 하면서 인후는 얼굴 가득 함박웃음을 지었다. 옆에서 지켜보던 차빈이 정색하며 그를 말렸다.

"아빠, 덕후 같은 소리 좀 하지 마, 제발."

그때 시윤이 차빈을 향해 싱긋 웃으며 말했다.

"누난 남자주인공 꺼 받아줄게요."

"남자주인공이 누군데?"

"박해준이요."

"어머, 그럼 나도 두 장!"

순간 차빈의 표정이 조명 켜진 듯 밝아졌다. 박해준이라면 조각 같은 얼굴에 섹시까지 겸비한 배우가 아닌가.

"역시 넌 내 딸이야."

인후는 그런 차빈을 보며 만족스럽다는 듯이 웃었다.

지잉-

시윤의 휴대폰에서 문자 도착을 알리는 진동 소리가 났다. 시윤은 곧바로 휴대폰을 들어 문자를 확인했다. 문자를 읽던 시윤이 얼굴에 미소를 띠며 입을 열었다.

"다음 주 첫 촬영 장소가 공지됐는데, 도미호텔이네요?"

"뭐?"

"아무래도 누나랑 저는 인연인가 봐요."

시윤이 기쁜 표정으로 말하자 그 옆에 있던 인후가 차빈의 눈치를 보면서 거들었다.

"그러게. 인연이네, 인연."

그러나 차빈은 그들의 말이 귀에 전혀 들어오지 않았다. 지금 그게 문제가 아니란 말이다. 다음 순간 차빈이 조금 긴장한 얼굴로 시윤에게 물었다.

"그럼 신서정도 오겠네?"

"주인공이니까 당연히 가겠죠."

차빈의 얼굴이 어두워졌다.

이런. 하렴이 예쁘다고 했던 신서정이 우리 호텔에 온다니…… 벌써부터 속이 쓰리다.

17. 완벽하게 인정하다

오랜만에 로비에서 희진과 선영을 만난 차빈은 그녀들과 수다 삼매경에 빠져 있었다.

"나 얼마 전에 엄마랑 찜질방에 갔다가 남자친구를 만났거든? 근데 걔가 그냥 날 스쳐 지나가는 거야. 그래서 이름을 불렀더니, 쌩얼이라 나인 줄 몰라봤다는 거 있지? 못난 놈. 사귄 지 2년이 넘었구만!"

선영이 슬픈 표정으로 이야기해준 사건에 대해 희진은 열을 올렸다.

"그건 진짜 심했네. 야, 헤어져버려."

"그동안 내가 워낙 쌩얼을 목숨 걸고 사수한 탓도 있지만, 그래도 어떻게 2년 사귄 여친을 쌩얼이라고 못 알아봐?"

이번엔 차빈이 그녀를 위로했다.

"그건 좀 서운했겠네요."

"좀이 아니야. 나 울 뻔했어, 진짜."

울 것 같은 선영의 얼굴을 보면서 희진이 강하게 말했다.

"당장 헤어지라니까. 솔로도 나름 괜찮아. 나도 3개월 넘게 솔로로 살고 있잖아. 처음엔 좀 외로워도 지금은 꽤 편해."

희진이 홀가분해 보이는 표정으로 말하자마자 선영이 불쑥 그녀에게 물었다.

"근데 너 왜 헤어졌다고 했지? 4년 가까이 사귀었잖아."

예전 일을 떠올린 듯 희진의 입가에 씁쓸한 미소가 걸렸다.

"전 남친이 내 쌩얼을 정말 좋아했거든."

"그래? 그런 남자 흔치 않은데, 왜 헤어졌어?"

"더 들어봐."

큼큼, 헛기침을 해서 목을 가다듬은 희진이 비장한 얼굴로 말을 시작했다.

"그래서 나는 그냥 내가 쌩얼이 예쁘구나 생각했거든. 근데, 사실은 내가 쌩얼이면 다른 여자를 만나는 것 같은 기분이 들어서 좋다고 한 거였어. 4년이나 사귀어서 권태기가 올 뻔했는데 내 쌩얼로 극복했다고 하더라. 양다리 걸치는 기분이 들었다나 뭐라나. 그 말 듣고 빠이빠이 했잖아."

희진은 씁쓸함에 입맛을 다셨고, 선영와 차빈은 그녀의 눈치를 보면서 어쩔 줄 몰라 했다.

"이건 뭐, 웃픈 얘기네."

"그러게요. 웃지도 울지도 못하겠어요."

그녀들을 보면서 희진은 쿨하게 말했다.

"웃어. 나는 웃으라고 한 얘기야, 하하하- 근데 왜 눈앞이 뿌예지는 걸까. 하하-"

여전히 유쾌한 그녀들 덕분에 차빈은 오랜만에 무척 즐거운 기분이었다. 그때 선영이 갑자기 생각났다는 듯 차빈을 돌아보며 물었다.

"그나저나 내일 드라마 촬영 온다며?"

즐거웠던 차빈의 기분이 착 가라앉았다.

"네. 주연이 신서정이랑 박해준이래요."

아무리 오지 말라 기도해도 결국 내일은 오겠지. 아주 평범하게 제시간에 맞춰서 정확하게 오겠지.

"신서정? 얼마나 예쁜지 봐둬야지."

"네, 저도 봐두려고요. 아, 그리고 시윤이도 와요. 신인배우로."

차빈의 말에 선영과 희진이 반색했다.

"어머, 민왕자도? 하긴, 외모가 연예인 외모긴 했어."

"내일은 눈이 행복하겠구나."

"무슨 재미있는 얘길 그렇게 해요?"

갑자기 들려온 남자 목소리에 세 사람은 동시에 놀라서 고개를 돌렸다. 그들의 시야로 여전히 꽃미남과는 거리가 먼 선이 굵은 얼굴의 진이 들어왔다.

"총지배인님, 안녕하세요."

세 사람이 인사를 건네자 그녀들의 인사를 받으며 진이 싱긋 미소를 지었다.

"점심 맛있게 먹었어요?"

"네. 총지배인님은요?"

"저는 오늘 일이 많아서 방에서 혼자 먹었어요."

"그럼 저희랑 같이 드시죠."

희진이 애교스럽게 말하자 진이 웃으며 고개를 좌우로 저었다.

"어휴, 저랑 같이 먹으면 선영 씨랑 희진 씨가 불편하잖아요. 편하게 얘기도 못 하고."

"아니에요. 저희는 정말 안 불편해요."

"그럼요. 저희는 괜찮아요."

"그럼 다음에 한번 같이 먹어요."

진이 부드러운 미소와 함께 자리를 뜨자 선영이 갑자기 자신의 눈을 비비며 말했다.

"어우야, 나 갑자기 총지배인님이 잘생겨 보이는데 왜 그런지 알아?"

그녀의 말에 희진도 동조했다.

"어, 그러게. 나도 그러네. 얼굴에 뭐 하셨나?"

"제가 보기엔 똑같은데요."

그녀들을 보면서 차빈은 고개를 갸웃했다. 그런 차빈을 힐끔 돌아본 희진이 조심스러운 어조로 물었다.

"근데 있잖아, 총지배인님은 아직 애인 없으셔?"

"네. 근데 선은 본다고 하셨던 것 같아요."

선영과 희진의 눈이 커졌다.

"뭐? 선을 봐?"

"네, 전에 사장님한테 그렇게 들었어요."

차빈의 대답에 희진의 표정이 미묘하게 굳어졌다.

아침부터 호텔 로비엔 촬영 장비들과 드라마 스태프들로 북적거렸다. 로비로 들어온 차빈은 촬영을 준비하고 있는 모습을 지켜보는 척하면서 은근히 신서정을 찾고 있었다. 그런데 그때 그녀의 시야로 키가 크고 조각같이 잘생긴 남자가 보였다.

'우와! 박해준이다.'

차빈은 남자 배우가 뿜어내는 오라를 감상하다가 문득 정신을 차리고 다시 시선을 돌려 신서정을 찾기 시작했다. 그러나 어디에도 신서정의 모습은 보이지 않았다.

'오늘 촬영이 없나? 다행이다.'

안심한 차빈은 편한 마음으로 다시 박해준의 얼굴을 천천히 감상했다.

'와, 어쩜 저렇게 빚어놓은 것처럼 잘생겼을까? 꼭 밀랍인형 같네.'

그때 그녀의 시야를 노골적으로 가리는 이가 나타났다. 슈트를 입은 남자였다. 살짝 짜증이 난 차빈이 고개를 들어 남자의 얼굴을 확인했다. 박해준만큼이나 잘생긴 하렴이었다.

"너 뭐 하냐?"

벽처럼 자신의 시야를 가로막고 있는 하렴을 올려다보면서 차빈이 냉정하게 말했다.

"가리지 마요. 박해준 감상하고 있잖아요."

하렴의 얼굴이 박해준의 얼굴에 비해 많이 밀리는 것은 아니었지만, 박해준은 언제 또 볼 수 있을지 모르는 배우이지 않은가!

"뭐?"

눈썹을 꿈틀 움직인 하렴이 차빈의 팔뚝을 덥석 잡았다.

"그동안 내가 널 너무 한가하게 해줬지? 따라와."

그러면서 그대로 그녀를 잡아끌었다.

“조금만, 진짜 좀만 더 구경할게요, 네?”
“안 돼. 바빠.”
“그럼 30초만요!”
“3초도 안 돼.”
차빈이 하렴의 강력한 방어에 막혀 이러지도 저러지도 못하고 있던 그때였다. 그녀의 눈에 스태프들과 함께 호텔 안으로 들어오고 있는 시윤이 보였다.
“어? 저기 시윤이다! 저 재한테 인사 좀 하고 올게요. 그건 되죠?”
“뭐? 야……!”
차빈은 재빨리 하렴의 손을 떼어낸 후 시윤을 향해서 달려갔다.
“시윤아, 안녕!”
차빈은 지금 나타난 시윤이 무척 반갑다는 듯이 팔을 붕붕 흔들었다. 팔을 흔들며 달려오는 그녀의 모습에 시윤은 두 눈을 동그랗게 떴다가 이내 빙그레 미소를 지었다.
“누나, 저 보려고 나왔어요?”
“어? 어! 당연하지.”
“마침 저 오늘 촬영이 좀 뒤에 있어서 그동안 뭐 하나 했는데, 누나랑 놀면 되겠네요.”
싱글벙글 웃으며 시윤이 하는 말에 차빈은 세차게 고개를 끄덕였다.
“그럼, 그럼. 당연하지. 나랑 놀…… 기에는 내 고용주가 너무 무서워.”
차빈은 어깨를 움츠리며 멀찍이 서서 이쪽을 노려보고 있는 하렴을 힐끔 돌아보았다. 그는 팔짱을 끼고 선 채 오로지 눈빛만으로 그녀에게 어서 돌아오라고, 안 그럼 죽는다고 말하고 있었다. 시윤 역시 그녀의 시선을 따라 고개를 돌렸다. 공중에서 시윤과 하렴의 곱지 않은 시선이 맞부딪쳤다. 잠시 후 하렴에게서 시선을 뗀 차빈이 주위를 둘러보며 시윤에게 물었다.

"그나저나 오늘 신서정은 안 왔니? 안 보이던데."

"서정이 누나요? 아까 밖에서 얼핏 본 것 같은데요."

"그래?"

그럼 아직 이 안엔 없단 말이군. 차빈이 내심 안심하고 있던 그 순간 시윤의 휴대폰이 울렸다. 시윤이 휴대폰을 꺼내 확인하고는 차빈에게 말했다.

"매니저 형이네요. 저 잠깐 전화 좀 받을게요."

"그래. 그럼 난 일하러 갈게. 이따 촬영 끝나고 보자."

차빈은 시윤에게 손을 흔들어주고는 다시 하렴이 있는 곳으로 돌아갔다. 하지만 그녀는 자신을 기다리고 있던 하렴을 그냥 스쳐 지나가버렸다.

"어딜 가? 또 박해순 보러 가냐?"

그녀의 뒤에서 하렴이 퉁명스럽게 물었다.

"박해순 아니고 박해준이요. 유명한 배우 이름은 좀 외워요."

"내가 왜 남자 배우 이름을 외워야 하는데?"

여자 배우 이름도 못 외우면서. 하고 싶은 말을 꾹 삼키며 차빈은 괜스레 호텔 바닥을 구두코로 톡톡 건드렸다.

"그나저나 촬영 때문에 호텔 바닥 더러워지겠네. 나중에 청소하기 힘들겠어요."

"그러면서 은근슬쩍 촬영장 쪽으로 가지 마라."

들켰다. 발을 옮기다가 흠칫한 차빈이 서둘러 말했다.

"정말 걱정이 돼서 그래요. 혹시라도 우리 호텔 대리석 바닥에 상처라도 날까 봐."

차빈은 하렴의 눈치를 보며 촬영장 쪽으로 더 가까이 다가갔다. 하렴이 더 이상 저지를 안 하는 듯 보이자 차빈은 더욱 용기를 내서 카메라 뒤쪽까지 갔다. 그러곤 호기심 가득한 눈빛으로 카메라 주변을 둘러보았다.

"……!"

그때 촬영용 카메라 근처를 서성이던 차빈의 낯빛이 갑자기 어두워졌다. 자신의 바로 옆에 신서정이 서 있었던 것이다.

밖에 있다더니 언제 들어온 거야, 이 예쁜 여자는?

서정을 발견한 차빈은 그녀의 미모에 시선을 확 빼앗겨버렸다. 시선을 느낀 서정이 고개를 돌려 차빈을 보았다. 그녀는 도도한 표정으로 차빈을 슥 훑어 내리고는 관심 없다는 듯이 다시 고개를 돌렸다.

'와, 역시 진짜 예쁘다. 같이 있다가는 난 분명 오징어로 전락할 거야.'

신서정과 나란히 서 있는 게 무서워진 차빈은 곧바로 뒷걸음질을 쳤다. 그런데 그 순간 그녀의 눈에 스탠드 조명이 넘어지고 있는 것이 보였다. 그 조명은 정확히 서정과 자신이 서 있는 방향으로 쓰러지고 있었다.

팟-

차빈은 반사적으로 떨어지고 있는 그 뜨거운 조명을 향해 손을 뻗었다.

쿠당탕-

"꺄악!"

조명이 쓰러지는 소리와 비명이 요란하게 들려왔지만, 이상하게 차빈의 손은 뜨겁거나 아프지 않았다. 깜짝 놀라 고개를 든 차빈의 시야에 인상을 찌푸린 채 서 있는 하렴이 보였다. 그는 넘어진 차빈과 서정을 보호하듯 두 팔을 펼친 상태였다.

"괜찮냐?"

자신을 향한 하렴의 나직한 물음에 차빈은 조용히 고개를 끄덕였다.

방금 차빈의 뒤에 서 있던 하렴은 스탠드 조명이 넘어지는 것을 보고 황급히 팔을 뻗었었다. 다행히 그의 발 빠른 대처로 조명은 그들의 옆쪽으로 넘어졌다. 하지만 하렴은 넘어진 조명보다 손을 뻗은 차빈의 행동에 더 놀란 상태였다.

"거기서 손을 왜 뻗냐? 팔도 짧은 게."

"여배우가 다치는 것보단 제가 다치는 게 낫잖아요. 사장님도 그래서 도와주신 거 아니에요?"

"그래, 맞아. 네가 다치는 것보단 내가 다치는 게 나으니까."

"맞아요. 다들 자기가 다치는 게 더 나으니까 도와주는……."

말을 하던 차빈이 문득 입을 멈췄다.

'뭐? 신서정이 아니라 나? 나라고?'

하렴의 말을 곱씹어본 차빈은 그때부터 심장이 쿵쾅쿵쾅 세차게 뛰는 것을 느꼈다.

'저 사람 지금, 내가 다치는 것보다 자기가 다치는 게 더 낫다고 말한 거 맞지? 저 사람이 또 한국어 바보라서 말실수한 거 아니지? 그렇지?'

그사이 우르르 달려온 스태프들이 신서정을 일으켜 세웠다. 그녀 옆에 차빈도 같이 넘어져 있었지만, 그들은 차빈에겐 아무 관심도 없는 듯 보였다. 그들은 같이 넘어진 차빈보다 신서정의 옷에 붙은 먼지가 더 신경 쓰이는 모양이었다.

그때 하렴이 바닥에 있는 차빈을 향해 손을 뻗었다. 차빈이 고개를 들어 그 손을 물끄러미 쳐다보았다.

"일어나."

"……."

"거기서 잘 거냐?"

역시 이 남자는 입이 험하고 못돼 처먹었다.

"바닥 더럽다고, 이 아가씨야."

그런데 가끔, 중요한 순간에 필요 이상으로 멋있다.

'……나는 역시 이 남자가 좋다.'

"안 일어나?"

하렴의 손을 빤히 보던 차빈이 천천히 팔을 들어 올렸다. 그런데 그때, 스태프들에 의해 옷의 먼지를 다 털어낸 신서정이 하렴에게로 다가왔다.

"저기요."

그녀의 맑은 목소리가 하렴을 향했다.

"도와주셔서 정말 고마워요."

차빈은 들었던 팔을 내리며 서정과 하렴을 지켜보았다. 그때 그녀의 눈에 하렴을 바라보는 서정의 반짝거리는 맑은 눈동자가 포착되었다. 불현듯 차빈은 불안감을 느꼈다.

'설마 반한 거 아니야?'

눈빛 모양이 하트에 가까운 서정 때문에 차빈은 입술이 바짝 마르는 것만 같았다.

"전 신서정이라고 해요."

대한민국 이삼십 대라면 모두 알고 있을 자신의 이름을 말하면서 서정은 하렴을 향해 손을 내밀었다. 그러자 차빈의 손을 잡을 예정이었던 하렴의 손이 서정의 손을 맞잡았다.

"신하렴입니다. 이 호텔 대포, 아니 대표죠."

두 사람이 악수를 나누는 모습을 지켜보는 차빈의 두 눈이 불안하게 흔들렸다.

'아니야. 아닐 거야. 설마 저렇게 예쁜 여배우가 저렇게 이상한 말실수를 하는 남자한테 반했겠어? 저 남자한테 저 실수는 그저 빙산의 일각일 뿐인데? 저 남자 완전 한국어 바보인데?'

그 순간 차빈의 눈동자가 이번엔 서정의 붉어진 광대를 포착했다.

'……정말 반한 거야?'

차빈의 불안을 알 리 없는 서정은 불그스름한 광대와 더불어 수줍은 미소까지 보이며 하렴을 향해 말했다.

"명성대로 호텔이 너무 좋네요. 개인적으로 도미호텔을 이용할 일이 있을지도 모르는데, 명함 좀 주시면 안 될까요?"

하렴은 조금의 주저하는 기색도 없이 명함을 꺼내 서정에게 건넸다.

"여기 있습니다."

"감사해요. 친구들한테도 소개할게요."

"네, 잘 부탁드립니다."

하렴은 말끝에 서정을 향해 옅은 미소를 지어 보였다. 그 미소를 보는 순간 차빈의 심장은 찌릿, 하고 아팠다. 역시 신하렴도 어쩔 수 없는 남자였다. 깊은 실망감에 차빈은 고개를 바닥으로 떨구었다.

'하긴. 저렇게 예쁜, 그것도 여배우가 호감을 보이는데 어떤 남자가…….'

"일어나, 바보야."

그때 정수리 쪽에서 하렴의 퉁명스러운 목소리가 들려왔다. 그 목소리에 차빈은 다시 고개를 들어 위를 올려다보았다. 그곳엔 아까처럼 하렴이 자신을 향해 손을 내민 채 서 있었다.

"언제까지 그러고 있을 거냐?"

신서정의 손을 잡았던 손을 잡고 싶지 않아서 차빈은 그냥 혼자 일어서려고 했다. 하지만 그의 손에 신서정의 기운이 남아 있는 것 역시 싫긴 마찬가지였다. 잠시 고민하던 차빈은 결국 그의 손을 덥석 잡고 일어났다.

"고마워요."

차빈은 일어서자마자 그의 손을 놓으려고 했지만 하렴의 손이 그걸 용납하지 않았다.

"……!"

자신의 손을 잡아끄는 하렴의 행동에 차빈은 심장이 뛰었다.

"왜, 왜 이래요?"

놀란 차빈이 두 눈을 동그랗게 뜨자 하렴은 깨진 조명을 치우고 있는 스태프들에게로 고개를 돌렸다. 그러곤 그들을 향해 카리스마 있게 말했다.

"지금 그거 치우는 것보다 이 아가씨한테 사과하는 게 먼저 아닙니까?"

"……!"

차빈은 깜짝 놀랐고 스태프들 역시 놀란 듯 굳어졌다.

"설마 지금 제 비서 무시하는 겁니까?"

황급히 스태프들 중 제일 연륜이 있어 보이는 남자 한 명이 차빈에게로 다가섰다.

"죄송합니다. 저희의 불찰로 조명이 넘어졌는데, 어디 다치신 덴 없으세요?"

너무 늦은 사과였지만 차빈은 그냥 웃는 얼굴로 사과를 받아줬다. 솔직히 지금 그녀의 머릿속엔 그 사과보다 그 사과를 하게 만든 남자로 가득했던 것이다.

다음 순간 하렴이 그녀의 손을 놓으려고 손에 힘을 풀었다. 그걸 느낀 차빈이 재빨리 두 손으로 그의 손을 덥석 잡았다.

"뭐냐."

하렴의 목소리에 차빈은 정신을 퍼뜩 차리고 고개를 들었다. 할 말은 많았지만 차마 할 수 없는 말들 투성이였다. 그 속에서 차빈은 겨우 할 수 있는 말을 골라냈다.

"제발 부탁인데요, 말실수 좀 하지 마세요. 아까도 대표를 대포라고 말씀하셨잖아요?"

"알았으니까 손이나 놔."

하렴의 시선이 자신의 손을 꽉 붙잡고 있는 차빈의 작고 하얀 손으로 향했다. 그걸 보는데 이상하게 심장이 간질간질거리는 느낌이 났다.

'뭐지?'

그가 고개를 갸웃하는 사이 차빈은 그의 손을 놓고 사무실 쪽으로 걸음을 옮겼다. 하렴도 고개를 갸웃거리며 그녀의 뒤를 따라갔다.

차빈은 하루 종일 아침에 본 신서정과 하렴의 손잡고 있는 모습이 머리에서 떠나질 않아 심란했다. 혹시 둘이 따로 만나거나 하면 어쩌지, 란 생각에 몹시 불안했다. 신서정의 눈빛은 정말이지 사랑에 빠진 여자의 눈빛 그 자체였단 말이다.

"후우……."

한숨을 내쉬는 차빈의 얼굴에 걱정이 가득했다.

어느덧 시간이 흘러 저녁 7시가 되자 사장실 문이 열리고 하렴이 나왔다.

"퇴근하세요?"

반사적으로 자리에서 일어선 차빈이 그를 향해 물었다. 하렴이 짧게 대답했다.

"아니. 밥."

"아, 네. 총지배인님이랑 드세요?"

"아니. 아까 그 여자."

그 말에 차빈은 심장이 덜컥 내려앉는 것만 같았다. 역시 이렇게 될 줄 알았다. 다음 순간 차빈은 마른침을 삼키며 확인차 물었다.

"신서정 씨요?"

"응."

짧게 대답한 후 하렴은 차빈의 책상을 지나쳐 엘리베이터를 향해 걸어갔다. 그의 뒷모습과 엘리베이터의 숫자를 번갈아 쳐다보던 차빈이 결심한 듯 걸음을 뗐다. 하렴의 뒤에 멈춰 선 그녀가 그의 재킷 끝자락을 잡으며 말했다.

"가지 마요."

갑자기 뒤에서 잡아당기는 느낌에 놀란 하렴이 상체를 틀면서 물었다.

"뭐라고?"

하렴의 재킷 자락을 잡고 있는 차빈의 손이 미세하게 떨렸다. 다음 순간 그녀는 그 손에 힘을 주면서 다시 한 번 말했다.

"가지 말라고요……."

"왜?"

이유를 묻는 하렴의 목소리가 차갑게 느껴졌다. 차빈은 덜컥 겁이 났다.

'내가 지금 이 사람을 붙잡아서 뭘 어쩌려는 거지? 고백이라도 하려는 건가? 미쳤군, 미쳤어.'

정신을 가다듬은 차빈이 애써 태연함을 가장한 후 입을 열었다.

"둘이 동성동본이잖아요."

마침 서정과 하렴의 성이 같았기에 그냥 무작정 뱉어버린 말이었다. 하렴이 흠칫 놀랐다.

"뭐? 동성……? 설마 그 여자, 남자야?"

"그 동성 말고요! 성이 같다고요, 둘이. '신' 씨잖아요."

"성이 같으면 같이 밥도 못 먹어?"

진지한 얼굴로 묻는 하렴 때문에 차빈은 떨떠름한 표정으로 입을 멈췄다.

"……아뇨. 그건 아니죠."

"아님……."

잠시 말을 끊은 하렴이 차빈을 지그시 쳐다보았다. 그 때문에 차빈은 긴장하며 마른침을 꿀꺽 삼켰다. 그가 말을 이었다.

"내가 배우 신서영과의 식사를 포기하고 여기 있어야 되는 강력한 이유라도 있어?"

"……없죠. 없네요."

차빈은 결국 그의 옷자락을 놓았다. 그 순간 엘리베이터가 도착했고 하렴은 무심히 그곳에 올라탔다. 엘리베이터 문이 다시 닫히자마자 차빈은 그 자리에 털썩 주저앉아버렸다.

'바보……. 같이 밥 먹을 여자 이름마저 틀리지 말라고요.'

차빈은 눈물이 나올 것만 같아서 아랫입술을 꽉 깨물며 두 눈을 질끈 감았다.

퇴근을 하고 나와서 호텔 입구에 멈춰 선 희진이 손목시계로 시간을 확인했다. 그렇게 서서 기다리기를 30여 분. 드디어 그녀가 기다리던 사람이 나타났다.

"총지배인님!"

희진이 호텔 유리문을 열고 나오는 진을 발견하고 그에게 달려갔다.

"아, 희진 씨. 혹시 저 기다렸어요?"

진이 휘둥그레 커진 눈으로 그녀를 쳐다보았다. 희진이 발랄하게 대답했다.

"네. 아까 퇴근했는데, 그때부터 계속 총지배인님 기다렸어요."

"저를요? 왜요? 무슨 할 말 있어요?"

어리둥절해하는 진에게 희진이 씩씩하게 선언했다.

"사실은, '야닮소' 제가 지었어요."

"네?"

"제가 총지배인님 별명 '야쿠자 닮은 소도둑', '야닮소'를 지은 범인이라고요."

두 눈을 여러 번 깜박이던 진이 이내 고개를 끄덕였다.

"아아……. 역시 그랬군요."

그럴 줄 알았다는 듯 수긍하던 진이 짐짓 심각한 표정으로 물었다.

"제 외모가 그렇게 무서웠나요?"

"그땐 그냥 외모만 보고 그렇게 판단한 거였어요."

희진이 어색하게 웃으면서 변명하자 진이 부드러운 어조로 다시 물었다.

"그럼 지금은요?"

"외모가 아닌 다른 게 보여요."

희진은 진의 남자답게 선이 굵은 얼굴을 향해 싱긋 미소를 지었다.

"그러니까 이제 저 밥 사주세요."

"네? 밥?"

진의 두 눈이 다시 동그래졌다.

"차빈 씨한테 별명 지은 범인 찾으면 밥 사준다고 하셨다면서요?"

"아아, 네."

다음 순간 진의 입가에 매력적인 미소가 걸렸다.

"뭐 좋아하세요, 희진 씨?"

그가 희진을 향해 젠틀하게 물었다.

하렴은 개인적으로 서정과의 저녁 식사가 나쁘지 않았다. 자신이 이름을 틀리게 말할 때마다 애교 부리는 그녀가 귀여웠고 적당히 내숭을 떠는 모습도 재미있었다. 게다가 식사 또한 아주 맛있었다. 나름 괜찮은 식사 시간이었다고 생각한다. 그런데 유일하게 걸리는 점이라면…… 이차빈이 전화를 안 받는 것.

서정과의 식사가 끝나자마자 하렴은 아까 사무실에 혼자 두고 나온 차빈이 생각나 그녀에게 전화를 걸었다. 하지만 그녀는 전화를 받지 않았다. 그것도 두 통씩이나.

시간을 확인해보니, 저녁 8시였다. 아직 잠에 들 시간은 아니었기에 하렴은 미간을 살짝 구겼다.

'평소 야근하면 저녁 8시고 9시고 휴대폰만 잘 만지던 주제에 왜 지금 내 전화는 안 받는 건데?'

아무리 내일부터 주말이라지만 그래도 아직은 평일인 금요일이니 정신을 바짝 차려야 하는 게 아닌가! 울컥 화가 치민 하렴은 휴대폰을 들고 문자를 쓰기 시작했다.

[어디! 머하는데! 전화는왜!]

느낌표를 두 개씩이나 찍은 건 지금 자신이 아주 화가 나 있다는 사실을 보여주기 위함이었다. 하지만 문자를 보낸 지 10분이 지나도, 30분이 지나도 그녀에게서 연락은 없었다.

하렴은 방법을 바꾸었다. 업무에 관한 사항을 물어보기로. 그러면 싫어도 답변을 줄 수밖에 없을 거란 생각이 들었다.

[담주월료ㅇ 미국본 사랑 화상회희?]

이렇게 업무에 관한 질문을 해놓고 초조하게 기다렸지만, 휴대폰은 계속 조용한 상태였다. 혹시 전원이 꺼진 건가 싶어 화면을 켜보기까지 했다. 하지만 이번에도 그녀에게서 답장은 없었다.

결국 모든 걸 포기한 하렴은 소파에 벌러덩 누웠다. 그렇게 멍하니 있는데 갑자기 방금 보낸 문자 내용이 정말 궁금해졌다. 그 문자를 복사해서 총지배인인 진에게 보냈다. 그러자 1분도 지나지 않아 그에게 전화가 걸려왔다.

-이 문자가 대체 무슨 뜻이야?

다짜고짜 문자의 의미를 묻는 그에게 하렴이 심드렁한 목소리로 대답했다.

"다음 주 월요일에 미국 본사랑 화상 회의 있냐고 물어본 거잖아."

-이게 그런 뜻이었어? 독심술이 있지 않고서야 이건 절대로 못 읽겠다, 인마. 띄어쓰기도 다 틀리고, 화상회희는 또 뭐냐? 이 화상아!

"그래서 안다고, 모른다고?"

-나야 모르지. 그런 스케줄은 네 비서한테 물어봐야지, 왜 나한테 물어?

"비서가 전화를 안 받잖아."

-전화를 안 받아? 아아, 금요일 저녁이라 불타는 밤을 즐기시는 모양…….

진의 말이 채 끝나지도 않았는데 하렴은 신경질적으로 전화를 끊어버렸다. 안 그래도 심란한데 진과의 통화로 하렴의 기분은 더욱 나빠졌다.

잠시 후 하렴은 휴대폰을 손에 쥔 채 거실을 서성이기 시작했다. 그러던 그가 이내 못 참겠다는 듯 또다시 차빈에게 문자를 보냈다.

[본사서 전화없앴냐?]

문자를 보내자마자 하렴은 자신의 실수를 깨달았다.

'아, 잘못 썼다. 전화 없었냐고 썼어야 하는데.'

오타 한 글자로 의미가 완전히 바뀌고 만 것이다. 이번 오타는 좀 심했다고 생각하면서 하렴은 다시 문자를 쓰기 시작했다. 이번엔 방금 전과 달리 엄청 집중을 해서 썼다. 그런데 문자를 쓰고 있던 그때 차빈으로부터 답장이 도착했다.

[다음 주 월요일 미국 본사랑 화상 회의 있는 거 맞습니다. 본사로부터 전화 연락은 없었습니다.]

그녀의 문자를 읽은 하렴의 입에서 감탄사가 터져 나왔다.

"크, 깔끔하네."

아까 진이 분명 독심술이 있지 않고서야 하렴의 문자를 이해하는 건 불가능할 거라고 말했는데, 그런 의미에서 본다면 차빈은 하렴의 마음을 정확히 읽어낼 수 있는 능력을 가진 게 분명하다. 게다가 그녀는 오타의 본래 의미까지 정확하게 읽어냈다.

문자를 보는 하렴의 입가에 미소가 피어올랐다. 다음 순간 그는 통화 버튼을 눌러 차빈에게 전화를 걸었다. 하지만 그녀는 전화를 받지 않았다. 그의 표정이 급격히 어두워졌다.

'뭐야? 문자는 보냈으면서 전화는 또 왜 안 받아?'

그 뒤로 전화를 세 통이나 더 했는데도 차빈은 전화를 받지 않았다. 게다가 마지막이라 생각하고 전화한 네 통째에서는 전원이 꺼져 있다는 안내 멘트를 들어야 했다.

하렴은 이제 슬슬 화가 나려고 했다. 화를 식히기 위해 옷을 벗고 샤워를 하러 들어갔다. 샤워를 하면서도 그는 계속 차빈 생각뿐이었다.

샤워를 마치고 침대에 누운 하렴은 자기 전 휴대폰을 만지면서 고민하다가 차빈에게 문자를 보냈다.

[회의몇신대?]

이번에도 업무에 관련된 내용을 보냈다. 그래야 답장이 올 것 같아서. 그러나 그가 잠이 들 때까지도 답장은 없었다.

18. 취중진담은 언제나 완벽하다

다음 날, 하렴은 아침에 눈을 뜨자마자 제일 먼저 휴대폰을 확인했다. 하지만 여전히 차빈으로부터 연락은 없는 상태였다.

"정말 주말이라 신나게 놀려고 휴대폰 꺼둔 건가?"

나 참, 하렴의 입에서 한숨이 터져 나왔다. 그러다 문득 눈썹을 구기며 화를 냈다.

"아니, 그래도 내 연락은 받아야지. 내가 지 보슨데!"

그때 하렴의 뇌리를 스치는 생각이 있었다.

'혹시 어디 아픈가?'

맞다. 이차빈이 어디가 아프지 않고서야 이렇게 자신을 무시할 리가 없다. 이런 생각이 들자 하렴은 더 이상 가만히 있을 수가 없어졌다. 당장 옷을 갈아입고 집을 나섰다.

집에서 나와 자신의 차로 향하는 하렴의 곁으로 검정색 고급세

단 한 대가 스르르 다가왔다. 그 차가 하렴의 옆에 멈춰 서는 순간 뒷좌석 창문이 열렸다.

"하렴이? 하렴이 맞구나?"

뒷좌석에 앉아 있던 나이 지긋한 아저씨가 하렴에게 알은척을 했다. 남자의 얼굴을 확인한 하렴의 얼굴이 미묘하게 굳어졌다.

"아…… 아저씨, 안녕하세요."

그는 한국에서 살던 어린 시절에 자주 만났던 아버지의 친구였다.

"오랜만이구나. 잘생긴 얼굴은 어렸을 때랑 똑같네."

"감사합니다."

하렴이 뒷좌석의 남자에게 고개를 꾸벅 숙였다.

"이쪽으로 이사 온 거야?"

"네. 1년 정도 됐습니다."

"그러고 보니 얼마 전에 네 아버지하고도 만났었는데……."

중년 남자의 말에 하렴은 그대로 굳어졌다. 하렴의 변화를 눈치 채지 못하고 남자가 말을 이었다.

"사람이 많이 변했더라고. 모습도 그렇고 성격도 그렇고. 그 자존심 강했던 사람이 얼마 전엔 나한테 글쎄……."

그 이상은 듣고 싶지 않았다. 하렴은 서둘러 입을 열었다.

"죄송한데, 제가 지금 급하게 나가는 중이어서요."

"어, 그래. 내가 바쁜 사람을 붙잡고 있었네."

"그럼 전 이만 가보겠습니다. 건강하십시오."

하렴은 남자에게 다시 한 번 고개를 숙여 보인 후 돌아섰다. 그러곤 빠르게 걸음을 옮겨 자신의 차에 올라탔다. 시동을 걸어 차는 출발시켰지만 하렴은 아직도 조금 멍한 상태였다.

"지금 어디로 가려던 거였지……."

생각이 나지 않았다. 하렴은 그냥 앞으로 계속 달렸다. 멈추고 싶지 않았다. 멈추면 아버지와의 기억이 자신의 뇌리를 지배해버릴 것만 같아서.

처음 미국 땅에 도착했을 때부터 엄마는 늘 영어만 썼고 아빠는 늘 한국어만 썼다. 그건 그곳에서 정착하고 2년이 지나서도 변함이 없었다.

"하렴아."

퇴근하고 저녁 늦게 돌아온 아빠는 컴퓨터 앞에 앉아 자신을 멀뚱멀뚱 쳐다보기만 하는 아들의 이마를 콩 때렸다.

"아빠를 봤으면 입이 찢어져라 좋아해야지, 인마."

이제 열 살이 된 하렴은 자신의 코를 손바닥으로 가리면서 인상을 찡그렸다.

「술 냄새 나.」

"이노무시끼, 이거 이거 또 영어 쓰네?"

아빠는 요즘 부쩍 영어로만 말하는 아들의 볼을 잡고는 쭈욱 늘어뜨렸다.

"아빠한테는 한국어로 씨부리랬지? 그러다 네 모국어인 한국어 잊어버리면 어쩌려고?"

「아빠가 말하는 한국어도 제대로 된 건 아닌 것 같은데?」

아빠에게 볼이 잡힌 채로 아들이 예리하게 말했다. 아빠가 껄껄 웃음을 터뜨렸다.

"허허허- 뭐라고, 이 똥강아지 녀석아?"

아빠의 두 손이 아들의 옆구리를 간질이기 시작하자 아들은 몸을 배배 꼬며 자지러지게 웃었다.

"하하하-"

집 안이 두 사람의 웃음소리로 가득하던 그 순간.

「Harry!」

날카로운 목소리가 들려왔기에 부자는 동시에 움직임을 멈췄다. 그들의 앞으로 엄마가 나타난 것이다. 엄마와 눈이 마주치자 아빠는 볼멘소리를 냈다.

"하렴이란 좋은 이름 놔두고 해리가 뭐야, 해리가? 꼭 계집애 이름 같잖아."

「여기 사람들한텐 하렴이란 이름이 너무 어렵잖아요. 그러니까 당신도 해리라고 불러요. 익숙해져야 하니까.」

"난 싫어. 벽에 똥칠할 때까지 하렴이라 부를 거야."

아빠의 농담 섞인 말에 엄마는 이맛살을 찌푸렸다.

「제발 그 한국어 좀 그만해요.」

"왜? 우리 하렴이 한국어 잊어버리지 말라고 하는 건데."

「당신은 입이 험하니까 전혀 도움이 안 된다고요. 애 말버릇만 나빠져요.」

엄마의 목소리가 점점 더 날카로워지려고 하자 아빠는 엄마의 눈치를 보면서 뒷걸음질을 쳤다.

"잔소리마녀 또 시작했네. 이리 와, 하렴아. 도망가자."

그러곤 장난스런 표정으로 한 손을 들어 아들을 불렀다. 그 손짓을 본 아들이 아빠에게 달려가기 위해 발을 뗐다.

"같이 가, 아빠!"

그런데 그 순간, 엄마에게 팔이 덥석 잡혀버렸다. 그사이 아빠는 저 어두운 복도 너머로 모습을 감춰버렸다.

"아빠!"

하렴은 아빠가 좋았다. 거친 듯 다정한 언행도, 익살스러운 표정과 과격한 스킨십도. 전부 다 좋았다.

「Harry, 넌 내 곁에 있을 거지? 그렇지? 아빠처럼 날 안 떠날 거지?」

하지만 강했던 엄마가 처음으로 눈물을 보였던 그날, 하렴은 아빠를 미워할 수 밖에 없어졌다. 떠난 그를 원망하면서, 증오하면서 그렇게 하루하루를 버텼다.

고개를 푹 숙이고 어렸을 때를 회상하던 하렴의 입가에 쓴웃음이 걸렸다. 잠시 멈췄던 그의 손이 다시 보드카가 담긴 술잔을 향해 뻗어졌다. 고개를 들면서 술잔을 입 앞으로 가져온 하렴의 시야로 고급스러운 바의 정경이 들어왔다.

자주 오는 곳이었지만 오늘따라 이상하게 낯설게 느껴졌다. 오렌지와 레드의 중간색쯤으로 보이는 럭셔리한 조명과 고급스런 테이블, 가죽소파. 모든 게 낯설게 느껴져서 견딜 수가 없었다.

하렴은 익숙한 집으로 돌아가고 싶어져서 테이블 위의 휴대폰을 집어 들었다. 그때 그 휴대폰으로 문자가 하나 도착했다. 발신자는 '차빈'이었다.

[회의는 아침 8시입니다.]

문자를 확인한 하렴이 눈썹을 꿈틀 움직였다.

'어젯밤에 보낸 문자를 이제야 답장해?'

울컥 화가 나서 곧바로 그녀에게 전화를 걸었다. 신호음이 길어지자 하렴은 내심 이번에도 안 받으면 어쩌나 살짝 걱정이 되었다. 그런데 다행히 이번엔 전화를 받았다.

-여보세요.

새침한 그녀의 목소리가 들리자마자 하렴은 비아냥거리며 말했다.

"참 빨리도 받는다? 너 대체 어제부터 뭐 하느라 이제야 내 전화를 받냐?"

-그냥, 좀, 쉬고 싶어서 휴대폰 꺼뒀어요.

얼버무리듯 대답을 마친 차빈이 다시 목소리를 보냈다.

-무슨 일 있으세요?

아무 말 없이 하렴은 한숨을 내쉬었다. 길게 한숨을 내쉰 그가 진지한 음성으로 물었다.

"너 어디야?"

-집이요.

"주말인데 집이라고?"

-주말이니까 집에 있죠. 평일이면 회사에 있거든요? 저 엄청 바빠요. 제가 남자 못 만나는, 아니 안 만나는 것도 다 바빠서 그래요, 바빠서. 주말이라도 좀 편하게 쉬려…….

그때 하렴이 차빈의 말을 자르며 명령했다.

"나 데리러 와."

-네? 뭐라고요?

독한 보드카 탓인지 하렴은 두 눈을 무겁게 깜박였다. 그가 다시 말했다.

"나 데리러 오라고, 차 비서."

-차 비서? 차 비서는 또 누구예요? 저 이 비서거든요? 지금 딴 비서한테 전화하려다가 저한테 하신 거예요?

차빈은 상황파악이 되지 않는다는 듯 어리둥절한 목소리였다.

"너 차빈이니까 차 비서 맞잖아."

-네? 제 이름은 그냥 차빈이 아니라 이차빈이에요. 누가 가운데 이름을 성처럼 불러요?

"그럼 빈 비서?"

-아, 진짜 이 한국어 바보…… 가 아니라 혹시 취했어요? 지금

어디예요?

그제야 차빈은 하렴의 상태를 알아차리고 물었다. 그러자 하렴은 기다렸다는 듯이 그녀에게 자신의 위치를 알려주었다.

그로부터 30분 정도 흘렀을까, 바의 문이 급하게 열리면서 차빈이 들어왔다. 그녀는 한눈에 테이블 위에 이마를 대고 있는 하렴을 발견하고 그에게로 달려갔다.

"사장님!"

차빈의 목소리가 들리자 하렴은 천천히 고개를 들었다. 그리고 무거운 두 눈을 깜박이는 순간 그의 시야로 얇은 카디건 차림의 차빈이 들어왔다.

겨울이 코앞이라 제법 쌀쌀한데 얘는 왜 이러고 나타났을까.

"안 춥냐? 벗어줄까?"

취한 하렴이 자신의 재킷을 벗어주려고 하자 차빈이 깜짝 놀라며 그를 말렸다.

"택시 타면 집에 금방 가는데요, 뭐. 신경 쓰지 마세요."

"그래도……."

"그나저나 일어날 수는 있겠어요? 집에 가야죠."

그 말에 하렴은 비틀거리면서 자리에서 일어섰다. 차빈은 그를 부축해서 바를 빠져나왔다.

찬바람이 코끝을 스치자 하렴은 정신이 조금 돌아오는 것 같았다. 그때 차빈이 그를 힐끔 돌아보면서 물었다.

"신서정이랑은 재미있었어요?"

사실 차빈은 신서정과 식사를 한 하렴에게 삐진 상태였다. 하지만 그렇다고 언제까지고 아무것도 모르는 상사의 연락을 피할 수는 없는 법. 결국 차빈은 두 손 들고 항복한 채 달려왔다.

"신서정이 누구야?"

하렴이 고개를 갸웃하며 되물었다.

"사장님이 예쁘다고 했던 여배우요. 둘이 밥도 먹었잖아요."

"아아, 그 내숭 떨던 애. 응, 귀엽더라."

그의 대답에 차빈은 울컥해서 하렴을 두고 혼자 차도 쪽으로 걸음을 옮겼다. 하렴은 그런 그녀를 얌전히 따라갔다. 가까이 다가오는 그를 향해 차빈이 차갑게 말했다.

"택시 잡아드릴게요. 조심히 가세요."

하렴은 마음에 안 든다는 듯 미세하게 미간을 찡그렸다. 그사이 그녀는 차도 쪽으로 팔을 붕붕 흔들며 외쳤다.

"택시!"

뒤에서 차빈을 물끄러미 바라보던 하렴이 그녀를 향해 말했다.

"나 집까지 데려다줘."

나직하게 들리는 하렴의 목소리에도 차빈은 팔을 멈추지 않았다. 그런 상태로 그녀가 퉁명스럽게 대꾸했다.

"애도 아니고, 그냥 혼자 가요."

"같이 가."

"싫어요."

그때 드디어 한 택시가 차빈의 손을 본 듯 그들 쪽으로 달려왔다. 차빈이 그 택시를 보고 안심하는 순간 뒤에서 하렴의 목소리가 다시 들려왔다.

"네가 신서정보다 예뻐."

"네?"

차빈은 순간적으로 자신의 귀를 의심했다. 그런데 자신의 귀가 이상한 건 아니었다. 이상한 건 하렴 그였다.

"네가 더 귀여워."

계속 이어지는 하렴의 이상한 말에 차빈은 머릿속이 혼란스러워졌다. 그는 지금 분명 취한 상태다. 그러니 무시하는 게 맞다. 하지만, 취중진담이란 말도 있지 않은가.

"내 눈엔 이 세상에서 네가 제일 예뻐."

멈출 줄 모르는 하렴의 부끄러운 말에 차빈은 얼굴이 화끈거렸다.

"정말 왜 이래요? 창피하게."

그러면서도 한편으론 묘하게 설레고 기분이 좋았다.

"넌 이 세상에서 나를 제일 잘 알아주니까. 나한텐 너밖에 없어."

"그만해요, 정말."

그사이 그들 곁으로 택시가 와서 멈춰 섰다. 차빈이 택시의 뒷좌석 문을 열면서 빠르게 말했다.

"그만하고 어서 타요."

그때 하렴이 그녀의 곁으로 다가서면서 나직하게 중얼거렸다.

"그러니까 제발 날 혼자 두지 마."

차빈을 바라보는 하렴의 갈색 눈동자는 촉촉하게 젖어 있었다. 그 눈을 본 차빈은 심장이 두근거렸다.

"오늘 밤은 혼자 있고 싶지 않아."

그는 지금 취해 있어서 평소와 많이 다르다. 이렇게 취할 정도로 마셨다는 건 오늘 그에게 무슨 일이 있었다는 의미일 것이다. 그러니 흔들리는 것도 우스운 일이다. 알고 있다. 하지만 이 세상에 어떤 여자가 짝사랑하는 남자가 저렇게 말하는데 모른 척할 수가 있겠는가.

결국 차빈은 하렴과 함께 택시에 올라탔다. 그녀는 하렴과 그의 집으로 향하는 내내 근심이 가득한 얼굴이었다.

'대체 무슨 일이 있었던 거야?'

오늘 그는 이상했다. 많이 이상했다. 이상한 정도를 넘어서 마치 다른 사람 같았다. 그래서 차빈은 너무 마음이 쓰였다.

주말 저녁 카페 안은 커플들로 가득했다. 알콩달콩 핑크빛 혹은 정렬의 붉은빛을 내뿜는 커플들 사이에서 인후는 침울한 표정으로 카운터 구석 의자에 앉아 자신의 지갑을 들여다보고 있었다. 지갑 안에는 가족인 듯한 세 사람이 찍힌 사진이 있었다. 사진을 한참 들여다보던 인후가 그 사진을 넘기자 한 남자의 얼굴이 찍힌 사진이 보였다. 그를 본 인후의 미간이 괴로운 듯 구겨졌다.

"뭘 그렇게 보세요?"

"……!"

갑자기 들린 목소리에 인후는 소스라치게 놀라 지갑을 닫았다.

"아무것도 아니야."

인후가 빠르게 대답하며 고개를 들자 카운터 바깥쪽에서 안쪽으로 상체를 내밀고 있는 시윤이 보였다.

"그거 뭐예요? 사진이었던 것 같은데."

"별거 아니라니까. 가게 앞은 다 쓸었어?"

인후의 질문에 시윤은 손에 들고 있던 빗자루를 들어 올렸다. 빗자루를 좌우로 흔들면서 그가 싱긋 미소를 지었다.

"당연히 다 했죠. 근데 혹시 사모님 사진이라도 보고 계셨던 거예요? 아니다. 남자였던 것 같은데."

집요한 시윤을 향해 인후는 난감하단 표정으로 대답했다.

"아, 그거, 그냥 내 젊었을 때 사진이야."

"젊었을 때 사진이요?"

"응. 그때로 돌아가고 싶을 때면 가끔 봐."

재미있다는 듯 시윤의 얼굴에 미소가 피어올랐다.

"그런 생각도 해요, 아저씨?"

"왜? 난 그런 감성적인 생각 따위 안 하게 생겼냐?"

"네. 아저씬 솔직히, 지금을 살자! 이런 느낌이거든요."

"맞아. 솔직히 그렇게 살아왔지."

인후가 선선히 고개를 끄덕였다. 씁쓸하게 느껴지는 그의 표정을 지그시 보면서 시윤이 물었다.

"그래서 지금 후회하세요?"

"……그렇게 살다 보니 미안한 사람들이 너무 많아져서."

나직하게 중얼거리는 인후를 위로하듯 시윤이 말했다.

"그래도 전 그렇게 사는 아저씨가 멋있던데요."

"말이라도 고맙네."

어색하게 웃으면서 인후는 지갑을 바지주머니에 깊숙이 넣었다. 그의 행동을 물끄러미 보던 시윤이 카페 문 쪽으로 돌아서면서 말했다.

"오늘 차빈 누나는 안 온대요?"

"아까 전화 왔는데, 급하게 어딜 좀 간대. 늦을 거라고 하더라."

"아아……."

"왜? 아쉽냐?"

인후가 짓궂게 묻자 시윤이 쑥스럽다는 듯이 웃었다. 그 모습에 인후는 노골적으로 크게 한숨을 내쉬었다.

"어휴, 요즘 사내자식들은 대체 왜 그러나 몰라. 좋아하면 좋아한다고 말해버리면 될 걸. 나 같으면 벌써 고백했겠다, 인마."

이에 시윤은 또다시 어색하게 미소를 지었다.

하렴의 집에 도착하자 차빈은 그를 부축해서 집 안으로 들어섰다. 그리고 일단 소파로 다가가서 그를 앉혔다. 소파에 앉자마자 하렴은 머리가 아프다며 이마를 감싸 쥐었다. 그걸 본 차빈은 주방으로 들어가서 찬물을 가지고 나왔다. 그런데 그사이 하렴은 잠이 들어 있었다.

평온하게 잠든 그의 얼굴을 물끄러미 바라보던 차빈은 조용히 방으로 가서 이불을 가져왔다. 그리고 그것을 하렴에게 얌전히 덮어주었다. 그런데 그 순간 그가 눈을 떴다.

"……!"

그는 약간 몽롱해 보이는 눈으로 차빈을 보면서 입을 열었다.

"가지 마……."

그 애절한 목소리에 차빈은 얼은 것처럼 굳어졌다.

"너도 날 떠날 거야?"

금방이라도 울 것같이 반짝거리는 하렴의 눈동자에서 시선을 떼지 못하며 차빈이 말했다.

"안 떠나요."

그녀는 천천히 소파 옆 바닥에 앉아, 다시 나직한 목소리로 말을 이었다.

"저는 절대 당신을 떠나지 않을 거예요."

그녀의 말에 안심한 듯 하렴의 입가에 옅은 미소가 서렸다.

"고마워."

그렇게 하렴은 또다시 스르륵 잠이 들었다. 잠든 그를 지켜보면서 차빈은 오늘 그가 한 말들을 되새겨보았다.

"네가 신서정보다 예뻐. 네가 더 귀여워. ……내 눈엔 이 세상에서 네가 제일 예뻐. 넌 이 세상에서 나를 제일 잘 알아주니까. 나한텐 너밖에 없어."

어느 것 하나 설레지 않은 말이 없었고 전부 가슴속 깊숙이 박혀버렸다. 자신은 정말 그를 제일 잘 알 수 있는 사람이다. 그걸 그도 잘 알고 있다.

'하지만 그게 과연 그가 나를 여자로 보고 있다는 의미인 걸까?'

갑자기 씁쓸해진 차빈은 힘없이 웃으며 어깨를 축 늘어뜨렸다.

첫차가 다닐 시간이 되어서야 차빈은 자리에서 일어섰다. 그리고 나가기 전 잠든 하렴의 얼굴을 물끄러미 쳐다보았다. 잠시 후 그녀는 뭐에 홀린 듯 그의 입술에 뽀뽀를 쪽 하고는 도망치듯 그의 집을 나왔다.

차빈은 솔직히 오늘 하루 종일 하렴의 얼굴을 대하는 게 조금 껄끄러웠다.

'아무리 생각해도 그날 새벽의 그 도둑뽀뽀는 좀 과했어…….'

충동적으로 한 행동을 반성하면서 차빈은 사장실 문에서 시선을 뗐다. 그런 다음 벽시계를 확인했다.

이제 곧 점심시간. 그와의 점심식사 시간을 어떻게 보내야 하나 차빈은 순간 고민이 되었다.

Rrrrrr.

그때 그녀의 휴대폰으로 전화가 걸려왔다. 발신자는 로비에서 드라마 촬영 중인 시윤이었다.

-저랑 점심 먹으러 갈래요? 제가 살게요.

갑작스런 그의 제안에 차빈은 반색했다.

"점심? 좋지. 촬영은 끝났어?"

-네. 저 이제 곧 배우로 정식 데뷔하는데, 축하 안 해줄 거예요, 누나?

"그럼, 그럼. 축하해줘야지. 같이 맛있는 거 먹으러 가자."

-그래도 식사는 제가 살 거예요.

"응, 알았어."

안 그래도 하렴과의 식사가 껄끄러웠던 터라 차빈은 시윤의 제안이 고마웠다.

"사장님, 저 나가서 점심 좀 먹고 오겠습니다."

차빈은 조심스레 사장실 문을 열고 하렴에게 보고했다. 하렴이 불쾌한 듯 눈썹을 치켜 올렸다.

"누구랑?"

"친구요."

"친구 누구?"

하렴의 예리하게 빛나는 눈빛을 마주한 차빈은 결국 실토했다.

"시윤이요."

"그놈이 네 친구냐? 동생이지."

"암튼, 걔랑 밥 먹고 올 거예요."

차빈이 이렇게 말하고 문을 닫으려는 순간 하렴이 자리에서 벌떡 일어나 그녀에게 다가왔다. 그 행동에 차빈이 어리둥절해하는 사이 하렴은 문을 활짝 열고 그녀의 팔목을 덥석 잡았다.

"가지 마."

갑작스런 그의 행동에 차빈은 적잖게 당황하고 말았다.

"왜, 왜, 왜 이래요?"

며칠 전부터 상당히 이상하더니 오늘은 완전히 정점을 찍는다, 이 남자.

차빈이 휘둥그레 커진 눈으로 자신을 쳐다보자 하렴이 다시 한 번 말했다.

"가지 말라고."

"왜요?"

그녀의 질문에 하렴은 말문이 막혔다.

지금 그는 그냥 충동적이었다. 그냥 그녀가 시윤이란 놈이랑 밥 먹는 게 싫고 짜증났다. 그뿐이다. 하지만 분명 그렇게 말했다가는 미친놈 취급당할 게 뻔하다. 그래서 하렴은 적당한 변명을 생각해냈다.

"한국에선 동생이랑 밥 먹으면 형이나 누나가 사야 한다던데?"

"네, 맞아요. 보통 그러죠."

"근데 너 박봉인 거 아니까 걱정돼서."

"그래서 오늘은 걔가 산대요."

대답을 마친 차빈이 팔에서 그의 손을 떼어내려고 하자 하렴이 급히 말했다.

"나 방금 한국어 틀리지 않았냐? '박봉' 그거."

"맞는 표현인데요? 월급 적게 받는 거."

"아, 그래? 난 당연히 틀린 건 줄 알았어. 발음이 되게 웃겨서."

"저 이제 가도 되죠?"

"아니, 잠깐만……."

아무래도 하렴의 행동이 이상하다. 그를 바라보는 차빈의 눈빛이 순간 날카로워졌다.

"아님……."

차빈은 잠시 말을 끊었다가 차가운 어조로 말을 이었다.

"제가 신인배우 민시윤과의 식사를 포기하고 여기 있어야 되는 강력한 이유라도 있어요?"

이 말은 정확히 하렴이 저번 주 신서정과의 저녁식사가 있던 날 밤에 한 말이었다. 그걸 눈치채지 못한 하렴이 낮게 중얼거렸다.

"……나 지금 데자뷰 느꼈어."

"없죠? 그럼 전 이만."

차빈은 곧바로 그의 손을 떼어냈다. 그리고 뒤로 물러섰는데, 그 순간 하렴이 다시 그녀의 팔목을 덥석 잡으며 말했다.

"있어."

진지한 하렴의 눈빛에 차빈은 심장이 덜컥했다.

"나 아버지 소식 들었어."

차빈의 두 눈이 휘둥그레졌다.

그에게 신서정과의 일에 대한 복수를 하고 싶었는데, 하렴의 말 한마디에 차빈은 무너졌다. 놀란 차빈이 손으로 자신의 입을 가리자 하렴이 진지한 음성으로 말했다.

"십오 년 전에 가출한 아버지의 최근 소식을 들었다고."

"어, 어디서, 어떻게요?"

당황한 표정으로 묻는 차빈에게서 시선을 거둔 하렴은 말없이 자신의 자리로 돌아갔다. 그러곤 의자에 털썩 앉았다.

"아, 우울해."

그에게로 차빈이 빠르게 달려가며 물었다.

"언제 어디서 어떻게 들었는데요? 설마 나쁜 소식이라도 들은 거예요?"

계속되는 차빈의 질문에도 하렴은 대답 없이 침울한 표정으로 한숨만 내쉴 뿐이었다. 그 순간 차빈의 머릿속에 스치는 기억이 있었다.

"사장님 그럼, 혹시 그날……?"

그럼 그저께 하렴이 많이 이상했던 이유가 바로 그 때문이었나? 차빈이 걱정스런 표정을 짓자 하렴이 그녀를 물끄러미 올려다보며 물었다.

"너 그놈 만나러 간다며?"

"지금 그게 중요해요?"

지금 차빈은 시윤과의 식사보다 하렴의 그날 일이 더 신경 쓰였다. 그녀의 말에 하렴은 기다렸다는 듯이 빠르게 말했다.

"그럼 당장 그놈한테 전화해. 오늘 못 만난다고. 아니, 당분간 못 만난다고."

차빈은 얼떨결에 고개를 끄덕였다.

잠시 후 그녀는 하렴의 요청으로 사장실 안으로 들어가 최고급 가죽소파에 앉았다. 그곳에서 시윤에게 전화를 걸었다. 하렴은 그런 그녀를 뒤에서 팔짱을 낀 채 지켜보았다.

"시윤아, 미안."

차빈은 시윤이 전화를 받자마자 다짜고짜 그에게 사과를 했다.

-왜요?

"오늘 같이 점심 못 먹을 것 같아. 급한 일이 생겨서."

-그럼 저녁은요?

전화기 너머로 들려오는 시윤의 물음에 차빈은 뒤에 있는 하렴을 힐끔 쳐다보았다. 그러다 자신을 강렬하게 주시하고 있던 하렴과 눈이 마주쳤다. 차빈이 쓴웃음을 지으면서 대답했다.

"아, 글쎄. 저녁도 힘들 것 같은데……."

-그럼 누나 시간 날 때 연락 좀 줘요.

"어? 왜?"

그답지 않게 시윤은 꽤 집요하게 굴었다. 그 태도가 이상하게 느껴져서 차빈은 두 눈을 동그랗게 떴다.

-누나한테 꼭 할 말이 있거든요.

"할 말?"

-네. 정말 중요한 말이에요.

"응. 그래, 알았어."

전화를 끊고서 차빈은 고개를 갸웃했다. 시윤이 꼭 해야 할 말이란 게 뭘까?

은근히 신경 쓰여서 차빈은 다시 한 번 고개를 갸웃했다. 그때 그 모습을 쭉 지켜보고 있던 하렴이 그녀를 향해 물었다.

"그 녀석이 할 말 있대?"

"네, 시간 날 때 연락 달래요."

차빈이 고개를 끄덕이자 하렴의 눈썹이 살짝 구겨졌다. 남자가 여자한테 할 말이 있다며 시간을 내달라는 건…….

"혹시 고백하려는 거 아니야?"

하렴이 생각하기엔 그 이유밖에 없어 보였다. 불편한 얼굴로 그가 던진 추측에 차빈은 피식 웃음을 터뜨렸다.

"어머, 그런가?"

기분 좋아 보이는 그녀의 미소를 본 하렴은 반대로 기분이 나빠졌다.

"야."

다음 순간 하렴이 그녀를 나직하게 불렀다. 차빈이 웃는 얼굴로 그를 쳐다보자 그가 툭 던지듯 말했다.

"너 오늘 야근이야."

생각지도 못한 그의 말에 차빈은 어안이 벙벙했다.

"왜요, 갑자기?"

"내 맘이야. 내가 기분이 안 좋으니까."

"그건 알지만 그래도……."

그건 너무 억지 아닌가?

하지만 차빈은 십오 년 전 집을 나간 아버지에 대한 새 소식을 들은 하렴의 기분이 썩 좋지 않은 듯 보였기에 최대한 열심히 그의 비위를 맞춰주었다. 그의 말이라면 무조건 '네, 네' 하며 복종했고 그의 뒤만 졸졸 따라다녔다.

하지만 그는 해도 해도 정말 너무했다.

"에스프레소 샷 추가해서 달달하게 한 잔."

달달하게 마실 거면 에스프레소를 마시질 말아야지! 거기다 샷 추가는 또 왜 해?

"토마토 샌드위치인데, 안에 토마토는 빼고."

그러면 처음부터 토마토 샌드위치를 시키질 말든가! 김치전에서 김치 빼달라는 거랑 뭐가 다르냐고, 대체!

"엘리베이터는 나 혼자 탈 거야. 넌 걸어와."

차빈은 두 주먹을 불끈 쥐며 심각하게 고민했다. 이걸 진짜 확 때릴까. 아님 비서 일을 때려치울까.

하지만 차빈은 그가 이따금씩 짓는 어두운 표정이 생각나 또다시 '네'라는 말밖에 할 수가 없었다. 사장실까지 계단을 이용해서 올라가면서 차빈은 자신의 마음을 달래고 또 달랬다.

19. Perfect soulmate

새벽 무렵에 본사로부터 도착해 있는 메일을 읽던 하렴의 표정이 딱딱하게 굳어졌다. 이내 그의 눈이 메일 한가운데에 적힌 이름에서 멈췄다.

[Philip]

그 이름을 본 순간 생각난 말은 하나였다.

'갓뎀!'

필립의 장난기 가득한 얄미운 얼굴을 떠올린 하렴은 벌써부터 머리가 지끈거리는 것만 같았다.

'왜 하필이면 그 녀석이지?'

손을 올려 자신의 이마를 짚은 하렴이 크게 한숨을 내쉬었다.

"후우……."

그때 노크 소리가 들렸다. 하렴이 이마에서 손을 떼면서 고개를 들자 문이 열리고 진이 들어왔다. 그는 들어오자마자 차빈을 찾았다.

"이 비서 어디 갔어?"

"커피 심부름 보냈어. 한국백화점 지하로."

하렴의 대답에 진은 이해할 수 없다는 듯이 고개를 갸웃했다.

"근처에 널린 게 커피전문점인데, 거기까지 보냈다고?"

"알잖아. 거기 커피 맛있는 거."

덤덤한 하렴을 보면서 진은 알 만하다는 표정으로 혀를 끌끌 찼다.

"너 또 이 비서 괴롭히는 거야? 아예 커피 원두 좋은 거 사오라고 브라질 보내지, 왜?"

하렴이 웃지도 않고 대꾸했다.

"내일은 한우 사오라고 행성 보낼 건데?"

"행성이 아니라 횡성이겠지. 너나 너네 행성으로 돌아가라, 인마."

사실 진은 요즘 들어 부쩍 까칠하게 구는 하렴이 신경 쓰이고 걱정되었다. 분명 무슨 일이 있었던 것 같은데, 도통 입을 열지 않으니 알 길이 없다. 그저 혼자서 저놈의 성질을 감당하고 있는 차빈에게 미안하고 감사한 마음뿐이다.

"그나저나 웬일이야?"

안으로 들어와서 멀뚱히 서 있는 진에게 하렴이 툭 물었다. 그제야 진은 자신이 온 이유가 생각났다는 듯 말했다.

"아, 본사에서 온 메일 봤어? 나한테도 왔던데."

"응."

예상했던 것보다 차분해 보이는 하렴을 향해 진이 떨떠름한 표정으로 물었다.

"필립이 온다지?"

"응. 그 사고망치."

그 순간 진은 쓴웃음을 짓고 말았다.

"망치 아니고 뭉치."

진이 점잖게 정정해주었는데도 하렴은 그의 말을 믿지 않았다.

"뭉치는 '돈뭉치' 이럴 때나 쓰는 말이잖아. 누굴 한국어 바보로 아냐?"

"어. 너 한국어 바보 맞아."

진은 질린다는 표정으로 고개를 설레설레 저었다. 그러곤 큰 한숨을 내쉬면서 하렴을 노려보았다.

"넌 진짜 그 성격 좋은 차빈 씨한테 감사해야 돼, 인마. 반년 만에 비서를 세 명이나 갈아치운 너 같은 놈한테 4개월 가까이 붙어 있잖아."

"그래서 월급 주잖아."

너무나도 당연한 말을 참 당당하게도 하는 하렴 때문에 진은 기가 막혔다.

"그 전 비서들한텐 뭐, 월급 안 줬냐? 차빈 씨가 정말 착한 거야. 지금만 해도 그래. 커피 사오라고 왕복 1시간 걸리는 곳까지 보내는 놈이 어디 있냐? 너는 진짜 악덕 보스야, 인마."

……저기에다 커피 식으면 죽는다고 협박까지 했다고 말하면 날 더 잡아먹으려고 하겠군.

'내가 좀 심했나?'

그때 진이 심각한 얼굴로 입을 열었다.

“그나저나 필립 때문에 걱정이네. 그 많고 많은 임원들 중에서 왜 하필이면 아무것도 못하는 그 녀석이 오냐고. 회장 막내아들이라고 다들 너무 봐주는 거 아닌가 몰라.”

잠시 잊고 있었는데 다시 생각났다. 필립 그 자식.

하렴의 미간이 구겨지는 것을 본 진이 걱정스런 표정으로 이어 말했다.

“오면 조심해라. 걔 너한테 열등의식 있는 것 같던데……. 게다가 여자 버릇도 안 좋다며?”

“어. 여자에 환장한 놈이야.”

“무슨 일 벌이지 않게 무조건 잘해줘. 그래도 애가 단순해서 좀만 잘해주면 말 곧잘 듣잖아.”

진은 마지막으로 하렴의 어깨를 툭툭 쳐주고는 사장실을 나갔다. 그가 나가고 얼마 안 있어 차빈이 조심스레 문을 열고 들어왔다.

“커피 사왔습니다, 사장님.”

“어……. 수고.”

진이 했던 말이 생각나 하렴은 어울리지도 않게 수고했단 말을 작게 내뱉었다. 그 순간 차빈이 입고 있던 트렌치코트 안에 숨기듯 가져온 테이크아웃 커피 컵을 하렴에게 보여주었다.

“식지 말라고 코트로 감싸서 가져왔어요.”

그 모습을 본 하렴의 입가에 묘한 쓴웃음이 서렸다.

‘저건 진짜 착한 거야, 바보인 거야? 나한테 맨날 바보라고 하더니, 지가 더 바보네.’

자신이 건넨 커피를 받아 든 하렴이 좀처럼 그것을 마시지 않자 차빈은 불안한 마음이 들었다. 또 뭘 시키려는 건가? 불안해하면서 그의 행동만 주시하고 있는데 다음 순간 하렴이 그녀에게 툭 던지듯 말했다.

"나가봐."

그 말이 떨어지기가 무섭게 차빈은 반색하면서 입을 열었다.

"그럼 저 오늘 좀 일찍 퇴근해도 돼요?"

물론 하렴은 지금 당장 퇴근해도 좋다는 의미로 나가라는 말을 한 거였다. 하지만 그녀가 저렇게 물어온다면 이야기가 달라진다.

"왜?"

하렴이 눈썹을 미세하게 구기며 되묻자 그녀가 솔직하게 대답했다.

"시윤이 좀 만나려고요."

"왜?"

"전에 만나려다가 못 만났으니까요."

그 말을 듣는데 하렴은 갑자기 가슴이 답답해지면서 기분이 나빠졌다. 알 수 없는 짜증이 솟구쳐 눈썹을 확 구기는 순간 차빈이 말했다.

"며칠 전부터 그 녀석한테 할 말이 있으니 꼭 좀 만나자고 연락이 계속 오고 있거든요. 진짜 고백이라도 하려는 건지 뭔지."

아까도 시윤에게서 만날 수 있냐는 문자가 왔었다. 그래서 차빈은 이번에 그를 만나 할 말이 대체 뭔지 들어볼 생각이었다. 그런데 그때 하렴이 그녀를 불렀다.

"야."

그 순간 안 좋은 예감이 차빈의 전신을 휘감았다.

저 부름, 전에 들어본 적이 있다. 왠지 불길해.

차빈이 불안한 표정으로 고개를 돌리자 하렴이 두 팔에 팔짱을 끼면서 입을 열었다.

"나 취임한 이후부터 본사에서 온 메일들 있잖아, 그거 다 번역해 놔."

생뚱맞은 하렴의 명령에 차빈은 어안이 벙벙했다.

"네? 그걸 다요?"

"응. 다음 회의 때 쓸 거야."

"다음 회의면 다음 주 월요일인데, 그걸 언제 다 해요?"

하렴이 취임하고 10개월이라는 짧지 않은 기간이 흘렀다. 그동안 본사에서 온 메일은 백 통도 넘을 것이다. 그걸 단 며칠 만에 다 번역하란 말인가?

"거기 보면 우리 한국 도미호텔에 대해 평가한 내용들이 있을 거야. 그걸 중심으로 찾아서 번역하고 정리해."

"며칠 밤새라는 거죠, 결국?"

"응."

너무나도 태연하게 고개를 끄덕이는 하렴 때문에 차빈은 기가 막혀서 입이 절로 벌어졌다. 아랑곳 않고 하렴이 말을 이었다.

"직원들이 말이야, 미국 본사에서 우리 한국 도미호텔을 얼마나 안 좋게 평가하는지 잘 모르는 것 같아. 이번 기회에 확실히 알려야겠어."

하렴이 덧붙인 설명을 들은 차빈이 그의 눈치를 보면서 입을 열었다.

"근데 그걸 왜 갑자기 해야 하는 거예요?"

하렴의 표정이 어두워졌다. 머릿속에 '필립'을 떠올린 그가 나직하게 대답했다.

"미국 본사에서 사람이 온대."

"네? 본사에서요?"

"응. 나 감시하러 오는 거지."

미국 본사에서 사람을 보낸다니. 차빈은 갑자기 긴장이 되었다. 그런데 그 순간 하렴이 말을 덧붙였다.

"그것도 하필이면 그 녀석이."

"그 녀석이요? 그 녀석이 누군데요?"

"있어. 나 못 잡아먹어서 안달 난 놈."

그러고 보니 아까부터 하렴의 표정이 별로 안 좋긴 했다. 그걸 눈치챈 차빈이 걱정스런 얼굴을 하자 하렴이 그녀를 향해 말했다.

"그러니까 오늘부터 야근해, 너."

요즘 들어 야근이 너무 잦은 것 같다는 생각이 든 차빈이었지만, 곧 현실을 받아들였다.

그래. 뭐, 어쩌겠는가. 일인 것을. 게다가 하렴을 감시하러 사람이 온다니 더더욱 열심히 할 수밖에 없다.

차빈은 오늘도 시윤에게 만날 수 없다는 연락을 해야 했다.

저녁을 샌드위치로 때우고 다시 컴퓨터 앞에 앉은 차빈은 메일에 로그인을 하면서 짧게 한숨을 내쉬었다.

이틀째 이어진 야근으로 상당히 지친 상태였지만 그럼에도 차빈은 두 눈을 반짝거리면서 일에 집중을 했다. 그도 그럴 것이 미국 본사에서 하렴을 감시하러 사람이 온다지 않은가.

철저하게 준비해서 절대 하렴을 무시할 수 없게 만들어야 한다. 그러기 위해선 먼저 미국 본사에서 보낸 메일들 중 한국 도미호텔을 평가한 부분을 정확하게 분석해서 회의 때 제출할 필요가 있다.

한국어도 아닌 꼬부랑글씨를 보고 있은 지 2시간이 지나자 차빈은 슬슬 눈이 아파왔다. 게다가 2시간 동안 엄청 집중을 해서 그런지 배도 고파졌다. 차빈이 눈을 비비면서 허기진 배를 감싸던 그 순간 엘리베이터가 열리는 소리가 들렸다. 자연스럽게 고개를 돌리자 그녀의 시야로 종이가방을 손에 든 하렴이 들어왔다.

"사장님?"

놀란 그녀가 자리에서 벌떡 일어나는 사이 하렴은 빠른 걸음으로 그녀에게 다가왔다. 그러곤 들고 있던 종이가방을 차빈의 책상 위에 올려놓았다.

"이게 뭐예요?"

차빈이 깜짝 놀라 묻자 그가 짧게 대답했다.

"초밥."

"네?"

생각지도 못한 하렴의 대답에 차빈의 두 눈이 휘둥그레 커졌다. 그 순간 하렴이 그녀의 시선을 피하며 말했다.

"먹다가 맛있길래 싸왔어."

이 남자는 가끔 이렇게 예상치도 못한 배려를 보여준다. 차빈은 두근거리는 가슴을 느끼며 고맙다는 인사를 전했다. 그러나 하렴은 그녀의 인사도 듣는 둥 마는 둥 성큼성큼 컴퓨터 모니터 쪽으로 걸어갔다. 그가 차빈이 보고 있던 모니터를 들여다보면서 말했다.

"도와줄까?"

차빈은 그의 제안이 놀랍고 기뻤지만, 한편으론 냉정하게 생각을 해보았다. 그의 도움을 받으면…… 분명 시간이 더 걸릴 것이다.

"됐어요. 한국어 바보한텐 도움 안 받을래요."

하지만 그녀의 단호한 태도에도 하렴은 포기하지 않았다.

"내가 한국어로 번역해서 읽어줄게."

"완전 엉뚱한 소리만 하실 게 뻔하잖아요."

"그렇겠지."

하렴의 당당한 대답에 차빈은 헛웃음이 터졌다.

"그러니까 됐어요."

그녀가 손사래를 치며 다시 한 번 거절했다. 그 순간 하렴이 말을 이었다.

"근데 넌 알아듣잖아."

"네?"

"넌 내 말 다 알아듣잖아."

자신을 바라보는 하렴의 눈빛이 무척 진지했기에 차빈은 마른 침을 꿀꺽 삼켰다. 그때 하렴이 갑자기 그녀를 향해 물었다.

"야, 그게 뭐지? 발냄새 수프?"

차빈이 반사적으로 대답했다.

"뭐요? 청국장이요?"

그녀의 대답을 들은 하렴이 입가를 늘어뜨리며 씨익 웃었다.

"봐봐. 알아듣잖아."

"네?"

"넌 내가 발냄새 수프라고 해도 청국장이라고 알아듣는 애잖아?"

차빈이 당황한 얼굴로 두 눈을 깜박거리자 하렴이 다시 한 번 씨익 웃으며 말했다.

"장담컨대 그게 더 빠를걸?"

그의 미소에 차빈도 피식 웃음을 터뜨렸다.

역시 나는 저 바보를 절대 이길 수 없다.

결국 그들의 협업이 시작되었다.

"고객들에게 미소를 짓지 않는 것만이 불친절이 아니다. 컴플레인에 대한 응대를 어물전 넘기는 것 또한 불친절이다."

"컴플레인 응대를 어물쩍 넘기는 건 불친절이라는 거죠?"

"응, 그거. 다른 나라에 비해 시설도 허접하고 VIP회원도 적은 편이다."

"허접이 뭐예요, 허접이. 부실이라고 하세요."

"응, 그거. 그리고 아직도 한국 호텔 랭킹 1위를 하지 못하는 이유를 처절하게 분석하라."

"랭킹 1위 못하는 이유를 철저하게 분석하라는 거죠? ……근데, 어째 이게 더 시간 걸리는 것 같지 않아요?"

차빈은 순간적으로 의구심이 들어 하렴을 쳐다보았다.

"아니야. 착각이야."

"……착각 아닌 것 같은데."

고개를 갸웃거리는 차빈을 하렴은 완벽하게 무시했다.

"착각 맞아. 계속 읽을게."

차빈은 그냥 나 혼자 하면 안 되냐고 말하고 싶었지만, 너무 열심히 읽는 하렴 때문에 차마 그렇게 말할 수가 없었다.

아주 오랜만에 제시간에 퇴근하게 된 차빈은 로비 안내데스크로 가서 선영과 희진에게 인사를 건넸다. 그랬더니 선영이 그녀를 붙잡으며 말했다.

"나 남자친구랑 헤어졌어."

"아아, 정말요?"

"응. 헤어지자고 하더라."

차빈이 안타깝다는 표정을 짓자 선영 옆에 있던 희진이 입을 열었다.

"그런 못난 남자랑 잘 헤어졌지, 뭐. 네 번호를 '악마'라고 저장해놨었다며? 세상은 넓고 남자는 많으니까 곧 좋은 사람 나타날 거야."

"응. 나도 그렇게 생각해."

희진을 보면서 선영은 싱긋 미소를 지었다. 그러다 갑자기 생각났다는 듯 차빈을 돌아보며 말했다.

"그나저나 들었어? 신서정이 로열 스위트를 다섯 룸이나 예약했어!"

그 말에 웃고 있던 차빈의 얼굴이 서서히 굳어졌다. 신서정. 그녀를 잠시 잊고 있었다.

"정말이요?"

차빈이 되묻자 이번엔 희진 쪽에서 고개를 끄덕이며 대답했다.

"응, 맞아. 생일 기념으로 가족들이랑 친구들한테 쓰라고 했다나 봐."

"와……. 대단한 재력이네요."

차빈은 혼잣말처럼 중얼거리면서 쓴웃음을 지었다.

"그것도 그거지만, 더 큰일인 건 걔가 신왕자를 노리고 있다는 소문이 돈다는 거야."

선영이 나직하게 덧붙인 말에 차빈은 심장이 조여오는 느낌이 들었다. 그 소문이 사실에 가깝다는 걸 잘 알기 때문이었다.

"신서정이 자기 SNS에 여기 로열 스위트룸에서 찍은 사진을 올렸다는데, 그렇게까지 한 이유가 뭐겠어?"

"맞아. 게다가 그렇게 올린 사진에 '좋아요'가 오만 개를 넘었대. 우리 호텔은 그야말로 돈 한 푼 안 들이고 제대로 홍보한 거지."

역시 대단하네, 신서정. 갑자기 신서정과 자신의 레벨 차이가 확 느껴져서 차빈은 슬퍼졌다.

'나랑은 급이 다른 여자구나. 사장님한텐 아무것도 없는 나보다 예쁘고 가진 것도 많은 신서정이 더 어울리겠지.'

이런 생각이 든 차빈은 심란해져서 한숨이 터져 나올 것만 같았다.

하렴에 대한 감정을 정리해야 한다는 건 알고 있다. 하지만 어디 사람의 마음이 그렇게 서랍 속 정리하듯 간단히 정리할 수 있는 거겠는가. 차빈이 복잡한 마음을 떨쳐내지 못하고 있던 그때, 뒤에서부터 부름이 들려왔다.

"차빈 누나!"

그곳에 서 있던 선영과 희진, 그리고 차빈이 동시에 고개를 돌렸다. 그녀들의 시야로 차콜 색상의 롱코트를 입은 시윤이 들어왔다.

"오랜만이에요, 누나들."

시윤은 그녀들을 향해 허리를 꾸벅 숙여 인사했다. 꽃미남의 등장에 선영과 희진의 표정이 화사하게 밝아졌다.

"꺅- 시윤이네?"

"어머, 시윤아, 안녕?"

얼굴에 환한 미소를 달고 있는 그녀들 옆에서 차빈이 시윤을 향해 물었다.

"여기까지 웬일이야?"

"그냥 한번 들러봤어요."

대답을 하면서 시윤은 차빈이 어깨에 메고 있는 가방을 힐끔 쳐다보았다.

"퇴근한 거예요?"

"어? 어."

차빈이 자신의 가방을 만지면서 어색하게 대답하자 시윤이 씨익 웃으며 말했다.

"그럼 제가 집까지 태워다줄게요. 차 가지고 왔거든요."

이 녀석의 차에 타게 되면 그 '할 말'이라는 것도 듣게 되겠지?

차빈이 대답을 망설이자, 선영과 희진이 그들에게로 질투 어린 목소리를 보냈다.

"시윤이 눈에 우린 안 보이나 봐?"

"그러게. 섭섭하다, 진짜."

서운해 하는 목소리가 들리자마자 시윤은 환하게 웃으면서 그녀들을 돌아보았다. 그러곤 애교 있게 말했다.

"미안해요, 선영 누나, 희진 누나. 대신 다음에 제가 맛있는 거 사들고 놀러 올게요. 오늘은 좀 봐주세요, 네?"

그의 달콤한 미소에 선영과 희진은 서운했던 마음이 눈 녹듯 사라지는 것을 느꼈다.

"그럼, 저희 먼저 가볼게요."

잠시 후 차빈과 시윤은 그녀들에게 인사를 건네고 호텔을 빠져나왔다. 시윤이 자연스럽게 자신의 차 쪽으로 안내했기에 차빈은 묵묵히 그를 따라갔다. 문득 시윤이 그녀를 힐끔 돌아보면서 말했다.

"시간 날 때 연락 달라고 했잖아요. 잊어버렸어요?"

"아, 미안. 요즘 좀 바빴어."

변명하는 그녀를 시윤은 아무 말 없이 지그시 쳐다보았다. 그 눈빛에 차빈은 괜히 머쓱해져서 다시 입을 열었다.

"요즘 워낙 할 일이 많고, 본사에서 사람도 온다고 해서 정신없었어. 오늘도 진짜 오랜만에 일찍 나온 거야."

"알았어요."

짧게 대답한 시윤이 자신의 차로 빠르게 다가서더니 조수석 문을 열었다.

"타요."

그의 매너가 부담스러웠지만 차빈은 조그맣게 고맙다는 인사를 전한 후 얌전히 차에 올라탔다.

집으로 향하는 내내 차 안은 조용했다. 묵묵히 운전만 하는 시윤의 옆에서 차빈은 어색하게 창밖만 응시하고 있었다. 어느새 차빈의 집 근처에 도착한 차가 멈춰 서자, 차빈은 곧바로 안전벨트를 풀었다.

"고마웠어. 조심해서 가."

그런 다음 차 문을 열기 위해 손을 뻗었다. 그런데 그때, 시윤이 그녀의 반대편 팔뚝을 덥석 잡았다.

"누나."

놀란 차빈이 급히 고개를 돌리자 시윤이 나직하게 말했다.

"솔직히 제가 할 말 있다고 해서 부담스러웠죠?"

차빈은 잠시 대답할 말을 망설이다가 입을 열었다.

"아니, 그건 아니고, 정말 바빠서……."

"누나도 솔직히 제 맘 알고 있잖아요?"

"응? 뭐, 뭘?"

차빈은 화들짝 놀라며 두 눈을 크게 떴다. 시윤이 그녀의 팔을 더욱 꽉 잡으며 말했다.

"저 누나 진심으로 좋아해요."

예상하지 못했던 건 아니지만, 그래도 놀라운 건 놀라운 거였다. 그도 그럴 것이 '설마, 그럴 리가'란 느낌이 워낙 강했단 말이다.

'이 꽃미남이 대체 뭐가 아쉬워서 평범한 날 좋아한단 말인가.'

"좀 더 근사하게 고백하고 싶었는데, 누나가 시간을 안 내주니까."

차빈은 꽤 혼란스러웠지만 이내 놀란 마음을 진정시켰다. 그녀가 차분해진 어조로 대답했다.

"시윤아, 미안."

이 짧은 단어에 시윤의 눈동자가 크게 흔들렸다.

"나 좋아하는 사람 있어."

차빈은 결국 솔직하게 자신의 마음을 전했다. 그 순간 시윤의 얼굴이 어색하게 굳어졌다.

"누군지 물어봐도 돼요?"

"……말하기 좀 불편한데."

"알았어요. 안 물어볼게요."

시윤은 힘없이 웃으며 아랫입술을 살짝 깨물었다. 그에게 미안한 마음이 들었지만 차빈은 냉정하게 마음을 다잡았다. 물론 자신이 하렴과 이어질 가능성은 제로에 가깝다. 하지만 그렇다고 시윤을 받아줄 수는 없는 일이다.

그때 시윤이 그녀를 향해 진지하게 말했다.

"대신 누나, 저 밀어내지만 마요."

차빈은 정말 난감했다. 그녀가 뭔가 말하려고 입술을 떼는 찰나 시윤이 빠르게 말했다.

"누나가 그 사람을 좋아하는 것처럼 저도 누나를 좋아하는 거니까. 그건 제 마음이니까."

"근데 나는 있잖아, 너를……."

"저한테 기회를 주세요. 제가 할 수 있는 최선을 다해서 누나가 절 좋아하게 만들어볼게요."

시윤의 눈빛이 너무도 진지했기에 차빈은 어떤 말도 할 수가 없었다.

"누나도 좋아하는 사람이 있으니까 제 맘 알 거 아니에요?"

맞는 말이다. 차빈은 자신도 짝사랑을 하고 있기 때문에 그의 마음이 얼마나 절실할지 알 것 같았다.

"……나 갈게."

결국 차빈은 아무 말도 하지 못하고 재빨리 차에서 내렸다. 뒤도 돌아보지 않고 대문을 연 차빈은 그대로 집 안으로 들어갔다.

인후가 아직 돌아오지 않은 듯 불 꺼진 집 안은 조용했다. 아무 생각 없이 방 안 침대에 누워 푹 쉬고 싶었지만, 시윤을 확실하게 거절하지 못한 것이 못내 마음에 걸렸다.

그의 마음을 거절하지 못한 건 동정과 연민 때문이었다. 그러니 분명 큰 실수를 한 것이다. 그때 그녀의 휴대폰으로 문자가 하나 도착했다.

[약속해요. 절대 귀찮게 하지는 않을게요. 그냥 옆에만 있게 해줘요.]

그 문자를 본 차빈은 마음이 더 무거워졌다.

차라리 기분 좋은 꿈을 꾸었다 생각하고 싶었다. 하지만 어젯밤 그 고백은 현실이었다.

[시윤이]

차빈은 전화가 오고 있는 휴대폰 화면을 보면서 길게 한숨을 내쉬었다.

"후우……."

난생처음 받아본 고백이었다. 그러니 물론 기뻤다. 그리고 자신도 좋아하는 사람이 있으니 그 마음이 어떨지도 아주 잘 알고 있다. 그렇기 때문에 좀 더 냉정하게 시윤을 쳐내지 못했다. 이는 결국 시윤에게 상처만 남길 거란 걸 아주 잘 아는데도 말이다.

똑똑. 누군가의 손가락이 차빈의 책상 유리를 노크하듯 두드렸다.

"뭐 하냐?"

그에 이어 하렴의 목소리도 들려오자 차빈은 자리에서 벌떡 일어섰다.

"아, 사장님!"

하렴은 생각에 깊이 잠겨 있었던 것 같은 차빈의 얼굴과 책상 위에서 진동으로 전화가 왔음을 알리고 있는 휴대폰을 번갈아 쳐다보았다.

"전화 계속 울리는 것 같던데, 왜 안 받아?"

하렴이 나직하게 질문을 던지는 사이 전화는 끊어졌다. 조용해진 공간 안에서 차빈이 머뭇거리며 입을 열었다.

"아, 그게…… 불편해서요."

"왜 불편해?"

"그냥, 좀……."

자세한 설명을 꺼리는 차빈의 난감한 표정을 보는 순간 하렴은 무슨 일인지 대충 감이 잡혔다.

방금 그 휴대폰 화면에는 분명 '시윤이'라는 발신자 이름이 떠 있었다. 그녀가 시윤의 전화를 불편해서 피하는 이유는 딱 하나일 것이다.

"고백받았냐?"

"네?"

차빈이 두 눈만 깜박거리며 아무 대답도 않자 하렴은 다시 물었다.

"고백받았냐고."

결국 차빈은 한참을 주저하다가 하렴의 눈치를 보면서 고개를 끄덕였다.

"네, 제가 좋대요."

"……취향 한번 독특하네."

하렴이 무심한 어조로 나직하게 중얼거린 말에 차빈은 울컥 마음이 상했다. 그 탓에 마음에도 없는 소리가 입 밖으로 나가버렸다.

"근데 생각해보니까 이렇게 저 좋다고 하는 남자도 처음인데, 그냥 사귀어버릴까 싶어요."

말이 끝나기 무섭게 하렴의 눈썹이 꿈틀하며 사납게 구겨졌다.

"뭐?"

"요즘 외롭기로 하고요."

"외로워? 왜?"

하렴이 두 눈에 힘을 주고 자신을 주시했기에 차빈은 재빨리 둘러댈 말을 찾았다.

"보고 싶은 영화가 있는데 보러 갈 남자도 없고, 맛집도 가고 싶은데 같이 갈……."

"나랑 가."

하렴이 그녀의 말을 자르고 자신의 말을 툭 던지자 차빈의 두 눈이 커졌다.

"네?"

"나랑 가자고."

차빈은 지금 자신이 제대로 들은 게 맞나 싶어서 멍해졌다. 하렴이 그녀의 얼굴을 보면서 덧붙였다.

"가줄게, 까짓것."

그 말에 차빈은 퍼뜩 정신을 차리고 대답했다.

"돼, 됐어요. 괜찮아요."

"가."

하지만 하렴의 태도는 제법 강경했다.

"나도 오랜만에 영화 좀 보고 싶어서 그래."

"아아……. 그럼, 알았어요."

차빈은 결국 어쩔 수 없다는 듯이 그의 제안을 받아들였다. 하지만 내심 심장이 두근거려서 견딜 수가 없었다.

'꿈에도 생각해본 적 없는데, 영화관 데이트라니.'

앞장서는 하렴을 힐끔 보면서 차빈은 쓴웃음을 지었다. 물론 저 남자는 그런 생각 안 할 테지만 말이다.

영화관에 도착해서 하렴과 나란히 좌석에 앉을 때까지도 차빈은 지금 이 상황이 믿기 힘들 정도로 들뜨고 설레었다. 그와 처음으로 영화를 같이 보는 것이었으니까.

하지만 불행히도 영화 내용은 그다지 흥미롭지 않았다. 오히려 하렴에게서 풍기는 쿨워터 향이 더 흥미로웠고 자신의 옆자리에 하렴이 앉아 있다는 사실 자체가 더 흥미로웠다.

영화관을 나오면서 차빈은 하렴의 눈치를 슬쩍 보았다.

'근데 대체 왜 나한테 영화를 보자고 한 걸까? 신서정은 어쩌고? 그 여자랑은 이제 연락 안 하는 건가?'

끝내 궁금증을 참지 못하고 차빈은 최대한 가벼운 어투로 하렴을 향해 물었다.

"영화는 신서정 씨랑 봤어야 되는 거 아니에요?"

"신서정? 걔가 누구야?"

그런데 하렴은 또 '신서정'을 잊어버린 상태였다. 차빈은 웃음이 터질 뻔했지만 꾹 참고 이어 말했다.

"그, 사장님이 전에 예쁘다고 했던 배우요. 같이 밥도 먹었잖아요."

"아, 걔……. 관심 없어."

와, 다행이다. 입술을 비집고 웃음이 터져 나오려 했기에 차빈은 손을 올려 입을 가렸다. 그때 하렴이 혼잣말처럼 말했다.

"그나저나 영화 드럽게 재미없다."

사실 차빈도 그의 말에 동의하는 바였다. 하지만 그녀에게는 그의 나쁜 말을 예쁘게 바꿔줘야 할 의무가 있다.

"'드럽게'란 말 쓰지 말아요. '굉장히', '진짜' 이런 말도 있잖아요."

"안 돼. 그럼 느낌이 안 살잖아. 이 영환 진짜 재미없는 게 아니라, 드럽게 재미없어."

"큭- 그렇긴 해도, 표현이 너무 거칠잖아요."

"너도 웃는 걸 보니 공감하는 거네, 뭐."

말하다 웃음이 터진 차빈을 지적하며 하렴이 짓궂게 말했다. 그 말에 두 사람은 동시에 웃음을 터뜨렸다.

"데려다줄게. 내 차 타."

마지막까지 데이트 기분이 들게 해주는 하렴의 태도에 차빈은 순간 행복한 기분이 되었다. 비록 저 남자는 이걸 데이트라고 생각 안 할지라도 말이다.

생각할수록 열 받네.

차빈을 집에 내려주고 출발하면서 하렴은 가볍게 혀를 찼다.

감히 고백을 해?

그의 머릿속에 시윤의 곱상하니 예쁘장한 얼굴이 떠올랐다.

아직 무명인 신인배우 주제에? 나이도 한참 어리고 능력도 없는 꼬맹이 주제에 감히 누구한테 고백을 해? 얼굴만 믿고 까부는 거야, 뭐야?

알 수 없는 짜증이 솟구쳐 하렴은 운전을 하는 내내 불쾌한 표정이었다.

이차빈처럼 똑똑하고 귀엽고 센스 있는 여자한텐 적어도 나 정도로 잘나가는 능력남이 고백을 해야지. 주제도 모르고, 쯧.

잠시 후 집 앞에 차를 세우고 내린 하렴이 바지주머니에서 휴대폰을 꺼내 들었다. 마침 차빈에게서 문자가 도착해 있었다.

[오늘 정말 감사했어요. 조심히 들어가세요.]

그러고 보니 오늘 그녀를 위해서 같이 저녁을 먹고 영화를 보고 집에 데려다 주기까지 했다.

“뭐야.”

하렴의 입가에 묘한 미소가 걸렸다.

……꼭 데이트한 것 같네.

20. 완벽한 시한폭탄

차빈은 주말이라 푹 쉬고 싶었지만, 인후의 부탁으로 카페 일을 도와주러 나왔다. 그런데 카페 안에서 시윤과 정면으로 딱 마주쳤다. 인후한테 분명 시윤이 배우로 데뷔하면서 아르바이트를 그만뒀다고 들었는데 말이다.

"너 알바 그만둔 거 아니었어?"

"주말만 도와드리고 있어요. 누나도 도와드리러 온 거예요?"

"어. 그럼, 수고해."

인후의 카페가 주말에 유난히 바쁜 걸 잘 알기에 차빈은 그와의 만남이 어쩔 수 없다고 생각했다. 그래서 어색하게 웃으면서 카운터 쪽으로 빠르게 걸음을 옮겼다. 일을 하면서 이따금씩 시윤과 눈이 마주칠 때마다 불편했지만 자리를 박차고 나갈 정도는 아니었다.

"아빠 담배 좀 피우고 올게."

잠시 후 인후가 손에 담배를 들고 흔들면서 밖으로 나가자 시윤이 기다렸다는 듯이 차빈에게로 다가왔다.

"주말인데, 저녁에 뭐 해요?"

"일 있어. 일해야 돼."

차빈은 냉정하게 그를 거절했지만 시윤은 포기하지 않았다.

"그러지 말고 저랑 영화 봐요. 이번에 나온 '레이'라는 영화가 정말 재미있대요."

"아아, 나 그거 봤어. 드럽게 재미없어."

차빈은 무심코 얼마 전 하렴이 했던 말을 그대로 하는 자신 때문에 피식 웃음이 났다. 시윤이 그녀를 향해 물었다.

"벌써 봤어요? 누구랑요?"

"사장님이랑."

"아아……. 사장님이랑 꽤 친하네요? 영화도 같이 보고."

시윤의 질문에 차빈은 대답 없이 미소만 지었다. 그 미소를 보고 시윤은 아쉽다는 표정으로 고개를 돌렸다. 그런데 그 순간 그의 뇌리에 스치는 생각이 있었다.

"저기, 누나."

시윤은 조금 긴장한 얼굴로 차빈을 바라보았다.

"혹시 누나가 좋아하는 사람…… 사장님이에요?"

순간 차빈은 난감한 표정을 지었다. 그녀를 보고 있던 시윤이 진지한 음성으로 이어 말했다.

"확실히 말해줘요. 누나, 사장님 좋아해요?"

잠시 망설이던 차빈은 그에게 솔직하게 말하기로 마음먹었다.

"맞아, 나……."

차빈이 대답의 말을 내놓자마자 시윤은 고개를 끄덕였다.

"역시 그렇군요. 누나 혼자 좋아하는 거예요? 그 사람은요?"

"그 사람은 아직 내 마음 몰라. 알리고 싶지도 않고."

"근데 저는 그 사람 별로 마음에 안 들어요."

갑작스런 시윤의 말에 차빈은 조금 놀랐다.

"왜?"

"그 사람, 그렇게 큰 호텔 사장인 데다 주변에 여자도 많잖아요. 그 잘나가는 서정이 누나도 그 사람한테 완전 푹 빠져 있더라고요. 게다가 저번에 기사에서 보니까 외가 쪽도 엄청 빵빵하던데요? 그런 집안의 남자를 누나가 감당할 수 있겠어요?"

빠르게 이어지는 시윤의 말에 차빈은 복잡한 마음이 들어 미간을 좁혔다.

"그리고 그런 집안 사람들은 보통 정략결혼을 한다고……."

"알았어. 그만."

차빈이 손을 들어 시윤의 말을 멈추게 했다. 입을 멈춘 시윤이 카페 안으로 다시 들어오는 인후를 발견했다. 차빈도 그를 본 듯 급하게 말을 정리했다.

"네가 무슨 말 하고 싶은 건지 알겠으니까 그만하자."

인후는 자신이 돌아오자 갑자기 대화를 멈춘 것 같은 차빈과 시윤의 모습에 눈썹을 치켜 올렸다. 그러면서 다소 심각한 그들의 표정을 주시했다.

"둘이 분위기가 왜 이래? 혹시 싸웠어?"

"아니야. 싸우긴."

차빈이 웃으며 그의 말을 부정했지만 인후는 여전히 의심의 눈초리를 보냈다. 하지만 차빈과 시윤이 약속이라도 한 듯 동시에 흩어졌기에 더 이상 아무 말도 하지 못했다.

"굿모닝."

뒤에서 들려온 인사에 희진은 호텔로 향하던 걸음을 늦추며 고개를 돌렸다.

"총지배인님!"

진이 그녀를 향해 손인사를 보내고 있었기에 희진은 얼굴 가득 환한 미소를 지었다.

"좋은 아침이에요."

희진이 진의 별명을 지은 범인이라 고백하고 같이 저녁을 먹은 날 이후로 두 사람은 조금 친근한 느낌으로 지내고 있었다.

"오늘은 느낌이 좀 다르네요?"

진이 갑자기 희진의 얼굴을 빤히 쳐다보며 물었다. 그랬더니 희진이 화들짝 놀라며 얼굴을 가렸다.

"아! 어제 라면의 유혹을 못 이기고 먹고 자는 바람에 부어서 그래요. 보지 마세요."

"왜요? 예쁜데."

불현듯 희진의 행동이 멈췄다. 천천히 얼굴을 가렸던 손을 내리며 희진이 말했다.

"그런 말을 아무렇지도 않게 하시네요."

"진심이니까요."

묘한 설렘을 느끼며 희진은 진과 나란히 호텔을 향해 걷기 시작했다. 도로 위의 두 사람은 마치 커플처럼 잘 어울렸다. 그때 문득 희진이 진을 향해 물었다.

"총지배인님은 성형한 여자를 어떻게 생각하세요?"

"으음."

진이 생각에 잠긴 듯한 얼굴을 하자 희진은 순간 긴장했다.

제발. 경멸하지만 말아다오.

잠시 후 진이 다시 입을 열었다.

"부러워요. 그 용기가."

"네?"

그의 대답은 '좋다' 혹은 '싫다', 이 둘 중 하나가 아니었다. 그는 그녀의 편협한 생각을 보기 좋게 걷어차주었다.

"저도 잘생겨지고 싶거든요. 근데 용기가 없어서 수술은 꿈도 못 꿔요."

진지하게 대답하는 진의 모습에 희진은 심장이 두근거렸다.

"총지배인님은 지금도 충분히 멋있어요."

"아, 그래요?"

예상치 못했던 희진의 말에 진은 쑥스럽다는 표정을 지었다.

"네. 왕자님 같아요. 김왕자."

"……지금 저 놀리는 거죠?"

진이 의구심을 담아 묻자 희진이 정색했다.

"아닌데요?"

"그럼 희진 씨도 예쁘고 성도 '김'이니까 김공주네요?"

"놀리지 마세요. 김공주가 뭐예요?"

"그럼 김왕자는 어떻고요?"

"풋-"

희진이 웃음을 터뜨리자 진 역시 그녀를 따라 웃었다.

차빈은 요 며칠 버스를 이용해 출퇴근을 하고 있었다.

호텔은 버스정류장보다 지하철역에 더 가까이 위치하고 있기 때문에 버스를 이용하면 호텔까지 걸어가는 길이 길어진다. 하지만 걸어가는 동안 이런저런 생각을 할 수 있어서 차빈은 버스 쪽이 더 좋았다. 이런저런 생각이라고 해봐야 전부 하렴과 관련된 것들이지만 말이다.

귀에 꽂은 이어폰을 통해 짝사랑에 관한 발라드가 흘러나왔다. 차빈이 그 발라드 가사에 취해 자신을 대입해보고 있던 그때, 그녀의 시야로 한 젊은 외국인 남자가 들어왔다.

키가 큰 그 외국인은 길거리를 지나가는 한 사람 한 사람을 붙잡고 뭔가를 물어보고 있었다. 하지만 사람들은 모두 그의 파란 눈에 겁을 먹은 듯 서둘러 길을 재촉할 뿐이었다.

외국인 남자는 세 명쯤 놓치고 나서야 당황스럽다는 듯 어깨를 으쓱거렸다. 커다란 눈과 선이 예쁜 코를 가진 남자의 얼굴에 실망감이 엿보였다. 차빈은 그의 얼굴을 바라보면서 천천히 양쪽 이어폰을 뺐다. 그러고는 조심스레 그를 향해 다가갔다. 그때 그 외국인 남자가 중얼거리는 말이 들려왔다.

「내가 무서운가? 왜 나를 피하지?」

그 말을 들은 차빈은 피식 웃음을 터뜨렸다. 가까이 다가오던 여자가 자신을 보고 웃음을 터뜨리자 외국인 남자는 눈썹을 치켜올리며 긴 다리로 성큼성큼 그녀에게 걸어갔다. 자신에게 다가오는 남자를 향해 차빈이 영어로 짧게 말했다.

「안 무서워요.」

차빈은 그렇게 훌륭한 영어를 구사하는 편은 아니었으나 원체 어렸을 때부터 영어 과목과 미국 드라마를 좋아했고 취업 준비 기간 2년 동안 열심히 공부한 덕도 있어서 생활영어회화에는 문제가 전혀 없었다.

갑자기 들려온 자신의 모국어에 남자의 표정이 조명 켜진 듯 확 밝아졌다. 남자가 그 파란 눈동자를 반짝반짝 빛내며 차빈에게 말했다.

「그래? 그럼 왜 사람들이 도미호텔이 어딘지 알려달라고 하는 나를 피하는 거지?」

「당신을 피하는 게 아니라 영어를 피하는 거예요.」

「푸핫, 그래?」

남자가 웃음을 터뜨리자 그의 눈이 초승달 모양이 되었다. 그 귀여운 웃는 얼굴에 차빈도 같이 웃어버리고 말았다. 잠시 후 웃음을 멈춘 차빈이 그를 향해 손을 까닥거리며 말했다.

「도미호텔이라면 이쪽이에요.」

그녀의 손짓을 본 남자의 얼굴에서 웃음이 서서히 사라졌다.

'그동안 나를 저런 손짓으로 부른 이가 있었던가.'

「나를 따라오면 돼요. 나도 거기 가니까.」

차빈이 또다시 손짓을 하면서 말하자 남자는 순간 웃음이 터졌다.

'건방지지만 귀여우니까 봐줄까.'

남자는 양손을 바지주머니에 찔러 넣으며 차빈을 따라갔다. 그러면서 그녀를 계속 힐끔힐끔 훔쳐보았다. 작은 키에 작은 얼굴, 까만 머리카락과 까만 눈동자를 가진 차빈이 남자의 눈에는 귀여운 동물처럼 보였다.

「여기서 건너야 돼요.」

차빈이 이렇게 말하며 횡단보도 앞에 멈춰 섰다. 남자도 그녀를 따라 자연스럽게 멈춰 섰다. 그때 그의 눈에 자신들처럼 건너편 도로에 주욱 늘어서 있는 사람들이 들어왔다. 그 사람들 중 유난히 눈에 띄는 키 큰 미인을 발견한 남자가 한탄 섞인 목소리를 뱉어냈다.

「아아…….」

'귀찮게 됐군.'

건너편 장신의 미인은 남자가 익히 잘 알고 있는 여자였다. 잠시 생각에 잠긴 듯 가만히 있던 남자가 갑자기 차빈의 옆으로 바짝 다가서며 입을 열었다.

「헤이, 베이비.」

「베이비? 나요?」

차빈이 두 눈을 휘둥그레 뜨자 남자가 빠르게 말했다.

「지금 진짜 급해서 그러는데, 나 한 번만 더 도와줄 수 있어?」

차빈의 두 눈이 더 커졌다. 그녀를 향해 남자가 말을 이었다.

「저기 저 횡단보도 건너편에 서 있는 키 큰 예쁜 여자 보여? 사실은 쟤가 내 전여친이거든? 근데 쟤가 미국에서 날 뻥 찼어. 그래서 내가 매달려보려고 한국까지 쫓아왔는데 글쎄, 벌써 딴 남자가 생겼더라고. 그러니까 저 여자가 나를 스쳐 지나가는 30초 동안만 내 여친인 척해줄 수 없을까?」

그의 영어가 너무 길어서 차빈은 순간 자신이 제대로 이해한 건지 의심스러웠다.

'아니, 그러니까, 저 여자가 전여친인데, 쫓아온 의미도 없이 벌써 새남친이 생겼고, 자신도 보란 듯이 새여친 생긴 것처럼 하고 싶으니 도와달라? ……대충 이건가?'

「베이빈 가만히 있기만 하면 돼. 나머진 내가 다 알아서 할게.」

차빈은 어떻게 해야 좋을지 몰라 망설였다. 그런데 그런 자신을 바라보는 남자의 파란 눈동자가 너무나 애절해 보였다.

'그래, 겨우 30초인데, 뭐. 수십 년 인생에서 고작 30초.'

차빈은 결국 애절한 남자의 두 눈을 보면서 고개를 끄덕였다.

「좋아요.」

불쌍한 외국남자 한번 도와준다 생각하자.

「고마워, 베이비.」

표정이 환하게 밝아진 남자가 차빈의 어깨에 팔을 둘렀다. 그 때문에 차빈이 움찔하며 어깨를 움츠리자 남자가 웃으면서 속삭였다.

「이제 저 초록불이 켜지면 우린 30초 동안 연인인 거니까.」

그 순간 신호등 속 초록색 불이 켜졌다.

「잘 부탁해, 30초 걸프렌드.」

남자의 말이 끝나자마자 두 사람은 동시에 발을 뗐다. 차빈은 자신의 어깨를 누르는 팔의 무게를 부담스러워하면서 부지런히 걸음을 옮겼다. 그때, 남자가 그녀의 귓가에 입술을 대고 속삭였다.

「전여친이 쳐다본다. 좀 웃어줄래?」

"하하, 하하하-"

차빈은 억지웃음을 지었다.

「나한테 눈도 좀 맞춰주고.」

남자의 요구에 차빈은 고개를 돌려 남자의 얼굴을 쳐다보았다.

확실히 남자는 동그란 눈 하며, 장난기 가득한 표정이 꽤 귀여운 축에 속했다. 차빈이 남자의 얼굴을 관찰하던 그때 건너편에 있던 남자의 전 여자친구가 그들을 스쳐 지나갔다.

'본 건가, 못 본 건가?'

차빈은 문득 이런 생각이 들었지만 솔직히 크게 궁금하지는 않았다. 어쨌든 이 횡단보도만 다 건너면 이 30초 연극도 끝이 나니까. 이런 생각을 하며 차빈이 횡단보도에서 인도로 올라서던 그 순간 뒤에서 앙칼진 목소리가 들려왔다.

"야!"

깜짝 놀란 차빈이 고개를 돌리자 그녀의 시야로 방금 전 자신을 지나친 여자의 화난 얼굴이 들어왔다. 아무래도 그녀는 화가 나서 그들을 좇아온 것 같았다. 여자가 차빈 옆에 있는 남자를 향해 버럭 소리를 질렀다.

"그새 또 딴 여자 생겼냐, 이 난봉꾼아?"

'난봉꾼?'

차빈이 당황해하는 사이 남자가 두 눈을 크게 뜨더니 차빈에게 영어로 물었다.

「얘 뭐래? 난 한국어를 몰라서.」

「아, 그게, 저기…….」

그때 차빈의 말을 자르며 여자가 앙칼지게 소리쳤다.

"못 알아듣는 척하지 마, 이 나쁜 놈아!"

그러면서 여자는 그대로 손을 휘둘러 남자의 뺨을 때렸다.

짜악-

"헉……."

그 장면을 눈앞에서 보고 화들짝 놀란 차빈이 반사적으로 자신의 입을 손으로 가렸다. 그사이 남자에게서 시선을 거둔 여자가 차빈을 노려보기 시작했다. 차빈은 그녀가 이번엔 자신의 뺨을 노릴 것만 같아서 입에 있던 손을 슬쩍 볼로 옮겼다. 하지만 여자는 다행히 다시 손을 올리지는 않았다. 그 대신 차빈을 향해 서늘하게 경고했다.

"얘 진짜 나쁜 놈이니까 너도 빨리 정신 차리고 헤어져."

그런 다음 여자는 홱 하니 몸을 돌려 가버렸다. 갑자기 닥친 상황이 너무 스펙터클해서 차빈은 어안이 벙벙했다.

"이게 대체 무슨……."

그때 당황한 그녀에게로 이 모든 상황의 원인인 남자가 다가왔다. 남자는 차빈의 앞에서 이마를 긁적거렸다.

「베이비, 미안.」

차빈이 황당하다는 표정으로 남자를 올려다보자 그가 말했다.

「사실은, 그 반대였어.」

「반대?」

「내가 미국에서 걜 찼고 걔는 날 쫓아 한국으로 온 거였다고. 솔직히, 걜 확실하게 떼어내고 싶어서 널 이용한 거야.」

순간 차빈의 입이 쩍 벌어졌다.

'나 지금 외국인한테 이용당한 거야?'

차빈의 입에서 연신 '허-' 하는 기가 찬 한숨이 터져 나왔다. 그러나 남자는 여전히 평온하고 태연한 표정이었다.

「제대로 사례를 하고 싶은데, 베이빈 이름이 뭐야?」

「또 볼 사이도 아닌데 굳이 이름을 알려줄 필요가 있을까요?」

차빈이 노려보면서 말하는데도 남자는 전혀 흔들림 없는 태도를 유지했다.

「난 필립. 필립 오빠라고 불러줘.」

「싫은데요?」

이렇게 대답한 후 차빈은 곧바로 몸을 돌렸다. 남자가 걸음을 재촉하려는 차빈의 팔뚝을 뒤에서부터 잡아챘다.

「우린 또 만나게 될 거야.」

차빈이 그를 돌아보며 노골적으로 눈썹을 구기자 남자가 생글거리는 얼굴로 한마디 덧붙였다.

「운명이니까.」

다음 순간 차빈은 그의 손을 거칠게 떼어내고 가버렸다. 그녀의 행동에 남자는 피식 웃음을 터뜨렸다. 멀어지는 그녀의 뒷모습을 보면서 남자가 한국어로 중얼거렸다.

"귀엽네."

Rrrrrr.

아침부터 울려대는 휴대폰에 하렴은 왠지 안 좋은 예감이 들었다. 이유는 잘 모르겠는데, 일단 전화벨 소리부터가 기분 나빴다.

-「해리. 나 한국 왔어.」

역시. 안 좋은 예감은 적중했다.

「안 와도 되는데.」

하렴이 영어로 나직하게 대답했다. 그와 대조적으로 반대편에선 엄청 밝은 목소리가 들려왔다.

-「나 보고 싶었지?」

「헛소리도 지나치면 병이랬어.」

-「너무해. 해리 넌 여전히 너무나 차갑구나.」

「너도 여전히 시끄럽네, 필립.」

하렴은 필립의 장난기 가득한 파란 눈과 얄미운 입매를 떠올리며 쓰게 웃었다.

-「나한테 계속 그렇게 차갑게 구는 사람은 너밖에 없어.」

「잘 찾아보면 더 있을 거야. 네가 몰라서 그렇지.」

-「자꾸 그러지 마. 자꾸 그러면 자꾸 괴롭히고 싶어지잖아.」

「넌 내가 가만히 있어도 괴롭히잖아.」

그러자 전화기 너머로 필립이 크게 웃는 소리가 들렸다. 그 사실을 그도 인정하는 모양이다.

-「그럼 이번에도 기대해!」

들떠 있는 필립의 목소리에 하렴은 왠지 모르게 순간적으로 차빈의 동그랗고 작은 얼굴이 떠올랐다.

「절대 하지 마. 아무 짓도 하지 마.」

하렴이 살벌하게 말했지만 필립의 페이스는 무너지지 않았다.

-「그럼 이따 보자, 내 친구!」

21. Perfect BF

호텔 로비의 중앙 기둥 근처에 하렴과 차빈, 그리고 진이 출입문을 향해서 서 있었다. 그들 사이엔 대화도 끊긴 지 오래였다.

차빈은 두 남자의 눈치를 보면서 굽이 높은 구두를 신은 다리 한쪽을 들어 올렸다. 그와 동시에 이마를 살짝 찡그렸다.

그녀는 벌써 30분 넘게 진과 하렴의 뒤에 서서 미국 본사에서 온다는 손님을 기다리고 있는 중이었다. 그 본사 손님은 시간 개념이 아예 없는 사람인지 늦는다는 연락 한 통 없이 늦고 있었다. 덕분에 굽 높은 구두를 신은 다리가 시큰거리며 저릿저릿 아파오기 시작했던 것이다.

어쩐지 오늘 하루 일진이 사나운 것 같다. 웬 이상한 난봉꾼 외국인을 만나서 모르는 여자한테 상처를 주질 않나 힐 신고 벌서질 않나. 게다가 오늘따라 이상하게 신경이 더 예민한 듯한 하렴의 비위를 맞추느라 아직 오전인데도 벌써 피곤했다.

차빈이 아픈 다리를 내려딛는 찰나 익숙지 않은 굽 높이 때문에 발이 꺾여 몸이 크게 비틀거렸다. 때마침 흔들리는 차빈을 본 하렴이 급히 손을 뻗어 그녀의 팔을 잡았다.

"……!"

깜짝 놀란 차빈이 황망히 고개를 돌리자 하렴이 시선을 내려 그녀의 구두를 쳐다보았다.

"굽이 너무 높은 거 아니야?"

그가 그녀의 다리가 아닌 구두를 보고 있다는 걸 알고 있지만, 그래도 차빈은 그가 혹시라도 자신의 예쁘지 않은 종아리를 볼까 봐 부끄러웠다.

"손님 오시니까요."

대답을 하면서 차빈은 치마 아래로 드러나 있는 두 다리를 X자로 꼬아버렸다.

"손님은 무슨. 당장 가서 갈아 신고……."

하렴이 목소리를 높이려던 그때였다. 진이 출입구 유리문을 보면서 낮게 중얼거렸다.

"왔다."

그 목소리를 들은 차빈과 하렴은 동시에 문 쪽으로 고개를 돌렸다.

"Hey!"

열린 유리문을 통해 들어오는 외국인 남자의 얼굴을 확인한 차빈의 입이 동그랗게 벌어졌다.

'아침에 본 그 외국인?'

외국인 남자는 아침에 차빈을 곤란하게 만들었던 난봉꾼 외국인이었다. 그는 차빈을 보자마자 그 귀여운 웃는 얼굴로 생글거리며 다가왔다.

「내가 말했지? 우린 또 볼 거라고.」

당황한 차빈이 입만 벙긋거리는 사이 하렴이 그들에게로 몸을 틀었다.

"뭐야? 둘이 벌써 만났어?"

남자가 차빈보다 빠르게 고개를 돌리며 대답했다.

「우연히 운명처럼 만났지.」

대답을 마친 남자는 차빈을 향해 찡긋 윙크를 날렸다. 그가 그러거나 말거나 차빈은 열심히 상황파악을 하려고 애썼다.

'그러니까 이 사람이 전에 사장님이 말한 미국 본사 사람이라고? 사장님을 못 잡아먹어서 안달인? ……잠깐, 그럼 나한테 또 볼 거란 말을 한 건 날 이미 알고 있었기 때문에?'

그때 남자가 차빈에게로 한 손을 내밀며 말했다.

「다시 만났으니 이름 정도는 알려줄 수 있지?」

「이, 이차빈입니다.」

긴장한 차빈이 더듬거리며 이름을 말한 다음 악수에 응했다.

「난 다시 인사할게. 미국 도미호텔 해외지사 총괄매니저 마크 필립이라고 해.」

「잘 부탁드립니다.」

차빈은 필립에게 고개를 꾸벅 숙여 인사했다. 그녀의 모습을 옆에서 가만히 지켜보던 하렴의 미간이 살짝 찡그려졌다. 그는 뭔가 무척 마음에 안 든다는 듯한 표정을 짓고 있었다. 그사이 필립은 차빈의 손을 놓고 진에게로 몸을 돌렸다.

「오오, 진. 굉장히 보고 싶었어, 마이 브로.」

「오랜만에 뵙겠습니다.」

필립은 환하게 웃으며 진과 뜨거운 포옹을 나누었다. 마지막으로 하렴을 힐끔 본 필립이 방금 전보다 더 활짝 웃는 얼굴로 그에게 손을 내밀었다.

「해리, 오랜만이다?」

그러나 하렴은 그의 손을 무시한 채 차빈에게로 상체를 숙이며 물었다.

"이 자식이랑 어떻게 왜 만났는데?"

"그게, 실은, 아까 아침에……."

차빈이 서둘러 입을 열자 필립이 그녀와 하렴 사이로 몸을 집어넣으며 그들을 갈라놓았다. 그러면서 하렴을 향해 말했다.

「왜 이래, 우리 베이비한테?」

"베, 이, 비?"

필립이 말한 단어가 무진장 마음에 안 든다는 듯 하렴의 눈썹이 본 형태를 잃어버리고 사납게 일그러졌다.

「여긴 한국이야. 여자한테 그런 말 함부로 하지 마.」

그의 표정을 본 필립의 얼굴에 장난기 가득한 미소가 걸렸다. 곧 필립이 얼굴에서 미소를 거두고는 사뭇 진지하게 말했다.

「우리 잠깐 사귀었던 사이야.」

"뭐?"

하렴의 눈썹은 또다시 사납게 구겨졌고, 차빈의 입은 또다시 동그랗게 벌어졌다.

'이, 이 남자가 미쳤나……!'

범상치 않은 남자인 줄은 알았지만 이 정도일 줄이야.

차빈은 너무 기가 막혀서 말도 안 나왔다.

"우리 나중에 아이 낳으면 무조건 '차빈'이라고 짓자. 아들이든 딸이든."

그저 딱 한 번만 보고 싶었다. 순수했던 시절, 그냥 순수하게 아무 생각 없이 걱정 없이 사랑만 했던 스무 살 시절, 삶의 전부였던 그녀를.

하지만 그녀를 다시 만날 수는 없었다. 납골당 유골함 앞에서 인후는 무너져 내렸다. 조금만 더 일찍 와볼 걸.

"아이고, 이제 초등학교 4학년이라던데, 저 어린 애만 혼자 남아서 어째?"

"친척도 새파랗게 젊은 이모밖에 없다며? 아무래도 고아원에 보내지겠지."

"쯧쯧, 아빤 애가 태어나기도 전에 죽었다던데. 엄마마저 저렇게 가버렸으니, 원."

동네 사람들이 하는 말을 들은 인후가 그들이 보고 있던 여자아이에게로 시선을 돌렸다. 또래에 비해 한참 작고 마른 여자아이의 모습에 인후는 마음이 아팠다. 그것이 차빈과의 첫 만남이었다.

"반갑다, 차빈아."

인후가 말을 걸자 쪼그리고 앉아 있던 아이가 고개를 들었다.

"아저씨가 제 이름을 어떻게 알아요?"

처음에 아이는 경계하는 눈빛을 보냈다. 그래서 인후는 뒷걸음질을 쳐서 아이를 안심시키려고 했다. 하지만 아이는 그가 뒷걸음질을 치려는 순간 손을 뻗어 그의 손을 잡았다.

"……!"

그녀와 똑 닮은 아이의 눈이 너무 애절하게 보여서 인후는 마법에 홀린 것처럼 대답했다.

"그야 내가 네 아빠니까."

"우리 아빤……."

아이는 하고 싶은 말이 있는 듯 했지만 끝내 입 밖으로 내뱉지는 않았다. 무서웠을 것이다, 혼자 남는 것이. 모르는 아저씨를 '아빠'라고 부르는 것보다 더.

"아저씨!"

누군가가 부르는 목소리에 인후는 깊이 잠겨 있던 기억에서 깨어나 고개를 들었다.

"어? 시윤이 너 웬일이야?"

"그냥 지나가다 들렀어요."

싱긋 웃으며 대답한 시윤이 메고 있던 백팩 안에서 돌돌 말려있는 A4용지를 꺼내 건넸다.

"이거 신서정 사인이랑 박해준 사인이요."

종이를 받으면서 인후는 시윤을 물끄러미 쳐다보았다. 겨우 이걸 주려고 아침부터 카페에 찾아온 건가.

"근데 넌 왜 차빈이를 좋아하게 됐냐? 또래가 아니어서 만날 일도 적었을 텐데."

문득 인후는 궁금해졌다. 이렇게 괜찮은 청년이 왜 차빈을 좋아하게 됐는지. 시윤은 잠시 머쓱한 표정을 짓더니 입을 열었다.

"저는 말이죠, 자랑은 아닌데 이렇게 생겨서 워낙 주변에서 어리광을 많이 받아줬어요. 그래서 싫은 건 절대 안 했고, 달면 삼키고 쓰면 뱉었죠. 치킨도 닭다리만 먹었고 피자나 식빵은 테두리를 다 버렸어요. 친구들도 무시하고 싶은 애들은 그냥 무시하면서 살았고요."

말을 하는 시윤의 눈빛이 옛 생각에 잠긴 듯 깊어졌다.

"그러던 어느 날 차빈 누나가 제 뒤통수를 한 대 빡 치더니 그러더군요. '너 그렇게 살다간 나중에 진짜 좋아하는 여자가 도망갈걸?'이라고. 저 정말 그땐 누나랑 안 친할 때여서 엄청 황당했어요. 알고 보니까 누나는 친구들을 통해서 제가 어떤 앤지 다 듣고 있었던 모양이더라고요."

말을 마친 시윤이 머쓱하게 웃고는 인후를 쳐다보았다.

"근데 그건 말 그대로 계기고요, 지금은 그냥 좋아요."

인후는 그의 입가에 퍼지는 슬픈 미소를 보면서 진심을 느꼈다.

"사람 좋아하는 데에 결국 대단한 이유는 없는 것 같아요."

회의실로 들어선 필립은 당당하게 앞으로 걸어 나갔다. 회의 스크린 정중앙에서 발을 멈춘 그가 임직원들을 향해 큰 목소리로 말했다.

「미국 본사에서 온 마크 필립입니다. 내가 누군진 굳이 말하지 않아도 알겠죠? 앞으로 한 일주일 정도 머물 예정이니까 잘 부탁드려요. 아아, 근데 애석하게도 이 회의실엔 냄새나는 아저씨들밖에 없네요? 실례지만, 저 뒤에 분! 공기청정기 좀 틀어주시겠습니까? 내가 냄새에 민감해서.」

필립이 손가락으로 가리킨 남자는 마케팅팀의 팀장이었다. 회사 짬밥이라면 먹을 만큼 먹은 그였지만 졸지에 자리에서 벌떡 일어나 공기청정기의 전원을 켜야 했다. 뒤쪽에서 하렴과 함께 이를 지켜보던 차빈이 혀를 내둘렀다.

아무리 미국 본사 임원이라고는 하지만 어떻게 저렇게 행동에 주저함이 전혀 없을 수가 있지? 암튼, 보통 남자는 절대 아닐 거란 확신이 든다.

그때 필립을 보며 짧게 한숨을 내쉰 하렴이 자리에 앉으려고 움직였다. 그걸 발견한 필립이 그가 있는 상석으로 성큼성큼 다가왔다.

「나 여기 앉을래.」

다짜고짜 하렴의 의자에 손을 올리며 필립이 고집을 부렸다. 그 행동에 하렴은 눈썹을 구기며 노골적으로 불쾌감을 드러냈다.

「여긴 내 자리야.」

「알아. 그래도 앉고 싶어. 차빈 옆이니까.」

필립이 당연하게 하렴의 옆자리 의자를 빼내는 차빈을 보면서 말하자 차빈은 더 이상 움직일 수가 없어졌다. 그녀의 두 눈이 대치하고 서 있는 두 남자의 얼굴을 번갈아 쳐다보았다. 그 순간 하렴이 눈썹을 구긴 채 무서운 표정으로 말했다.

「여긴 미국이 아니야. 이 이상 네 멋대로 군다면 공항으로 보내 버릴 거야.」

「……해리, 여전하구나. 싸가지 없는 건.」

「너도 여전하구나, 생각 없는 건.」

서로를 노려보는 두 남자의 눈에서 불꽃이 튈 것만 같았다.

그래서 차빈은 서둘러 자신의 옆자리 의자를 뒤로 빼면서 말했다.

「여기요! 여기 자리 비었습니다, 필립 매니저님.」

「오우, 역시. 차빈은 생긴 대로 천사야.」

다행히 필립은 더 이상 고집을 부리지 않고 차빈의 옆자리에 앉았다. 그렇게 차빈은 얼떨결에 하렴과 필립 사이에 앉게 되었다.

마치 가시방석에라도 앉은 듯 불편했지만 꾹 참고 견뎠다. 그때 필립이 그녀 쪽으로 상체를 숙이며 말했다.

「그리고 날 그냥 '필립'이라고 불러, 차빈. 우린 사귀었던 사이잖아. 비록 30초지만.」

「그 얘기 좀 그만하라니까요.」

횡단보도에서 그의 전여친이 스쳐 지나가는 30초 동안 연인인 척해준 걸, 필립은 사귄 거라고 우기고 있었다. 차빈은 정말이지 너무 난감했다.

아까도 필립이 사람들 앞에서 그렇게 말해버려서 얼마나 곤란했던가. 게다가 그걸 들은 하렴이 노골적으로 불쾌한 표정을 지었기에 차빈은 난감함에 어쩔 줄을 몰랐었다. 30분에 걸친 상황 설명 끝에 하렴은 겨우 얼굴 표정을 풀었지만, 여전히 그의 기분은 저기압인 상태 그대로였다.

잠시 후 회의가 끝나고 필립이 임직원들과 인사를 나누는 사이 하렴은 차빈을 데리고 회의실 밖으로 나갔다. 복도로 나오자마자 하렴은 차빈을 무섭게 노려보며 말했다.

"앞으로 필립이 하는 말은 다 무시해."

"네?"

"재 말은 다 무시하고 내 말만 들으라고."

"아, 네."

여전히 하렴의 기분이 너무 안 좋아 보였기에 차빈은 성실하게 고개를 끄덕였다. 곧 하렴이 몸을 돌려 앞장을 서자 차빈은 얌전히 그를 따라갔다. 그런데 그때 회의실에서 필립이 튀어나왔다.

「차빈!」

그가 부르는 소리에 차빈과 하렴은 동시에 발을 멈췄다. 차빈이 필립 쪽을 보며 걸음을 옮기려고 하자 하렴이 서늘하게 말했다.

"가지 마."

"그래도……."

"가지 말라고."

하지만 차빈은 회의실 복도에 서 있는 몇몇 직원들의 눈이 신경 쓰였다. 사장 비서가 본사에서 온 손님의 부름을 무시하는 건 아무래도 있을 수 없는 일 같았다.

"직원들이 보고 있잖아요."

차빈은 하렴에게 빠르게 설명한 뒤 필립에게로 걸음을 옮겼다.

「차빈!」

필립이 또다시 그녀를 불렀기에 차빈은 걸음을 빨리했다. 필립 앞까지 다가간 그녀가 그를 향해 물었다.

「무슨 일이세요?」

「그냥 불러봤어.」

장난스런 그의 행동에 차빈은 기분이 상했다.

「용무가 없으면 부르지 말아주세요.」

순간 필립의 눈썹이 미세하게 움찔했다. 이내 얼굴 가득 미소를 띤 그가 차빈에게 속삭이듯이 말했다.

「아직 상황 파악이 덜 됐나 본데, 나 재보다 직급 높다?」

필립이 가리킨 곳엔 하렴이 서 있었다. 갑자기 필립이 손가락으로 자신을 가리키자 안 그래도 굳어 있던 하렴의 표정이 더욱 더 무섭게 굳어졌다. 하지만 필립은 아랑곳 않고 말을 이었다.

「그리고 나 마크 필립이라니까?」

“……?”

차빈의 얼굴에 물음표가 떴다. 그래서 필립은 친절하게 덧붙였다.

「나 마크 회장 막내아들이라고.」

“……!”

차빈의 두 눈이 휘둥그레 커졌다.

‘보통 인물은 아닐 거라 예상했지만, 마크 회장님의 막내아들이라니. 금수저도 아니고 다이아몬드수저를 물고 태어난 남자였네. 잠깐, 나 혹시 지금까지 실례되는 말 한 건 없나?’

필립은 놀라서 굳어 있는 차빈의 어깨를 통통 두드렸다.

「일 열심히 하고 이따 보자, 베이비.」

그때 차빈은 문득 자신이 필립에게 건방지게 행동한 것들이 퐁퐁 떠오르기 시작했다. 혹시 해고당하면 어쩌나 싶어서 그녀는 그렇게 한참을 서서 고민했다. 그런 차빈을 두고 필립은 혼자 하렴 쪽으로 걸어가더니 그의 앞에 멈춰 서며 말했다.

「차빈 귀여워.」

하렴이 피식 서늘한 미소를 지으며 대꾸했다.

「귀엽긴. 너 그동안 취향이 많이 독특해졌다?」

하렴이 비꼬거나 말거나 필립은 들뜬 표정으로 계속 말했다.

「데이트하자고 해볼까?」

「죽을래?」

순간적으로 뱉어낸 말에 하렴 자신도 놀랐다. 필립은 이를 놓치지 않고 재빨리 되물었다.

「왜?」

그러자 하렴이 다소 곤란해 보이는 표정을 지었다. 그 표정을 본 필립의 얼굴에 장난기 가득한 미소가 퍼졌다.

「뭐야? 설마 좋아하는 여자라도 돼?」

“…….”

하렴은 표정을 굳힌 채 어떤 말도 하지 않았다. 하지만 필립은 재미있어 죽겠다는 얼굴이었다.

「솔직하게 말해줘. 네가 좋아하는 여자라면 절대 손 안 대.」

그 순간 하렴은 대답을 망설였다. 차빈을 좋아하고 안 좋아하고 그게 문제가 아니었다.

‘뭐지, 이 더러운 기분은.’

「해리, 나 믿지? 난 네 친구야, 그것도 베스트 프렌드!」

좋아한다고 해도 손댈 것 같고 안 좋아한다고 해도 손댈 것 같은, 이 찜찜한 기분은 대체 뭐란 말인가.

하렴은 하루 종일 불안해서 견딜 수가 없었다. 그래서 자신의 집무실 밖에 있는 차빈을 불러들였다.

“무슨 일이세요?”

어리둥절한 얼굴로 차빈이 들어오자 하렴이 짧게 말했다.

“너 퇴근해.”

차빈은 믿을 수 없다는 듯 두 눈을 크게 떴다.

“네? 벌써요?”

“응. 어서. 빨리. 당장.”

“왜요? 아직 퇴근 시간도 아닌데. 그리고 필립도 아직 호텔 내부를 둘러보고 있어요.”

본사에서 온 손님이 아직 있는데 어떻게 벌써 퇴근을 하란 말인가? 차빈은 도저히 이해할 수가 없었다. 진과 함께 호텔 내부를 둘러보고 있는 중인 필립의 얼굴을 떠올린 하렴이 방금 전보다 더 강한 어조로 말했다.

"그러니까 가라는 거야. 또 필립한테 잡히면 무슨 짓을 당할지 알 수 없으니까."

"에이, 설마 또 짓궂은 장난을 치겠어요?"

대수롭지 않다는 듯 천하 태평한 차빈의 태도에 하렴은 조금 조바심이 났다.

"쳐. 치고도 남을 놈이야. 걔 취미가 뭔 줄 알아?"

"뭔데요?"

"나한테 엿 먹이는 거. 걔가 뺏은 내 여자친구만 해도 세 명이 넘어. 그놈은 내가 씁쓸한 표정을 짓는 걸 제일 좋아한다고!"

흥분해서 큰 목소리를 내는 하렴을 보다가 차빈은 울컥 화가 치밀었다.

'그럼 무조건 사귄 여자친구가 3명 이상은 된다는 거네?'

화를 억누르면서 차빈은 하렴을 향해 말했다.

"진정해요."

"내가 지금 진정하게 생겼……."

버럭 소리치려는 하렴의 말을 자르며 차빈이 냉정하게 말했다.

"저는 사장님의 여자친구가 아니잖아요?"

"……!"

하렴의 행동이 우뚝 멈췄다. 순간적으로 하렴은 뒤통수를 가격당한 것처럼 정신이 번쩍 들었다.

그러고 보니 그렇다. 그런데 왜 이렇게 불안하지?

'이차빈이 내 여자친구도 아닌데, 그가 건드리면 좀 어때서?'

"그러니까 필립이 뺏을 이유도 없고 사장님이 뺏기는 것도 아니에요."

하렴도 그렇게 생각하고 싶었다. 하지만 그렇게 생각할 수가 없었다. 그건 그가 필립을 너무나도 잘 알고 있기 때문이었다. 필립은, 절대로, 얌전히 돌아가지는 않을 것이다.

"내 말은 그게 아니라, 그놈은 내 물건이라면 뭐든지 욕심내는 경향이 있단 말이야. 그러니까 분명 너도…… 가만히 두지 않을 거야."

미국에서 필립에게 당했던 일들이 머릿속에 하나둘씩 떠올랐다. 그 일을 또 당할 걸 생각하니 짜증이 절로 솟구쳤다.

"나는 더 이상 그놈이 설치는 걸 두고 보고 싶지 않아."

그래서 일단은 지금 자신에게 제일 가까운 존재인 차빈부터 안전하게 보호하고 싶었다. 솔직히 그녀를 좋아하는 건진 잘 모르겠다. 그저 지금 필립이 그녀를 건드린다면 과거 그 어느 때보다 불같이 화를 낼 거란 확신만 있을 뿐이다.

"그러니까 퇴근해. 당장."

"……알았어요."

차빈은 어쩔 수 없이 그의 제안을 받아들였다. 하지만 솔직히 내키지는 않았다.

'언제는 야근 못 시켜서 안달이더니…… 완전 제멋대로야.'

그런데 퇴근하려고 몸을 돌리는 차빈을 하렴이 또 불러 세웠다.

"잠깐."

차빈이 의아한 표정으로 그를 돌아보는 순간 그녀의 시야로 하렴의 심각한 얼굴이 들어왔다. 그녀는 그 얼굴이 너무나 의아했다. 그녀를 향해 하렴이 나직하게 말을 내뱉었다.

"그러지 말고 너 오늘부터 휴가 내라."

"네?"

하렴의 새로운 제안에 차빈은 정말 깜짝 놀랐다.

"한 이틀, 아니 삼 일 푹 쉬어."

"뭘 그렇게까지 해요?"

"내 말 들어."

하지만 하렴의 태도는 강경했다. 때문에 차빈은 갑작스럽게 생긴 휴가를 받아들여야만 했다.

'도대체 왜 저렇게까지 하는 거지?'

사장실을 나온 차빈은 하렴의 행동을 이해할 수가 없어서 고개를 갸우뚱했다.

'둘이 대체 어떤 관계이길래? 친구로 위장한 라이벌? 원수?'

잘은 모르겠지만 한 가지 분명한 건, 필립 쪽보다 하렴 쪽이 더 필립을 경계하고 있는 듯 보인다는 것이다.

'도대체 필립과 하렴 사이에 무슨 일이 있었던 걸까.'

물론 필립이 가벼운 언행을 하는 건 맞지만, 그렇게 나쁜 사람 같지는 않다는 게 차빈의 솔직한 심정이었다. 비록 하렴의 여자친구를 세 명이나 뺏었다고 해도 말이다.

하렴의 세 여자친구를 떠올리자 차빈은 또 속이 쓰리고 아팠다. 사랑은 믿지도 않는 주제에 연애는 많이 했네.

차빈은 쓰린 속을 달래며 걸음을 뗐다.

Rrrrrrr.

차빈이 자신의 자리로 돌아와 퇴근 준비를 하고 있던 그때 그녀의 휴대폰이 울렸다. 그녀는 곧바로 시선을 돌려 휴대폰 화면을 보았다. 전화가 걸려오고 있는 발신번호는 저장도 안 된 모르는 번호였다.

"여보세요?"

그녀가 전화를 받자마자 다급한 부름이 들려왔다.

-「차빈?」

이 독특한 억양을 구사하는 이는 딱 한 명뿐이었다.

"필립?"

-「응. 나야.」

「무슨 일이세요?」

-「나 지금 로열 스위트룸 꼭대기 층에 있는데, 욕실에서 나오다가 넘어져서 허리를 삐끗했어. 도저히 움직일 수가 없어서 그러는데, 좀 와줄 수 있어?」

들려오는 전화 내용에 차빈은 깜짝 놀라 되물었다.

「제가요?」

자신보다는 건장한 남자가 가는 편이 더 나을 것 같았던 것이다.

-「응. 해리는 내 전화를 아예 무시하고 있고, 진은 오려면 시간이 한참 걸린다네.」

「그럼, 지금 당장 구급차를 부를게요. 아님 호텔 직원들을 보내든지.」

-「아니야. 그건 싫어. 구급차 부를 정도도 아니고. 게다가 난 낯을 많이 가리기 때문에 모르는 사람이 오는 것도 싫어.」

'필립이 낯을 가린다고? 말도 안 돼.'

차빈은 처음 만난 자신한테도 스스럼없이 대하고 시종일관 당당하게 굴던 필립의 모습을 떠올렸다. 그와 더불어 하렴이 한 경고도 생각나 차빈은 조금 망설여졌다. 그때 필립이 애절한 목소리로 말했다.

-「꼭 차뷘이 와줬으면 좋겠어. 나 지금 너무 아프거든.」

썩 내키지는 않았지만 차빈은 다쳤다는 사람을 무시할 수가 없었다.

「네, 지금 갈게요.」

-2권에서 계속-